A PÁGINA PERDIDA DE CAMÕES

LUCIANO MILICI
A PÁGINA PERDIDA DE CAMÕES
O enigma d'Os Lusíadas

Ilustrações: VALDIVAN MILICI

generale

Presidente
Henrique José Branco Brazão Farinha

Publisher
Eduardo Viegas Meirelles Villela

Editora
Cláudia Elissa Rondelli Ramos

Projeto Gráfico e Editoração
S4 Editorial

Capa
Listo Comunicação

Ilustrações
Valdivan Milici

Preparação de Texto
Heraldo Vaz

Revisão
Bel Ribeiro

Impressão
Prol Gráfica

Copyright © 2013 *by* Editora Évora Ltda.

Todos os direitos reservados. Nenhuma parte deste livro pode ser traduzido ou transmitido em nenhuma forma ou meio eletrônico ou mecânico, incluindo fotocópia, gravação ou por qualquer sistema de armazenagem e recuperação sem permissão por escrito da editora.

Rua Sergipe, 401 – Cj. 1.310 – Consolação
São Paulo – SP – CEP 01243-906
Telefone: (11) 3562-7814/3562-7815
Site: http://www.editoraevora.com.br
E-mail: contato@editoraevora.com.br

DADOS INTERNACIONAIS DE CATALOGAÇÃO NA PUBLICAÇÃO (CIP)

M588p

Milici, Luciano
 A página perdida de Camões: O enigma d'Os Lusíadas / Luciano Milici. - São Paulo : Évora, 2012. 392 p. ; 23 cm.

ISBN 978-85-63993-48-9

1. Camões, Luis de, 1524?-1580. Os Lusíadas – Ficção. 2. Ficção brasileira. I. Título.

CDD- B869.3

AGRADECIMENTOS

Dan Brown pegou de Umberto Eco.
E nós pegamos de volta.

Este livro foi escrito ao som de rock clássico

Devo cada linha deste livro ao amor de todas as minhas vidas, Sheila. Minha melhor amiga, a mulher mais paciente, corajosa, compreensiva e sensível que conheço. Cada dia ao lado dela é uma nova página de um romance cheio de alegria e amor.

Agradeço ao meu pai, José Roberto Milici, professor, escritor, mestre e amigo. Sem ele, não haveria *A página perdida de Camões*. A ele, a Camões e a "outros em quem poder não teve a morte" (*Os Lusíadas*, I, 14) atribuo este livro.

Ao mestre Umberto Eco, que serviu de inspiração para a forma deste livro há mais de uma década. Como ele disse: "todos os poetas escrevem poesia ruim. Os maus poetas as publicam, e os bons poetas as queimam". Acho que, finalmente, me enquadro na primeira categoria.

À professora Sueli, que me estimulou a escrever ao me apresentar Camões e ler, insistentemente, meus terríveis contos para uma entediada sala de aula do Colégio São Francisco Xavier.

Aos meus filhos, Clara, Bruno e Larissa, à minha mãe Dalva e aos meus irmãos, Marcelo (mestre infernauta da Boca do Inferno) e Andrea, também responsáveis pela minha formação.

Ao escritor Alexandre Callari, autor de *Apocalipse zumbi*, que me trouxe ao universo Évora. A Eduardo Villela, Henrique Farinha e toda a equipe dessa calorosa e competente editora.

Aos alquimistas que fizeram o incrível *booktrailer* deste livro: Renato Siqueira (diretor/Santiago Porto), Ruben Espinoza (Valente Rocha), Cibelle Martin (Lábia Minora), Carolina Nagayoshi (Edna Enim), Adriano Arbol (Adso Demelk), Marcela Pignatari (Selene Caruso), José Mattos (Hélio Enrico e "o assassino"), Vynni Takahashi (Santiago adolescente), Bruno Milici (Santiago criança) e aos diretores de fotografia Beto Perocini e Marcelo Scano, além da J&R Studios (produtor e cineasta Renato Siqueira) e UiStudio (produtor musical Fábio Fabris).

Ao ilustrador desta obra, Valdivan Milici, às bandas que gravaram a trilha sonora do livro, ao saudoso primo Marcos — que certamente atuaria no *booktrailer* —, a Portugal e ao povo português.

À banda Polifônicos e seus músicos Anelyse Brañas, Eduardo Bentivoglio, Gabriel Bentivoglio, Cristiano Pelizzari e Rogério Pelizzari. Muito obrigado!

LUCIANO MILICI

P.S.: Sempre que sinto dificuldade em criar, lembro-me do poeta caolho português que escreveu (sem computador ou corretor ortográfico) uma obra com mais de mil versos dentro de uma gruta e quase morreu ao salvá-la de um naufrágio. Quando isso me vem à mente, percebo que encontrar a palavra certa é um problema ridiculamente pequeno.

MENSAGEM AO LEITOR

Luciano é uma pessoa bem conhecida no meio do terror e suspense. Eu mesmo conheço esse rapaz há muito tempo – mais de dez anos. Acompanho o trabalho dele desde quando participava do site Boca do Inferno, e também já participamos juntos de alguns eventos. Sua criatividade é um ponto muito forte, além do fato de ele gostar muito de um bom *rock'n roll*.

Sabia do barulho que seu livro (publicado pelo próprio autor e já esgotado) *Amor de sangue* havia causado no meio vampiresco, mas quando chegou às minhas mãos o *A página perdida de Camões* pensei em quanto seu conteúdo poderia fugir do meu já aclamado universo sobrenatural. Porém, conhecendo o autor, tinha certeza de que haveria algo naquelas páginas que assombraria, que assustaria, e que traria aquela surpresa e aquele arrepio dignos das antigas histórias de suspense, terror e mistério.

Estava certo! Para ler a obra não é preciso dominar o universo de Camões e suas obras, pois todo o trajeto feito pelo autor mostra com eficiência e didática tudo o que é relevante sobre o poeta português. Certamente, a leitura desta obra despertará o desejo do leitor ir mais a fundo no clássico em questão.

Encontrei nas linhas deste livro muito suspense, aventura e um pouco de terror capaz de deixar o leitor satisfeito e interessado em conhecer outros escritos do autor. A maneira como Luciano encaixa poesia, música, acaso e coincidências deixará o leitor intrigado, sem fôlego e ansioso.

Impossível não notar que a amizade/rivalidade entre o protagonista e o português Valente Rocha simbolizam claramente uma referência a Brasil e Portugal. Há um atrito, mas muita, muita admiração. Os demais membros da turma, os personagens que pensamos ser casuais e as pequenas pistas que perdemos recheiam o livro de satisfação a cada página.

E que dizer sobre o terrível *serial killer* e seus crimes? Qual é a relação dele com a página perdida? Por que deixa poemas junto a suas vítimas? Juro que mil teorias passaram pela minha cabeça, algumas dignas de seriados de investigação criminal. Porém, confesso, nada na obra havia me conduzido para a revelação final. Foi surpreendente!

Além da trama, os personagens são muito bem construídos, com características capazes de satisfazer o leitor mais exigente. Luciano sabe descrever muito bem os detalhes que compõem um bom livro, um livro que aprisiona o leitor (prisão da qual o leitor não quer sair).

Que venham mais e mais autores brasileiros com obras como esta. Isso só comprova que a literatura de investigação e suspense escrita por brasileiros não deve nada à de escritores do resto do mundo. Convido a todos para brindar com muito sangue e muitos segredos *A página perdida de Camões*... E tenham uma adorável noite."

ADRIANO SIQUEIRA
Paulista, diagramador e *designer*, é uma das maiores autoridades nacionais em assuntos de vampiros e terror. Reconhecido no "vamperground" brasileiro, fundou o site Adorável Noite (www.adoravelnoite.com) e o famoso grupo de escritores Tinta Rubra. É autor de *Adorável noite* e *A maldição do cavaleiro*, além de ser coautor de *Amor vampiro*, *Draculea – O livro secreto dos vampiros*, *Draculea – O retorno dos vampiros*, *Metamorfose – A fúria dos lobisomens*, *Extraneus v. 2*, *Sociedade das sombras* e *Tratado secreto de magia*

APRESENTAÇÃO

Olá, viajantes.

    Vocês irão presenciar neste livro um mundo que não é comum à maioria dos jovens; suas páginas contêm mistério e enigmas, assim como aulas de literatura repletas de referências e passagens nostálgicas, com uma abordagem que o leitor provavelmente desejaria que seu professor dessa matéria tivesse utilizado. Aliás, se tem algo neste livro que vai prender o leitor do começo ao fim – fora os desafios e estratégias, os personagens divertidos e bem-construídos, as passagens criativas e tudo mais –, são inúmeras aulas de história, que alocam de forma curiosíssima a ficção dentro de uma realidade que deveria ser muito comum a nós, brasileiros, colonizados pelos portugueses.

    Eu, mais doutrinada em história do que em poesia, sempre pensei em Camões como *Amor é fogo que arde sem se ver, é ferida que doi e não se sente; é um contentamento descontente, é dor que desatina sem doer.* Ignorância poética, talvez. E nem culpo meus professores! *Os Lusíadas* estava o tempo todo ao meu alcance! Acompanhando a narrativa do livro, entrei em uma viagem inesquecível, na qual o poeta não era só um amante – sua vida fictícia, criada por Luciano Milici, é como um bom mistério de Dan Brown, curiosamente adaptado ao nosso cotidiano e personagens.

    Tudo bem. Se você chegou até este livro, acredito que conheça Camões. Particularmente, me envergonho do meu antigo pouco conhecimento do poeta. Mas, como fã de bons mistérios e boas narrativas, preciso dizer que a história que Luciano criou é inteligente, tem ótimos discursos e é literalmente sagaz, com ligações de ideias e pequenos detalhes que poucas vezes vi igual. E o universo *pop* está lá o tempo todo! Você vai presenciar assassinatos literários ao som de Caetano Veloso e Frejat, conversas sobre Tolkien, camisetas *nerds* e discussões sobre assuntos diários enquanto bebem "Descartes com soda". Aliás, vale ressaltar que a ideia de um bar inteligente, em que as bebidas possuem nomes de filósofos, é inteiramente genial. Pequenos detalhes que não modificam a história em nada, mas acrescentam uma riqueza incrível aos personagens e ambientes.

Por várias vezes durante a leitura me deparei com situações que minha mente até duvidava se eram fictícias. Achei que o autor estava brincando comigo! Em outros momentos, sabendo a realidade, pensei que fatos da nossa própria história soavam tão absurdos que poderiam facilmente serem confundidos com ficção. E os jovens precisam disso! Precisam andar entre a barreira do real e do fictício dentro da história do Brasil e de nossas influências. Além do mercado nacional precisar muito de autores com essa pegada – mistério e suspense bem escritos (fato importante!) –, a junção do fator histórico é uma riqueza impressionante à leitura e deve ser ressaltada também.

O que dirá transformar Camões em um pirata sem um olho que amou seu país na mesma proporção da sua vontade de ser dono do mundo! Os pequenos quebra-cabeças existentes nas poesias de Camões se uniram perfeitamente a detalhes do livro. Quem não conhece o poeta a fundo vai achar a leitura irresistível, sem contar o quanto aprenderá sobre *Os Lusíadas*. Quem o conhece achará ainda mais misteriosa e impressionante. E quem não teve tanta ligação assim com o poeta (eu!) já passará a sentir como se os cantos fizessem parte de seu aprendizado de vida. Todos os mistérios são baseados nos cantos. Assim como Dan Brown fez com obras de arte Luciano fez com poesia.

Um estudo curioso e fictício da história do Brasil e de Portugal pela visão de uma página que foi perdida há muitos anos e que pode mudar a história do mundo. É como eu descreveria *A página perdida de Camões* em apenas uma frase, porque a página é personagem. Uma personagem que você não sabe se existe, se está viva, se é real, se está debaixo do seu nariz (porque leitores de mistério sempre ficam atentos a isso!), mas que segue seu próprio curso e, do começo ao fim, faz o que quer.

Preciso mencionar que o humor composto nos capítulos (e até no nome deles), assim como na lancheira de Star Wars do assassino, nas camisetas de Adso e nas besteiras que o personagem principal acaba cometendo é genial. Simples, nada de pastelão, mas inteligente e condizente com o universo em que está inserido.

Por fim, viajantes, vocês precisam se entregar. Não que eu realmente ache que alguém, em algum momento, será capaz de parar de ler sem dormir pensando no olho perdido de Camões. Mas fica apenas o aviso.

Babi Dewet
Autora de *Sábado à noite*

PREFÁCIO

Conheci o Luciano em um evento de fantasia que aconteceu em São Paulo. Conversamos bastante (o Luciano é muito simpático) e só depois descobri que ele era um dos fundadores do Bocadoinferno.com – na minha opinião, o melhor site de terror do país. Com enorme gentileza, ele ofereceu o veículo para me ajudar no que fosse preciso na divulgação do meu livro *Apocalipse zumbi*, o que achei muito legal da parte dele. Sabe, é o tipo de coisa que as pessoas não precisam fazer, mas, quando fazem, a ação em si diz muito sobre quem elas são. Eu era um autor desconhecido, ingressando no mundo do terror, e o Boca, um veículo pra lá de estabelecido. Ainda assim, ele me ofereceu apoio de coração aberto.

Trocamos telefones e nos despedimos. Ficamos algum tempo sem nos falar, até que, meses depois, Eduardo Vilella, meu editor, disse que, visto o sucesso que *Apocalipse zumbi* vinha fazendo, a editora julgava oportuno investir em romances similares, perguntando-me se eu tinha alguma indicação. Na mesma hora pensei em Luciano e em seu *Amor de sangue*. "Ele já o lançou de forma independente, mas acho que é questão de conversar", falei.

Para resumir a história, facilitei a apresentação entre autor e editora e deixei que se entendessem. Tempos depois, durante uma conversa informal com Eduardo, ele agradeceu a indicação e disse que havia dado certo: lançariam o livro de Luciano. "Sensacional", pensei, e ficou por isso mesmo. Claro, em minha ingenuidade, imaginei que viria uma reedição da obra anterior, sem perceber que Luciano é um cara que pensa para frente. E pensa grande. E coloca graaaaande nisso! O resultado é que, algum tempo depois, soube que ele não iria reeditar seu livro anterior, mas sim lançar uma obra inteiramente nova e inédita, com quase 400 páginas, cujo título era *A página perdida de Camões*.

"Cacete!", foi o que me veio em mente.

Agora, se você pensou em Dan Brown ou em *A lenda do tesouro perdido* (eca), com Nicolas Cage, então pegou o clima proposto pela obra. Mas Luciano não é um escritor qualquer, que se limita a absorver ideias ou conceitos de sucessos instantâneos, que, a despeito de alguns pontos positivos, se firmaram muito mais em cima de polêmicas do que em suas qualidades literárias. Nada disso. As fontes nas quais ele bebe são outras. Duvida? Então volte para os agradecimentos deste livro e veja o que ele escreveu logo de prima: "Dan Brown pegou de Umberto Eco. E nós pegamos de volta." Bem, espero que você saiba quem é Umberto Eco, sem necessariamente pensar em Sean Connery, mas, seja como for, acredite em mim quando digo que ele é um gênio moderno – recomendo qualquer um dos seus ensaios; são absolutamente brilhantes.

Portanto, o que você tem em mãos, leitor, não é uma versão nacional *de O código Da Vinci*, mas sim uma obra original, que tem seus próprios caminhos e sua própria vida, e que não nasceu para imitar nada nem ninguém, embora siga um estilo de narrativa consagrado por grandes autores, e que foi fundamentado há muito tempo, desde antes de Dan e seus clones; algo possivelmente anterior até aos Heróis da Era da Aventura.

Em pleno século XXI, Luciano (que conhece os desgastes que a fórmula literária sofreu) sabe o que faz, entende como cativar seu público, e mistura em seu texto ágil e antenado referências à cultura *pop*, muito *rock n'roll*, assassinos psicopatas, poesia e muito mais, em uma trama de mistério e ação, sem que isso se torne uma salada ou uma colcha de retalhos. É uma habilidade singular, almejada por muitos, mas conquistada por poucos, que merece ser respeitada e considerada.

Da minha parte, o pouco que conheço de Camões, devo a Renato Russo (não dê risada, sei que a maioria pode não admitir, mas aposto que com muita gente é igual) e, agora, a Luciano Milici. Não vou mentir e dizer que me tornarei fã incondicional do reverenciado poeta português e destrincharei sua obra, pois não é o meu estilo, muito embora *A página perdida de Camões* realmente atice a curiosidade de qualquer um que o leia. Mas, se poesia não é meu prato predileto, livros de aventura, fantasia e terror são; sendo assim, sou grato a Luciano por ter tido a oportunidade de ler esta sua linda obra e de contribuir com este pequeno texto. É possível que Luciano esteja encabeçando um novo movimento em nosso país, que não se limite a importar sistemas e métodos estrangeiros, mas que imprima sua própria maneira de ver e de fazer as coisas e que promova um amálgama perfeito entre os elementos da cultura pop que fazem parte das principais expressões artísticas mundiais da atualidade com os elementos da nossa própria cultura e realidade (o que Luciano foi buscar lá na fonte).

Boa leitura a todos!

ALEXANDRE CALLARI
Autor dos livros *Apocalipse zumbi, Quadrinhos no cinema 1 e 2 e Desvendando Nelson Rodrigues*

SUMÁRIO

INTRODUÇÃO 1

PRÓLOGO 5

1 CHEIRA COMO ESPÍRITO ADOLESCENTE 9
2 CONCÍLIO DOS BÊBADOS 14
3 O CABO DAS TORMENTAS 20
4 THANATOS 24
5 CAMONIS PAGINA AMISSA 27
6 DOIS ESTRANHOS NA MADRUGADA 33
7 O PRÍNCIPE DOS POETAS..37
8 NECROMANCIA 45
9 A LÍNGUA E A FONTE 51
10 MORREREI AMANHÃ..55
11 "KILLING MOON" E OUTRAS COINCIDÊNCIAS 66
12 UMA CERTA CAPITÃ 68
13 AGORA INÊS É MORTA 74
14 FALTAM SETE 78
15 MORTE RIMADA 85
16 *PLANISPHAERIUM MACHINA ORBIUM MUNDI* 91
17 EDNA NOVAMENTE 100
18 O ORNITORRINCO..104

19 A TOCA DO TATU 108
20 VOCÊ É BURRO, SANTIAGO 111
21 DOCE HÉLIO 117
22 O TAL CAPÍTULO VINTE E DOIS 126
23 DEUS NÃO PODE VER 134
24 A HORA E A VEZ DE VALENTE ROCHA 138
25 QUATRO RECADOS 148
26 O HOMEM DA CHUVA 152
27 ORORA SISCREVE COM "ERRE" DE CRAUDIONOR .. 157
28 TORMENTÓRIO 160
29 SENSUALIDADE PAGÃ 167
30 *SPOILER* DE *O NOME DA ROSA* 170
31 UMA FOTO, UMA PISTA 175
32 MNEMA 179

INTERLÚDIO 187

33 CAMINHO DE DAMASCO 189
34 A CAIXA DE ADSO 193
35 CAPITÃO MORTE 195
36 DUELO DE TITÃS 199
37 NÃO HÁ COLHER 204
38 HOSTIL PRIMÁRIO NO ENCONTRO LUNASOLE 212
39 AURORA 224
40 NOVA VIDA 228
41 SANTOS E O SOCO INGLÊS 234
42 A NOITE DE TODOS OS MEDOS 238
43 NINGUÉM MEREST 248
44 SE BEBER, NÃO CACE 257

45 GIGANTE ADAMASTOR 264
46 TIPO O NEGATIVO 269
47 A VERDADE SOBRE O PRÍNCIPE DOS POETAS 277
48 VAN DOOD, EXCELÊNCIA E A SERRAÇÃO DO VELHO . 285
49 DEMENTIA 293
50 TOQUE DE MÍDIA 302
51 DA HORA 307
52 DÊ UMA VOLTA NO LADO OBSCURO 318
53 MADEIREIRA IHS 321
54 VIGÍLIA 329
55 LIRA DOS VINTE ANOS 334
56 DOBRANDO O CABO DA BOA ESPERANÇA 338
57 REDENÇÃO 345
58 A SORTE FAVORECE OS CORAJOSOS 350
59 A MAIS BELA PÁGINA 353
60 A PERDA DA PÁGINA 358
61 HEMERA 361
62 DESPEDIDA DE EDNA 364
63 GAROTA CONFUSA 367
64 UM NOVO CICLO 369

EPÍLOGO 371

INTRODUÇÃO

> *Em todas as ficções, cada vez que um homem se defronta com diversas alternativas, opta por uma e elimina as outras; na do quase inextricável Ts'ui Pen, opta – simultaneamente – por todas. Cria, assim, diversos futuros, diversos tempos, que também proliferam e se bifurcam.*
>
> O JARDIM DAS VEREDAS QUE SE BIFURCAM,
> JORGE LUIS BORGES

Não é preciso conhecer Camões para ler este livro. Mas é impossível não se interessar por ele após terminá-lo. Poeta, fanfarrão, galante e herói, Luís Vaz de Camões amou intensamente, sem pudores ou medo. Amou a pátria, as mulheres, a vida e as letras. O que mais sobrou para ser amado?

Sua vida, envolta em mistérios, abre brechas à ficção. Cada passo conhecido do Príncipe dos Poetas Portugueses permite o desdobramento em inúmeras possibilidades que, bem correlacionadas e entrelaçadas, alimentam a imaginação e a fantasia. Como em *O jardim das veredas que se bifurcam*, do mestre Jorge Luis Borges, no qual cada caminho escolhido é a realização de todos os outros simultaneamente, a vida de Camões dá ao autor de ficção espaço para questionamentos que, por si sós, desencadeiam realidades interessantes, ordenadas e – paradoxalmente – caóticas: Por onde andou o poeta? Por que esteve preso tantas vezes? Como perdeu seu *Parnaso*, obra inédita e rara? Como pode conhecer tanto sobre astronomia, filosofia e ciências? Amou todas as mulheres cujas identidades protegeu em seus poemas por meio de anagramas? Como exatamente perdeu seu olho? Por que enfrentou o empregado real Gonçalo Borges, que já se encontrava em batalha injusta contra dois misteriosos mascarados? Quem eram esses dois homens sinistros em pleno dia de Corpus Christi? Deixou mesmo sua amada Dinamene morrer para salvar seus manuscritos?

Estudiosos, literatos e historiadores defendem suas próprias versões a respeito de cada detalhe da vida de Camões. Com o propósito de entreter, comemorar os 440 anos da publicação do primeiro exemplar de Os Lusíadas e mostrar, a quem ainda não conhecia, o lado *rock'n'roll* do poeta, misturei conspirações, *serial killer*, mistérios seculares verdadeiros, poesia, aventura e muita música. Então, ocultei segredos milenares, incluí citações, referências, enigmas numéricos, anagramas, homenagens e sarcasmo com a antiga fórmula clássica – usada pelo próprio Camões – do *imitatio/transformatio* para compor esta narrativa, que se passa nos dias presentes, mas que altera radicalmente o passado, abrindo, ao leitor, novas possibilidades, teorias e correlações que, se não podem ser desmentidas, caminham juntas com a vida aceita de Camões. Por que não?

Aceite este convite para reinventarmos juntos a aventureira, misteriosa e enigmática vida do maior poeta da língua portuguesa, e ajude o jovem Santiago Porto, o protagonista, a encontrar a página perdida de Camões.

LUCIANO MILICI

*Há pessoas. Há histórias.
As pessoas pensam que moldam as histórias,
mas o inverso está, muitas vezes,
mais perto da verdade.*

ALAN MOORE

PRÓLOGO

*Cessa tudo o que a antiga
musa canta que outro valor
mais alto se alevanta*

Os Lusíadas,
Canto

Eles estavam juntos há pouco tempo, mas havia total completitude. Uma correspondência jamais sentida por ele em toda sua vida de aventuras, perigos e muitas, muitas mulheres.

Em suas viagens pelo mundo, ouvira falar no conceito oriental de alma gêmea, mas não tinha certeza se a teoria era verdadeira. Não acreditava completamente, mas também não ousava duvidar. Tudo o que já tinha visto no mundo, os lugares, situações e criaturas haviam apagado de sua mente os limites do possível. Nada era impossível, exceto viver longe dela.

Sua missão estava, finalmente, cumprida. Toda uma vida de preparação e investigação coroaria sua pátria como o farol do mundo, e ele, como o herói, que propiciara essa desejada condição.

— Estás aflito, meu amor? — perguntou, com doce voz e suave sotaque.

Ele hesitou em responder, mas não havia como ocultar nada do grande amor de todas as suas vidas.

— É que tenho em minhas mãos o rumo das nações, o destino de todos os homens e, agora que estou contigo, este tesouro já não me parece mais grande coisa.

— Mas é por isso que lutastes todas as tuas batalhas e combatestes o bom combate, não?

— Achei que sim, mas, no fundo, só senti que estava completo quando te encontrei. Não quero nada além de ti, e não acho que a solução do mundo esteja neste poderoso tesouro.

Calmamente, ele foi até a lateral do navio e lançou no rio a mais preciosa informação que um homem já tivera em mãos. Ela, então, o abraçou.

— Era o teu poema mais belo e perfeito.

— Não. Meus poemas mais belos e perfeitos serão escritos para ti e para nossos filhos. E serão muitos poemas e muitos filhos.

Mais tarde, ela adormeceu. Ele, com sua amada nos braços, não resistiu e sussurrou em seus ouvidos, confiando em sua inconsciência:

Minha amada, aproveito teu sono para dizer um poema que não é deste poeta que incomoda teu descanso, mas de outro que viveu há muitos séculos. Declamo-te este pela falta de palavras para expressar meu puro, nobre e sincero amor, mas prometo que este poema que tomo emprestado de um gênio clássico será pálido ante aos muitos que cantarei a ti no futuro.

> *Vivamos, minha cara, e amemos*
> *E aos murmúrios dos velhos ranzinzas,*
> *Estimemos todos como a um único tostão*
> *Os sóis podem se pôr e renascer*
> *Mas, por nós, uma noite eterna será dormida*
> *Quando a breve luz da vida se esmaecer*
> *Dá-me mil beijos, em seguida, cem*
> *Então outros mil, depois quinhentos*
> *E mais mil e depois duzentos*
> *Então, quando tivermos dado muitos beijos*
> *Misturaremos as contas!*
> *Para que não saiba ou não possa*
> *Nenhum malvado invejar*
> *Quando souber da existência de tantos beijos.*

Minutos depois, ondas e certa imperícia acabaram com tudo. Estavam separados para sempre. O navio, no fundo do rio, permaneceu como a triste lembrança de um amor que nunca mais foi vivido. Ele não pôde salvá-la, mas trouxe consigo tudo o que escrevera, exceto aquela página, lançada às águas por ele mesmo diante dela.

A PÁGINA PERDIDA DE CAMÕES

A página com o mais belo e perfeito dos poemas. A página com uma informação que poderia mudar a história e realizar grandes transformações no mundo.

Inclusive destruí-lo.

1
CHEIRA COMO ESPÍRITO ADOLESCENTE

CH'IEN
O progresso só pode ser conquistado no caminho que se harmoniza com as leis do universo.

*As armas e os Barões assinalados
Que da ocidental praia Lusitana
Por mares nunca dantes navegados
Passaram ainda além da Taprobana*

Os Lusíadas,
Canto I, Estância 1

Colégio São Francisco Xavier, Ipiranga, São Paulo.

A aula de Português era a preferida do jovem Santiago Porto, de doze anos. A professora Sueli, na opinião do rapaz e da maioria dos colegas de classe, era a melhor, mais didática e simpática docente do colégio. Todos os dias, os alunos traziam doces, frutas ou flores para presenteá-la.

Apesar desse favoritismo, aqueles eram os anos 1990. A efervescência cultural avassaladora afogava crianças e adolescentes em novos ritmos, produções cinematográficas, novelas, quadrinhos e livros. Ninguém mais se concentrava, e as salas de aula tinham virado fóruns de discussão entre os simpatizantes do Nirvana contra fãs do Guns'n Roses, sobre como o *grunge* estava acabando com o *hard rock*. Tudo era autoafirmação no quente mês de outubro daquele ano.

Quieto e introspectivo, Santiago sonhava em ser escritor. Sua capacidade de observação, dedução e criatividade para inventar mundos, personagens e situações o subtraíam, vez ou outra, da realidade. Cultivava poucos, mas verdadeiros amigos, e, como todo escritor, tinha uma musa: Raquel, a mais bela garota da sala.

Além de linda, Raquel também exalava simpatia e humor. A forma democrática com que recebia todos e se relacionava impedia que os muitos garotos — até de séries mais avançadas — se aproximassem dela com intenções românticas. Como um Midas da amizade, Raquel encantava e transformava em amigo todos que eram tocados por sua beleza.

Nesse ponto, Santiago estava em vantagem, afinal, nunca dirigira palavra alguma a Raquel, e sabia que, se um dia o fizesse, seria como um torpedo direto em seu coração, para que não houvesse chance de a garota fixá-lo no terrível campo da amizade, como fazia com absolutamente toda a população masculina do colégio.

Enquanto a professora Sueli, de cabelo curto e sorriso charmoso, falava diante de uma classe que só pensava nas terceiras partes de *O poderoso chefão* e de *De volta para o futuro*, em *Uma linda mulher* e *Esqueceram de mim*, Santiago rabiscava no caderno mais um capítulo de seu livro *As incríveis aventuras do Capitão Astrolábio*.

Escrevia o tempo todo. Adorava inventar contos fantásticos, alguns dos quais as professoras liam em sala para os colegas, caso estes se comportassem. Naquela tarde, dedicado à sua própria narrativa, o rapaz não atentou à explicação da aula.

— Camões navegava pelo rio Mekong, onde hoje fica o Vietnã, quando naufragou. Alguém sabe qual importante escolha o poeta teve de fazer naquele dia e do que abriu mão? — perguntou a professora Sueli à sala.

Ninguém se manifestou.

— Eu já expliquei essa parte da vida de Camões umas quinze vezes, gente. Alguém lembra? — insistiu, com pouca esperança. Ela sabia que ícones da literatura representavam anacronismo, velharia e tédio para aqueles jovens. Ainda mais um poeta caolho português do século XVI.

Preocupados em não decepcionar a professora, todos os alunos vasculharam em livros e anotações qual seria essa grande escolha feita pelo poeta português Luís Vaz de Camões no naufrágio. Todos, exceto Santiago.

— Ele escolheu perder o olho? — perguntou André, um dos raros amigos de Santiago, na inocente intenção de agradar a professora.

— Não, André. Ele já tinha perdido o olho anos antes. Ninguém mais arrisca? — instigou, provocando a curiosidade de todos.

Incomodada pelo pouco caso do aluno que considerava o mais brilhante, Sueli provocou:

— E você, Santiago, sabe sobre qual perda de Camões me refiro?

Surpreendido, interrompeu a escrita. Alguns alunos riram do aparente susto, mas a resposta do menino foi ainda mais surpreendente:

— Professora, não acho que ele tenha aberto mão de nada ou feito nenhuma escolha naquele naufrágio.

— Como assim, Santiago? Você ao menos sabe do que estou falando?

Toda a timidez de Santiago desaparecia quando surgia um desafio intelectual. Enigmas, discussões e debates de qualquer natureza enchiam-no de energia. Empolgado, retrucou:

— Claro que sei, professora. A senhora se refere à lenda que diz que, no naufrágio do rio Mekong, Camões optou por salvar seus manuscritos e deixar Dinamene, sua amada chinesa, morrer afogada, não é?

— Muito bem! Isso mesmo! Mas, você não acha que isso realmente ocorreu? — perguntou, interessada.

— Professora, Dinamene era o amor da vida de Camões. Que poeta deixaria sua musa se afogar? — argumentou Santiago, deixando escapar um breve olhar a Raquel, constrangendo a garota.

— Mas ele mesmo cantou em seus poemas líricos que...

— ... que sentia falta dela, mas não que a deixou morrer, não é?

— Sim, mas...

— Os escritos poderiam ser resgatados do rio horas depois, mas uma pessoa se afoga rapidamente, não? Por que Camões tentaria salvar primeiro um objeto inanimado para, depois, tentar salvar um ser vivo?

— Porque ele dava muito valor à obra e...

— Isso é o que dizem os historiadores para valorizar a obra e romancear a vida de Camões. Mas será que é verdade?

A sala toda pareceu concordar com Santiago. Mesmo condescendente, a professora Sueli não gostou de ter seus argumentos interrompidos e de ser contrariada, ainda mais por alguém que não estava prestando atenção à aula. Deixar esta atitude impune seria um péssimo exemplo aos demais estudantes.

– Santiago, venha à frente, por favor – pediu, em tom sério.

A classe emudeceu. O clima ficou tenso. Santiago foi até a lousa esperando por uma bronca. Sueli colocou os óculos e pediu:

– Senhor Santiago Porto, recite algo de Camões para a sala. Qualquer coisa que você se lembre que eu, sua professora, tenha dito nas muitas aulas em que você prestou atenção – havia ironia naquelas palavras.

Todos sentiram pena de Santiago. Não havia esse tipo de teste oral no colégio, e nunca tinham pedido que fossem decorados e declamados poemas antes. Sueli sabia que estava sendo levemente injusta, mas aquele era o momento de ensinar uma lição de humildade ao menino.

Contrariando todas as expectativas, Santiago cantarolou baixinho, para surpresa da classe:

Amor é fogo que arde sem se ver,
é ferida que dói, e não se sente;
é um contentamento descontente,
é dor que desatina sem doer

Todos riram e acompanharam Santiago nos famosos versos. O soneto *Amor é fogo que arde sem se ver*, de Camões, havia sido usado pela Legião Urbana na canção "Monte Castelo", e era de conhecimento e gosto geral das crianças e adolescentes da época.

A professora não se deu por satisfeita:

– Cante, ou melhor, recite outra. Esta já é conhecida e, como você já deve saber, Renato Russo alterou o final do soneto.

Aquela era, finalmente, a oportunidade esperada. Como escritor, ele sabia que o segredo de um bom protagonista era saber o momento certo e definitivo de agir. Uma leve brisa soprou na sala e trouxe a inspiração. Então, Santiago respirou fundo e lançou seu tão esperado torpedo no coração de Raquel:

Sete anos de pastor Jacó servia
Labão, pai de Raquel serrana bela,
Mas não servia ao pai, servia a ela,
Que a ela só por prêmio pretendia

Os dias na esperança de um só dia
Passava, contentando-se com vê-la

Porém, o pai usando de cautela,
Em lugar de Raquel lhe deu a Lia

Vendo o triste pastor que com enganos
Assim lhe era negada a sua pastora,
Como se a não tivera merecida,

Começou a servir outro sete anos,
Dizendo: Mais servira, se não fora
Para tão longo amor tão curta vida

Assim que terminou de recitar a passagem bíblica do pastor Jacó transformada em lírica por Camões, Santiago pegou uma rosa da mesa da professora – presente de algum estudante – e entregou a Raquel. A menina sorriu tímida enquanto toda a classe aplaudiu com euforia.

Sueli não confessaria nunca, mas também tinha gostado da cena. Para manter a postura, a professora mandou o jovem Santiago, que conhecia Camões, dominava as palavras e saltara o campo da amizade de Raquel, para a diretoria.

E esta foi a primeira vez em que Santiago se meteu em apuros por causa de Camões. Mas não a última.

Nem a pior.

2
CONCÍLIO DOS BÊBADOS

 K'UN

O sábio segue o bom conselho e segue o caminho correto, mas reserva um tempo para planejar.

Não tenho tempo a perder, só quero saber do que pode dar certo.

"Go back",
Titãs (Sérgio Britto/
Torquato Neto)

Dezoito anos se passaram. Raquel, a professora Sueli e o dia em que agiu como um jovem Dom Juan viraram doces lembranças na mente ocupada de Santiago Porto.

Solteiro, morava sozinho em um apartamento próximo à universidade em que trabalhava. Era pesquisador em um departamento chamado Archivos Antigos. Concluíra e publicara *As incríveis aventuras do Capitão Astrolábio*, o que lhe rendera alguma fama momentânea e uns poucos recursos.

Afogava-se em uma rotina intensa e entediante. Ainda assim, sonhava e sentia que tudo em sua vida era a preparação para algo especial e grandioso, como sabe todo protagonista de um bom escritor. O que seria e quando viria? Santiago não pensava a respeito, porque não era ingênuo e, no alto dos seus trinta anos, perdera a fé em tudo o que sua mente não pudesse analisar, dissecar, reduzir e reproduzir.

Naquela noite, após um dia cansativo, chegou ao seu apartamento e se deparou com uma surpresa misteriosamente colocada em seu quarto. Uma caixa de um metro e meio embrulhada em papel pardo com um bilhete preso em fita adesiva:

"Filho, seu próximo livro pode ser escrito aqui. Um beijo".

Era um presente de sua mãe. Ela sempre lhe enviava coisas que ele não precisava. No último ano, a lista ia de carrancas de madeira a máscaras venezianas. Por mais que o rapaz demonstrasse interesse por livros, filmes ou eletrônicos, sua mãe insistia em objetos de decoração.

Antes que pudesse abrir o embrulho, o telefone tocou.

— Filho, gostou da escrivaninha? — era sua mãe, ansiosa pela reação do filho, que ainda não sabia que o presente era uma escrivaninha.

— Oi, mãe, como vai? Claro, gostei sim — mentiu.

— Ah, que bom. Eu só queria ter certeza. Paguei caro desta vez, viu?

— É, mãe, mas não precisava, eu...

— Não é nova, está bem? É uma peça antiga. O homem do antiquário disse que tem uns oitenta anos ou mais. Foi feita em uma madeireira velha, já falida.

Enquanto ouvia a mãe descrever a emocionante aventura enfrentada na aquisição do presente, Santiago rasgou o pacote. Era a mais feia escrivaninha já feita pelo homem.

Toda em madeira antiga, era um móvel largo e pesado cujo tampo exibia entalhes com símbolos desconhecidos que Santiago não sabia se eram letras ou desenhos. Na lateral esquerda, havia a gravação de uma espécie de labirinto composto por pequenos octógonos. No lado oposto, o desenho de um pêndulo. Ao centro, de maneira muito mal gravada, a frase de Virgílio, retirada da *Eneida*, *Audaces fortuna iuvat*, algo como "A fortuna favorece os corajosos", além de uma cruz que indicava fé em Jesus Cristo com as iniciais J.C.

Assim que desligou o telefone, Santiago jogou sobre o móvel recém-chegado seu computador portátil e o boneco do Capitão Astrolábio — um brinquedo feito em pelúcia por uma antiga namorada em homenagem ao personagem que ele inventara. A garota ganhou mais dinheiro vendendo os bonecos do personagem que o próprio autor comercializando seus livros.

Estava cansado, mas a conversa com a mãe o tinha deixado com vontade de sair. Era hora de ir relaxar no Bartenon, o café literário, filosófico e cachaceiro.

Frequentado por intelectuais, escritores, filósofos, poetas e músicos de todas as idades, raças e credos, o Bartenon despontava como um dos melhores locais da capital paulista para encontrar amigos, beber, exercitar a mente e arrumar companhias agradáveis aos olhos e aos neurônios.

Era todo decorado em estilo grego, em óbvia referência ao infeliz trocadilho do nome. Colunas e arcos contrastavam com as mesas de alta tecnologia, nas quais os clientes montavam seus pedidos eletronicamente em telas sensíveis ao toque, enviavam mensagens às outras mesas, acessavam a internet ou resolviam enigmas digitais.

No chão do Bartenon, exatamente do centro, partiam ladrilhos ordenados na sequência Fibonacci: um, um, dois, três, cinco, oito e assim por diante, fazendo que a planta baixa formasse uma espiral idêntica a uma concha. Essa proporção áurea refletia-se em todos os detalhes da construção.

Os livros – espalhados pelo bar – compunham um acervo mutante. Frequentadores podiam ler no bar ou levá-los para casa, sem necessidade de cadastramento prévio. Muitos clientes traziam livros e deixavam sobre as mesas, balcões ou prateleiras, para serem lidos por outros. Uma sutil fiscalização interna verificava o estado dos volumes para manter apenas os de excelente qualidade.

A trilha sonora da casa era eclética. Variava de sucessos de cinco décadas atrás até o mais moderno som eletrônico. De músicas conhecidas a mixagens misteriosas do *underground*, nada escapava aos atentos *DJs* do Bartenon.

A principal atração do bar, além das bebidas com nomes engraçados, era o palco do desafio. Um enorme quadro branco em que visitantes podiam propor charadas intelectuais aos demais clientes. Como em um karaokê, os interessados escreviam seus enigmas e soluções em pequenas fichas, analisadas pelo *barman* Sócrates, e colocadas a seu tempo no quadro. Aquele que solucionasse o desafio ganhava uma bebida ou o direito de propor outro enigma.

Nas duas ou três noites por semana em que visitava o Bartenon, Santiago encontrava alguns colegas de trabalho ou do mercado editorial. Se em um bar tradicional os assuntos se tornam metafísicos após algumas doses, o que se poderia esperar de um local onde os frequentadores tinham predisposição a debater temas filosóficos? Santiago adorava respirar essa atmosfera constantemente.

– É óbvio que Cazuza, ao cantar "só eu que podia, na tua orelha fria, dizer segredos de liquidificador", se referia ao ato de girar a língua na orelha do ser amado – afirmou Lábia Minora, estudante de Semiótica, enquanto bebia um Hobbes com duas pedras de gelo.

– Mas você não pode se esquecer de que, há quase cem anos, o compositor carioca Sinhô erotizou muito mais quando compôs "Jura", gravada recentemente pelo Zeca Pagodinho, lembra? Ele disse: "Daí então dar-te eu irei um beijo puro na catedral do amor" – argumentou Adso Demelk, empreendedor do ramo de internet, que aguardava o garçom trazer seu Descartes com soda.

Lábia e Adso formavam, com Santiago e outros, um círculo de frequentadores assíduos do Bartenon. Uma turma de cinco ou seis pessoas de diferentes origens e interesses que dividiam o gosto por temas intelectuais.

Lábia era uma garota ruiva de cabelos lisos que terminavam na altura do queixo. Tinha a pele branca e passava a impressão de, em algum dia em um passado remoto, ter tido sardas no rosto. Era magra, baixa e muito bonita. Gostava de vestir roupas pesadas e escuras. Raramente era vista sem sua boina preta. Apesar dos 22 anos, ostentava cultura e segurança invejáveis.

Já Adso poderia ser facilmente confundido com um hindu. Era baixo, magro, moreno e tinha cabelos pretos escorridos. Estava sempre com camisetas criativas, muitas vezes concebidas por ele mesmo. Naquela noite, usava uma que dizia: "No scan, Yes mimeógrafo". Era uma de suas preferidas, ao lado de "A meteorologia me enganou" e "Certezas são babacas". Adso chamava atenção por seu sorriso amistoso, olhos caídos e espontaneidade.

Dos frequentadores do Bartenon mais próximos, Santiago nutria uma leve antipatia pelo português Valente Rocha, que retribuía o pequeno desafeto na mesma medida. Não que houvesse grandes brigas entre os dois ou divergências mentais marcantes. Pelo contrário, a semelhança intelectual os colocava em constante competição. Valente e Santiago disputavam as mesmas posições profissionais, os mesmos espaços para artigos em revistas acadêmicas e – vez ou outra – as mesmas garotas.

Valente era alto, tinha ombros largos e olhos claros. Era moreno, mas seu cabelo apresentava um tom castanho que denunciava sua origem europeia. Já estava há alguns anos no Brasil, e podia disfarçar seu sotaque quase completamente, porém, vez ou outra, fazia questão de falar o mais puro lusitano. Ocasionalmente, misturava os idiomas.

– Chegaste tarde. Já praticamente solucionei este enigma – desdenhou o português que olhava fixamente para o quadro branco, enquanto muitos clientes gritavam a Sócrates que cancelasse aquele desafio e partisse para o próximo.

Ignorando a discussão de Lábia e Adso sobre quanto o termo "catedral do amor" pudesse se referir à anatomia feminina, bem como a leve provocação de Valente, Santiago sentou-se com o trio e pediu o de sempre:

– Um Vésper, por favor.

A bebida homenageava a primeira *bond girl*, Vésper Lynd; vodka-martini batido, não mexido.

– E aí, de quem é o enigma desta vez? – perguntou Santiago.

– De quem você acha? Do professor José Roberto, claro. Ele propôs esse desafio há três dias. Ninguém chegou nem perto até agora – lamentou Lábia.

– Não fales besteira. Eu já sei a resposta – disse Valente, apertando os olhos.

– Verdade? Então, qual é? – Adso provocou.

– Calma. Estou dando chance aos demais, principalmente aos que mal chegaram ao bar – respondeu, referindo-se a Santiago.

– Valente, você continua um taurino teimoso e orgulhoso – desdenhou Adso, que, às vezes, manifestava certa veia esotérica.

Santiago olhou para o enigma com excitação. O professor José Roberto, além de inquestionavelmente genial, era um grande amigo de todos naquele bar, em especial do rapaz.

O quadro branco em destaque no bar exibia, nas grandes e caprichadas letras de Sócrates, os caracteres:

PT52(1)984673(1)?
EN854917632?

– São perguntas? Códigos cifrados? – questionava Santiago, tentando entrar na mente do admirado professor. – Falando nele, por onde anda?

Ninguém respondeu. Adso e Lábia engalfinharam-se em um beijo cinematográfico. Ato que repetiam vez ou outra, quando bebiam e discutiam. Valente fingiu não escutá-lo. Nesse instante, o garçom colocou o Vésper na frente do rapaz, que segurou o braço do atendente e perguntou:

— O professor José Roberto tem aparecido por aqui?

— Ultimamente, não. Ele anda sumido. E o pior é que Sócrates não quer tirar o desafio do quadro enquanto ele não autorizar. Se estivesse aqui, poderia pelo menos dar umas dicas ao pessoal.

Santiago agradeceu. Valente não perdeu a oportunidade:

— Não te entusiasmes muito. Aquele cargo nunca será teu.

O português referia-se à intenção de Santiago de sair dos Archivos Antigos para trabalhar com o professor no Departamento de Pesquisas. Era um cargo concorrido, mas José Roberto já demonstrara interesse em trazê-lo. Obviamente, Valente Rocha também queria a vaga.

Nesse instante, o DJ interrompeu a música e projetou no telão do bar o telejornal que passava naquele momento. Sócrates gritou aos clientes que fizessem silêncio e, então, todos ouviram a notícia:

"Um novo lote com milhares de documentos históricos foram liberados para avaliação pelos governos de Brasil e Portugal. São raridades, como livros, ofícios, cartas e gravuras de períodos variados da história das duas nações. Alguns materiais em estado razoável de conservação datam de momentos anteriores à descoberta do nosso País".

Os frequentadores do bar gritaram como se comemorassem um gol. Santiago sentiu um frio na espinha, pois tinha certeza de que parte daqueles documentos seria destinada aos Archivos Antigos para análise.

— Pois é. Parece que alguém não vai mais querer ser movido do cargo – ironizou Valente, pressentindo a possível indecisão que Santiago enfrentaria.

— Nossa, senti um mal-estar agora. Acho que Plutão entrou em oposição a Júpiter — comentou Adso, com a boca borrada do batom de Lábia.

Realmente, se houvesse um concílio de deuses naquele momento, Júpiter — o deus maior — estaria pronto para o embate com Plutão, também conhecido como Hades, o deus dos infernos.

3
O CABO DAS TORMENTAS

 *CHUN*
Haverá sucesso, apesar do perigo. O sábio trabalha, mas precisa de ajuda.

Então, Clarice, os cordeiros pararam de gritar?
HANNIBAL LECTER, EM
O SILÊNCIO DOS INOCENTES
(EUA, 1991)

O homem estava em sua casa mergulhado na pesquisa.

As orientações da mulher o tinham levado a uma possibilidade inédita e incrível que demandaria muita dedicação e empenho. Se preciso fosse, deixaria seu emprego.

Não comia ou dormia desde o dia anterior, mas o corpo não sentia. A mente agitada buscava respostas, e nada mais poderia pará-lo. Nada, exceto o Cabo das Tormentas que acabara de entrar pela porta dos fundos.

Cabo das Tormentas era alto e muito forte. Chegou por trás em passos silenciosos, quase imperceptíveis. Notou que o homem estava absorvido pela leitura e então lhe tocou o ombro. Assim que se virou, assustado, o homem foi atingido por um soco forte e raivoso.

Adormeceu. Inconsciente, não viu as mãos enormes que o arrastaram pelos cômodos até o quintal e o colocaram em uma van. Horas depois, despertou amarrado a uma cadeira. Estava com as mãos para trás e os pés juntos, mas não havia mordaça em sua boca.

– Tem alguém aí? Onde estou? – gritou, imitado pelo eco.

O local escuro, amplo e sujo parecia uma câmara de torturas, com correntes e ganchos suspensos no teto, nas paredes e pelo chão. Aquela era a masmorra do Cabo das Tormentas.

O homem se debateu, mas a cadeira soldada a uma chapa no chão não se moveu.

– Socorro!

Além do eco, ouviu uma risada grave ao longe que gelou sua alma. Passos. As gargalhadas aumentaram junto com o desespero do homem. Seria um ladrão? "Que tipo de louco sequestra alguém pobre e o prende em um local horrível como esse?", pensou.

Das trevas, surgiu o Cabo das Tormentas. O homem não se lembrava de ter visto alguém tão grande em toda sua vida. Além de muito alto, aquele estranho aparentava ter muita força. Vestia-se inteiramente de preto e segurava uma caixa em cada mão.

Seus olhos eram frios e malignos. Traziam a impiedade de um maníaco interessado nas mais perversas ações.

– Quem é você? – perguntou o homem.

O Cabo das Tormentas riu e lançou as duas caixas ao chão. Com a queda, ambas se abriram e exibiram seus conteúdos. A primeira, de metal, tinha um gigantesco alicate enferrujado que parecia pesar dois quilos. A segunda, menor, não fez barulho ao cair. De dentro, algo semelhante a uma lesma negra escorregou pelo chão.

O homem pensou ter visto a figura do mestre do mal, Darth Vader – da saga *Guerra nas estrelas* –, estampada na caixa menor, mas atribuiu esse delírio ao pavor que sentia no momento.

– O que quer comigo? Não tenho dinheiro!

Ignorando o homem, a assustadora figura foi até um rádio colocado em uma bancada fétida e pressionou um botão. Uma música preencheu o ar:

Nosso amor não deu certo
Gargalhadas e lágrimas
De perto, fomos quase nada
Tipo de amor que não pode dar certo na luz da manhã
E desperdiçamos os blues do Djavan

Era "Eclipse oculto", de Caetano Veloso.

Enquanto a música tocava, Cabo das Tormentas, com a mão esquerda, segurou o rosto do homem por baixo e pressionou o polegar e o indicador, forçando-o a abrir a boca. Com o pesado alicate na mão direita, o agressor agarrou o meio da língua do homem, apertou firme e arrancou o músculo com um único puxão.

Foi um grito horrível. Um misto de dor, medo e choque. Apesar do sangue abundante que vertia de sua boca, o homem demorou quarenta minutos para morrer. Tempo muito bem aproveitado pelo Cabo das Tormentas, para conversar, mostrar fotos e documentos ao homem, além de repetir muitas e muitas vezes a música "Eclipse oculto".

Segundos antes de morrer, o homem viu sua língua ser guardada na caixa menor ao lado do que pensou ser uma lesma negra, mas que, certamente, era outra língua. Alguém já havia passado por aquele horror antes dele.

Enquanto sua visão enegrecia para sempre, confirmou em seu último suspiro: a caixa menor era uma lancheira infantil de *Guerra nas estrelas*.

Eu sou aquele oculto e grande cabo,
A quem chamais vós outros Tormentório,
Que nunca a Ptolomeu, Pompônio, Estrabo,
Plínio, e quantos passaram, foi notório.

4

THANATOS

MENG
O inexperiente deve procurar conselho dos sábios. O sábio só ajuda aquele que pede.

Matéria e campo são formados por membranas. O universo flui em onze dimensões: três espaciais, uma temporal e sete recurvadas.

Teoria M (unificação das cinco teorias das cordas)

Na manhã seguinte, Santiago chegou cedo à Universidade Alexandria.

A maior e mais conhecida universidade da América Latina oferecia uma experiência única para alunos, professores e pesquisadores. Seu pioneirismo em descobertas científicas e tecnológicas só era superado pelo seu desempenho em humanidades. Estudiosos de línguas, filosofia, história e civilizações vinham de todas as partes do globo para aprender nesse centro público do saber.

Naquele dia havia muito mais que estudantes e professores na universidade. Ainda que Santiago entendesse a importância dos documentos recém-encontrados, não conseguia assimilar a presença de tantos jornalistas e carros oficiais no campus. A caminho do prédio dos Archivos Antigos, encontrou Valente no sentido contrário. Resolveu provocar o amigo português:

— E aí, *Portuga*? Já está com vontade de me pedir um estágio? — brincou, referindo-se à importância que os Archivos Antigos receberiam com a chegada dos documentos. Pela primeira vez,

Valente Rocha pareceu ignorar Santiago. O jovem lusitano passou por ele com ar assustado, pálido e apressado.

Assim que entrou nos Archivos Antigos, Santiago viu entregadores que traziam e empilhavam dezenas de caixas em meio a pesquisadores que corriam de um lado para outro, excitados.

Próximo à sua mesa, Santiago notou um homem estranho que o aguardava. Era baixo, estava dezenas de quilos acima do peso e vestia um terno clássico marrom-claro, suspensórios e gravata borboleta.

— Santiago Porto? Sou Traditore, Carlos Traditore, o novo diretor dos Archivos Antigos, como vai? — disse, estendendo a mão suada. Sua cara bonachona de olhos apertados e bochechas vermelhas trazia à mente de Santiago a imagem do Papai Noel.

— Diretor? Como assim? Nós respondemos diretamente ao Departamento de Pesquisas. Não temos um diretor — respondeu, cumprimentando o homem.

— Eu sei, eu sei, me informaram. O Ministro da Educação em pessoa me pediu para assumir essa posição hoje. Acredito que tenha sido por causa desses documentos que estão chegando, não? Um tédio, confesso a você. Eu deveria ter me tornado um investidor financeiro, como meu irmão.

Os Archivos Antigos ficavam em um prédio grande, com um pé-direito altíssimo amplo e aberto. Pareciam, à primeira vista, uma biblioteca. Centenas de estantes, distribuídas no térreo e no mezanino, sustentavam milhares de livros e documentos diversos que deixariam museus do mundo todo com inveja. Na hierarquia da universidade, estavam subordinados ao Departamento de Pesquisas, sob coordenação do professor José Roberto.

— Senhor Traditore...

— Por favor, me chame de Carlos — pediu o novo diretor.

— Carlos, não que não tenha gostado da ideia de termos um diretor aqui nos Archivos, mas é que eu já estava no meio de um processo de mudança de área. Claro que a descoberta dos documentos e seu encaminhamento aos Archivos me animaram muito a ficar, mas realmente já planejo deixar esse departamento há algum tempo.

— Claro, Santiago, claro. Não se preocupe. Jamais atrapalharia os planos profissionais de qualquer um aqui dentro. Estou pensando em contatar alguns profissionais de confiança para me ajudar nas pesquisas, mas ninguém será demitido. Quem quiser sair terá total apoio, bem como quem quiser permanecer e ajudar.

— Obrigado, Carlos.

— Não por isso. Diga-me, como se dará essa sua transferência?

— É algo que estou vendo com o professor José Roberto, chefe geral do Departamento de Pesquisas.

Carlos Traditore arregalou os olhos.

— É... Como? Você... Você ainda não sabe?

— Não sei o quê?

— Essa movimentação toda no campus hoje, você não viu as notícias?

— Sim, claro, por causa dos documentos, não?

O novo diretor dos Archivos Antigos encostou-se à mesa e falou baixo e constrangido:

— Esse homem ao qual você se referiu, o renomado professor José Roberto, foi encontrado morto nesta manhã. Parece que estava sem a língua.

5
CAMONIS PAGINA AMISSA

 WEI CHI
As condições são difíceis para aquele que deseja criar ordem a partir do caos.

Goza a vida com a mulher que amas, todos os dias da tua vida vã, os quais Deus te deu debaixo do sol; porque este é o teu quinhão nesta vida, e do teu trabalho, que tu fazes debaixo do sol.

ECLESIASTES, 9:9

O universo havia virado um filme mudo em sépia.

Santiago saiu lentamente dos Archivos Antigos. Sabia a razão de Valente não ter embarcado na provocação matinal. Entendia também a presença de policiais na universidade. Nenhum documento no mundo causaria tanta agitação no campus. O motivo era outro.

"Parece que estava sem a língua", disse Traditore. Santiago revisitava a cena mentalmente, procurando um alívio. Quem sabe o homem tivesse entendido errado?

– Santiago, você está legal?

Era Lábia. Quem era ela para perguntar? Estava péssima. A maquiagem borrada pelas lágrimas. Puxou um abraço, Santiago retribuiu. Foram envolvidos por mais dois braços; era Valente.

– Portuga, desculpa... – balbuciou Santiago, referindo-se à provocação de antes.

— Claro...

Os três permaneceram no triste e apertado abraço, até que uma estudante passou correndo, excitada e contente, ao lado do trio. Seguida por amigas, deixou escapar:

—Vamos rápido, antes que eles recolham o corpo.

Santiago ergueu a cabeça assustado. Limpou as lágrimas e tentou entender.

— Ele está aqui? — perguntou com a voz trêmula.

Queria ver o professor mais uma vez. Lábia e Valente tentaram dissuadi-lo:

— Não, cara. Não faz isso. Disseram que ele está horrível — pediu Lábia, enquanto o português o segurava pelo braço. Ainda assim, Santiago foi. Estava decidido.

Correu com o fluxo da multidão. A barreira humana tornava-se densa à medida que Santiago se aproximava da fonte central da universidade. Entre empurrões e espremidas, chegou ao cordão de isolamento. Não dava para ver o professor daquele ângulo.

Curiosos gritavam, riam e fotografavam com celulares. Um furgão oficial chegou para recolher o corpo, e Santiago temeu não conseguir ver seu velho mestre uma última vez. Era preciso fazer algo.

Percebendo a distração dos policiais, ergueu a faixa e avançou até o outro lado da fonte, para onde todas as atenções se dirigiam. Arrependeu-se amargamente. Professor José Roberto, uma das personalidades mais inteligentes da universidade, íntegro, criativo e educado, estava deitado sobre os degraus da fonte com os braços abertos e as pernas juntas, como uma cruz humana.

Olhos congelados de terror registravam seu último momento de vida. A boca exageradamente escancarada e o sangue seco no queixo, pescoço e tórax tornavam a cena digna dos antigos filmes de horror da produtora Hammer.

—A língua... língua... — disse Santiago, sem desviar o olhar do grande amigo.

—Você precisa sair daqui — disse um policial.

— Língua...

Outro policial puxou Santiago pelo braço. Valente e Lábia o ampararam após a faixa de isolamento.

— Língua. Ele estudava línguas... — Santiago sussurrou, confuso.

Seus amigos tentaram movê-lo de lá. Enquanto relutava, notou uma bela garota, de mais ou menos vinte anos, que observava o corpo do professor e se destacava da multidão. Os cabelos negros e os olhos levemente puxados remetiam a uma distante descendência oriental suplantada pelo tropicalismo que a pele morena e os lábios carnudos asseguravam. Estava estranhamente vestida como uma colegial, com camisa branca, gravata azul e saia xadrez.

O furgão do legista foi aberto. Um inesperado e nauseante odor invadiu a praça da fonte e dissipou a multidão em minutos. Naquele dia não houve expediente na universidade.

Horas depois, em seu apartamento, Santiago tentava assimilar o que havia ocorrido. Na escrivaninha antiga, Capitão Astrolábio sorria alheio ao recente desastre. Seria uma bela homenagem escrever algo sobre o falecido mestre, mas, quem leria? Que palavras resumiriam a genialidade daquele homem?

Ligou para Adso que, da turma de amigos, era quem menos tinha contato com o professor. O empreendedor já estava sabendo da triste notícia e se dispôs a encontrar os amigos à noite no Bartenon para um sarau de despedida, uma vez que o professor seria cremado sem velório, conforme vontade própria registrada há anos.

Um leve cochilo sobre a feia escrivaninha trouxe a Santiago um pesadelo estranho. O professor José Roberto lecionava sem língua a uma classe formada pelos clientes do Bartenon, policiais, Carlos Traditore, a mãe de Santiago, a moça de traços orientais e até seu personagem, o Capitão Astrolábio.

Santiago ergueu a mão e perguntou:

– Professor, como o senhor morreu?

O falecido mestre ignorou a pergunta e escreveu na lousa:

Não mais, Musa, não mais que a Lira tenho
Destemperada e a voz enrouquecida,
E não do canto, mas de ver que venho
Cantar a gente surda e endurecida

Santiago não entendeu por que o professor havia escrito o desalento de Camões, do Canto X de *Os Lusíadas*. Baixou a cabeça e leu em seu caderno uma pergunta escrita em sangue:

"O que foi, Santiago, o gato comeu sua língua?".

Despertou assustado. Já era tarde. Arrumou-se e partiu para o Bartenon, onde encontrou um clima muito diferente do costumeiro.

Luzes baixas, Beatles e uma grande foto do elegante professor José Roberto asseguraram o tom de saudade e tristeza do bar. Santiago juntou-se a Valente, Lábia e Adso – que usava uma camiseta que dizia: "Vendedor de Wikipédia" – para beber e brindar, lembrando histórias engraçadas do saudoso mestre.

– Ele dizia que só chegou a ser registrado com sete anos. Seus pais lhe deram até a oportunidade de escolher o próprio nome – comentou Lábia.

– E ele foi escolher logo "José"? – perguntou Adso, animando os amigos.

– Tu preferias que ele escolhesse "Adso"? – brincou Valente, fazendo que todos rissem mais ainda.

Santiago tentava se envolver nas brincadeiras, mas não conseguia deixar de pensar na imagem do professor morto na fonte. Quem teria feito aquilo com alguém tão querido? Certa hora da madrugada, Sócrates, o *barman*, subiu ao palco e anunciou:

– Como ninguém decifrou o enigma deixado pelo professor, apagaremos o desafio sem revelar a resposta. Amanhã, começaremos os jogos novamente com novos enigmas. Espero que entendam.

Todos aplaudiram de pé e assoviaram, exceto Santiago, que continuou sentado, olhando para o chão.

– Como dizem aqui, bola pra frente, rapaz. Nosso amigo não nos queria tristes – cochichou Valente no ouvido de Santiago, colocando a mão em seu ombro.

Santiago sentiu o velho e conhecido vento inspirador soprar. Levantou-se e caminhou em direção ao palco, esbarrando em diversos clientes que gritavam pelo próximo enigma. Ao vê-lo no palco, Sócrates imaginou que o rapaz fosse falar algo em homenagem ao professor, e lhe ofereceu o microfone. Santiago recusou, pegou a caneta e rabiscou no quadro:

"*PT52(1)984673(1)?*
PT = Português
Sequência alfabética em português: Cinco, Dois, (Um), Nove, Oito, Quatro, Seis, Sete, Três, (Um) e ZERO.
EN854917632?
EN = English

Sequência alfabética em inglês: Eight, Five, Four, Nine, One, Seven, Six, Three, Two e ZERO".

O Bartenon inteiro se calou. Sócrates arrancou um papel amassado do bolso e conferiu o resultado. Estava certo. Santiago já sabia. Soube na hora em que olhou para o quadro na noite anterior, mas queria responder na presença do professor, algo que seria impossível a partir daquela maldita manhã.

Saiu do bar sob o olhar chocado dos presentes. Assim que pisou na rua, foi abordado:

— Santiago, posso falar com você?

Era a bela garota de traços orientais que Santiago havia visto pela manhã. O rapaz estranhou a presença da jovem, sozinha, em plena madrugada.

— Quem é você? Como sabe meu nome? — perguntou, sem reduzir o passo, acompanhado pela moça.

— Tenho de falar rápido. Preciso dos serviços de alguém que entenda de enigmas, língua portuguesa, documentos raros, coisas assim.

— Precisa dos serviços? — ironizou Santiago, enquanto acelerava o passo. — Você é só uma menina.

— Diga-me, Santiago, você se considera um bom conhecedor de Camões?

Santiago parou e se virou. Estava cansado e triste. Não podia deixar aquela estranha sem uma resposta adequada. Encarou, então, sua acompanhante, e perguntou:

— Desculpe, mas, qual é mesmo o seu nome?

— Pode me chamar de Edna. Edna Enim — respondeu a garota enquanto, finalmente, o alcançava.

— Muito bem, Edna Enim. Essa pessoa que você descreveu, que conhecia Camões, enigmas, documentos e dominava a língua como ninguém, não sou eu. Essa pessoa morreu. Você sabe de quem estou falando, não? Eu a vi na universidade olhando o corpo do professor na fonte junto da multidão de curiosos. Por que você não aproveitou para fazer essas estranhas perguntas e oferecer esse emprego a ele? — perguntou com raiva.

— O professor José Roberto, sim, uma verdadeira pena... Mas, escute Santiago, não estou lhe oferecendo emprego. Preciso de sua ajuda para algo muito mais sério e importante.

Curioso pela aparente loucura daquela bela garota, perguntou:

– Está bem, menina, como posso ajudá-la?

Edna Enim tomou fôlego e falou em tom solene, como se enunciasse uma missão:

– Preciso que você encontre algo para mim. Um documento histórico que pode mudar o mundo. Algo que só alguém como o professor José Roberto ou você podem encontrar.

Talvez fosse a bebida, mas Santiago viu verdade nas palavras da garota, e aquilo o intrigou.

– Certo, mas que documento é esse? O que devo encontrar?

Pela segunda vez na noite, Santiago sentiu o vento soprar. Dessa vez, foi uma brisa sinistra seguida de um trovão.

– Você precisa encontrar a Página Perdida de Camões.

6

DOIS ESTRANHOS NA MADRUGADA

K'UM

Aquele cujo espírito se deixa quebrar pela opressão não alcançará o sucesso.

Aventura: a.ven.tu.ra. subst. fem. (lat adventura) 1. Acontecimento imprevisto. 2. Ação ou empresa arriscada. 3. Conquista amorosa. 4. Sucesso romanesco. R. Patuscada. 6. Risco. 7. Acaso, sorte.

Michaelis – Moderno Dicionário da Língua Portuguesa

O sol nascia no horizonte quando Santiago chegou em casa.

O dia anterior e a madrugada poderiam ser classificados como insólitos, aterrorizantes e decisivos. Um diretor tinha chegado aos Archivos Antigos, o professor José Roberto estava morto – certamente assassinado –, e, para piorar, aquela bela e misteriosa garota abrira uma verdadeira Caixa de Pandora na discussão concluída instantes atrás.

A conversa com Edna Enim, iniciada pela menção a uma improvável página perdida do poeta português Luís Vaz de Camões, era o ponto aberto intrigante, excitante e, até certo ponto, fantasioso que atraía a energia mental de Santiago.

"Os verdadeiros paraísos são os paraísos que se perderam", pensou o jovem, citando Marcel Proust.

Sem forças até para ir para a cama, Santiago jogou-se na feia e rígida escrivaninha, deitou a cabeça e deixou a memória correr solta. Lembrou-se dos olhos rasgados e brilhantes de Edna Enim dizendo:

— Você precisa encontrar a Página Perdida de Camões.

Imaginou-a em vestes de rainha, depois com o biquíni dourado da Princesa Leia e, por último, nua. Independentemente da vestimenta e do cenário, a frase era sempre a mesma:

— Você precisa encontrar a Página Perdida de Camões.

Era um eco, um *looping*, uma obsessão que se desenrolou no resto do diálogo:

— Página perdida? Camões nunca... — tentou responder Santiago à proposta.

— Sim, Santiago, perdeu. Na história de vida de Camões, houve uma vez em que...

— O *Parnaso*. Sim, Camões perdeu um livro chamado O *Parnaso de Luís de Camões*. Foi um livro inteiro, não uma página — argumentou.

— Não me refiro a esse livro. Veja, no naufrágio que sofreu no rio Mekong, o poeta salvou os manuscritos de *Os Lusíadas*, sua obra maior, mas, acreditam alguns, e me incluo entre esses crédulos, uma página especial foi perdida.

Santiago desdenhou:

— Sim, pode ser que ele tenha perdido uma página, dez, cem, o que importa? Ele certamente reescreveu tudo. Além disso, o que quer que tenha sido perdido naquela época já se decompôs, foi reciclado. Por que o interesse agora? Por que você precisa disso?

Edna respirou, impaciente.

— Se você se interessar em entender, descobrirá que Camões perdeu apenas uma página no acidente, e que ela nunca mais foi reescrita. Só isso já conferiria grande valor ao documento. O mais importante disso tudo é que o conteúdo dessa página vai além de um simples trecho de poema.

Santiago ficou quieto. A veia de escritor pulsou mais forte e fez a criatividade voar. Ainda que improvável, a história era interessante e valia mais alguns minutos de atenção. Edna percebeu a repentina disposição e prosseguiu em sua explicação:

— É mais que um pedaço da maior epopeia já escrita na língua portuguesa. É um mapa, um guia para algo maior e mais perigoso. E o mais incrível de tudo: tenho quase certeza de que a página está no Brasil.

No fim do beco, um gato vira-lata derrubou uma garrafa. O som assustou Edna, que pressionou:

— Rápido, Santiago, diga-me, você vai procurar pela página? Outros estão atrás dela. Pessoas perigosas, capazes das piores ações. Você vai? Por mim, pelo valor histórico que ela traz, pelo conhecimento perigoso que vem com ela.

— Escute, Edna. Não a conheço. Nunca ouvi falar desse documento, e olha que me julgo um entendedor razoável de raridades literárias. Quem garante que você não é louca ou está de brincadeira? Como é possível que um papel tão antigo tenha resistido até hoje e nunca ninguém tenha falado dele?

— Se você aceitar buscar por ela, encontrará todas as respostas. Eu lhe imploro. Não faça por mim, faça pelo professor José Roberto.

A menção do nome do grande amigo e mestre, somado ao excitante desafio intelectual que a busca prometia, arrancou de Santiago três palavras rápidas:

— Certo, eu aceito.

Edna ficou ainda mais bonita ao ouvir a confirmação de Santiago. Desandou, então, a explicar para o rapaz que não teria como pagá-lo, e que a busca pela página traria possíveis perigos, enormes desafios, e que o sucesso ainda era incerto.

— Mas, por onde começo? Qual foi o último paradeiro da página? Que pista você pode me dar para, pelo menos, iniciar a busca?

— Não sei nada mais sobre isso. O fato de você saber que a página existe já é a primeira e mais importante pista; por isso, não conte nada a ninguém. Não confie em ninguém. Faça o que você faz de melhor: pense, pesquise, deduza. Aproveite os novos documentos que chegaram às suas mãos, estude-os. A página foi vista pela última vez no Brasil, é só isso que sei. Se você concluir que não está mais aqui, irei atrás de outro especialista no país em que ela estiver.

Edna Enim virou-se para ir embora, mas Santiago segurou-lhe o braço:

— Espere. Como faço para falar com você? Tenho muitas perguntas. Quando encontrar a página, como eu lhe aviso?

– Não se preocupe em me procurar. Preocupe-se em encontrar a página, e evite a todo custo os Cavaleiros da Lua e do Sol, aqueles que dizem que morrerão amanhã. Eles são extremamente perigosos.
– Que cavaleiros? Foram eles que fizeram aquilo com o professor?
– Não sei. Talvez. Quem sabe isso também não seja esclarecido? Agora, adeus.

Edna caminhou no sentido contrário com passos acelerados. Santiago ainda conseguiu gritar uma última questão:
– Como sabe que sou o cara certo? Existem outros especialistas melhores que eu no Brasil.

Mesmo distante, a resposta de Edna foi completamente audível:
– Concordo. Mas foi com você que sonhei.

Este tinha sido todo o diálogo entre aqueles dois estranhos na madrugada. Após lembrar e relembrar várias vezes toda a conversa, vegetando em seu mais novo móvel, sem forças para ir para a cama, Santiago esticou o braço até a estante próxima e apanhou um livro.

Era *Luís de Camoens, alle Gedichte erstmalig in deutsch*, ou *Luís de Camões, todos os poemas pela primeira vez em alemão*, do poeta e linguista alemão Wilhelm Storck. Santiago recebera a obra de uma ex-namorada alemã que estudara na universidade por um breve período. Nunca havia lido o volume, não por falta de interesse, mas por completo desconhecimento da língua germânica. O mesmo livro tinha sido publicado em português, com o título *Vida e obras de Luís de Camões*, em um volume com mais de seiscentas páginas.

Storck, grande divulgador de Camões, recebeu do Rei de Portugal, em 1885, a honra da antiga "Ordem de Santiago", devido à sua dedicação à Língua Portuguesa e, em especial, ao autor de *Os Lusíadas* – do qual publicou toda a obra poética em alemão. "Uma coincidência engraçada essa ordem ter o meu nome", pensou o rapaz, já evolvido pelo cansaço.

– Ela disse que sonhou comigo... – sussurou, de olhos fechados, enquanto adormecia. – Espero sonhar com ela também...

7

O PRÍNCIPE DOS POETAS

 SHIG

*Um exército precisa da
direção de um homem
forte que conquiste o coração
do povo e desperte seu entusiasmo.*

A pena é a língua da alma.
MIGUEL DE CERVANTES

O rádio-relógio já estava há muito tempo tocando alto alguns clássicos do *rock-and-roll*. Santiago só despertou com "Too many tears", do Whitesnake. "Nossa, o refrão lembra muito uma música do Frejat", pensou.

Correu atrasado para o trabalho. Sabia que, naquele dia, não haveria tanto problema em chegar um pouco mais tarde, tendo em vista a atribulada véspera. Todos estavam enlutados, e ninguém realmente prestaria atenção nele.

– Santiago, que bom que está aqui. Venha até a minha mesa, por favor – chamou, pelo telefone, Carlos Traditore. Foi a primeira frase que Santiago ouviu assim que pisou nos Archivos Antigos.

O rapaz foi ao encontro daquele homem elegante, torcendo para que, ao vê-lo, não lembrasse do momento fatídico em que soube da morte do professor José Roberto.

– Santiago, sente-se, por favor – pediu Traditore, indicando a cadeira. – Como você está? Pensei que não viesse hoje.

– Olha, Carlos, desculpe o atraso, é que ontem...

– Não, não. Acho que me expressei mal. Pensei que você não estivesse em condições de vir. Muitos dos amigos do falecido professor não vieram. Se quiser, pode ir embora, viu? Tire uns dias de descanso.

Santiago surpreendeu-se com a inesperada gentileza. Traditore prosseguiu:

– Mas, aproveitando que você está aqui, queria lhe falar sobre aquela sua solicitação.

– Solicitação? Qual?

– Você disse que estava em vias de se mudar para o departamento do professor e que sairia daqui dos Archivos, não é? Ontem, como não havia nada para eu fazer e ninguém para me atualizar sobre os trabalhos do departamento, aproveitei para redigir sua transferência, veja.

Traditore deu a Santiago um papel que oficializava a tão esperada troca de área. Finalmente, o rapaz trabalharia onde sempre sonhara. Ler aquelas linhas fizeram seus olhos brilhar.

– Era o que você almejava, não?

Santiago refletiu diante daquele documento esperado há anos. Carlos Traditore acrescentou:

– Veja, se você for transferido para lá, com o seu currículo e a inteligência, eles o colocarão, com certeza, no lugar do professor...

– Não! – Santiago interrompeu. – Ninguém nunca ocupará o lugar do professor.

Traditore, constrangido, tentou corrigir:

– Mil perdões. Não quis dizer isso.

– Carlos, meu objetivo não era apenas ir para o Departamento de Pesquisas, mas também trabalhar com o professor. Ainda assim, sem a presença dele lá, o desafio de estar à frente da mais importante área da universidade é tudo com que sempre sonhei.

Traditore sorriu e tirou uma caneta cara do bolso interno do paletó marrom clássico.

– Então, é só assinar. Sentirei perder alguém que poderia me ajudar muito com os novos documentos, mas não tenho o direito de represar sua carreira.

Mais uma vez o vento soprou leve na sala. O chiado suave e carinhoso nos ouvidos de Santiago o inspirou, como sempre fizera toda a vida.

– Não, Carlos. Obrigado.

– Como? – perguntou o diretor, espantado.

– Agradeço muito sua oferta. Sei que posso estar cometendo um grande erro em recusar a transferência, mas quero ficar aqui nos Archivos. Prefiro prosseguir em minha rotina, ajudá-lo com os novos documentos e tentar esquecer toda essa tragédia.

Carlos Traditore pareceu não entender a atitude. Ficou alguns segundos petrificado, fitando aquele jovem que, aparentemente, estava recusando um de seus maiores sonhos profissionais.

– Tudo bem, Santiago. Respeito sua vontade. Provavelmente aquele lugar lhe traria lembranças ruins. Quem ganha com esta sua renúncia somos eu e os Archivos Antigos, porque continuaremos tendo um homem com a sua inteligência e capacidade trabalhando conosco. Mãos à obra, então! Só quero que você saiba que não poderei mais fazer esta proposta. As vagas naquela área são por demais concorridas.

Santiago apertou forte a mão inchada do homem e voltou à sua mesa. No caminho, pensou em como a vida era feita de escolhas. Ele recusara seu sonho profissional, não porque o Departamento de Pesquisas traria lembranças do falecido amigo, mas porque pretendia iniciar uma pesquisa minuciosa sobre Camões, em busca da página perdida. O acervo dos Archivos e os novos documentos seriam indispensáveis naquele momento.

– Vamos lá, vamos lá – disse para si mesmo. – O que me lembro sobre Camões?

Sua memória o estava, estranhamente, traindo. Cada vez que tentava lembrar de algo da vida do poeta, sua mente retornava com um insistente vazio. Estava bloqueado. Isso já ocorrera algumas vezes, em momentos de testes acadêmicos ou extrema pressão, mas, como não estava nem em uma nem em outra situação, preocupou-se.

Buscou alguns volumes que situassem, histórica e literariamente, o poeta português. Não havia como lembrar de Camões sem falar do Classicismo ou Quinhentismo, quando o poeta Sá de Miranda voltou da Itália trazendo o novo estilo chamado Renascimento.

Santiago pegou alguns livros que ilustravam a queda do teocentrismo medieval, momento em que a valorização do pensamento humano baseada no passado grego retornou. Naquela época, a natureza humana voltou a ser exaltada, bem como a capacidade de realizar, conquistar, inventar, criar e produzir. "Nesse período, o aprimoramento das artes e ciências trouxe luz ao mundo", pensou, enquanto folheava alguns compêndios.

O rapaz se lembrou, com a ajuda desses livros, de como a cultura greco-latina e a mitologia, com seus deuses pagãos humanizados, trouxeram um mundo guiado pela razão e pelas noções de beleza, verdade e justiça.

As artes, influenciadas pelo pensamento de Platão sobre a beleza e o amor, promoveram maior preocupação quanto à forma, ao idealismo e aos temas de interesse da época. Além de Camões, Santiago lembrou que Portugal também tivera autores como Francisco de Miranda, com sua poesia e comédia; Bernadim Ribeiro, autor de *Menina e moça*, e Antônio Ferreira, que contou a tragédia de Inês de Castro em *A Castro*.

Santiago rememorou tudo o que tinha estudado, há tempos, sobre esse período de ouro das artes, iniciado com o fim da Guerra dos Cem Anos, em 1453, quando a humanidade deu seu maior e mais valioso passo intelectual.

Foi durante a Idade Moderna que começou a dinastia dos Tudors na Inglaterra, a impressão da *Bíblia* por Gutemberg, o primeiro tratado de Trigonometria, a chegada de Vasco da Gama à Índia, a descoberta do Brasil, a *Mona Lisa* de Da Vinci, as teses de Lutero, a Igreja Anglicana, a Companhia de Jesus, o primeiro rolamento de esferas, o primeiro Jardim Botânico em Pisa, as descobertas de Copérnico, o tratado inicial sobre anatomia de Vesálio e muito outros avanços científicos e tecnológicos.

"Um período incrível para a humanidade", pensou. Anchieta fundou São Paulo, escreveu o "Poema à Virgem", com quatro mil versos em latim nas areias da praia; Harvey explicou a circulação sanguínea; viveram Cervantes, Shakespeare, Pedro Álvares Cabral, Michelangelo, Descartes, La Fontaine, Bach, Lavoisier, Newton, Tiradentes, Washington, Franklin, Mesmer, Goethe, Napoleão e outros. Lembrar desses homens era como montar a escalação de um time sem reservas. Durante a Idade Moderna, foram criados o microscópio, a máquina a vapor, o tear, o movimento *Sturm und Drang* – Tempestade e Paixão – dos alemães, e tantas outras importantes revoluções intelectuais e artísticas que fizeram desse período o momento mais intelectualmente rico da história, que só terminou com a queda da Bastilha e o início da Idade Contemporânea.

Reavivar todas essas informações foi importante, mas não permitiu ainda que Santiago se recordasse de detalhes da vida do Príncipe dos Poetas Portugueses, como era considerado Camões. A trava mental persistia.

Após horas de pesquisa, decidiu dar uma volta pela universidade. Apanhou alguns livros sobre Camões e andou sem rumo, preocupado com o recente bloqueio da memória. Pensou no professor José Roberto, e em um de seus muitos conselhos:

"Às vezes, a mente congela. Só um órgão pode botar o cérebro para funcionar: o coração. A cabeça tem o mapa, mas o coração é o motor. Sem o envolvimento do coração, até Einstein seria medíocre".

A lembrança do professor e a caminhada sem rumo levaram inevitavelmente à fonte central da universidade, o local onde o corpo fora achado por todos na manhã anterior. Tudo estava cercado pela agourenta fita amarela que impedia curiosos de contaminar possíveis evidências. Santiago olhou detalhes, ávido por ver algo que ninguém tivesse visto.

– Uau! Você deve gostar muito de Camões, não?

A pergunta vinha de uma bela moça sentada na escadaria próxima à fonte. Tinha cabelos loiros, pele branca, olhos puxados e azuis como o céu interiorano. Seu sorriso largo e convidativo era um presente a Santiago naqueles dias turbulentos.

– Sim, sim, gosto bastante de Camões, mas, como sabe? – perguntou à garota, que facilmente poderia apagar qualquer possível obsessão com Edna Enim e criar uma nova e mais potente fixação.

– Vi esses livros na sua mão. Todos sobre Camões. Esse cara era tão bom assim?

O ventou soprou. E mesmo que não soprasse, o desafio intelectual impulsionado pela beleza daquela garota foi combustível suficiente para que Santiago se aproximasse dela e desandasse a falar, praticamente sem respirar:

– Bom? Ele era incrível! Ninguém sabe ao certo se nasceu em 1524 ou 1525. Era filho de Simão Vaz de Camões, descendente dos Camões de Évora, e Ana de Sá Macedo, de Santarém. Estudou em Coimbra e em Lisboa, com padres dominicanos e jesuítas. Fez curso de Artes no Convento de Santa Cruz com seu tio, Dom Bento. Frequentou a corte de Dom João III e namorou várias damas de lá. Era considerado folgado e brigão, tanto que alguns o chamavam de Trinca-Fortes. Foi soldado em diversas batalhas, e perdeu o olho direito numa delas. Certa vez, uma cortesã o apelidou de "cara-sem-olhos", o que rendeu até um poema.

— Nossa! — exclamou a bela. — Que metralhadora de informações. Você está usando algum tipo de ponto eletrônico?

Santiago riu. A garota deu a deixa:

— Ele não escreveu um livro famoso?

— Calma, vou chegar lá. Sem dinheiro, vivia da ajuda de amigos. Brigou com um criado da corte chamado Gonçalo Borges e ficou preso por nove meses, até ser perdoado. Embarcou para o Oriente, onde conheceu o grande amor de sua vida, a chinesa Dinamene. Em uma gruta, escreveu grande parte do livro que você citou, *Os Lusíadas*, que conta a viagem de Vasco da Gama às Índias. O herói dessa história toda é o povo português, na verdade. Na volta, o navio do poeta naufragou no rio Mekong, e ele ficou sem Dinamene para sempre.

Nessa parte, especificamente, Santiago se lembrou da página perdida. Claro que não poderia falar nada para a moça; por isso, prosseguiu com o básico:

— Por ser muito aventureiro e galanteador, era invejado. Chegou a ser acusado de roubo e foi preso diversas vezes. Navegou por todas as ilhas da Malásia, foi perdoado pelo rei, escreveu peças, poemas soltos, líricas. Perdeu um livro inteiro, inédito, chamado *O Parnaso de Luís de Camões*. Comprou, em Moçambique, um escravo javanês chamado António, que se tornou seu último amigo. Por fim, após aprovação da censura, publicou *Os Lusíadas*, em 1572, e o leu na íntegra para um rei muito jovem chamado Dom Sebastião. Passou a ganhar uma grana do rei a partir daí. Não era muito, e o pagamento não era constante, por isso Camões morreu pobre e solitário em 1579 ou 1580, em Lisboa, de peste ou outra doença da época. Há um túmulo simbólico em Portugal como prova do valor que recebeu após sua morte, quando seus poemas se tornaram conhecidos mundialmente. Acho que isso é tudo do que me lembro, assim, sem consultar nada. Devo ter, inclusive, falado alguma besteira.

— Puxa! Obrigada pela aula. Você é algum tipo de professor de Literatura? — perguntou a moça.

Santiago sentiu certa timidez, e receio de ter sido muito esnobe.

— Não, não. Já dei algumas aulas, mas agora estou nos Archivos Antigos. Lá trabalho com todo tipo de documento.

— Mas, pelo jeito, gosta mais de Camões, não é?

— Nem tanto. Gosto também de outros, como Machado de Assis, por exemplo. Mas, me fale de você. Acho que já falei demais.

Uma voz masculina partiu de trás de Santiago:

— Neste ponto, acertastes...

Era Valente, intrometendo-se mais uma vez e forçando um sotaque que já tinha abandonado.

— Não te surpreendas com o jovem Santiago. O gajo está em formação e necessita muito exibir-se – provocou o português, aproximando-se da jovem na escadaria.

— Você também conhece Camões? – perguntou a garota, visivelmente impressionada com a presença do belo português.

— Eu? Ora, é o Príncipe dos Poetas da minha pátria. Nenhum outro nesta universidade pode se gabar de conhecer Camões mais do que eu – afirmou, olhando Santiago com ar de superioridade.

— Até parece. Você é mestre em Literatura Contemporânea inglesa e americana, Valente. Não vem querer impressionar – provocou Santiago.

— Sim, mas...

— Sem contar que até nessas disciplinas já provei ser melhor do que você, ou já se esqueceu?

O celular da garota tocou um *hit* do Kid Abelha, o que a fez se levantar e afastar-se para atender. Valente engoliu uma possível tréplica e sorriu para Santiago, que retribuiu maliciosamente. Eram amigos queridos e inimigos cordiais.

— Estavas a falar sobre Camões com a garota?

— Falar não, meu amigo. Dei uma aula.

— Faz tempo que não estudas mais o poeta, ainda assim lembrastes de detalhes da vida dele?

— Não, não lembrava até alguns minutos atrás. Sabe, Valente, um certo mestre me disse que às vezes a mente congela, e o único órgão que coloca o cérebro para funcionar é o coração. A cabeça tem o mapa, mas o coração é o motor. Eu só estava precisando de um estímulo para colocar a memória em dia.

— Não entendi – respondeu Valente, enquanto Santiago se afastava.

"O amor sem fim não esconde o medo de ser completo e imperfeito", cantarolou Santiago. "Meus bons amigos" era o nome da música de Roberto Frejat, guitarrista do Barão Vermelho, que parecia, de maneira distante, o refrão de *"Too many tears"*, do Whitesnake.

8
NECROMANCIA

 PI

Se não estamos à altura de um trabalho, devemos nos unir a quem esteja.

Já neste tempo o lúcido Planeta,
Que as horas vai do dia distinguindo,
Chegava à desejada e lenta meta,
A luz celeste às gentes encobrindo

Os Lusíadas,
Canto II, Estância 1

Todas as noites, assim que saía do trabalho, a mulher cumpria um ritual sistemático que lhe trazia a segurança da rotina previsível.

Passava no quiosque e apanhava seu suco de *tutti frutti*, gentilmente preparado com duas horas de antecedência. Preferia não saber como aquela delícia refrescante era feita, para, assim, beber com mais tranquilidade enquanto caminhava para o ponto de ônibus onde esperava pelo transporte por cerca de meia hora.

No ônibus, geralmente vazio por conta do horário, sentava-se próxima à porta e lia algum livro. Naquela noite, estava lendo *O Alienista*, de Machado de Assis, obra tratada por alguns críticos como uma novela, e por outros, como um dos mais longos contos já escritos. Considerado o primeiro romance brasileiro do movimento realista, o texto encantava a mulher a ponto de fazê-la ansiar pelas surpresas finais. "Será que Simão Bacamarte colocará toda a cidade no hospício?", perguntava-se a cada página.

Após descer no ponto final e caminhar cerca de vinte minutos, a mulher chegava à banca de jornal, onde o velho Wilson lhe entregava exemplares dos dois periódicos de maior circulação da cidade, para que ela procurasse emprego. Seu maior sonho era mudar de carreira, mas era um sonho já antigo e desbotado, há muito tempo imerso na segura rotina.

Naquela noite, no ônibus, após cansar a vista nas páginas machadianas, abriu um envelope entregue pelo correio no dia anterior. No papel diferenciado, os dizeres:

> "E destas brandas mostras comovido/Que moveram de um tigre o peito duro/ Com o vulto alegre, qual, do céu subido/Torna sereno e claro o ar escuro/As lágrimas lhe alimpa e, acendido, /Na face a beija e abraça o colo puro;/De modo que dali, se só se achara, /Outro novo cupido se gerara".

A moça não reconheceu a caligrafia ou a autoria da poesia. Guardou o papel para analisar depois. Assim que desceu e percorreu seu caminho tradicional, notou algo incomum. Pela primeira vez, em quase uma década, o velho Wilson não estava na banca de jornal. Em seu lugar, um jovem magro, negro, com uma rala barba no rosto, lhe entregou os dois jornais do dia.

– Onde está o Wilson? – perguntou a mulher.

– O-o-o Wil-Wilson? E-el-ele não veio hoje. Es-está com pr--proble-blema res-respirat-tório – tentou explicar, de maneira nervosa, o misterioso rapaz. Gaguejara demais para quem parecia não dever nada. Além disso, a mulher nunca soube de problemas respiratórios do jornaleiro Wilson.

Tudo estava muito estranho. A mulher tentou disfarçar a desconfiança, mas o rapaz pareceu notar.

– As-as-a senhora q-q-quer esp-esperar um pouco? – disse o rapaz, pegando algo pequeno e preto escondido sob o balcão.

A mulher não quis esperar. Primeiro, o estranho bilhete, depois o desaparecimento de Wilson e a suspcita presença daquele rapaz na banca. Era melhor fugir. Há anos lia a respeito das estatísticas de crimes do bairro, mas acreditava que demoraria para bater à sua porta.

Correu até a esquina, onde viu um homem alto, de costas.

– Senhor, senhor, pelo amor de Deus. Tem um pivete ali atrás, na banca de jornal. Acho que ele fez algo com o Wilson, o jornaleiro. Ele pegou uma arma no balcão, o senhor tem que me ajudar.

A mulher jamais saberia, mas Wilson realmente estava com problemas respiratórios naquela noite. Aquele garoto gago na banca era o filho de um amigo do jornaleiro, e estava apenas pegando seu celular sob o balcão para que ela ligasse para o velho. Infelizmente, ao correr para pedir ajuda, a mulher, na verdade, se entregou de bandeja para o Cabo das Tormentas que a aguardava na esquina.

Após derrubá-la, Cabo das Tormentas levou-a até sua masmorra.

Assim que despertou presa à cadeira, ouviu o gigante se aproximar feliz e cruel. Viu-o colocar "Eclipse oculto" no aparelho de som sobre a velha bancada e atirar ao chão a lancheira de *Guerra nas estrelas* e a caixa de ferramentas.

Sentiu cada segundo de dor ao ter a língua arrancada, e nos minutos seguintes, enquanto se esvaía em sangue, ouvia Cabo das Tormentas falar e mostrar objetos.

Lamentou lembrar-se de que jamais conheceria o final de *O Alienista*. Identificou-se uma última vez com o protagonista da obra machadiana, que também não julgava bem as pessoas, característica que lhe tinha sido fatal naquela noite tão diferente das demais, quando saiu do trabalho e cumpriu seu ritual sistemático que lhe trazia a segurança da rotina previsível.

Naquela noite, não houve segurança ou rotina previsível, apenas o ritual de morte do Cabo das Tormentas.

Luciano Milici

PAPÉIS DE SANTIAGO: CAMÕES

*(Início do trecho de trinta
páginas de pesquisa...)*

Hoje, uma mulher linda me fez lembrar de muitos detalhes da vida de Camões, coisas que só estudei na faculdade ou li em alguma pesquisa esporádica.

Como segurança, vou manter este resumo sempre à mão, enquanto procuro pela Página Perdida e divido meus pensamentos entre Edna Enim e a garota que conheci na fonte.

Luís Vaz de Camões - Estima-se que tenha nascido entre 1517 e 1525, tendo-se por padrão os anos de 1524 e 1525. Dizem que nasceu em Coimbra ou Lisboa, mas alguns falam de Alenquer erroneamente, devido a um poema no qual afirma "Criou-me Portugal na verde e cara/pátria minha Alenquer", porém, nesta obra, o poeta refere-se a outro indivíduo.

Seus pais foram Simão Vaz de Camões e Ana de Sá Macedo. Por parte de pai, foi trineto do trovador de origem galega Vasco Pires de Camões. Por parte de mãe, dizem, teria relação sanguínea com o navegador Vasco da Gama.

Estudou Humanidades em Coimbra, no Mosteiro de Santa Cruz, com seu tio padre, Dom Bento de Camões. Em 1552, no dia de Corpus Christi, brigou com Gonçalo Borges, criado da corte. Feriu-lhe o pescoço e foi preso por vários meses. Quando liberto, embarcou para a Índia na armada de Fernão Álvares Cabral.

Participou de guerras e cultivou muitos amores. Em 1556, foi para Macau, onde viveu em uma gruta e escreveu grande parte de *Os Lusíadas*. Naufragou no rio Mekong, onde perdeu sua companheira chinesa Dinamene, mas salvou seus escritos.

Escreveu *O Parnaso de Luís de Camões*, obra que sumiu misteriosamente na íntegra. Publicou, em 1572, *Os Lusíadas*, e foi agraciado pelo rei Dom Sebastião com uma tença de vinte mil réis por essa obra que exaltava Portugal.

Em Moçambique, comprou António, um escravo javanês, que permaneceu ao seu lado até o fim da vida, quando o poeta morreu pobre, em Lisboa, em 1579 ou 1580, no dia 10 de junho.

Período em que Camões viveu – O Classicismo começou em 1527, com o retorno de Francisco Sá de Miranda a Portugal trazendo o doce estilo novo. Basicamente, introduziu os versos com dez sílabas (decassílabos), a busca pelo equilíbrio na forma, a ênfase na clareza, no nacionalismo, nos temas universais, na linguagem sóbria e sem excessos e no racionalismo. No Classicismo, o objetivo era imitar o estilo dos autores clássicos gregos e romanos da antiguidade usando, inclusive, a mitologia greco-romana.

Obras de Camões:

Épica: A maior obra da língua portuguesa, *Os Lusíadas*.

Teatro: *El-Rei Seleuco*, *Auto de Filodemo* e *Anfitriões*

Lírica:
- "Amor é fogo que arde sem se ver"
- "Eu cantarei o amor tão docemente"
- "Verdes são os campos"
- "Que me quereis, perpétuas saudades?"
- "Sôbolos rios que vão"
- "Transforma-se o amador na cousa amada"
- "Mudam-se os tempos, mudam-se as vontades"
- "Quem diz que Amor é falso ou enganoso"
- "Sete anos de pastor Jacó servia"
- "Alma minha gentil, que te partiste"

Isto é o básico sobre o Príncipe dos Poetas Portugueses, mas, ao analisar sua vida, percebo que, além de conquistador, brigão e ufanista, era um romântico incurável que contrariava o movimento da época em não amar somente platonicamente.

Para mim, Camões era puro *rock-and-roll*.

Só preciso saber o que estou deixando passar, pois algo na sua vida é misterioso, secreto e interessante. Seja o que for, vou descobrir, e, talvez, isso me leve à Página.

9
A LÍNGUA E A FONTE

 HSIAO CH'U

As condições não são propícias para quem se precipita. Haverá êxito, mas ainda existe um longo caminho a ser percorrido.

Gosto de sentir a minha língua roçar a língua de Luís de Camões

"Língua",
Caetano Veloso

A intensa rotina de pesquisa na qual Santiago mergulhou nos dias seguintes à conversa com Edna Enim fez o tempo passar rápido. Já fazia uma semana da morte do professor e, apesar da tristeza e da saudade, não pensara mais na tragédia até aquela manhã, nos Archivos Antigos, quando seu celular tocou:

— San? É a Lábia, tudo bem?

— Oi, Lábia. Tudo bem comigo. E com você?

— Sim, sim. Só estou um pouco chocada. Você viu as notícias hoje?

— Não. Confesso que nesses dias não vi nada. Estou atolado de trabalho. Por quê?

— Seu computador está ligado? Acessa o portal de notícias.

— Qual portal?

— Qualquer um. Eles se copiam.

Santiago acessou o primeiro portal de internet que se lembrou, e lá estava, em destaque:

"Mulher é encontrada morta sem língua".

– Lábia, será que tem...

– Relação com a morte do professor? Não sei. Já li e reli, não dá para concluir nada – respondeu a garota.

A notícia era curta, seca e sem detalhes. Assim que Lábia desligou, Santiago buscou detalhes em outras fontes jornalísticas, mas realmente não havia diferença nas informações dadas. Um morador de rua encontrara a mulher morta, sem a língua, colocada cuidadosamente ao lado de uma fonte no centro da cidade de São Paulo. Os pontos em comum eram dois: a ausência da língua e a fonte. Fora isso, sexo, idade, ocupação e rotina da nova vítima diferiam completamente do caso do professor José Roberto.

"Uma infeliz coincidência", pensou, enquanto voltava às pesquisas.

A última semana não tinha sido muito rica em informações novas. No fundo, as pesquisas de Santiago estavam servindo apenas como recordação dos tempos acadêmicos. Havia muita informação, mas nada especial e, principalmente, nada sobre a Página Perdida.

A bela Edna Enim não tinha aparecido nos últimos dias, mas Santiago permanecia fiel à sua missão. Rever a vida e as obras de Camões estava, de certa forma, sendo bem interessante.

Varrera informações conhecidas sobre Camões em detalhes, mas não estava nem um pouco cansado. Sentia que, nas entrelinhas, algo escapara dos historiadores e linguistas; por isso, sempre que podia, relembrava algum ponto em busca de brechas que o levassem a alguma pista da página.

Muito além da obra maior de Camões, *Os Lusíadas*, Santiago resgatou as três comédias teatrais do poeta: *El-Rei Seleuco*, *Auto de Filodemo* e *Anfitriões*, e releu a vasta lírica disponível. Era do seu conhecimento que toda poesia de boa qualidade produzida na época era atribuída a Camões, ainda que outro autor a tivesse escrito. Na conhecida coletânea *Rithmas*, uma tentativa de agrupar os poemas e manuscritos dispersos de Camões, havia vários textos que provavelmente não pertenciam ao poeta, mas a Diogo Bernardes, Pero de Andrade Caminha, André Falcão de Resende, Francisco de Andrade, Baltasar Estaco e outros autores talentosos da mesma época, cujas melhores obras acabavam por ser atribuídas a Camões erroneamente.

"Engraçado, hoje ocorre o mesmo na internet. Textos bons de anônimos são atribuídos a escritores conhecidos", pensou Santiago.

Os amores que Camões cantou em verso também foram por ele estudados. A prima de olhos verdes do poeta, Isabel Tavares, escondida pelo anagrama Sibela, precedida pela infanta D. Maria, em seguida por Caterina de Ataíde – cujo anagrama Natércia a protegeu de escândalos. Violante e Dona Francisca de Aragão, damas da corte, além de Bárbara, da Índia, e a famosa Dinamene, chinesa de Macau, cujo nome poderia ser uma homenagem à ninfa oceânica da mitologia grega, ou uma maneira portuguesa de pronunciar Tin-Nam-Men.

Para esta última, Camões escrevera um dos poemas preferidos de Santiago, "Alma minha gentil que te partiste". O rapaz deleitou-se ao reler as linhas:

Alma minha gentil, que te partiste
Tão cedo desta vida descontente,
Repousa lá no Céu eternamente,
E viva eu cá na terra sempre triste.

Se lá no assento etéreo, onde subiste,
Memória desta vida se consente,
Não te esqueças daquele amor ardente
Que já nos olhos meus tão puro viste.

E se vires que pode merecer-te
Alguma cousa a dor que me ficou
Da mágoa, sem remédio, de perder-te;

Roga a Deus que teus anos encurtou,
Que tão cedo de cá me leve a ver-te,
Quão cedo de meus olhos te levou.

– Lendo sobre poesia? – interrompeu-o Traditore, que passava com uma caixa de documentos.

– Ahn? Sim, quero dizer, não. Procurei algumas informações sobre Camões para embasar minhas pesquisas dos novos documentos – respondeu Santiago, sem muita convicção.

– Você chegou a abrir alguma caixa de documento? Precisamos dividir os lotes. Ouvi dizer que há uma leva de textos sobre os decassílabos heroicos brasileiros do século XVIII.

Santiago até se interessava por decassílabos heroicos. Essa forma de divisão poética, em que o autor escreve o verso com dez sílabas e coloca força na sexta e décima, era exatamente a maneira escolhida por Camões para *Os Lusíadas*, porém, textos brasileiros do século XVIII, a princípio, não eram o foco de sua pesquisa.

– Hummm, interessante. Pode me deixar com esse lote? – mentiu.

– Claro, vou pedir para colocarem na sua mesa – respondeu Traditore. – Obrigado pela constante ajuda.

Com o flagrante de seu novo chefe, Santiago sabia que não poderia mais ficar tão alheio às atividades dos Archivos Antigos, do contrário despertaria suspeitas. Lembrou-se do que a bela Edna Enim lhe dissera: "Não confie em ninguém".

Talvez ele estivesse confiando demais nas informações conhecidas e difundidas. Não conseguiria sair da estaca zero se prosseguisse assim. Estava procurando uma página perdida, e, certamente, as melhores pistas não estariam em livros.

Camões era um poeta, sim, mas também um aventureiro, e Santiago sabia disso. O autor de *Os Lusíadas* andara com as prostitutas das ruas da Mancebia, Pátio das Arcas e da famosa Taberna do Malcosinhado. Sua vida era real, palpável, física. Livros, teorias e teses acadêmicas não trariam mais respostas.

Inflamado por um novo ânimo, convocou os amigos para uma noitada no Bartenon. "Vai ter que ser daquelas de estimular os neurônios", provocou, numa mensagem de celular para Adso, Lábia e Valente. Naquela noite, Santiago se divertiria muito e começaria a entender algo dito por Edna Enim, que até então não dera a devida atenção:

"Preocupe-se em encontrar a página, e evite a todo custo os Cavaleiros da Lua e do Sol, aqueles que dizem que morrerão amanhã".

10

MORREREI AMANHÃ

 LU

O fraco e o forte, ao se juntarem, terão problemas, mas atitudes gentis levam ao sucesso.

Espartanos! Preparem seu café da manhã e comam bem, pois esta noite jantaremos no inferno.

Rei Leônidas,
300 (EUA, 2006)

Parecia um sonho. Estar no Bartenon, seu reduto, sua área, flertando com a linda garota loira que conhecera próximo à fonte, naquele dia em que relembrou detalhes de Camões, era mais do que Santiago poderia imaginar, mesmo com sua criatividade de escritor aflorada.

O único ponto que o preocupava era o estranho homem que o observara a noite toda. Parecia obcecado por suas ações e palavras. Poderia ser um ladrão, um desafeto, ou, talvez, um antigo relacionamento da moça.

Muitas vezes, a mente prega peças, principalmente quando há influência de doses consideráveis de álcool; porém, naquela noite, não foi impressão ou traquinagem do cérebro excitado de Santiago. Foi real.

Após pedir licença à moça, Santiago foi ao banheiro. Queria ser breve, afinal, não tinha a intenção de ficar muito tempo longe da garota. Assim que empurrou a porta do sanitário do bar, olhou para trás para rever mais uma vez sua companhia, porém, a visão que teve o assustou.

Aquele estranho homem levantara-se e estava se dirigindo ao banheiro também. Provavelmente o abordaria. Amedrontado, foi ao mictório mais próximo à porta e se concentrou. Não para urinar, mas para lutar, caso fosse necessário.

O homem entrou no banheiro e se aproximou de Santiago, que viu, na mão do estranho, algo que o fez ter certeza de que – naquela noite – morreria.

Horas antes, Santiago chegou ao Bartenon empolgado com a oportunidade de rever os amigos e conversar sobre frivolidades intelectuais. Os últimos dias, dedicados exclusivamente a Camões, tinham encurralado o rapaz em um labirinto de informações conhecidas e mornas. Não que a vida aventureira e emocionante do poeta o entediasse. Longe disso. Mas a impressão que todo aquele estudo trouxera era de que a Página Perdida estava ainda muito longe.

Na mesa de sempre, esperavam Lábia, Valente e Adso, cuja camiseta, desta vez, dizia: "Pedreiro poeta, poesia concreta".

– Venha logo, San – gritou Lábia. – Pedimos uma rodada de Thales de Mileto.

Era uma das bebidas mais fortes do Bartenon. A noite prometia.

Sócrates subiu ao palco e apresentou um enigma:

Sou vulgar, não especial
Essa é minha maior beleza
Sou o único plural
Com final R da língua portuguesa

Como ocorria em todo desafio proposto, o Bartenon caiu em um silêncio absoluto de dois segundos para, em seguida, ser invadido por uma onda sonora de gritos dos clientes. Alguns tentavam responder, outros pediam anulação, mas todos berravam.

– Já sei qual é a resposta – afirmou Valente, como sempre fazia após a proposição de qualquer enigma, apesar de estar em quarto lugar no *ranking* geral do bar, cuja primeira posição pertencia a Santiago pelo segundo ano consecutivo.

Mesmo com sua mente aberta e receptiva, Adso sempre desistia dos enigmas minutos após o lançamento para colocar sua ponta de descrença:

— Não, não. Acho que desta vez pisaram na bola, não há plural com letra R na nossa língua. Plural é com S.

Apenas Lábia e Santiago se esforçavam abertamente para solucionar as charadas. O rapaz de maneira silenciosa, e a moça dialogando consigo mesma:

— Será que é uma armadilha? A pergunta é direta? É uma rima, uma poesia... Talvez a resposta rime. Não! Ou será que sim?

A música voltou a tocar, e os frequentadores reiniciaram suas conversas. Santiago pediu outra rodada de Thales de Mileto para os amigos. Nesse momento, percebeu um homem sombrio próximo à sua mesa. Estava encostado no balcão. Trajava uma surrada jaqueta preta sobre uma camiseta igualmente escura. Parecia ser forte, apesar de não ter grande estatura.

Olhou por segundos o estranho, que retribuiu ameaçadoramente o olhar. Em seguida, ignorando-o, introduziu um novo assunto à mesa:

— Sabe, pessoal, andei pesquisando muito a respeito de Camões nesses dias. Acho que já se sabe quase tudo sobre o poeta, não? — respeitava tanto os conhecimentos multidisciplinares de seus amigos, que esperava receber alguma inspiração da conversa sem entregar a missão na qual estava envolvido naqueles dias.

— Ah, San, mais ou menos, viu? — argumentou Lábia. — Além de muitos detalhes ainda serem confusos e controversos, assisti a um filme chamado *Camões* feito em Portugal, na década de 1940, com o famoso ator António Vilar, em que são contadas várias aventuras do poeta. Muita coisa fantasiada, claro, mas deu para ver muita informação que você só encontra em livros raros.

— Ora, Lábia, sei a qual filme te referes. Meus avós detestaram — disse Valente. — Algo que sempre me impressionou em *Os Lusíadas* é quando Vasco da Gama é apresentado pela deusa Tétis à Máquina do Mundo. Isso sim daria um belo filme.

— Máquina do Mundo? O que quer dizer, *Portuga*? — perguntou Santiago, lembrando-se da parte final de *Os Lusíadas*.

— É verdade! Nossa, adorei estudar a Máquina do Mundo — intrometeu-se Adso. O rapaz evitava falar quando o assunto era extremamente literário, pois não havia como competir com Santiago, Valente e Lábia em suas próprias disciplinas. Foi isso que levou os amigos a estranhar o interesse do jovem empreendedor que, empolgado, aproveitou seu momento.

Ativando uma das telas sensíveis ao toque presentes na mesa do Bartenon, Adso começou a explicar com rabiscos:

—Vocês sabem, não é? Vivem me chamando de *nerd,* e devem imaginar meu interesse por assuntos ligados à tecnologia, à cosmologia e a coisas do gênero. No colégio, estudei muito essa parte da história clássica quando os professores queriam que falássemos sobre literatura. Cheguei a fazer um trabalho muito detalhado e elaborado sobre o conhecimento astrológico clássico. Com isso, esbarrei nos temas Máquina do Mundo e Cláudio Ptolomeu.

"Ptolomeu foi um sábio grego que mandava muito bem em matemática, astrologia, astronomia, geografia, cartografia, ótica e teoria musical. Ele juntou os conhecimentos de Aristóteles com as tabelas da Babilônia e descreveu os movimentos do céu. Em seu *Grande tratado,* o *Almagesto,* colocou todos os modelos geométricos do sistema solar com base na sabedoria árabe, indiana e grega. Ele foi o primeiro cientista celeste.

"Quando estudei Camões no colégio, identifiquei dois livros que o poeta usou como base para sua aventura. Certamente, vocês sabem que ele se baseou em *História do descobrimento e conquista da Índia pelos portugueses,* de um tal Fernão Lopes de Castanheda, além do famoso *Roteiro da viagem de Vasco da Gama,* não? Bom, até aí, tudo bem, mas, o que será que serviu como base para que ele descrevesse tão bem os fenômenos naturais e astronômicos?"

Santiago estava adorando a visão do amigo empresário sobre o poeta português. Era isso que estava buscando ao largar a profunda pesquisa e ir a campo discutir com os amigos. Adso continuou:

—Vocês se lembram da passagem de *Os Lusíadas* em que o poeta fala sobre o fenômeno conhecido como Fogo de Santelmo?

Valente rapidamente respondeu:

— Ora, esta eu tive de decorar no colégio. É assim: "Vi, claramente visto, o lume vivo/Que a marítima gente tem por santo/Em tempo de tormenta e vento esquivo,/De tempestade escura e triste pranto./Não menos foi a todos excessivo/Milagre, e coisa certo de alto espanto,/Ver as nuvens do mar com largo cano/Sorver as altas águas do Oceano".

O sotaque de Valente declamando o Canto V, estância 18, de *Os Lusíadas* trazia um ar solene ao poema. Adso agradeceu e continuou:

– Então, esse lume vivo que a marítima gente tem por santo é o Fogo de Santelmo, uma descarga elétrica desencadeada pela ionização do ar em um campo elétrico. Os marinheiros antigos achavam que era um bom sinal ver esse plasma branco-azulado nos céus. Com certeza, sem conhecer a vida do poeta como vocês conhecem, posso afirmar que ele não usou apenas livros como base para seus escritos. Ele também viveu tudo aquilo e, por experiência própria, pôde descrever. Na passagem em que fala da Máquina do Mundo, cita conceitos astronômicos complexos e termos exclusivos de matemáticos e astrônomos, como epiciclo, excêntrico, deferente, apogeu, perigeu e rapto. Estranhamente, ele também apresentou alguns números exatos que – até hoje – assombram estudiosos, como quando diz que o Sol dá duzentas voltas para cada movimento mínimo do Céu Cristalino.

– Céu Cristalino? O que é isso? – perguntou Lábia a Adso.

– Como eu disse, Camões usou Ptolomeu como base, ou seja, conceituou onze céus concêntricos, transparentes e cristalinos. Dez céus móveis e um fixo. Nem todos eram visíveis aos olhos humanos. Essa teoria de Ptolomeu concentrava conceitos astronômicos e espirituais. Havia uma página interessante sobre isso na internet... Deixa ver se a encontro.

Então, com o próprio dispositivo do Bartenon, Adso acessou a fonte de informações da rede mundial que citava o assunto debatido:

"*As tábuas astronômicas eram usadas nos horóscopos e na navegação. Elas eram baseadas nos conceitos de Ptolomeu, que diziam que os três primeiros céus formavam o firmamento e eram invisíveis aos olhos humanos. Só podiam ser deduzidos pela filosofia, teologia e livros sagrados:*

Céu Empíreo. *Superior, distante, maior, puro e incorruptível. Único céu fixo. Local onde mora Deus, os anjos e os espíritos bem-aventurados. Local onde os justos se reunirão no julgamento final. Se algo cair do empíreo, levará quinhentos anos para chegar à Terra.*

Décimo céu. *Móvel. É considerado forte e rápido. Seus movimentos arrastavam os céus abaixo dele. É regular e constante e, por isso, nobre. Fixa-se por dois polos e tem em si os signos do Zodíaco.*

Nono céu. *Cristalino, móvel, uniforme e transparente. É feito de água congelada.*

Abaixo do nono céu estavam os céus visíveis ao homem comum:

Oitavo céu. *Onde as estrelas estão presas. Fica a 20 milhões de léguas da Terra e permite a visão de apenas 1.004 estrelas.*

Do sétimo céu para baixo, orbitam os planetas. No sétimo está Saturno; no sexto, Júpiter; no quinto, Marte; no quarto, o Olho do Céu, ou seja, o Sol; no terceiro, Vênus; no segundo, Mercúrio; e no primeiro, a Lua".

— Que lindo! — exclamou Lábia, deixando-se seduzir por Adso e pela bebida.

— Dizem, Lábia, que nas mais belas, silenciosas e estreladas noites, é possível ouvir o deslizar suave das esferas na harmônica música celestial — disse Adso, olhando firme nos olhos da ruiva. — Enfim, vocês conhecem melhor que eu o Canto X de *Os Lusíadas*. Acho que é nele que a deusa Tétis leva Vasco da Gama ao monte e lhe descreve a Máquina do Mundo, que era, na verdade, o sistema de Ptolomeu. Camões considera o artefato como a mais perfeita das formas por ser esférico. Nela, é possível ver uma região elementar feita de terra, fogo, água e ar, como sempre se referiram os alquimistas, e outra etérea, feita, como o próprio nome diz, do éter celestial.

— E por falar em astronomia, Camões também cita aquele instrumento de medir estrelas, não é? Aquele que Santiago plagiou o nome, lembram? — provocou Valente.

— Astrolábio. Você se refere ao Capitão Astrolábio, não é *Portuga*? — respondeu Santiago, nervoso.

— Exato! A personagem daquele teu livro que ninguém leu.

Adso ignorou a rixa entre os amigos e continuou:

— É verdade. No meu antigo trabalho escolar coloquei que o astrolábio é citado em *Os Lusíadas*, mas não me lembro exatamente em qual parte. Vocês devem saber. Enfim, por mim há muito mistério nesse negócio de Camões citar a Máquina do Mundo, os céus e informações de alquimistas em plena época dominada pela igreja.

A música mudou, o assunto também. Em seu íntimo, Santiago ficou satisfeito pelo breve papo sobre Camões com os amigos. De alguma maneira, novas linhas de investigação foram abertas. Ele não falara nada de página perdida ainda, mas, caso chegasse a outro beco sem saída, certamente provocaria intelectualmente os amigos mais uma vez.

Minutos depois, em um canto do Bartenon, Santiago viu a garota de dias atrás. A inesquecível moça loira que, sentada próxima à fonte, o havia questionado sobre Camões. Ela estava sozinha em uma mesa, distraída. Era uma ótima oportunidade para abordá-la.

Valente estava de cabeça baixa, dedicando-se à solução do enigma, enquanto Adso e Lábia flertavam:

— Adso, você sabia que Carlos Drummond de Andrade escreveu um poema chamado "A Máquina do Mundo"? — provocou Lábia.

— É mesmo? — perguntou Adso, aproximando-se.

— Sim. E esse poema foi escolhido como o melhor poema brasileiro de todos os tempos.

— Você não quer declamá-lo para mim? — pediu Adso, puxando a garota, que começou a sussurrar no ouvido do amigo:

"E como eu palmilhasse vagamente/uma estrada de Minas, pedregosa /e no fecho da tarde um sino rouco...".

Como de costume, o casal tornou-se alheio ao mundo com um cinematográfico beijo. Santiago, então, considerou aquela a deixa para se aproximar da garota. Ciente de que abordagens em bares requeriam habilidade, principalmente quando não havia interesse aparente da parte abordada, optou pela sutileza, deixando que a garota o visse e o chamasse, caso o reconhecesse também.

Com um copo na mão, encostou-se no balcão, na ponta mais visível e próxima. Seu plano deu certo.

— Ei, você não é o especialista em poesia?

Santiago a olhou, fingindo surpresa:

— Nossa, você por aqui? Como vai?

— Estou ótima. Legal esse bar, hein?

— Sim, sim, é incrível. Você chegou faz tempo?

— Na verdade, marquei com uma amiga, que acabou de ligar dizendo que não vem. Não costumo sair muito.

Santiago pensou em convidá-la para sentar com seus amigos, mas sabia que esta seria a pior jogada. Deixou, então, que a conversa se alongasse com ele, em pé, próximo à mesa dela.

— Ah, que pena. E aí? Já acertou o enigma? — perguntou a ela.

— Eu sou péssima em Língua Portuguesa. Nem cheguei a entender o desafio direito. Quer se sentar?

Pronto. Era a deixa esperada. Santiago cochichou algo secretamente no ouvido de Sócrates, o *barman* e, em seguida, puxou a cadeira mais próxima à garota:

— Meu nome é Santiago, e o seu?

— Eu me chamo Selene. Diga-me, Santiago, o que você faz além de estudar Camões e frequentar esse bar diferente?

— Eu trabalho na universidade e também sou escritor. Publiquei um livro chamado *As incríveis aventuras do Capitão Astrolábio*, você deve conhecer, não?

— Huum, desculpe. Nunca ouvi falar — respondeu a garota. Santiago pensou em como Valente gostaria de estar lá naquele momento.

— Ah, além disso, também sou pesquisador, não necessariamente de Camões. Aliás, devo agradecê-la.

— Por quê?

— Eu estava travado naquele dia. Não me recordava muito de Camões, e você me ajudou a lembrar.

— Bom, não sei como fiz isso. Eu mesma não tenho nenhum contato com poesia, infelizmente. Queria ter mais, mas não consigo. Sou funcionária pública, sabe?

— Ora, Fernando Pessoa também era. Pode contar comigo para uma imersão no mundo da poesia.

A moça riu. Era um ótimo sinal. "A menor distância entre dois corações é o riso", dizia o saudoso professor José Roberto.

A conversa desenrolou bem. Vez ou outra, Santiago sentia o homem esquisito fitando-o e, quando arriscava olhar para ele, flagrava-o segurando o mesmo copo do início da noite, obcecado.

Foi quando Valente chegou, visivelmente alterado e cambaleante.

— Cá estas, Santiago, lançando mais uma anedota de brasileiro para esta bela moça.

Santiago bufou e respondeu:

— Portuga, não enche, vai. Estou aqui conversando...

— ...sobre Camões, aposto? — cortou e dirigiu-se a Selene: — Aposto que ele está a enchê-la mais uma vez com os parcos conhecimentos que possui a respeito do poeta de minha pátria, não?

Selene, constrangida, não respondeu. Valente continuou com as provocações:

— Já dissestes à moça quanto és bom em redundar sobre um único assunto? Maçante...

Santiago pegou um guardanapo e começou a rabiscar, ignorando Valente.

— Tão óbvio, tão óbvio. Sempre podemos prever teus movimentos. Poderia nos ajudar a solucionar o enigma de hoje, mas estas aí, aborrecendo a jovem. Vais agora dar teu telefone a ela, não?

Santiago dobrou o papel e deu a Selene.

— Não falei? Sempre previsível. Vou voltar ao meu lugar, esta reprise me enoja — falou Valente, enquanto retornava à mesa com passos tortos.

A conversa entre o casal prosseguiu como se a intervenção do português não tivesse ocorrido. Logo Santiago sentiu a necessidade de ir ao banheiro e se levantou.

— Não vá sumir — brincou Santiago.

— Quem sabe? — disse Selene. — Afinal, eu já tenho o seu telefone, não tenho?

— Meu telefone? Quem disse?

A caminho do banheiro, o rapaz passou ao lado do homem que o observara toda a noite. Ao olhar para trás, percebeu que estava sendo seguido pelo estranho. Escolheu o mictório mais próximo da porta e esperou pelo embate.

No bar, Valente aproveitou a ausência de Santiago e foi até a garota para desdenhar mais. Encontrou Selene desdobrando o guardanapo. Estava escrito na péssima caligrafia do rapaz:

Solução do enigma:
Sou vulgar, não especial, essa é a minha maior beleza, sou o único plural com final R da língua portuguesa.

Vulgar, não especial = Qualquer. Plural de qualquer = Quaisquer

— O que é isso? — estranhou a garota.

Valente tomou o papel das mãos de Selene e se surpreendeu:

— Não acredito. É a resposta da charada de hoje!

Selene pegou de volta o papel e o entregou para Sócrates, o *barman*, que anunciou:

— Atenção, Bartenautas! O enigma foi resolvido. Ponto para... qual é mesmo o seu nome?

— Selene, meu nome é Selene, mas não fui eu quem...

Sócrates afastou o microfone e falou apenas para a garota e Valente ouvirem:

— Eu sei, eu sei. Foi o Santiago, não foi? Tome — falou o barman, devolvendo outro guardanapo à garota.

— O que é isso?

— Assim que você o convidou para se sentar, ele me disse para anotar o telefone dele em um papel e entregar para a primeira pessoa que acertasse o enigma. Eu brinquei, perguntando se deveria dar o número até mesmo para o Valente, e ele disse que era mais fácil o enigma se solucionar sozinho.

A garota riu e guardou o número. Valente ficou realmente furioso com a segurança que o amigo demonstrara. Santiago sabia que ninguém acertaria o enigma antes dele e, como já o decifrara há algum tempo, usou isso em favor do flerte.

Disposto a tirar satisfações com o amigo e falar-lhe umas boas, motivado pela bebida, o português correu ao banheiro e, ao empurrar a porta com violência, encontrou Santiago e o estranho homem. Olhavam-se ameaçadoramente. Na verdade, somente o homem olhava com expressão ameaçadora. Santiago exalava medo.

— O que está acontecendo aqui? — gritou o português.

O homem empurrou Valente e correu porta afora.

— Quem era ele? — perguntou Valente.

— Não sei, *Portuga*, mas acho que você salvou minha vida. Obrigado.

Santiago não comentou com o amigo nem com ninguém naquela noite, mas, na mão esquerda do sombrio estranho, uma tatuagem negra representava algo semelhante a um sol e uma lua. Em torno do desenho circular havia uma inscrição em latim:

Moriar Cras.

— Morrerei amanhã — Santiago traduziu, baixo, para si mesmo, enquanto voltava à mesa de Selene.

Não conseguiu mais se concentrar na paquera. Olhava para o belo rosto de Selene, mas só se lembrava de outro rosto igualmente atraente. Em sua memória, Edna Enim repetia infinitas vezes:

"Preocupe-se em encontrar a Página e evite a todo custo os Cavaleiros da Lua e do Sol, aqueles que dizem que morrerão amanhã".

11

"KILLING MOON" E OUTRAS COINCIDÊNCIAS

 T'Al

*A harmonia só é possível
quando as pessoas e coisas
se encontram em relação correta.*

*A morte não é nada
para nós.*

Epicuro

Algumas coincidências são facilmente percebidas.

Três dias por semana, os primos Eduardo, Rogério, Cristiano e Marcelo reuniam-se para afinar seus instrumentos musicais e tocar algumas de suas músicas preferidas por duas ou três horas em um estúdio.

Naquele dia, eles tinham separado a partitura de "Killing moon", da banda inglesa de Liverpool Echo and The Bunnymen. Uma música cuja letra falava sobre destino e morte. Geralmente, encontravam-se às oito da manhã e esperavam na praça até as nove, quando o estúdio abria.

Naquele dia, coincidentemente, todos chegaram meia hora antes. Estava cedo demais, e um deles sacou o violão.

– Que tal tocarmos algo, só para aquecer?

Sentaram-se próximos à fonte da praça e passaram por vários sucessos do rock nacional e internacional. Até que um deles, não importa qual, sugeriu:

– Vamos tentar outro estilo? Que tal tocarmos Caetano?
– Caetano? Qual?
– Eu pensei em "Eclipse Oculto", pode ser?

Mal começaram a tocar as primeiras notas e um deles, também não importa qual, notou algo estranho na água da fonte. Era sangue.

A música continuou, mas o integrante da banda menos ocupado e empolgado com o *hit* de Caetano deu a volta na fonte e encontrou o corpo. Naquele dia, não haveria ensaio. Eles nunca saberiam, mas tinham tocado exatamente a última música ouvida pelo morto. Isto, porque algumas coincidências não são facilmente percebidas.

A polícia chegou, isolou a área e ouviu os vizinhos e presentes.

Como nos casos anteriores, a vítima estava sem a língua e cuidadosamente colocada em forma de cruz sobre os degraus da fonte. Com certeza, a polícia não teria como não relacionar os casos, e a imprensa não deixaria de alarmar que um assassino serial estava à solta.

Diferente das mortes anteriores, a polícia encontrara nesta uma pista importante. Para o Cabo das Tormentas, que observava toda a movimentação de dentro de um veículo próximo, a polícia ou a imprensa pouco importavam. Ele só pensava na vítima seguinte.

Assim que foram liberados, os quatro rapazes que tinham encontrado o corpo partiram traumatizados. Um deles, o baterista Marcelo, teve a impressão de ouvir a rádio da van preta estacionada do outro lado da rua tocando "Eclipse Oculto".

"Coincidência", pensou.

12
UMA CERTA CAPITÃ

 CHÊN
O líder deve ter o espírito movido por uma profunda segurança interior. Assim será imune ao terror.

Toda a vez que dele (do fogo) quiserem sair, por angústia, ali serão repostos e lhes será dito: Sofrei a pena da queima!

O Alcorão,
22:22

Um quadro de cortiça de um metro quadrado foi colocado bem em frente à escrivaninha. Nele, Santiago inseriu todas as informações importantes sobre sua pesquisa. Cordões, alfinetes e lembretes adesivos conectavam tudo. Ao centro, "A Página Perdida de Camões". De um lado, em letras menores, o termo "Máquina do Mundo" e uma ilustração medieval desse complexo aparelho.

Do outro lado, um desenho aproximado da tatuagem do homem que Santiago viu no bar com a expressão *Moriar Cras*. Diversas interrogações, anotações menores e pequenos desenhos orbitavam entre as frases e imagens de destaque. Não havia muita coisa ainda, mas o pouco colocado o orgulhava, principalmente as novas informações.

Após a conversa sobre Camões no Bartenon, Santiago encheu-se de ideias e inspiração. As informações de Adso sobre astronomia tinham levantado outras questões, colocadas em um canto do quadro:

"Como Camões entendia tanto sobre tantas culturas?";

"De onde vinha seu vasto conhecimento sobre astronomia e alquimia?";

"Por que o prêmio maior de Vasco da Gama em *Os Lusíadas* foi a visão de a Máquina do Mundo?".

Camões narrou que a deusa Tétis levou Vasco da Gama ao topo mais alto da Ilha dos Amores e, de lá, apresentou-lhe a Máquina do Mundo. O navegador viu a Terra e as demais esferas siderais em perfeita harmonia. Segundo o poeta, esse era um segredo vedado à ciência de míseros e errados seres mortais, ou seja, não podia ser visto por profanos.

Santiago encontrara forte ligação entre as obras de Camões e de Dante Alighieri. No Canto V, o poeta português dizia:

Já descoberto tínhamos diante,
Lá no novo hemisfério, nova estrela,
Não vista de outra gente que, ignorante,
Alguns tempos esteve incerta dela.

O termo "Não vista de outra gente" era o mesmo "*non viste mai fuor ch'a la prima gente*" dito por Dante no trecho do *Purgatório* I 24, em que o poeta olha para o polo sul e vê estrelas "nunca vistas senão pela primeira gente". Para Santiago, as quatro estrelas eram o Cruzeiro do Sul. Camões conhecia muito a literatura italiana. Na coletânea *Rithmas*, deixava clara a forte influência do italiano Francesco Petrarca. Com certeza, o céu de *Os Lusíadas* era inspirado no céu de *A divina comédia*.

"Sem dúvida, o dantesco é belo", pensou Santiago quando anotou essa informação.

O rapaz listou as obras que haviam servido de inspiração astronômica ao poeta: *Theoricae novae planetarum*, de Jorge Pubáquio, publicado em 1460; *Almanach perpetuum celestium motuum*, de Abraham Zacuto, de 1496; *Margarita philosophica*, de Gregório Reisch, de 1503; *Repertório dos tempos*, de Valentim Fernandes, de 1518; e *O tratado da esfera*, de Pedro Nunes, publicado em 1537, uma tradução de *De Sphaera*, que o inglês Johannes Sacrobosco publicou em 1472.

Ainda assim, seria impossível inserir tantas informações sobre os astros sem um profundo conhecimento da cosmologia. Não foi à toa que, em 1979, dois dias antes do Natal, um asteroide recém-descoberto ganhou o nome de Camões. O mesmo nome dado a uma cratera de

70 quilômetros na superfície de Mercúrio. O poeta pertencia aos céus, e estes estavam presentes em sua obra.

Santiago olhou mais uma vez para o quadro, e, então, saiu para trabalhar. Deixou o boneco do Capitão Astrolábio vigiando tudo na esperança de que o brinquedo inerte auxiliasse em alguma possível dedução.

Ao chegar aos Archivos Antigos, procurou pela secretária da área:
— Bom dia, como vai?
— Bem, hoje é meu último dia aqui — comentou a secretária.
— Como assim? Você não pode ser demitida, é concursada.
— Não fui demitida. Pedi para ser transferida para o Laboratório Central. Lá poderei trabalhar só meio período. Pelo jeito, só vai sobrar você da turma antiga.

Santiago riu. Por ele, também teria saído, mas havia uma missão importante em curso.
— Você poderia me emprestar o inventário de livros e documentos que chegaram recentemente?
— Aqueles famosos?
— Sim, esses.
— Vou ficar lhe devendo. Aqueles documentos ainda não foram inventariados, estão todos amontoados lá atrás, uma judiação. Esse diretor Traditore não está nem aí para nada. Não para na mesa, não deu nenhuma ordem que preste até agora. O pessoal diz que ele não sabe nada sobre documentos, só está aqui por causa da amizade com o ministro.

Após agradecer, Santiago voltou à sua mesa. Seria muito mais fácil se tudo estivesse catalogado. Ele iria diretamente aos livros ou documentos relacionados à tal página perdida. Quem sabe não encontraria a própria página em meio aos papéis?

Com os Archivos praticamente vazios, Santiago aproveitou para ir à área de triagem, nos fundos do escritório, mexer nas caixas por conta própria. Ninguém estava realmente ligando para aqueles papéis, e ele teria toda a liberdade para iniciar sua procura.

As caixas estavam empilhadas de maneira irregular, semiabertas. "Um verdadeiro descaso com a história, diria o professor José Roberto", pensou. Não sabia por onde começar, mas devia dar o primeiro passo. Puxou a tampa da caixa mais próxima e iniciou a busca.

Foram horas de livros folheados cuidadosamente. Muitas raridades de encher os olhos passaram pelas mãos de Santiago naquele dia. Livros apócrifos, edições raras e volumes desaparecidos faziam parte daquele novo acervo que aguardava para ser catalogado e consultado. A história mudaria, com certeza.

Muitas caixas ficariam para ser analisadas nos próximos dias. Talvez, Santiago estivesse prestando um verdadeiro favor a Traditore, afinal, logo as autoridades e a sociedade cobrariam um parecer sobre a papelada histórica.

Quando se levantou para voltar à sua mesa, Santiago sentiu uma brisa soprar. A sala de triagem estava fechada e não havia janelas, mas aquele fraco e misterioso vento foi suficiente para acender a curiosidade do rapaz, que caminhou para uma caixa específica no fundo do corredor.

Era feita de uma madeira diferente, escura. Estava bloqueada por mais duas caixas, que não foram empecilho considerável. Rapidamente, Santiago as tirou de cima repetindo para si mesmo:

– Só por curiosidade, só por cisma.

Ao liberar a parte de cima da caixa, constatou que não havia nada de diferente, fora a cor das tábuas. Ainda assim, para satisfazer sua curiosidade, precisava ver todas as faces do grande volume. Faltava olhar duas, a de trás e a de baixo.

Se a caixa fosse tombada, liberaria a visão de ambas. Santiago apoiou os pés na parede e puxou um dos lados. O esforço foi grande, mas deu resultado. A pesada caixa caiu para a frente e teve sua tampa quebrada, liberando alguns de seus livros.

Na face que antes era a de baixo e que virara para a parte de trás, não havia nenhuma marcação especial, porém, na face lateral, que virara para cima, uma gravação enorme feita com um pirógrafo dizia:

"*Moriar Cras*– Lote 22".

Além do texto, havia o mesmo símbolo tatuado no estranho homem do bar.

Um arrepio tomou conta de Santiago. A caixa, aparentemente, pertencia aos tais Cavaleiros da Lua e do Sol que dizem que morrerão amanhã. Como todos aqueles documentos eram comprovadamente históricos, esses homens tinham alguma ligação secreta e relevante com o passado.

Mas aquele homem do bar, com a tatuagem, estaria interessado em quê? Edna Enim dissera-lhe para tomar cuidado, dando a entender que eles também buscavam pela Página. Se assim fosse, a caixa com a marca desse estranho grupo poderia conter informações valiosas sobre o documento que Santiago procurava.

Não hesitou. Analisou cuidadosamente o conteúdo da caixa e separou cinco livros. "O resto é uma papelada sem sentido", pensou.

Colocou os volumes em uma mochila e preencheu a caixa misteriosa com livros das demais para que esta ganhasse o peso inicial. Fechou a tampa com pregos e recolocou as duas caixas em cima, deixando o cenário final idêntico ao inicial.

Estava ansioso para ler os volumes. Eram encadernações raras, multilíngues e antigas. Que segredos escondiam? Sua cabeça girava e o ar lhe faltava. Talvez uma volta no campus fizesse bem.

Juntou os pertences e saiu. Não tinha certeza se retornaria naquele dia. A vontade de devorar cada linha daquelas raridades embriagava seus sentidos. Nada, naquele momento, tiraria seu foco, sua concentração. Exceto a bela descendente de orientais que cruzava a rua em frente ao portal da universidade. Era Edna Enim.

Carregava um fichário cor-de-rosa e trajava um leve vestido amarelo. Parecia um sonho com seus suaves passos pela calçada. Santiago sentiu um forte impulso de contar-lhe suas descobertas, explicar-lhe suas deduções e partilhar a leitura dos livros misteriosos.

Mas nenhum impulso era maior que o de se aproximar dela novamente.

— Ei, Edna! Edna Enim! — gritou, correndo em direção da garota, que pareceu não ouvir.

Próximo a ela, pegou em seu braço.

— Oi, você sumiu. Tenho tanta coisa para lhe falar — desabafou Santiago.

Edna Enim pareceu não reconhecê-lo.

— Ei, me solta! Quem é você? O que quer?

— Edna, o que foi? Estamos sendo observados? — perguntou, aproximando os lábios do delicado ouvido da garota.

— Quem é Edna? Fica longe de mim, seu maníaco! — gritou, empurrando Santiago contra um poste. Aparentemente amedrontada, correu.

A cena seria digna das antigas e confusas perseguições clássicas do cinema mudo, porém, de muda a cena não tinha nada. Edna disparara à frente, desviando dos pedestres e gritando por socorro. Logo atrás dela, Santiago, de maneira muito atrapalhada, chocava-se com objetos e pessoas tentando alcançar a ágil garota.

Repentinamente, Valente surgiu da lateral da universidade e segurou Santiago pelo braço.

– O que é isso, gajo? Estás maluco?

– Me solta, *Portuga*. Essa moça, ela...

– Há outra moça para ocupares a mente no momento.

– O quê? – Santiago olhou para o lado e viu que Selene estava próxima e tinha observado toda a perseguição. Continuava bela, apesar de parecer mais sóbria com o cabelo preso num rabo-de-cavalo e os óculos escuros ocultando seus lindos olhos.

– Oi, Selene, como vai? Você está muito linda hoje. Por que não me telefonou? – disparou, ainda ofegante pela perseguição.

A moça não esboçou o mínimo sorriso. Valente tentava passar algum sinal ao amigo, alguma dica não captada e tardia. Foi quando Selene falou com a voz firme e ríspida:

– É capitã muito linda para você, cidadão – apresentou-se, mostrando o distintivo. – Você e seu amigo português me acompanharão até a delegacia agora.

13
AGORA INÊS É MORTA

TUNG JÊN

A busca por objetivos mais amplos e universais é a base da amizade e leva a grandes realizações.

Maníaco: ma.ní.a.co adj. + subst. masc. (grego maniakós)
1. Que, ou o que tem mania ou manias. 2. Aferrado a. 3. Apaixonado por. 4. Excêntrico, esquisito.

MICHAELIS – MODERNO DICIONÁRIO DA LÍNGUA PORTUGUESA

Enquanto caminhava para a delegacia, Santiago não conseguia parar de pensar no filme *Laranja mecânica*, de Stanley Kubrick, de 1971. Não que se comparasse ao criminoso protagonista Alex DeLarge, interpretado brilhantemente por Malcolm McDowell, que só pensava em violência, sexo e Beethoven. Na realidade, a relação com o filme se dava devido às extremas mudanças de personalidade que presenciara há instantes.

No filme, um verdadeiro sociopata era transformado no mais pacífico cidadão após sofrer o chamado Tratamento Ludovico. Santiago questionava-se que tipo de tratamento operaria mudanças tão contrastantes. Edna Enim, na rua, fingira não reconhecê-lo. Estava infantil e amedrontada. Já Selene, antes doce, simpática e bem-humorada, era, na verdade, uma fria investigadora policial.

– Você nem vai ler nossos direitos? – brincou Santiago.

– Vocês não estão sendo presos... ainda – respondeu a policial, seguindo o mais comum clichê.

– Não? Nem o *Portuga*? Ele é imigrante ilegal, sabia?

Valente não conteve o riso. Estavam achando divertida aquela situação, até que Selene os levou a uma sala com três cadeiras e os convidou a se sentar. Em seguida, apagou as luzes e ligou um antiquado projetor.

Na tela desgastada, o corpo do professor José Roberto na fonte. Ninguém mais achou graça, riu ou fez piadas.

— Primeira vítima — sentenciou a policial. — Segunda vítima — disse, ao apertar o botão do pequeno controle e projetar a moça encontrada na fonte.

— Você acha que há relação entre as mortes? — perguntou Santiago.

— Silêncio. Quero que vocês vejam esta. É nova e está quentinha — falou Selene, pressionando mais uma vez o botão e concluindo: — Terceira vítima.

Os dois amigos não foram capazes de esboçar a mínima reação. Estavam chocados com o homem de braços abertos e sem língua, deixado em uma pequena fonte.

— Foi achado ontem. Não há relação aparente ou algo que conecte as vítimas — disse Selene, desligando o projetor e acendendo as luzes. Colocou a cadeira vazia em frente a Valente e Santiago e perguntou:

— O que vocês sabem sobre isso?

— Nós? Nada. Você é a policial — respondeu Santiago, já sem paciência.

— Por que nos trouxeste aqui? Estás a nos acusar de algo? Nem sabíamos dessa nova vítima — disse Valente.

Pela primeira vez naquele dia Selene riu. Não foi uma gargalhada, apenas o arrastar sutil de um canto da boca em direção à bochecha. Então, a policial se levantou, pegou um saco plástico próximo ao projetor e jogou para os rapazes. Havia um pedaço amarelado de papel dentro. Em letras de calígrafo, lia-se:

"Tu só, tu, puro Amor, com força crua/Que os corações humanos tanto obriga/Deste causa à molesta morte sua/Como se fora pérfida inimiga/Se dizem, fero Amor, que a sede tua/Nem com lágrimas tristes se mitiga/É porque queres, áspero e tirano/Tuas aras banhar em sangue humano".

— Inês de Castro! — falaram juntos, para espanto da policial que procurava na ficha o nome de alguma Inês.

— Sim, é Camões. *Os Lusíadas* — afirmou Santiago, com orgulho. — Uma das passagens mais bonitas é quando o poeta narra...

— Encontramos isso com esta última vítima — interrompeu a policial. — E já checamos para saber que é do tal Camões. Temos acesso à internet, sabiam?

— Sim, mas nos trouxe aqui porque somos especialistas. Queres que ajudemos a solucionar o caso, não é? — perguntou Valente, cheio de esperança.

— Somos especialistas? Não. Eu sou especialista. Já falei que sua área é Literatura Inglesa contemporânea. Acho que nem nisso você é especialista, *Portuga*.

— Ora, mas Selene veio me procurar, e encontrou você, por acaso, na rua correndo atrás de uma miúda e...

— Quietos os dois! Temos aqui diversas hipóteses e condições. E, se bem me lembro dos meus tempos de colégio, para montarmos hipóteses e condições usamos a tal função condicional "se", não é? Por favor, me corrijam. Vocês são os especialistas.

Nenhum dos dois abriu a boca diante do sarcasmo da policial. Jamais assumiriam enquanto vivessem, mas sentiram medo de Selene e de sua autoridade a partir do momento em que pediu para que se calassem.

— Vamos às condicionais: se acharmos que precisamos de ajuda e se decidirmos que essa poesia encontrada na terceira vítima tem alguma relação com a morte, então, chamaremos você para nos ajudar — afirmou, apontando para Valente.

— Mas por que ele, Selene? Eu sou o especialista e...

— Você? — interrompeu novamente a policial. — Calma, tenho outras condicionais para você. Se eu desconsiderar que a última vítima foi encontrada com um poema de Camões, assunto que você vem estudando obsessivamente nos últimos dias, como eu mesma pude testemunhar mais de uma vez; se eu desconsiderar que a primeira vítima tinha um cargo que, segundo o conhecimento de todos, era muito desejado por você; se eu desconsiderar que você é metido a espertinho e gosta de enigmas; e, por último, se fingir que não vi você correndo atrás de uma garota há alguns minutos na universidade como se fosse um tarado, aí, então, poderei não prendê-lo para sempre.

Santiago pensou em fazer um trocadilho do tipo "para alguma dessas condicionais existe liberdade condicional?", mas preferiu o silêncio e a indignação. Selene tinha acabado de insinuar que ele poderia ter feito mal ao seu mestre, o professor José Roberto, além de outras duas pessoas.

– Podem ir agora. Se alguma das minhas suspeitas estiver correta, irei atrás de vocês. Cada um por um motivo diferente, conforme acabei de explicar. Não saiam da cidade nem tentem nada estúpido.

Santiago saiu raivoso da delegacia. Não conseguia suportar a expressão de Valente. Era uma daquelas caras de logo-eu-estarei--auxiliando-aquela-linda-mulher-em-uma-investigação-enquanto--você-não-passa-de-um-reles-suspeito.

Contrariando todas as expectativas e recomendações, Santiago fez algo realmente estúpido naquele mesmo dia, horas depois.

14

FALTAM SETE

 TA YU
Só o destino determina quando os períodos favoráveis acontecem.

Covardes morrem muitas vezes antes de suas mortes; os valentes só experimentam a morte uma vez.

William Shakespeare

— Sua mãe passou aqui e deixou isso para você. Ela disse que é um presente surpresa, mas acho que é uma marreta — disse o porteiro.

Santiago pegou o embrulho, que realmente tinha a forma da letra "T" e pesava muito. Foi fácil compreender o motivo de o porteiro não levar o pacote até a porta do apartamento como de costume.

"Minha mãe me deu uma marreta?", perguntou-se, enquanto subia as escadas e desempacotava a surpresa, que de surpresa não tinha nada. Era um estranho martelo de decoração todo cromado. Pesado demais para ser pendurado, brilhante demais para ser usado como marreta; ou seja, completamente inútil e, provavelmente, caro.

— Eu invoco o poder dos raios — falou, caricaturando Thor, o deus do trovão, personagem da mitologia nórdica transformado em herói de quadrinhos, enquanto entrava em seu apartamento.

Não conseguia parar de se questionar sobre o estranho comportamento das duas belas mulheres que conhecera recentemente. Edna Enim o ignorara propositalmente, ou porque sabia da presença da policial logo mais à frente? Selene o investigava desde o primeiro momento, ou os dois encontros, na fonte e no Bartenon, tinham sido casuais?

A fuga de Edna era um indício de que a busca pela Página Perdida talvez fosse uma ilusão, um trote. Possivelmente, a garota estivesse brincando com ele desde o princípio. Mas, e o homem estranho no bar?

"Só tenho de concreto as mortes e o poema", pensou, ao olhar para seu quadro de cortiça. Segundo a capitã Selene, melhor chamá-la assim a partir de agora, o trecho referente à tragédia de Inês de Castro citado em *Os Lusíadas* estava junto do corpo da terceira vítima.

"Tu só, tu, puro Amor, com força crua/Que os corações humanos tanto obriga/Deste causa à molesta morte sua/Como se fora pérfida inimiga/Se dizem, fero Amor, que a sede tua/Nem com lágrimas tristes se mitiga/É porque queres, áspero e tirano/Tuas aras banhar em sangue humano."

O fato histórico tornou-se um dos episódios mais conhecidos da obra. Santiago sabia que essa parte do Canto III começava com Vasco da Gama contando ao Rei de Melinde sobre como o amor pode levar à morte.

Inês, uma linda e alegre camponesa, encontrava-se secretamente nas colinas de Mondego com o príncipe Dom Pedro, com quem tinha três filhos. O monarca era casado com Dona Constança, mas, assim que sua esposa morreu, trouxe Inês de Castro para a corte, onde a moça foi muito criticada e odiada por sua descendência castelhana.

O rei Dom Afonso, avisado por seus conselheiros e pela corte sobre o relacionamento, ordenou a morte de Inês. Certo dia, aproveitando-se da ausência de Dom Pedro, que tinha ido caçar, três homens executaram a jovem na Quinta do Pombal, próximo à fonte onde Inês e Pedro tinham seus encontros amorosos. Essa fonte ficou conhecida como Fonte dos Amores da Quinta das Lágrimas.

Quando Dom Pedro soube do ocorrido, caçou e executou de modo cruel os assassinos de sua amada. Diz a lenda que o monarca retirou o coração de dois deles, sendo que de um o fez pelas costas, ainda vivo.

A vingança não parou por aí. Dom Pedro ordenou a exumação tardia de Inês e a coroou rainha, obrigando toda a corte que a desprezara a beijar a mão putrefata da mulher no trono. Dom Pedro também oficializou o casamento e tornou os filhos do casal herdeiros legítimos do trono.

Inúmeros dramaturgos, compositores, artistas plásticos e poetas, além de Camões, foram inspirados pela tragédia. Os túmulos de dom Pedro e de dona Inês de Castro foram colocados no Mosteiro de Alcobaça, virados um de frente para o outro. Foram assim posicionados para que os amantes se vejam primeiro assim que abrirem os olhos, quando despertarem no dia do Juízo Final.

As lágrimas derramadas no rio Mondego pela morte de Inês salgaram a posteriormente conhecida como Fonte das Lágrimas. Nela, foi colocada uma lápide com a parte do poema de Camões referente ao episódio. Estranhamente, as rochas do leito da fonte ficaram vermelhas com o que se acreditou ser o sangue de Inês e, após seis séculos e meio, permaneceram com essa vívida coloração.

Para Santiago, a mais bela passagem do capítulo de Inês de Castro não era a encontrada no bilhete, mas outra:

As filhas do Mondego, a morte escura
Longo tempo chorando memoraram
E por memória eterna em fonte pura
As Lágrimas choradas transformaram
O nome lhe puseram que ainda dura
Dos amores de Inês que ali passaram
Vede que fresca fonte rega as flores
Que as Lágrimas são água e o nome amores

Santiago procurou em livros a imagem da Fonte das Lágrimas; afinal, as vítimas tinham sido encontradas em fontes. Na página central de um livro, encontrou uma foto do que parecia uma pequena piscina em forma de cruz. As pedras de sua margem estavam manchadas de vermelho. Foi impossível, para o rapaz, não relacionar o fato de as vítimas terem sido deixadas com os pés juntos e os braços abertos, como cruzes. Seria coincidência?

A lufada de vento trouxe uma nova teoria. Talvez fizesse sentido, mas só poderia ser comprovada da pior maneira.

Santiago tirou os livros, trazidos dos Archivos Antigos, da mochila. Outra hora os examinaria com cuidado. Selecionou alguns itens necessários em sua missão noturna e esperou até meia-noite, quando foi possível sair.

A rua estava vazia, mas era melhor ser cuidadoso. Vestiu malha preta e touca. Afinal, assim se vestiam os personagens de filmes quando invadiam lugares. De dentro da mochila, pegou uma lanterna e caminhou pelas sombras. A casa o esperava.

Sentia-se o próprio espião. Agir como um transgressor o encheu de adrenalina, o que o impediu de perceber que estava sendo seguido.

Caminhou, pé ante pé, pelo quintal dos fundos. Passou com cuidado pelos sinais de pneu na grama e forçou a porta. Estava trancada. Espantou-se ao encontrar uma chave embaixo de um vaso, algo óbvio demais para a mente brilhante do morador da casa. Então, destrancou a porta e invadiu a casa.

Atravessou a cozinha, foi até a sala e subiu as escadas em direção ao escritório. Sua lanterna começou a falhar. Nunca teve sorte com lanternas. Havia algum problema em acender as luzes? Santiago julgou que não, mas o homem que o seguiu para dentro da casa não gostou da ideia, e se escondeu.

O escritório pessoal do professor José Roberto não era exatamente uma novidade para o rapaz, mas também não tinha visitado tanto o local a ponto de se lembrar da posição de cada item.

Sobre a mesa, nada podia ser mais esclarecedor a respeito do recente interesse do falecido mestre do que um papel com a pergunta:

"Onde está a Página Perdida de Camões?".

Uma explosão de êxtase invadiu o coração de Santiago. A ausência do professor nos últimos dias de vida justificava-se pela mesma pesquisa que o rapaz estava realizando no momento. Infelizmente, seria impossível debater teorias e descobertas com o mestre. Teria de se contentar com a mera observação e assimilação do conteúdo deixado no escritório.

Onde está a Página Perdida de Camões?
Já faz alguns dias que não vejo a mulher, mas está claro para mim quem ela é.
Camões era considerado o Homero de Portugal. Ele foi criado para celebrar as glórias da nação que livraria o mundo da pobreza, miséria e atraso. Tinha uma mente disciplinada, sistemática, ordenada e simétrica.

Portugal estava destinado a ser o farol do mundo, como outras nações foram em períodos anteriores. O planisphaerium machina orbium mundi era o objetivo maior e deve ser ainda o das nações que buscam dominação.

Os Cavaleiros LunaSole estão atrás de mim. Eles não podem, de maneira alguma, encontrar a Página. Haverá, em breve, uma grande reunião. Lá, poderei obter respostas, se conseguir entrar sem ser reconhecido.

É o momento de envolver SP. Somente ele verá conexões ainda não percebidas por mim, mas o menino é como um filho, e não posso colocá-lo em perigo.

Uma análise simples deixava claro que a linha de investigação seguida pelo professor diferia do trabalho recente de Santiago. Saber que o professor intencionava envolvê-lo na busca, conforme comprovava o trecho "É o momento de envolver SP... o menino é como um filho", arrancou lágrimas do rapaz.

O professor havia descoberto, de alguma maneira, que o nome oficial dos Cavaleiros da Lua e do Sol era LunaSole e, aparentemente, eles e todos do mundo queriam encontrar o tal *planisphaerium machina orbium mundi*.

Santiago guardou o papel na mochila e buscou por outras evidências. A teoria que o levara até ali ainda não havia sido comprovada. Revirou a mesa e encontrou, atrás de um porta-retratos de um casal desconhecido, a prova que procurava.

Antes que pudesse raciocinar a respeito de sua incrível madrugada de revelações, a luz do quarto se apagou. Na verdade, alguém a apagou e se atirou sobre o rapaz.

Uma luta às cegas teve início no apertado escritório do falecido professor José Roberto. O homem era forte, mas não muito alto. Santiago, pego de surpresa, esbarrou na estante. Ao cair, puxou consigo o agressor, que lhe desferiu um soco no olho.

O homem tentou levantar, mas Santiago encolheu as pernas sobre o peito e puxou o estranho pelas roupas com as mãos, para, em seguida, empurrá-lo com os pés usando toda sua força.

Arremessado em direção à escada, o agressor segurou-se ao batente da porta. Santiago levantou-se, com ódio.

—Você matou o professor, e agora prometo que vai rezar para morrer também – ameaçou, indo em direção à porta. Amedrontado ou não, o homem desapareceu. Santiago não conseguiu ver nenhum detalhe fisionômico na escuridão e, durante o breve embate, o oponente não soltara nem um som ou gemido. Seria impossível identificá-lo, exceto pelo cheiro ruim que exalava.

Santiago sabia, porém, que agarrara o homem por uma jaqueta fétida muito parecida com a do estranho no Bartenon. Seria ele o estranho do bar?

Recomposto, saiu da casa do professor José Roberto. Logo amanheceria, e ele poderia procurar a polícia para contar suas descobertas. A capitã Selene pararia de pegar no seu pé, e seria a vez de ele pegar no pé dela com outras intenções.

De repente, na rua, uma luz forte se acendeu.

— Parado, Santiago Porto! Mãos para cima. Você está sendo detido como principal suspeito no caso do Psicopata das Línguas — gritou Selene. Estava acompanhada por um punhado de policiais carrancudos e anabolizados. Todos apontavam armas para o rapaz, que, saindo da casa da primeira vítima, vestido daquela maneira, naquela hora da madrugada, não poderia parecer mais culpado.

Santiago ajoelhou-se na grama:

— Esperem... assassino? Não, não fui eu. Ele estava aqui agora mesmo, nós lutamos, vejam meu olho.

Os policiais o algemaram e o arrastaram para a viatura. Selene exibia uma nítida expressão de decepção.

— Selene, espere! Ocorrerão mais mortes. Mais sete morrerão, escute o que estou dizendo. Faltam sete!

15

MORTE RIMADA

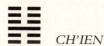 *CH'IEN*

O homem modesto, numa posição elevada ou baixa, realizará sua tarefa sem chamar a atenção.

*Põe tu, Ninfa, em efeito meu desejo,
Como merece a gente Lusitana;
Que veja e saiba o mundo que do Tejo
O licor de Aganipe corre e mana.*

Os Lusíadas,
Canto III, Estância 2

Conduzido pela segunda vez em dois dias à delegacia, desta vez Santiago não era convidado. Estava detido, e lhe haviam recomendado que contatasse um advogado e parasse de gritar aos quatro ventos que outras mortes ocorreriam.

Selene ordenara que o deixassem algemado na sala de interrogatório. Horas de solidão depois, a bela policial entrou acompanhada de Valente. A cara do amigo era de compaixão, mas, em algum canto obscuro de sua feição, era possível ler certo deboche.

— Ah, não. Vieram em casal, agora? — brincou Santiago.

Selene continuava séria, mas transparecia preocupação:

— Não é hora para isso. Você foi pego saindo da casa da primeira vítima. É típico dos criminosos retornarem ao local do crime, ou, neste caso, na residência onde a vítima foi pega. Eu o ameacei ontem, e você voltou para limpar o lugar, não foi?

— Não, nada disso. O criminoso estava lá, lutei com ele.

— Lutou? É assim que você explica a bagunça que fez naquele escritório? Escute, os policiais ouviram você gritar que matará mais sete pessoas. Assim não conseguirei ajudá-lo.

Santiago pensou em perguntar se ela realmente queria ajudá-lo, mas achou que pareceria muito indefeso. Segundos depois, não resistiu:

– Você realmente quer me ajudar?

– Se não quisesse, não teria feito uma busca no bairro atrás desse homem que você disse que enfrentou na casa. Olha, não quero incriminá-lo, mas...

– Por que não?

Selene percebeu a segurança de Santiago e revelou:

– Não posso prendê-lo aqui. Ainda que você tenha invadido o local, encontramos uma chave com você, e era de conhecimento geral que o professor era seu amigo.

Santiago provocou:

– O que mais?

– Bem, nós chegamos com seu chefe e ele disse que lhe ofereceu a transferência para o departamento do professor, mas você recusou, o que invalida a teoria do assassinato motivado pela promoção.

Não contente, o jovem sentiu que ainda havia algo.

– E por último?

– Como assim?

– Diga, capitã Selene, o que mais você sabe que me isenta de culpa e comprova a incompetência da polícia?

– Incompet..? Está louco? Cuidado, Santiago, isto é desacato.

– Louco, eu? Por que o *Portuga* está aqui?

– Valente?

– Sim, por que Valente está aqui?

Selene viu que não tinha como fugir, e confessou:

– Valente veio até aqui representando seus amigos e testemunhas do Bartenon que estavam com você na noite do assassinato. Deste, e provavelmente dos outros dois crimes. Você tem álibis aos montes.

– Diga-me, capitã, por quanto tempo mais ficarei algemado?

Selene, constrangida, soltou as mãos do rapaz.

– Agora, quero a minha mochila com tudo o que estava dentro.

– Já está abusando. Suas coisas serão entregues na saída da delegacia.

A PÁGINA PERDIDA DE CAMÕES

Esfregando os pulsos para reativar a circulação nas mãos recém-libertas, Santiago respirou fundo:

— Preste atenção, policial. Não falarei duas vezes. Antes que pareça que você ou o *Portuga* me fizeram um favor em reunir evidências da minha inocência. Eu sei, e tenho provas de que mais sete pessoas morrerão. Informação que a polícia nem chegou perto ainda. Portanto, se você não quiser que eu procure o secretário da Segurança ou, pior, a imprensa, sugiro que traga imediatamente todas as minhas coisas aqui. E espero que tudo esteja intacto.

Essa era uma daquelas vezes em que a timidez dava lugar à eloquência perigosa e eficaz. Selene, pálida, saiu da sala. Valente colocou a mão no ombro do amigo para apoiá-lo e demonstrar admiração.

— Você deve estar adorando isso, não é *Portuga*?

Valente riu:

— Espero que já tenhas caído na real de que não tens mais chances com Selene, Santiago. Já estamos na prorrogação, e não fizeste nenhum gol. Se empatar o jogo, vence quem não perdeu nenhuma partida, e tu, perseguindo meninas nas ruas e invadindo casas nas madrugadas, perdestes até os miolos. Vou buscar água para esfriares tua cabeça e já volto.

Valente saiu, e Santiago aproveitou a solidão para fechar os olhos. Estava exausto.

O alto-falante da delegacia tocava o tema principal do filme de 1986, *Veludo azul*, canção composta em 1963 por Bobby Vinton, o mesmo compositor da famosa "Mr. Lonely". E era exatamente assim que Santiago se sentia naquele momento, "Senhor Solitário", até que um policial entrou na sala:

— Senhor Santiago, certo?

— Sim, sou eu mesmo.

— Preciso que o senhor assine esses papéis de liberação — disse, oferecendo uma prancheta com documentos. Eram vários.

— Nunca dei tanto autógrafo — brincou Santiago. — Nem quando lancei meu livro, *As incríveis aventuras do Capitão Astrolábio*. Você já leu?

— Nunca ouvi falar — respondeu o policial. — E olha que gosto de livros, viu? Coleciono-os.

Santiago olhou aquele homem da lei com admiração. O policial prosseguiu:

— Leio muito. Principalmente livros antigos. Leio de dois a três por mês.

— Nossa, é uma média assustadora — comentou Santiago, espantado, devolvendo a prancheta ao oficial.

— Assustadora? Nem me fale. Obrigado, senhor Santiago — disse, indo em direção à porta.

Antes de sair, porém, o policial voltou e bateu fortemente a prancheta na mesa, assustando o rapaz.

— Sabe o que é realmente assustador? Aquela certeza que todos nós temos de que vamos morrer. E essa morte pode ser amanhã, já pensou? Por isso que eu e meus amigos fazemos tudo hoje. Porque sabemos que morreremos amanhã, porque sabemos que somente a Lua e o Sol são constantes.

— O quê?

— Sabe, senhor Santiago, mesmo eu sendo um policial, sei que a polícia não precisa saber de tudo, entendeu? Alguns assuntos pertencem a jurisdições, digamos... diferentes.

Impossível ser mais direto. O homem que deixou a sala levando a prancheta era um Cavaleiro LunaSole. Santiago tinha sido ameaçado caso contasse o pouco que poderia saber sobre a estranha ordem.

Ainda assim, falaria a Selene o que sabia sobre as mortes, estivesse isso relacionado ou não aos tais cavaleiros, mas evitaria revelar diretamente à polícia a existência desses homens ou da Página Perdida. Não exatamente por medo, mas por cautela. Este era um daqueles casos em que informação era sinônimo de perigo.

Minutos depois, Selene voltou e, em seguida, Valente. Recuperado da breve conversa com o policial assustador, Santiago apanhou sua mochila das mãos da capitã.

— Não há nada que você possa me mostrar que eu não tenha visto. Revistamos tudo.

Santiago riu e abriu um compartimento oculto no fundo da velha bolsa. Lá estavam a folha escrita pelo professor e a outra evidência recolhida atrás do porta-retratos. O rapaz pegou apenas o segundo item.

— Vejam o que achei na mesa do professor.

Era um pedaço de papel amarelado, semelhante ao mostrado anteriormente pela própria policial. Na letra do calígrafo, desta vez, lia-se:

"No mar tanta tormenta e tanto dano/tantas vezes a morte apercebida!/Na terra tanta guerra, tanto engano/Tanta necessidade aborrecida!/Onde pode acolher-se um fraco humano,/Onde terá segura a curta vida/Que não se arme e se indigne o céu sereno/Contra um bicho da terra tão pequeno?".

– Outra poesia? – perguntou Valente.

– O que você concluiu com isso? – Selene, ansiosa, questionou.

Santiago, valorizando sua descoberta, pediu:

– Selene, antes de eu lhe dar qualquer informação, preciso de sua sinceridade. Pegue o papel encontrado com a segunda vítima.

– Que papel? – perguntou Selene.

– Que papel? – perguntou Valente.

– Selene...

– Está bem, esperem aqui.

Segundos depois, a bela policial retornou com outra poesia, cuidadosamente acondicionada em um saco plástico. Neste pedaço, lia-se:

"E destas brandas mostras comovido/Que moveram de um tigre o peito duro/Com o vulto alegre, qual, do céu subido/Torna sereno e claro o ar escuro/As lágrimas lhe alimpa e, acendido,/Na face a beija e abraça o colo puro;/De modo que dali, se só se achara,/Outro novo cupido se gerara".

– Perfeito! E aí, *Portuga*, arrisca uma teoria?

– Na verdade, já entendi onde queres chegar. Eu já tinha deduzido isto da outra vez que falei com Selene.

– O quê? Do que vocês estão falando?

– É, *Portuga*. Explique para Selene o que nós descobrimos – provocou Santiago, desconfiado de que o amigo não havia notado nada ainda.

– Prefiro que tu fales, Santiago. Eu preciso analisar alguns dados antes de me pronunciar – respondeu Valente, enquanto mexia em seu telefone celular.

– Imaginei – respondeu ao amigo.

– Digam-me, o que é? – implorou Selene, mais do que impaciente.

– Nada demais. Não há grande dedução ou segredo velado. Você nos mostrou o trecho de Inês de Castro do Canto III de *Os Lusíadas* achado com a terceira vítima. Decidi procurar nas coisas do professor para ver se ele tinha recebido algo semelhante, e comprovei que sim. Com dois pontos pude traçar uma reta e tirar minhas conclusões. Certeza mesmo só tive agora, com o bilhete encontrado com a segunda vítima.

Caminhando pela sala de interrogatórios como se fosse um professor, Santiago perguntou à policial:

– Vocês procuraram na internet pela poesia da segunda vítima?

– Óbvio que sim. Era Camões também. Não quisemos comentar nada porque, como falei antes, você era suspeito.

– Só isso vocês puderam ver? Que era Camões?

– Não, claro. As duas poesias são do tal livro *Os Lusíadas*.

– Exato. Já adianto que a primeira poesia, aquela que encontrei na casa do professor, também foi escrita por Camões e pertence ao mesmo livro. Mas, e aí? Portuga, em qual canto está a estância que achei?

– Canto I, Santiago – respondeu Valente, consultando seu telefone.

– Exato. E esse que Selene acabou de mostrar? Onde posso achá-lo em *Os Lusíadas*?

– Canto II. Canto II! É isso!

– E o referente a Inês de Castro...

A própria Selene respondeu:

– Canto III! Entendi! Quantos cantos tem *Os Lusíadas*?

– É a pergunta de ouro, Selene. Dez cantos. Três vítimas, três cantos. Para dez, faltam?

– Sete vítimas... Meu Deus! – exclamou a policial, que, de tão feliz, abraçou Santiago. O abraço durou alguns segundos, até que a felicidade por ter acertado a charada deu lugar ao desespero pela evidente loucura do chamado Psicopata das Línguas.

A tensão entre Selene e Santiago tinha acabado. O rapaz finalmente conquistara o respeito da bela capitã. Liberto, deu uma volta pelo distrito em busca do sinistro policial que o ameaçara. Não contou aos amigos o verdadeiro motivo do *tour*, disse apenas que queria conhecer a delegacia.

Na saída, Adso, Lábia e a mãe de Santiago o esperavam. Valente olhou novamente com admiração para Santiago, que brincou:

– É, *Portuga*. Creio ter feito um belo gol em plena prorrogação.

16

PLANISPHAERIUM MACHINA ORBIUM MUNDI

 YU

A pessoa certa pode despertar o entusiasmo e realizar grandes feitos.

> *I'm on the highway to hell*
> *Don't stop me*
>
> "Highway to hell",
> AC/DC (Angus Young/
> Malcolm Young/Bon Scott)

Saído vitorioso do encontro com a polícia, Santiago sentiu-se satisfeito com os recentes resultados. Encontrara um padrão na atuação do Psicopata das Línguas, e isso poderia levar a polícia a novos suspeitos e possíveis vítimas. Também descobrira que seu saudoso mestre estivera pesquisando o mesmo que ele, mas direcionando suas investigações por caminhos inimagináveis.

O dia anterior, emendado à cansativa madrugada, exauriu suas forças. Não existia a mínima possibilidade de analisar livros ou documentos naquele momento. Em seu apartamento, evitou olhar para o quadro, para a escrivaninha ou para o boneco do Capitão Astrolábio, optando por simplesmente caminhar até a cama.

— Hoje enforcarei o período da manhã. Meu chefe entenderá.

Sonhou com um episódio de *Os Lusíadas*, conhecido como Velho do Restelo. Na obra, o velho é um personagem que aparece no Canto IV, simbolizando os pessimistas, conservadores e reacionários que não acreditavam no sucesso das navegações.

Enquanto as mães, noivas e esposas reagiam de maneira emocional às navegações, o Velho do Restelo era a voz da razão, bom-senso e experiência que surgia da multidão e criticava toda a empreitada, desaconselhando que os aventureiros partissem em sua missão, como o homem que não viveu seus sonhos e não quer que ninguém o faça.

Na obra, quando Vasco da Gama, o aventureiro insatisfeito e disposto a enfrentar todos os obstáculos para sua conquista, ouve as predições agourentas do velho, imediatamente responde com respeito, deixando claro que tinha consciência da lógica e sensatez das palavras do homem, mas defende um impulso maior e muito mais poderoso que o obrigava a cumprir o dever com o povo e com a pátria.

No sonho de Santiago, o Velho do Restelo era sua mãe. Ela aparecia na praia e gritava para Santiago voltar para a areia.

— Venha filho, volte. Não seja tolo. Isso não vai dar em nada.

Santiago viu-se em uma caravela que mais parecia saída de *Os piratas do caribe*. Estava em pé, acenando para a mãe, alheio aos seus apelos, que continuavam:

— Volte, Santiago. É perigoso!

— Mãe, não se preocupe, não estou sozinho — gritou de volta à senhora na areia, enquanto o barco se afastava. A mãe replicou:

— Eu sei, mas quem está com você?

Na praia, ao lado da mãe, Adso, Valente, Lábia e Selene apareceram. Santiago olhou em volta, e seus companheiros do barco eram homens feios, maus, inumanos, escamosos, híbridos de animais.

— Amigos, vocês parecem saídos do inferno — disse à sua tripulação.

Um dos marinheiros respondeu:

— Corrigindo, capitão. Saídos, não. É para lá que vamos — disse, apontando para a bandeira negra no mastro. Ao vento, o tecido sujo e ensanguentado balançava e exibia a insígnia LunaSole.

Despertou sem susto. Tinha dormido por quatro horas.

Mais tarde, nos Archivos Antigos, retomou suas atividades há muito atrasadas. Na lista de documentos e livros, havia uma obra publicamente conhecida: *Camões*, de Almeida Garrett. Coincidência ou sinal, Santiago optou por começar o trabalho do dia com aquele livro. Era uma edição portuguesa não muito antiga.

Santiago conhecia brevemente a história de vida do Visconde de Almeida Garrett, escritor e político português que vivera no século XIX e trabalhara muito pelo teatro, além de cultivar uma vida repleta de amores e aventuras.

Em 1825, escrevera sua obra máxima, *Camões*, um poema narrativo considerado a primeira obra do Romantismo português. No livro, o autor contava episódios da vida do poeta relacionados à criação e publicação de *Os Lusíadas*, colocando Camões como um idealista sem terra.

O interessante daquela obra, naquele momento, era testemunhar um autor português criar uma história alternativa para a vida do poeta maior da sua nação. Santiago sabia que a história de Camões não era exatamente conhecida, e dava margens a interpretações e teorias. Era impossível não recordar o trecho da folha do professor José Roberto que dizia:

Camões era considerado o Homero de Portugal. Ele foi criado para celebrar as glórias da nação que livraria o mundo da pobreza, miséria e atraso. Tinha uma mente disciplinada, sistemática, ordenada e simétrica.

Portugal estava destinado a ser o farol do mundo, como outras nações foram em períodos anteriores. O planisphaerium machina orbium mundi era o objetivo maior, e deve ser ainda o das nações que buscam dominação.

O professor dava a entender que Camões tinha uma missão com seu país e com o mundo. Essa missão estava ligada ao tal objetivo maior das nações que buscam dominação e ao *planisphaerium machina orbium mundi*.

Seu celular tocou. Era um número desconhecido.

— Santiago? — perguntou a voz feminina.

— Sim, é ele, quem fala?

— É a Selene, tudo bem?

— Selene? Como vai? — espantou-se. Achava que não ouviria falar da "miss policial" por um tempo, mas estava enganado.

— Pensou que eu não tivesse guardado seu número? Olha, não tive oportunidade de me desculpar e explicar. Acho que ficou a impressão de que eu estava perseguindo você, investigando, não é?

— Não, claro que não — mentiu.

— Sei que já é hora do almoço e não dá para marcar nada, por isso, quero propor tomarmos um café à tarde, o que acha? Não é a policial falando, está bem? É apenas uma pessoa que quer uma chance para conversar.

— Então, não será um interrogatório? — perguntou, em tom de brincadeira. Selene riu.

— Claro que não. Lógico, podemos aproveitar para conversar sobre teorias e descobertas, mas a intenção é esclarecer as coisas. Você topa?

— Sim, combinado. Aqui no café da universidade, pode ser?

— Fechado. Espero você lá — respondeu, desligando.

Selene contrariava o protocolo policial, o que indicava certo interesse pessoal. Empolgado, Santiago devolveu o livro de Garrett e passou pela mesa de Traditore para conversar.

— Como vai, chefe?

— Ora, Santiago, eu é que lhe pergunto. Uns policiais me ligaram no começo da madrugada para saber sobre você. Foram várias perguntas estranhas, mas, quando disse que você tinha se recusado a mudar de departamento, eles se acalmaram. Não entendi direito.

— Muito obrigado, Carlos. Sem saber, sua sinceridade me ajudou muito.

— É o que sempre digo: sinceridade nunca é demais. Ainda mais quando é para ajudar um rapaz tão inteligente quanto você.

— Obrigado. Você parece abatido. Está tudo bem? Olha, se é por minha causa, peço desculpas. Sei que não ando cumprindo muito meu horário.

— Você? Muito pelo contrário. Você é o único que não me traz problemas. Todos estão deixando esse departamento, e sobrou para mim uma responsabilidade da qual não tenho o menor interesse ou capacidade de cuidar, meu caro. Sua presença aqui, por mínima que seja segundo você, é de grande ajuda. Além disso, também estou triste porque acho que estão roubando os Archivos Antigos descaradamente.

As bochechas de Carlos Traditore eram caídas, mas brilhavam de tão esticadas e oleosas. O semblante triste e suas palavras podiam causar comoção em Santiago, mas não o fizeram, porque o rapaz temeu, na hora, que o homem estivesse falando dos livros que ele tinha levado no dia anterior.

— Ro-roubando? Co-como assim? Será?

— É certeza, meu amigo. Certeza absoluta. Entraram aqui ontem, mais ou menos às dez da noite. A porta foi arrombada. Pegaram alguns livros, dois computadores, uma luminária.

— Mexeram nos documentos?

— Nos novos? Não. Está tudo lá atrás, dentro das caixas. Precisamos inventariar. Logo a imprensa vai começar a cobrar. Se eu soubesse da invasão, teria avisado a polícia ontem, quando me ligaram para perguntar de você. Hoje de manhã tomei algumas providências. Contratei seguranças e uns documentadores especializados para começarem a mexer nas caixas.

— Documentadores? De onde? Conheço todos.

— Ah, peguei um pessoal de fora do Estado, ninguém muito profissional, porque o trabalho inicial é mais operacional mesmo. Agora, quanto aos seguranças, chegam amanhã. Não se assuste com eles, está bem?

Santiago concordou e jogou mais alguns minutos de conversa fora. Era imprescindível pegar mais material da caixa LunaSole antes da chegada dos seguranças e dos novos documentadores. Minutos depois, uma oportunidade de ouro apareceu.

— Vou tirar o dia para resolver alguns assuntos pessoais — informou Traditore. — Não se preocupe em trancar nada. O pessoal da manutenção virá no fim da tarde para arrumar a porta.

A saída do homem não podia ser mais providencial. Rapidamente, Santiago correu para os fundos do departamento, empolgado. Era hora de coletar mais documentos.

"Espero ter tempo para analisar tudo o que andei juntando", pensou enquanto caminhava até a porta. Assim que a destrancou, espantou-se. Tudo estava diferente.

As caixas estavam ordenadamente empilhadas nos cantos e, pela cor da madeira, era certo que aquela que continha os livros LunaSole tinha sido levada.

"Que livros, computadores e luminária que nada. A verdadeira razão do arrombamento da noite interior foi a caixa. Carlos nem imagina o real motivo do roubo", concluiu, preocupado. Os Cavaleiros LunaSole tinham invadido os Archivos Antigos, recolhido a caixa e pegado outros materiais para desviar a atenção de Traditore, e dele também.

Um inesperado som veio do mezanino. Teriam retornado para roubar mais ou, pior, machucá-lo?

Santiago caminhou em silêncio. Os sons continuaram. Passos, gavetas sendo abertas e esbarrões. Visitantes não seriam tão abusados, e ladrões não seriam tão descuidados, então, quem poderia ter entrado? Traditore, talvez?

O rapaz armou-se de um pesado e empoeirado castiçal enviado por engano pelo Departamento Objectos Antigos. Caminhou até o mezanino com os olhos bem abertos. O roubo e a luta na casa do professor, além da possível presença dos Cavaleiros LunaSole na noite anterior, justificavam qualquer paranoia.

Quando passava por trás da última e mais escondida estante do mezanino, ouviu outro som. Desta vez, estava perto. Ergueu, então, o castiçal, pronto para a luta.

– Santiago...

Assustado e despreparado para qualquer luta, largou a peça centenária no chão. O estrondo foi alto e seco.

– Quem?

Da lateral de uma estante próxima saiu Edna Enim, tão atraente quanto das outras vezes.

– Podemos conversar? – pediu, de maneira doce e irrecusável.

PAPÉIS DE SANTIAGO:
OS LUSÍADAS E A MÁQUINA DO MUNDO

*(Início do trecho de oitenta
páginas de pesquisa...)*

OS LUSÍADAS

Fiz diversas anotações sobre *Os Lusíadas*. Quanta coisa não me lembrava!

O básico é que a obra foi escrita por Luís Vaz de Camões, concluída em 1556 e publicada em 1572. A obra tem dez cantos, 1102 estrofes com dez sílabas cada (decassílabas), em sua maioria heroicas (acentuadas nas sextas e décimas sílabas). O esquema das rimas é AB AB AB CC, ou seja, cruzadas nos seis primeiros versos e emparelhadas nos dois últimos.

O tema da epopeia é a viagem de Vasco da Gama para a Índia pelo mar. No caminho, são contados diversos episódios da história de Portugal e enaltecido o povo português.

Com base no equilíbrio grego presente nas obras renascentistas, Camões colocou o clímax da narrativa exatamente no ponto que divide a obra na proporção áurea. Esse ponto é o início do Canto VII, quando Vasco da Gama chega à Índia.

Como a *Eneida* de Virgilio e a *Ilíada* de Homero, *Os Lusíadas* tem uma narração *in medias res*, ou seja, a partir do meio. Começa no meio da ação para voltar atrás em *flashbacks* que detalham o passado. Esse recurso é usado no cinema constantemente.

Os Lusíadas, como toda epopeia, é altruísta, grandiosa, e refere-se ao movimento de um povo. Diferente da lírica, que tem caráter mais pessoal e centrado.

A obra é assim dividida:

Proposição: introdução ao assunto. Aqui, o poeta declara o que vai fazer, ou seja, cantar "o peito ilustre lusitano". Canto I, estrofes de 1 a 3.

Invocação: Camões pede inspiração e proteção às musas. O autor inovou ao invocar as Tágides, ninfas do Tejo, a partir de seu nome latino, Tagus. Canto I, estrofes 4 e 5.

Dedicatória: homenagem do poeta ao rei Dom Sebastião (Canto I, estrofes 6 a 18).

Narração: história em si. Viagem de Vasco da Gama à Índia interrompida em dois momentos para narrar a história de Portugal.

Epílogo: conclusão de toda a história. Canto X, estrofes 145 e 146.

No texto, Camões assimilou o humanismo, o classicismo e o platonismo. Citou as grandes descobertas, como a bússola, a vela quadrangular, a imprensa, o astrolábio e as novas terras. É a celebração máxima do expansionismo, do espírito renascentista de superação e força.

Quando Camões diz, no início da obra, "Cesse tudo o que a musa antiga canta/que outro valor mais alto se alevanta", ele pede para que o passado se cale, pois aquele seria o momento de Portugal.

(...)

A MÁQUINA DO MUNDO

A Máquina do Mundo é a representação do cosmos de acordo com a visão grega e de Ptolomeu. Com base no *Tratado da Esfera*, de Pedro Nunes.

Camões coloca a visão da Máquina do Mundo como prêmio maior do navegador Vasco da Gama por sua heroica viagem. Pelo que venho descobrindo, há um mistério maior nesse artefato. Algo que, se revelado, poderá causar grandes perturbações ao mundo.

Não há relação direta, mas reli e recomendo a todos o poema "A Máquina do Mundo", de Carlos Drummond de Andrade, e o cósmico "A Máquina do Mundo Repensada", de Haroldo de Campos.

(...)

17
EDNA NOVAMENTE

 SUI

*A causa precisa ser justa
para ter seguidores.
Busque um acordo e,
assim, será seguido.*

Não há colher.

Neo
The matrix (1999)

Desta vez, os cabelos soltos, lisos, pretos, lhe conferiam aparência de mulher. Mas a menina ainda estava lá, em algum lugar. No sorriso, no olhar, na pele e nos lábios.

Edna vestia camiseta branca e uma curta saia azul. Algo na garota transparecia o paradoxo entre a meninice e a experiência. Usava no pescoço um cordão que sustentava um pequeno golfinho dourado, onde se lia "SHE".

Santiago desejou ser aquele mamífero marítimo para nadar no oceano do perfumado colo de Edna Enim. Mentalmente, cantarolou "Heroes", de David Bowie e Brian Eno, na versão da banda Wallflowers:

"I, I wish you could swin/Like the dolphins, like dolphins can swin".

— Oi... — disse a ela.
— Como vai, Santiago?
— Bem. E você?
— Estou ótima.

— O que faz aqui nos Archivos Antigos?

— Ora, vim falar com você. Não faço outra coisa — brincou.

— Tem certeza? Da última vez que nos vimos, você fugiu como uma louca desesperada. Quase me encrenquei com a polícia.

Edna franziu a testa, como se não se lembrasse do ocorrido:

— Fugi? Não nos vemos desde aquela madrugada. Você deve ter visto outra pessoa. Alguém parecido, talvez.

— Talvez — concordou Santiago, mesmo sabendo que era praticamente impossível conceber duas pessoas igualmente belas e parecidas frequentando os mesmos lugares.

Mais do que aliviado por não ter encontrado um invasor, Santiago estava realmente encantado pela presença de Edna; por isso, assegurou-se de que mais ninguém estava nos Archivos e convidou a moça para acompanhá-lo até sua mesa.

— Como vai a busca pela Página, Santiago?

— Bem... acho... quer dizer, não sei. Não faço a mínima ideia da distância ou proximidade. Tudo para mim ainda é muito nebuloso. Você não me deu muito material para começar.

— Desculpe-me. Como lhe falei, o fato de você saber da existência da Página já era a primeira e melhor pista. O que já descobriu?

Santiago sentia-se envergonhado pelas poucas informações importantes recolhidas. Porém, disparou a falar tudo o que assimilara sobre mistérios da vida de Camões, a Máquina do Mundo e os estranhos homens que o estavam perseguindo. O rapaz também aproveitou para esclarecer um ponto que o incomodava:

— Preciso saber, Edna, você colocou o professor nessa busca também?

— Sim, Santiago. Pensei que isso já tinha ficado claro para você.

— Desconfiei, mas só fui ter certeza quando encontrei um texto escrito por ele que dizia já fazer alguns dias que não via alguém a quem se referia como "a mulher".

— Sim. Provavelmente ele falava de mim.

— A morte dele tem a ver com os tais Cavaleiros LunaSole e com a Página Perdida?

— Eu acho que não. Não consigo ver relação entre a morte do professor e a Página ou os cavaleiros. Apesar de serem perigosos, você verá que não é o estilo deles fazer isso e, pelo que a mídia está mostrando, outros foram mortos como o professor, e essas outras vítimas, pelo que sei, não estavam procurando a Página.

— Mas eu lutei com um deles na casa do professor, tenho certeza. Além disso, todos os mortos estão recebendo trechos de poemas de Camões. Não pode ser coincidência.

— Pode sim. Você não acreditaria no poder do acaso.

Edna era jovem, mas falava frases que denotavam uma estranha sabedoria.

— O professor também citou uma grande reunião que ocorreria algum dia. Um encontro desses cavaleiros que o estavam perseguindo. Você chegou a alertá-lo sobre esses homens perigosos?

— Sim, como fiz com você antes, e farei novamente: fique longe deles. São perigosos, e querem exatamente o que você busca. E farão tudo para conseguir.

Edna não tinha a intenção de assustar Santiago, mas havia conseguido esse resultado inconscientemente.

— Bom, se eles querem o mesmo que nós, estou no caminho certo. Sabe, Edna, peguei alguns livros em uma caixa marcada com o símbolo deles. Ainda não olhei esses livros, mas acredito que teremos muitas informações úteis sobre o paradeiro da Página.

— Excelente, Santiago. Volto a repetir, tome muito cuidado. É melhor não descobrir nada do que enfrentá-los diretamente.

Santiago não pensava assim. Para ele, descobertas valiam qualquer perigo. Este era o ponto em que pesquisadores, investigadores e intelectuais se pareciam com aventureiros e descobridores como Vasco da Gama.

— Você me disse, naquela noite, Edna, que a Página era perigosa se caísse em mãos erradas. Ainda assim, não encontrei ainda nenhuma ligação entre a Página e poder.

— Tenha certeza de que existe essa ligação. A Página guarda um segredo que pode mudar os rumos políticos do mundo.

Santiago se lembrou, imediatamente, da outra parte da mensagem deixada pelo professor:

Portugal estava destinado a ser o farol do mundo, como outras nações foram em períodos anteriores. O planisphaerium machina orbium mundi era o objetivo maior, e deve ser ainda o das nações que buscam dominação

A resposta estava ali.

– Eu não entendo uma coisa: qual é o seu interesse na Página? Quem me garante que suas mãos não são as erradas.

– Você está certo em perguntar. Na realidade, há dois segredos importantes na Página Perdida de Camões. Um deles é esse procurado pelos cavaleiros, e que pode mudar o rumo do mundo. Esse é o verdadeiro e importante motivo pelo qual a Página não pode cair em mãos mal-intencionadas, e é por isso que você tem que encontrá-la.

Santiago pensou em perguntar: "E o outro segredo?". Mas percebeu que Edna estava sensibilizada. Segundos de silêncio depois, ela continuou:

– O outro segredo vale muito também, mas não para muita gente. É um valor apenas histórico. Agora, preciso ir. Tomei muito seu tempo.

– Que nada. Tome o tempo que quiser, sempre.

Santiago não acreditou ter deixado escapar um "tome o tempo que quiser, sempre".

– Está bem. Continue o excelente trabalho. Quando puder, venho procurá-lo novamente. Obrigado por estar ao meu lado. Você não sabe, mas não tenho mais ninguém.

Santiago não deixava de admirar a evidente beleza indefesa de Edna, porém, não havia interesse romântico por parte dele. Naquele momento, Selene lhe interessava mais.

A conversa terminou tarde. Assim que Edna saiu pela porta, Santiago separou o *Critério oficial de livros raros*, um pequeno manual para análise de edições antigas que poderia ajudar muito no manuseio dos volumes que o esperavam em casa. Saiu dos Archivos Antigos apressado, sem saber que estava sendo seguido novamente. Desta vez, porém, o perseguidor não estava disposto a ir embora sem conseguir o que queria.

18

O ORNITORRINCO

 KU

Ações erradas provocam problemas, ações corretas os corrigem.

Irão cooperar ambos os prisioneiros para minimizar a perda da liberdade, ou um dos presos, confiando na cooperação do outro, o trairá para ganhar a liberdade?

DILEMA DO PRISIONEIRO,
TEORIA DOS JOGOS

Segundo a mitologia grega, o titã Prometeu dá a cada um dos animais características especiais que os protegeria e trariam vantagens na luta pela sobrevivência. Para uns, deu asas, para outros, escamas, e assim por diante. Garras, penas, chifres, guelras, barbatanas, antenas e cascos foram distribuídos de acordo com a necessidade de cada espécie.

Para Santiago, esse episódio estava muito ligado à Gênese bíblica, quando Adão foi convidado a nomear cada um dos seres. Na mitologia grega, Prometeu roubara o fogo dos deuses para dar inteligência aos seres humanos. Esta teria sido a vantagem competitiva dada ao homem e o pecado original, segundo a crença pagã.

Outras mitologias também narraram o sequestro da inteligência. Algumas correntes nórdicas diziam que os frutos dourados da sabedoria haviam sido tirados da árvore do mundo, Yggdrasil, e dados aos homens. Coincidência ou não, esses frutos traziam o conhecimento do bem e do mal, como a árvore no centro do Jardim do Éden.

Por toda sua vida, Santiago sempre considerara a inteligência como o mais poderoso atributo do ser humano. Naquele momento, porém, gostaria de ter garras, asas e presas para atacar ou fugir de seu perseguidor.

Assim que saiu dos Archivos, após concluir a conversa com Edna, sentiu que alguém o seguia. No princípio parecia impressão, e, para desfazê-la, deu algumas voltas sem sentido pelo campus.

Parou na fonte e notou que quem o seguia fez o mesmo. Fingiu falar ao celular e arriscou olhar para o perseguidor. Era um homem na faixa dos quarenta anos, de camisa branca e calça jeans.

Santiago voltou a caminhar, e o homem fez o mesmo. Não havia mais dúvida sobre o interesse do estranho pelo rapaz. Os ritmos das passadas estavam sincronizados a ponto de o homem acelerar e reduzir sua velocidade de acordo com a de Santiago.

"Um péssimo perseguidor", pensou, tentando enganar a si mesmo de que estava tranquilo. Desejava que o estranho fosse um policial, mas, no fundo, sentia que não havia mais interesse das autoridades por ele.

Caminhou rápido pelas ruas próximas à universidade e tentou despistar o estranho, seguindo pelo pequeno quarteirão e entrando nas duas ruas consecutivas antes que pudesse ser acompanhado. Assim que virou a primeira esquina e saiu da visão do perseguidor, aumentou a velocidade e entrou em outra rua. Em seguida, fez o mesmo mais duas vezes. Não haveria como adivinhar o caminho feito ou acompanhá-lo. Estava só, finalmente. Para ir para casa precisaria fazer um caminho muito maior, mas, pelo menos, o faria sem aquela sombra suspeita.

Andou mais um pouco e entrou em uma rua comprida, sem cruzamentos, cheia de fábricas e muros altos. Lembrou-se de Prometeu e Adão. O conhecimento trazia a maldição eterna, o pecado original. Não tinha descoberto nada que valesse ser perseguido. Ou havia? Talvez, os livros da desaparecida caixa escura contivessem informações importantes, e mereciam mais atenção a partir de então.

Inesperadamente, no ponto central da longa e vazia via, o homem de camisa branca saiu de trás de um poste. Santiago assustou-se.

"Um excelente perseguidor", concluiu tardiamente. Freou os passos e correu para o lado oposto. Antes de se virar, porém, viu nitidamente, no antebraço descoberto do homem, a tatuagem LunaSole e, em sua mão, um canivete. Não havia mais dúvida de qual era a intenção do estranho.

Correu como há muito não corria. O pulmão ardia, e as pernas moviam-se rapidamente; logo estaria livre, achou; mas, ao olhar para trás, percebeu que o perseguidor estava a poucos centímetros de alcançá-lo.

O homem corria com a facilidade de um velocista e, da maneira como portava o canivete, iria apunhalá-lo em instantes. A única chance era lutar.

Parou repentinamente, e ambos colidiram. Aquele não era o mesmo agressor da casa do professor. Era muito mais forte e ágil.

O perseguidor o imobilizou no chão com algo parecido com um golpe de jiu-jitsu. Santiago tentou se levantar, mas levou um soco. Não desistiu, o que fez com que o agressor se apressasse em procurar o canivete que, no choque, havia se perdido.

Sem a pequena arma branca, optou por esganar Santiago. Precisaria de dois minutos apenas, o que, naquela rua vazia, não seria problema. Colocou as mãos no pescoço do rapaz e pressionou os polegares com força.

Santiago já tinha ouvido falar que a vida inteira passava na mente de alguém próximo à morte, mas as únicas imagens que viu foram coletâneas de cenas de filmes, séries e desenhos animados em que pessoas eram esganadas, como ele estava sendo.

Em comum, todas as personagens expressavam horror enquanto tentavam tirar as mãos de seus algozes de seus arroxeados pescoços. Nos lampejos finais de consciência, Santiago – que também tentava soltar os fortes dedos do homem de sua garganta – decidiu fazer algo diferente: abriu os braços e apalpou a calçada em busca de uma pedra ou algo providencial.

O canivete aberto, caído no meio-fio, estava ao alcance da mão direita. Em um último e desesperado esforço, apanhou a pequena faca e atacou o estranho, riscando profundamente seu rosto.

Com o corte, o homem caiu para trás. Santiago, fora de si, levantou-se e esmurrou seguidas vezes o rosto ferido do estranho, ensanguentando sua própria mão. Mesmo ferido e surpreso pela reação, o Cavaleiro LunaSole se recuperou e partiu contra Santiago novamente.

O homem era um lutador experiente, e a pequena arma não fez diferença. Com um salto, girou as pernas no ar e chutou o canivete para longe das mãos de Santiago. Com o rosto ensanguentado, sentenciou:

– Eu morrerei amanhã, mas você morrerá agora!

Para felicidade de Santiago, naquele momento, do fim da rua uma pequena van branca se aproximava, em alta velocidade, buzinando para acabar com a briga. Na lateral do veículo, letras pintadas indicavam: "Desentupidora Ornitorrinco".

Com a inesperada chegada das barulhentas testemunhas, o homem fugiu sem poder concluir seu objetivo. Exausto, Santiago encostou-se na parede para retomar o fôlego.

Minutos depois, os homens da van o levaram até sua casa. Eram pessoas simples e boas que trabalhavam em um ramo pouco valorizado. Insistiram muito para que o rapaz fosse até a polícia, mas Santiago recusou-se enfaticamente. Precisava descansar em segurança.

Assim que partiram, Santiago reconheceu que, até aquele dia, nunca tinha pensado muito no ornitorrinco. Um mamífero com garras, pelos, nadadeiras e bico, que botava ovos.

"Certamente, muito privilegiado por Prometeu", pensou, enquanto tomava um demorado e revigorante banho.

19

A TOCA DO TATU

 LIN

Tempos afortunados são seguidos por períodos menos favoráveis. Cuidado.

Tudo tem fluxo e refluxo; tudo tem suas marés; tudo sobe e desce; tudo se manifesta por oscilações compensadas. A medida do movimento à direita é a medida do movimento à esquerda. O ritmo é a compensação.

Lei dos Ciclos,
5ª lei do Caibalion

— Parecia *Pulp Fiction* — falou Tatu.

— Como assim? — perguntou Rangel.

— Todo mundo sentadinhot, comendo sanduíche. Até que entrei na minha, como sempre, ouvindo meu celular no último volume, sem fones de ouvido. Aí todos pararam e me olharam — explicou.

Tatu e Rangel eram assaltantes baratos. Partiram para o crime influenciados por músicas e filmes. Todos os seus amigos de infância tinham se tornado trabalhadores honestos e estavam estabilizados. Os dois, porém, julgavam-se espertos demais para ter carteira de trabalho, emprego e salário.

Anos depois, estavam envelhecidos pela vida dura, e ignorantes demais para assumir seus erros. Só sobreviviam graças aos inconstantes assaltos que realizavam de maneira arriscada e incerta.

– Desliguei o som do celular e gritei que era um assalto. Todo mundo parou de comer. Então, fui, de um em um, pegando carteira, relógio e celular – disse Tatu, orgulhoso.

– É isso aí, mano. O movimento é esse mesmo. Qual foi a bolada?

– Cento e dez reais, cara. E se vender os badulaques, dá mais uns cinquenta reais. Valeu a pena – enganou-se.

Rangel concordou, mas também não acreditava mais naquela vida. Tatu continuou:

– Mas teve um lance que me deixou cabreiro, cara.

– O que foi, moleque?

– No momento em que eu estava pegando o dinheiro dos clientes do restaurante, percebi que as pessoas passavam na rua e evitavam entrar no lugar porque me viam lá. Até aí, tudo bem. De repente, entrou um cara enorme. Gigante mesmo. Tive a impressão de que ele entrou lá mesmo sabendo que o assalto estava rolando.

– Sério? E o que ele fez? Bancou o heroi?

– O grandão? Nada. Nem cheguei a pedir o dinheiro dele, mas ele já veio me dando a carteira. Provavelmente era covardão, porque sentou numa cadeira lá e ficou de cabeça baixa até eu sair. Mas, sério, ele era muito grande.

– E a carteira dele? Recheada?

– Aí é que está o problema, cara. A carteira dele estava vazia.

– Vazia?

– É. É essa marrom aí. Não totalmente vazia, tinha um bilhete dobrado dentro. Dá uma olhada aí.

Rangel apanhou a carteira aparentemente nova, tirou do seu interior um pequeno pedaço de papel e leu:

"A que novos desastres determinas/De levar estes reinos e esta gente? /Que perigos, que mortes lhe destinas/Debaixo dalgum nome preminente?/Que promessas de reinos, e de minas/D'ouro, que lhe farás tão facilmente?/Que famas lhe prometerás? Que histórias? /Que triunfos, que palmas, que vitórias?".

– Nossa, tudo rimado. Parece coisa de veado – comentou Rangel.

– Que nada! Isso aí é Camões, meu irmão. Isso me lembra do tempo da escola – respondeu Tatu.

De repente, a porta da pequena casa veio abaixo. Era o Cabo das Tormentas. Com o susto, Rangel caiu da cadeira, e Tatu deu dois passos para trás.

– Foi esse aí, Ranja. O grandão que eu falei, o cara da poesia.

Cabo das Tormentas andou em direção a Tatu com o olhar fixo. Rangel partiu para cima do gigante com socos e pontapés em defesa do amigo. Nada sequer diminuiu a velocidade do invasor.

Levemente incomodado, Cabo das Tormentas pegou Rangel pelo braço e o torceu com apenas uma mão até quebrá-lo. O rapaz urrou de dor. Percebendo que Tatu, seu alvo, estava encurralado, o gigantesco agressor decidiu, apenas por esporte, quebrar mais alguns ossos de Rangel.

Como se dobrasse gravetos, Cabo das Tormentas quebrou os dois fêmures, alguns ossos dos pés, a clavícula e algumas costelas. Rangel chorava e implorava para que o homem parasse.

Assim que Rangel desmaiou, foi a vez de Tatu, o objetivo real do assassino. Apavorado, o ladrão ficou de joelhos.

– Não me mata, cara. Eu sou de igreja.

O Cabo das Tormentas riu e, como fazia com suas vítimas, fez Tatu desmaiar com um golpe.

Horas mais tarde, o assassino, em sua masmorra, cumpriu seu ritual de morte. Sua lancheira já tinha línguas suficientes para que a imprensa falasse dele. Logo saberiam de sua missão sagrada, e lhe dariam razão, tinha certeza.

Seria visto como um herói. Imaginava-se aplaudido nas ruas, entrevistado por celebridades. Cada escola do País teria uma foto sua.

Mas ainda faltava muito. Muita gente ainda precisava morrer. A missão de sangue do Cabo das Tormentas não estava nem na metade.

20
VOCÊ É BURRO, SANTIAGO

KUAN
Quem conhece as leis da natureza confia em si e no futuro.

Revelação: re.ve.la.ção subst. fem (revelar + ação)
1. Ação ou efeito de revelar ou revelar-se.
2. Ato de manifestar, provar ou testemunhar.
3. Divulgar ou declarar algo que estava em segredo ou era ignorado.

MICHAELIS – MODERNO DICIONÁRIO DA LÍNGUAPORTUGUESA

O corpo estava dolorido, mas a mente de Santiago parecia nova e revigorada devido à empolgação crescente. Deveria haver algo muito valioso nos compêndios a ponto de ele estar sendo seguido, ameaçado e quase morto.

"Os Cavaleiros LunaSole estavam me observando antes mesmo de eu ter pego os livros", pensou ao se lembrar do estranho no bar.

Com o *Critério oficial de livros raros* em mãos – manual que listava os fatores determinantes para um livro ser considerado raro, como data de impressão, primeiras edições de autores renomados, livros autografados ou resenhados por personalidades históricas, edições clandestinas, esgotadas ou numeradas –, Santiago se preparou para avaliar os cinco livros tirados da caixa LunaSole.

– Com a sua licença, Capitão Astrolábio – pediu, gentilmente, ao retirar o boneco de pano e colocar a pilha de livros no canto da escrivaninha.

Pegou o primeiro livro da pilha. Era o raríssimo e perigoso *De Umbrarum Regni Novem Portis*, ou *As nove portas para o Reino das Sombras*, assinado por Aristide Torchia, mas escrito, segundo contam, pelo próprio Lúcifer, em 1666.

"Uau! Esse livro existe mesmo! Sempre pensei que fosse invenção de Arturo Pérez-Reverte", comentou consigo mesmo, entusiasmado. O livro não tinha nenhuma relação com a pesquisa sobre Camões, mas ainda assim, Santiago não resistiu em folhear as envelhecidas páginas e ver as nove lendárias figuras que, compreendidas, abriam as portas para o inferno, segundo a ficção de Pérez-Reverte.

"Fica para outra oportunidade", riu, deixando a obra de lado e concluindo que, provavelmente, esses Cavaleiros LunaSole deveriam ser colecionadores das mais importantes, obscuras e valiosas obras escritas. Santiago imaginou qual seria a missão da ordem. Talvez, algum livro respondesse.

O próximo da pilha estava em português e se chamava *Dos 72 artefatos: a máquina do mundo*. Foi impossível não tremer ao ler a desgastada gravação dourada do título.

Não havia indicação de autoria, índice bibliográfico ou registros. Apenas uma sutil marca d'água LunaSole em cada página. A lombada clássica estalava à medida que o livro era aberto e folheado, e, atravessando a coluna e sustentando a costura da velha encadernação, havia finas nervuras. Santiago concluiu que o livro, de páginas amareladas e corroídas, teria entre quarenta e sessenta anos.

Santiago mergulhou em uma leitura voraz do volume. Em seu computador portátil, anotou os detalhes mais importantes e, vez ou outra, serviu-se de uma xícara de café. Foram seis longas horas de leitura e anotação. Cada página surpreendia pela revelação que beirava o fantástico, mas era justificada e exemplificada com gravuras e esquemas.

Assim que terminou sua pesquisa, Santiago releu e pensou a respeito dos principais pontos anotados sobre o livro:

Este livro não pode ser lido por profanos. Somente nós, que morreremos amanhã, temos direito a esse conhecimento. Deixemos irmandades, seitas, grupos, lojas e congregações correrem atrás das próprias caudas em busca de mistérios vãos.

Irmãos muito bem relacionados encontram-se nas mais altas graduações desses agrupamentos profanos. Seu objetivo primordial é cegá-los com teorias, sacramentos e rituais vazios há séculos. Enquanto isso, continuemos nossas lições de intelecto e poder.

Como sabe, irmão em morte, após a conquista da Lança do Destino e do Graal, restaram alguns poucos artefatos para termos os 72 em nosso poder. Isso se deve aos muitos mártires de nossa causa que deram as próprias vidas pelo resgate desses valiosos e poderosos itens.

A Machina Orbium Mundi, *conhecida pelo vulgo Máquina do Mundo, é o objetivo maior de nossa ramificação de atuação. Estivemos muito perto deste que é o mais importante dos 72 artefatos em diversos períodos da história. Temos certeza de que, antes do fim do milênio, teremos a posse e o controle da Máquina do Mundo.*

Santiago percebeu que os Cavaleiros LunaSole acreditavam que encontrariam a Máquina do Mundo antes do fim do milênio. Objetivo que, provavelmente, não se concretizou.

Existem, entre as crenças humanas, aquelas que pregam que o destino rege a vida das pessoas. Que tudo está escrito de maneira infalível. Outras filosofias e religiões, porém, defendem que o homem é livre para escolher seus caminhos e pagar por suas decisões. Chamam essa capacidade de livre-arbítrio. Curiosamente, mesmo os que acreditam no livre-arbítrio alegam que seu deus é onisciente. Ou seja, para eles, os seres humanos têm liberdade de escolha, mas a divindade já sabe qual escolha será feita, o que pode ser considerado fatalismo do mesmo jeito.

Santiago lera uma teoria nos últimos meses, descrevendo que cientistas americanos isolaram um impulso cerebral que ocorria antes de o cérebro tomar decisões. Com isso, queriam provar que a personalidade, os sentimentos e as escolhas não pertenciam exatamente à chamada consciência, mas era resultado de reações químicas anteriores ao pensamento. O rapaz não sabia se deveria crer realmente nessa descoberta, mas parecia-lhe interessante a visão de que cada ser humano, por mais livre que fosse, agia como uma manifestação de uma natureza maior na construção de um cenário grandioso. Como cada animal que faz sua escolha particular e, sem saber, contribui para o equilíbrio do ecossistema.

Empolgado, continuou a rever suas anotações:

Só a Máquina do Mundo provê a verdadeira liberdade. Por ela, o homem ganha o poder de ver as coisas como realmente são e se conectam. Somente exerce seu livre-arbítrio verdadeiro quem conhece e manipula este artefato. É o poder máximo. O controle do próprio destino, do caos e do acaso.

Ninguém sabe, ao certo, sua origem. Alguns estudiosos afirmam que a Máquina sempre existiu; outros, que chegou à Terra antes do próprio homem. Há também quem alegue que já possui o artefato, mas não sabe como utilizá-lo.

O primeiro registro conhecido da Máquina do Mundo foi no Egito antigo, cerca de quatro mil anos antes de Cristo. Um homem chamado Hermes, o três vezes grande, a trouxe para aquele povo atrasado e conseguiu, em pouco tempo, incutir em uma raça selvagem conceitos avançados de matemática, botânica, medicina, alquimia, astronomia, física e biologia.

Na história, sumérios, babilônios, acádios, assírios, fenícios, chineses e gregos usufruíram, de alguma forma, dos benefícios diretos ou indiretos da Máquina do Mundo. Tal fato é comprovado por historiadores que explicam, de maneira semelhante, os misteriosos saltos tecnológicos, científicos e bélicos que essas nações deram no decorrer de sua existência. Hieróglifos, papiros, esculturas e desenhos em vasos produzidos por essas civilizações apresentam, em diversos estilos artísticos, imagens muito parecidas e facilmente relacionadas à Máquina do Mundo.

Nesse ponto da narrativa, o livro exibia comparações entre desenhos de placas egípcias e templos gregos; tecidos persas e vasos chineses; esculturas romanas e gravuras fenícias.

É certo que Ciro, Alexandre, Átila, Mahmud de Ghazni e Gêngis Khan também foram agraciados pessoalmente pelos benefícios deste artefato. Já conquistadores como Tamerlão, Napoleão e Hitler tentaram a todo custo encontrá-lo, mas não conseguiram.

Uma análise rápida das citações e ilustrações de renomados alquimistas, como Zoroastro, Raimundo Lullo, Nicola Flamel, Paracelso, Agrippa, Tomás de Aquino, Roger Bacon e outros, deixara clara a importância, o temor e a fascinação que a Máquina do Mundo exerceu sobre estudiosos do oculto.

Santiago já tinha lido algo sobre alquimia, mas as partes relacionadas no livro foram muito além. Mais chocantes, porém, foram os inúmeros trechos que comprovavam a existência e poder da Máquina do Mundo com base em livros religiosos e científicos:

Veja como o judaísmo e o cristianismo sincretizaram a Máquina do Mundo em seus livros sagrados. O mesmo foi feito pelo confucionismo, taoísmo, budismo, xintoísmo e hinduísmo.

O físico inglês Sir Isaac Newton, ao estudar secretamente alquimia com intelectuais de Cambridge, escreveu Praxis, *uma obra que sugeria que havia algo de diferente na natureza, muito além da ciência conhecida. Em alguns capítulos, o renomado cientista relacionou o incrível poder da Máquina do Mundo e a cronologia dos reinos antigos.*

Há alguns anos, um ilusionista húngaro obcecado pela Máquina do Mundo, chamado Ehrich Weiss, documentou secretamente algo estranho e maravilhoso descoberto em suas viagens pelo mundo. Décadas depois, o serviço secreto americano passou a proteger e a explorar determinadas áreas aparentemente aleatórias do globo a pedido do então presidente John Kennedy. Essa ação militar foi chamada de Protocolo Houdini.

Houdini era o nome artístico do ilusionista Ehrich Weiss.

É solicitado a você, jovem aprendiz, que se prenda ao estudo do poeta português Luís de Camões que colocou em seu Canto X, estância 80, uma citação sobre a Máquina do Mundo.

> *Vês aqui a grande Máquina do Mundo,*
> *etérea e elemental, que fabricada*
> *assim foi do Saber, alto e profundo,*
> *que é sem princípio e meta limitada.*
> *Quem cerca em derredor este rotundo*
> *globo e sua superfície tão limada,*
> *é Deus; mas o que é Deus ninguém o entende,*
> *que a tanto o engenho humano não se estende*

Nos próximos livros será possível entender a importância da obra desse poeta para atingirmos o objetivo final. Lembre-se sempre de visitar as reuniões periódicas da Lua e do Sol na sua cidade para perguntar diretamente aos Anciãos da Ordem.

Era incrível, excitante e perigoso. As informações confluíam, formavam hipóteses, coincidiam. Santiago andou de um lado para o outro da sala. Havia indícios de fanatismo e busca pelo poder. A soma desses fatores resultava em perigo para o rapaz, para Edna e para todos os possíveis envolvidos no assunto.

Nesse momento, sentiu medo e disse a si mesmo em voz baixa: "Você é muito medroso".

Essa sensação permaneceu até ele pegar seu telefone celular. Então, surpreso, disse a si mesmo em voz alta: "Você é muito burro!".

No pequeno aparelho, cinco mensagens deixadas por Selene perguntando por ele. Santiago esquecera-se do combinado com a linda policial, antes da conversa com Edna Enim ou da luta com o Cavaleiro LunaSole, de que tomaria café no fim daquela tarde.

21
DOCE HÉLIO

 SHIH HO
A punição deve ser aplicada claramente para superar uma obstrução deliberada.

Se tens um coração de ferro, bom proveito. O meu, fizeram-no de carne e sangra todo dia.

José Saramago

Santiago dormiu mal.
    Seria impossível dormir bem diante das últimas descobertas. Seria impossível dormir bem estando preocupado com o recente compromisso esquecido com Selene, e, por fim, seria impossível dormir bem tendo deitado quase pela manhã.
    Levantou-se apressado e partiu para a delegacia. Queria se desculpar com Selene antes de trabalhar. Devido aos recentes problemas, Santiago planejara um sistema mínimo de segurança para si mesmo e para as informações que coletava diariamente.
    Seu computador portátil, devidamente codificado para evitar curiosos, e os livros LunaSole, escondidos em um fundo falso no chão da cozinha, embaixo da pesada geladeira. Para abri-lo, era necessário abrir primeiro a geladeira, puxar a gaveta de vegetais, afastar o alface, a cenoura, a beterraba e os tomates, destrancar o compartimento no fundo dessa gaveta e, então, chegar até o chão da cozinha, onde o fundo falso estava. Nele, um cadeado de segredo duplo com chave e senha impediam o acesso.

O quadro de cortiça em frente à escrivaninha, a partir de então, permaneceria virado para a parede. Em seu verso, um quadro falso exibiria colagens de matérias diversas. Ainda assim, caso alguém olhasse para a face verdadeira, nada entenderia, pois os termos estavam escritos em um código particular, compreendidos apenas por seu criador.

Ao sair do prédio, Santiago usaria aleatoriamente a portaria da frente, a saída de serviços e a janela do banheiro dos empregados. Nunca mais faria o mesmo itinerário para ir a lugar algum. Evitaria andar sozinho, observaria e guardaria a fisionomia de todos os estranhos com atitude suspeita ou exageradamente inofensivos.

Homens parecidos com os Cavaleiros LunaSole que Santiago conhecera seriam evitados a todo custo. Usaria táxi em alguns dias da semana, em outros, andaria de bicicleta. Desengavetaria roupas que não costumava usar para que seu visual não ficasse marcado.

"Será que estou ficando paranoico?", pensou, enquanto ligava para Adso.

– Desculpe ligar a essa hora. Acordei você?

– Não, não. Geralmente levanto cedo. Fico de olho nas bolsas de valores orientais e faço reuniões pelo computador com países de fuso horário completamente diferente do Brasil. Mas, e você? Como vai?

– Estou bem. Na verdade, liguei para lhe pedir um favor.

– Claro. Você é quem manda, Santiago, diga.

Adso não era só o único amigo *nerd* da turma. Era o único *supernerd* do país. Antes de qualquer dispositivo eletrônico novo ser comercializado, Adso era convidado pelos fabricantes para testá-los. Bancos pagavam pequenas fortunas para que as empresas de Adso invadissem, como teste, os sistemas de segurança. Certa vez, em um jantar formal, o vice-presidente de um conglomerado de tecnologia desafiou Adso a pedir para sua equipe tentar acessar qualquer computador de uma determinada base de operações. O homem deu o prazo de uma semana, e disse que a cada dia de atraso, tiraria dez por cento do pagamento combinado.

O desafio foi aceito e, na mesma noite, no mesmo jantar, com um aparelho celular simples, Adso, sozinho, invadiu o computador pessoal do homem e divertiu a todos da mesa com a leitura de mensagens pessoais do executivo.

O homem, mesmo envergonhado, teve de pagar cento e dez por cento do valor combinado, uma vez que Adso acessara as informações um dia antes do início do desafio.

Naquela manhã, Santiago pediu que o amigo lhe emprestasse alguns itens de segurança e espionagem. "Nada muito sofisticado", ressaltou.

– Claro, claro. Tem uns badulaques que comprei, outros que ganhei, e os melhores são os que eu mesmo fiz. Mando para você no fim do dia.

Santiago agradeceu e desligou. Meia hora depois, chegou à delegacia.

O distrito policial estava bem agitado naquela manhã. Selene dava ordens por um rádio. Santiago perdeu o fôlego ao vê-la forte, incisiva e segura, mas também muito feminina e delicada.

A garota não esboçou reação especial ao ver o rapaz na entrada da sala. Observou-o se aproximar enquanto dizia números pelo transmissor. Santiago esperou que terminasse e falou:

– Oi, Selene, digo, capitã Selene, como vai? Vim aqui pronto para explicar sobre ontem. Trouxe dezenas de justificativas para lhe mostrar quanto um cara seria louco em marcar um compromisso com você e não ir. Também vim preparado para contar detalhadamente cada um dos problemas que tive ontem. Decorei e ensaiei palavra por palavra, e as visualizei quando acordei, no banho, durante o café da manhã e no caminho para cá. O problema é que quando me imaginei conversando com você e me desculpando, você não estava tão linda quanto está agora. Na verdade, seria humanamente impossível para qualquer homem imaginá-la constantemente bonita assim. Nenhuma mente registraria, nenhum cérebro seria criativo o suficiente; por isso, desisto. Estou derrotado. Sua beleza diária, porém inesperada, me venceu, mais uma vez. Não sei o que dizer.

Selene ficou quieta. Rosto enigmaticamente imóvel. Não dava para saber se tinha gostado ou odiado. Santiago torceu que ela dissesse algo. E sua torcida foi atendida:

– Santiago, não temos tempo para isso. Estamos com um problema. O Psicopata das Línguas agiu novamente. Estou indo para a cena do crime agora.

Ainda que as demais peças da pesquisa de Santiago não se encaixassem, o Psicopata das Línguas parecia a parte menos integrada ao sistema todo.

– Posso ir com você? – Santiago arriscou.

Selene pareceu pensar por alguns instantes. Em seguida, permitiu. Partiram rápido com diversas viaturas.

O corpo de Tatu havia sido deixado na fonte central da cidade de São Caetano do Sul. Estava nas mesmas condições dos corpos anteriores.

– Permaneça atrás da linha – pediu Selene.

O rapaz não estava realmente interessado em ver o corpo. Ele acabaria se lembrando do professor, e isso não ajudaria em nada o trabalho dos policiais. Enquanto dava a volta na fonte e admirava a bela praça daquela cidade com o maior índice de desenvolvimento do País, baixíssimas estatísticas de violência, acidentes ou crimes, chocou-se com um homem vindo na direção contrária.

– Olhe por onde anda, rapaz – falou o estranho. Era um homem alto, forte, na faixa dos quarenta anos. Tinha uma cicatriz antiga no lado direito do rosto que descia da têmpora ao queixo. Santiago lembrou-se imediatamente dos Cavaleiros LunaSole, principalmente daquele cujo rosto cortou com o canivete no dia anterior, mas percebeu que o truculento sujeito era um policial, provavelmente investigador, como Selene.

Assim que cruzou o cordão de isolamento, o homem acendeu um cigarro e olhou para o cadáver de cima a baixo como o malandro de Chico Buarque olhava uma mulata. Assim que o viu, Selene aproximou-se dele e acenou para que Santiago viesse.

– Santiago, este é o capitão Hélio Enrico. Capitão, este é o civil que está nos ajudando.

Santiago estendeu a mão para cumprimentar o homem, que nem sequer olhou para ele.

– Selene, esse aí é o Tatu – disse Hélio.

– Não, capitão. O nome dele é Santiago.

– Não estou falando do *playboy nerd* que você trouxe. Estou falando do morto.

– Espere aí, *playboy nerd*? Quem você... – tentou dizer Santiago, mas foi interrompido por Hélio.

– O apelido do morto é Tatu. Conheço o laranja. Ladrãozinho medíocre. Pode me fazer um favor, Tiago?

– Santiago. Meu nome é Santiago.

– Que seja. Pegue isso aqui – disse o capitão, entregando a bituca do cigarro que estava fumando. – Jogue em uma daquelas lixeiras. Essa cidade é tão cheia de frescura que, se eu sujar o chão, serei expulso da corporação.

Santiago não acreditou naquilo. Antes que atendesse ao pedido do policial, Selene interveio:

— Que é isso, Hélio? Pega leve com o Santiago.

— Como assim, lindinha? Você sabe o que penso sobre civis se metendo em investigações. Ainda mais meninotes de faculdade.

Era evidente o ciúme e o interesse de Hélio por Selene. Santiago percebeu que não teria como competir com alguém que tinha uma cicatriz daquela no rosto e que parecia saído de um videogame de zumbis.

Inesperadamente, um policial apareceu com um papel. Selene, de luvas, apanhou o bilhete e leu:

"A que novos desastres determinas/De levar estes reinos e esta gente?/Que perigos, que mortes lhe destinas/Debaixo dalgum nome preminente?/Que promessas de reinos, e de minas/D'ouro, que lhe farás tão facilmente?/Que famas lhe prometerás? Que histórias?/Que triunfos, que palmas, que vitórias?".

— É uma das falas do Velho do Restelo, um trecho do Canto IV de *Os Lusíadas* — falou Santiago, empolgado.

— Blá-blá-blá, velho do castelo, blá-blá-blá, luzia — ironizou Hélio. — Em que isso pode ajudar? Vamos prender o maluco ou acompanhar seu gosto por frescura e poesia?

Santiago tomou fôlego para responder, mas Selene o cortou:

— Capitão, vou voltar à delegacia com o civil. Você manda seu pessoal para a casa da vítima? Parece que ficava na Estrada das Lágrimas, aqui perto.

Deixaram a dantesca cena. No caminho, Santiago tentou mensurar sua reputação com Selene:

— Será que quando essa loucura toda parar poderemos tomar aquele café?

A moça não respondeu. A presença da garota, assim tão próxima, permitiu que Santiago comparasse a atração que sentia por ela com um possível interesse pela misteriosa Edna Enim. Enquanto a policial era real e presente, a oriental ia e vinha sem transparecer sua personalidade. Não havia mais dúvidas quanto à preferência do rapaz por Selene.

No meio do caminho, minutos depois, Hélio ligou para Selene. Ocupada em dirigir, a garota colocou o telefone no viva-voz.

— Lindinha? Meu pessoal disse que não há nada para se ver na casa de Tatu. Há sinais de luta e, pelo que os vizinhos disseram, outro laranja morava aqui, um tal de Rangel. Ele foi encontrado vivo, mas todo quebrado. O movimento o levou, mas sinto que pode ser nossa primeira testemunha.

— Tudo bem, capitão. Obrigado.

— Capitão? Pode me chamar de Helinho. Ainda sinto saudades de...

Selene interrompeu a ligação e sorriu para Santiago:

— Ele não sabia que estava no viva voz.

Santiago não conseguiu disfarçar. Aparentemente, tinha havido algum envolvimento romântico entre os policiais. Restava saber se tinha ocorrido em um passado distante e se o relacionamento acabara.

— Vocês vão interrogar o tal do Rangel? — perguntou Santiago, tentando ater-se ao crime.

— Não por enquanto. Quando Hélio, digo, o capitão Hélio disse que o movimento levou o Rangel, ele se referiu aos traficantes. Dificilmente conseguiremos falar com ele. Fizeram isso porque, no mínimo, o cara deve ter muitas outras informações. Ele voltará às ruas em um ano, mais ou menos.

Santiago lamentou muito a impossibilidade de ouvirem a única testemunha ocular, mas lamentou mais ainda o fato de Selene chamar o grosseiro policial pelo primeiro nome.

Já na delegacia, a policial convidou o rapaz para se sentar à sua mesa. Em seguida, a bela chamou uma assistente:

— Janaína, por favor, ligue para aquele português que veio aqui outro dia. Pergunte se ele ainda está interessado em ser consultor da polícia.

— Claro, Selene. Você se refere ao bonitão? O tal Valente Rocha? Nossa, com certeza vou ligar. E vou anotar o número dele para mim.

— Isso, ele mesmo.

Santiago estranhou:

— Bonitão? Digo, Valente? Você vai chamar o Valente aqui?

— Claro que sim. Ele é um especialista, não? Além de ser um europeu muito simpático, gentil, e que, com certeza, não furaria um compromisso.

— Selene, já entendi, você quer me punir, não é? Já pedi desculpas, não?

— Do que está falando, Santiago? Eu só disse que preciso de um especialista para me ajudar no caso do Psicopata de Línguas. Só isso.

– E por que não me chamou hoje pela manhã?

– Ora, você é muito ocupado, não é? Não consegue nem cumprir seus compromissos direito.

Santiago irritou-se. Pegou o telefone, ligou para Lábia e pediu que a amiga avisasse Traditore de que ele não poderia ir trabalhar naquele dia. A garota prontificou-se em falar pessoalmente com o chefe do rapaz.

– Agora, Selene, você terá dois especialistas – disse.

Horas se passaram, enquanto policiais separavam uma sala com mesa e cadeiras para o trabalho dos civis. Em uma ligação a Santiago, Lábia informou que já tinha avisado Traditore. No fim daquela manhã, Valente chegou à delegacia, arrancando suspiros das funcionárias do distrito.

– Portuga, pedi que Selene o chamasse para ser meu assistente – mentiu Santiago.

– A capitã me avisou que estavas incomodado, Santiago. Não te preocupes, não deixarei que meu brilho intelectual te ofusque.

– Meninos, venham até aqui – pediu Selene, chamando-os à saleta. – Vejam o que temos de pontos em comum entre as vítimas.

Os dois deixaram as provocações de lado e se debruçaram sobre as informações a respeito do Psicopata das Línguas.

PONTOS COMUNS	GANCHOS
Língua arrancada	Todos têm idade aproximada, exceto a primeira vítima
Corpos em fontes	O que Rangel viu?
Braços abertos e pernas esticadas	Por que Camões, línguas e fontes?
Os Lusíadas em ordem (4 vítimas 4 cantos)	Nenhuma relação física, profissional ou pessoal entre as vítimas

– Que tal investigarmos o papel no qual os bilhetes foram escritos? Ele não parece comum – sugeriu Valente.

– Que ridículo, *Portuga*. Você está pensando que estamos no filme *Hannibal*? O papel é comum, e não apresenta digitais, bem como as vítimas. Não é por aí – desdenhou Santiago.

— Ótimo, Valente. Faremos isso. Que outras linhas de investigação sugere? – disse Selene.

"Que outra linhas de investigação sugere?", repetiu mentalmente Santiago, descrente do valor que Selene dava à opinião do amigo e rival português. Era evidente a seriedade com que ambos se dedicavam ao crime. Santiago, por sua vez, levava sua inteligência muito a sério, e estava perdendo terreno para aqueles que se esforçavam com honestidade, como Valente.

Para piorar, Hélio entrou na sala com agressividade.

— Ah, não, Selene, o que é isso? Você está montando uma parada *gay* dentro do distrito? – provocou, ao ver Santiago e Valente entre livros e papéis.

— O que quer, Hélio?

— Falei com a delegada Iêda Vargas, e ela me disse que essa linha de investigação com os civis terá de apresentar resultados logo, ouviu? Do contrário, mandaremos as duas borboletas voarem em outros jardins.

— Quem chamas de borboleta? – perguntou Valente.

— Quer dizer que um dos civis é dono de padaria? – ironizou Hélio, ao ouvir o sotaque de Valente. – É o seguinte, Manuel, terminem logo a frescurinha literária de vocês e voltem para a cidade do arco-íris de onde vieram, entendeu? Agora vou dar uma entrevista sobre o assassino, até mais – ameaçou, saindo da sala.

Independentemente das provocações, Selene pareceu preocupada. Ela se arriscara ao envolver civis desconhecidos em uma investigação tão importante. Sem resultados, sua carreira seria prejudicada.

Era hora de Santiago agir com seriedade.

— Pessoal, preciso contar algo a vocês. Tenho medo de estar mais envolvido nos crimes do que parece. Quero dizer, deve haver alguma relação entre as mortes e uma pesquisa que estou realizando, ainda que certa pessoa diga que não – desabafou Santiago, referindo-se a Edna.

— Do que está falando, Santiago? – perguntou Selene.

— Hoje à noite, na minha casa. Explicarei tudo – respondeu, temendo estar abrindo informações perigosas a pessoas inocentes de quem gostava.

Enquanto isso, aos principais canais de televisão do país capitão Hélio Enrico falava sobre o Psicopata das Línguas:

— Pedimos à população que mantenha a calma. Não há motivo para pânico. A polícia está bem avançada nas investigações.

– Capitão, o que pode nos adiantar do perfil do *serial killer* Psicopata das Línguas? Qual é o objetivo dele? – perguntou uma jornalista.

– Em primeiro lugar, não há razões para chamar um indivíduo doente de *serial killer,* e muito menos lhe darmos o *glamour* de um nome como Psicopata das Línguas ou Maníaco das Fontes. Ele é um perdedor, um fraco, alguém abaixo da linha da normalidade. Deve ter sido humilhado e colecionado fracassos a vida toda. Uma pessoa assim comete deslizes. E quanto ao objetivo, digamos que seja pegar pessoas aleatoriamente e matá-las de maneira cruel.

Em sua masmorra, o Cabo das Tormentas assistia à entrevista coletiva com raiva. Consideraram-no psicopata, maníaco, *serial killer*. Não tinham entendido sua missão sagrada e, para piorar, aquele policial valentão tinha pervertido seus atos, ofendido sua honra e o chamado de fraco, perdedor e anormal. Esse policial era como suas vítimas: desrespeitoso, caluniador e grosseiro. Merecia morrer também.

Antes, porém, haveria a quinta vítima. Aquela que permitiria que a polícia soubesse quem era ele.

Ao mesmo tempo, em outro canto da cidade, um homem, que também assistiu às matérias relacionadas aos crimes, começou a chorar.

"Meu Deus, meu Deus... O que eu fui fazer? Logo serei morto também. Ele vai me encontrar, tenho certeza", pensou.

22

O TAL CAPÍTULO VINTE E DOIS

PI
A contemplação da harmonia graciosa estimula o progresso de todas as coisas.

Ser isto ordenação dos céus divina,
Por sinais muito claros se mostrou,
Quando em Évora a voz
de uma menina,
Ante tempo falando o nomeou

Os Lusíadas,
Canto IV, Estância 3

Em 1973, o diretor George Lucas lançou um filme chamado *American Graffiti*, conhecido no Brasil por *Loucuras de Verão*. A narrativa, passada em 1962, contava a história do jovem Curt Henderson, interpretado por Richard Dreyfuss, e sua turma vivendo grandes aventuras no último dia de verão em sua pequena cidade, antes de partirem para universidades espalhadas por toda a América.

Além da trilha sonora característica dos anos sessenta, o filme – um dos preferidos de Santiago – chamava a atenção por mostrar um protagonista relutante em deixar sua cidade natal, cuja dúvida foi ampliada quando conheceu e se apaixonou por uma garota que viu por segundos dentro de um carro, no agitado trânsito noturno.

Para Santiago, esse filme mostrava quanto era possível se apaixonar por uma estranha e modificar sua vida por causa dela.

A página perdida de Camões

Naquela noite, ele levou Valente e Selene para sua casa. Mostraria a ambos em que estivera imerso nos últimos dias. Não sabia se acreditariam nele, e temia que Selene – por quem estava se apaixonando rapidamente – o considerasse maluco a partir de então.

– Santiago, um motoqueiro deixou isso para você – anunciou o porteiro, entregando uma pequena caixa onde estava escrito: "De Adso para Santiago". Eram as bugigangas eletrônicas de segurança e espionagem pedidas ao amigo.

Assim que chegaram ao apartamento, a dupla de convidados começou a expor suas impressões do lugar:

– Nossa, que decoração estranha! – comentou Selene, referindo-se à quantidade de itens desconexos nas paredes e chão.

– É... eu sei. Minha mãe tem obsessão por me presentear com objetos de decoração.

– O que é isso? – perguntou Valente, segurando uma espécie de flauta pequena.

– Ah, isso é um pifarito, uma flauta medieval. Não sei a razão de minha mãe ter me dado isso.

– Adorei o bonequinho em cima daquela mesa velha. Onde ela comprou? – perguntou Selene, referindo-se ao pequeno Capitão Astrolábio sobre a escrivaninha.

– Ah, esse não foi ela. É o personagem que criei, o Capitão Astrolábio, do meu livro, lembra?

– Ninguém lembra, Santiago – provocou Valente.

– Bem, podemos falar do que interessa? – pediu Santiago.

– Claro! Qual é a razão de nos trazer aqui?

Santiago não sabia por onde começar. Sua experiência como escritor o fez partir do óbvio: o começo. Contou, então, sobre Edna Enim, a Página Perdida, Camões, a Máquina do Mundo e os Cavaleiros LunaSole. Foi uma conversa longa, porém didática, na qual as teorias e a missão do rapaz foram explicadas em detalhes. Além de informações, Santiago mostrou os livros LunaSole trazidos dos Archivos Antigos.

– Não acredito! É o *Umbrarum Regni Novem Portis*? Ele existe? – espantou-se Valente.

– Eu sei, eu sei, *Portuga*. Também me assustei. Incrível, não? Mas, este não é o foco tratado aqui. Vejam só, nesse primeiro livro eles falam sobre uma reunião mensal dos Cavaleiros LunaSole. Na carta deixada pelo professor, ele também cita esse encontro. Se os assassinatos estiverem relacionados com isso tudo, certamente o Psicopata das Línguas estará lá, não?

— Com certeza! Vamos descobrir mais detalhes e entrar escondidos, o que achas? — propôs Valente, empolgado. Santiago concordou. Os olhos de ambos brilharam na expectativa da aventura.

— Estão malucos? — gritou Selene.

— Como assim?

— Vocês estão completamente loucos. Houdini? Kennedy? As traças dos livros devem ter comido parte do cérebro de vocês, com certeza. Vejam, primeiro que essa história de página perdida é tão sem pé nem cabeça que daria, no máximo, um bom *best seller*, só isso. Segundo, que se aquela garota que você, Santiago, estava perseguindo noutro dia é mesmo sua contratante, provavelmente ela deve ser louca também, pois fugia de você como os parlamentares fogem das CPIs. Agora, esse lance de artefato mágico e de irmandade secreta são assuntos de filmes da década passada, sem conexão nenhuma com a realidade. Se você quase foi morto mesmo, por que não procurou a polícia? Por que não denunciou esses homens, já que está sendo seguido?

Santiago ficou em silêncio, de cabeça baixa. Valente cutucou o amigo, como se o discurso realista de Selene não tivesse sido registrado:

— Então, quando e onde será a reunião?

— Ainda não sei, me ajuda a descobrir, *Portuga*?

— Claro! Contanto que eu vá com você.

Selene suspirou. Não conseguiria trazer aqueles garotos crescidos à realidade. Esse era o mundo ficcional que aspiravam, deduziu, conformada. Ela não acreditava que os Cavaleiros LunaSole existissem ou que houvesse tal encontro. Ainda que Santiago tivesse realmente sofrido uma agressão na casa do professor e outra na rua, era difícil para uma policial ligada a problemas mundanos relacionar brigas cotidianas a psicopatas e tesouros secretos.

Além dos dois livros já vistos, Santiago tinha pegado mais três. Um em latim, outro em inglês arcaico e o terceiro em português. Era plenamente capaz de estudar as três obras, mas Valente conseguiria extrair muito mais do volume em inglês arcaico do que qualquer outro estudioso da Universidade Alexandria.

Empolgado, o português pegou os três volumes e se sentou à escrivaninha para estudá-los. Santiago aproveitou a deixa para convidar Selene a conhecer a vista da sacada. Não era uma grande visão, já que seu prédio era baixo, porém, não havia nenhuma outra construção obstruindo o céu acima deles e, abaixo, uma cidade iluminada e agitada proporcionava um espetáculo à parte.

– Adoro serviços 24 horas – comentou o rapaz, minutos depois. – Veja ali embaixo. Temos uma lanchonete, um bar, uma pizzaria, uma floricultura, uma academia, uma videolocadora e muitos outros estabelecimentos. Não importa a hora da madrugada, o clima frio ou quente demais, feriados nacionais ou mundiais. Estão sempre abertos. Sempre funcionando. Suas luzes acesas indicam que tudo está bem. Os clientes, muitas vezes, passam horas sem consumir nada, apenas desabafando. Eles têm histórias para contar. Andam pela cidade, veem tudo e servem pessoas enquanto a maioria está dormindo. E à noite, na cama, gosto da segurança de pensar que eles existem e estão lá, sorridentes e disponíveis com seus lanches, cafés, sucos, vinhos, pizzas, flores, filmes e braços abertos. É reconfortante.

– Verdade. Nunca pensei por esse lado – comentou Selene.

– Como é a noite para você?

– Para mim, é o momento em que as leis e as regras se afrouxam. Então, pessoas más, que esperaram o dia inteiro em seus empregos ou com suas famílias, soltam seus pequenos demônios. Você está certo em dizer que, enquanto dormimos, coisas acontecem na cidade. Coisas boas e ruins. E meu trabalho é muito dedicado às ruins. Quando durmo, fujo da realidade e rezo para que outro esteja fazendo o meu trabalho. Porque nós descansamos, mas as pessoas ruins não. Elas nunca param. Só dão uma pausa, às vezes, mas sempre são cobertas por outras pessoas más. É isso o que vejo quando olho para a cidade à noite.

Qualquer homem, ao ouvir as palavras de Selene, recuaria. O rancor que os anos de trabalho incutiram em sua alma era assustador, mas Santiago não era qualquer homem. Ele desistiria da garota se fosse recusado por sua aparência, situação financeira ou outro fator externo, mas jamais daria um passo atrás por barreiras intelectuais ou sentimentais.

– Um filme que gosto muito é *Seven – Os sete pecados capitais*, lembra? É uma produção assustadora sobre dois policiais que tentam pegar um assassino serial. Certamente, você já assistiu. A frase final, dita pelo detetive Somerset, interpretado por Morgan Freeman, é "Ernest Hemingway escreveu certa vez: O mundo é um lugar bom e vale a pena lutar por ele. Concordo com a segunda parte". Não sei se o mundo é bom ou mal. Sei que lutar por ele é o correto, mas, se lutamos sozinhos, perdemos. É difícil tirar de dentro tanto entusiasmo voltando para casa, a cada batalha, apenas para esperar pela guerra do dia seguinte. Eu acredito que não importa realmente se estamos ganhando ou perdendo a luta. O maravilhoso é ter alguém torcendo por nós na plateia, desejando que nocauteemos o adversário. E a cada fim de *round*, voltamos para essa pessoa, recarregamos as energias e a ouvimos contar as próprias batalhas que está enfrentando nos ringues em que sobe diariamente.

— Que lindo, Santiago — disse, tocada. A solidão, segundo Santiago, dificultava não só o trabalho de policiais, mas qualquer tipo de atividade profissional.

— Não. Linda é você — respondeu e a beijou, assim, de surpresa, como os melhores beijos devem ser.

Os lábios permaneceram juntos por infinitos três segundos, até que Valente apareceu, pigarreando como um perfeito cavalheiro.

— O que foi, *Portuga*?

— Desculpe interromper, mas vocês precisam ver isso.

— Ele disse "vocês"? Onde está seu sotaque? — perguntou Selene.

— Não estranhe. O *Portuga* tem vários níveis de sotaque, mas quando fica nervoso, não tem nenhum.

Valente tinha estudado parcialmente o volume em português, chamado *A Cavalaria da Lua e do Sol*. Nele, alguns detalhes das vidas e da história dos LunaSole eram explicados.

— Vejam o que anotei de importante — disse, animado, abrindo um arquivo no computador portátil de Santiago.

A Cavalaria da Lua e do Sol

Somos poucos e assim devemos nos manter. Somos sábios e ávidos por conhecimento.

Donos das letras, somos donos da história. Não somos eternos. Morreremos amanhã.

Faça hoje. Faça rápido e faça o certo. Hoje é o seu último dia.

— Não é legal? Eles são instruídos para realizar missões suicidas em busca de tesouros artísticos e históricos, olhem...

A arte não é reflexo de um povo, mas seu motor. O espírito de um povo não se manifesta em sua literatura e pintura, mas, sim, o contrário. Os caminhos são definidos pela arte.

Os homens da caverna saíam para caçar e, quando voltavam, pintavam suas caças nas paredes. Aqueles que pintavam grandes feras eram tidos como mais corajosos, ainda que não fossem. Estes se tornaram líderes, lendas tribais que determinaram as leis e inspiraram gerações.

Séculos depois, a comunicação ganhou velocidade e amplitude. Novos poderes passaram a ser disputados diariamente, e isso não nos interessa. Para nós, os Cavaleiros da Lua e do Sol, os verdadeiros poderes, os maiores, são os do passado, aqueles que os primeiros membros de nossa ordem conheceram e documentaram. Somente esses nos interessam, e por eles morreremos.

– Hum, dá para deduzir o interesse desses malucos. Pode continuar, Portuga.

É natural que os primeiros homens tenham tido acesso aos mais nobres tesouros e que sua sabedoria os tenha feito esconder tais relíquias para manter suas vantagens sobre os demais. Assim se desenrolaram as nações, religiões, guerras, movimentos artísticos e a ciência.

Foram catalogados mais de mil artefatos estranhos e poderosos. Objetos cujo efeito deu origem às religiões, lendas e superstições. Se a fonte de seu poder era radioativa, elétrica ou magnética, não importa, porém, o fato é que tal qual o fogo provia a vantagem de um povo sobre outro, esses artefatos determinaram o destino das civilizações. Dentre todos os objetos, os nobres cavaleiros de nossa ordem, em seus primórdios, listaram 72 mais relevantes, importantes e poderosos.

Nos últimos doze séculos, nossa ordem dedicou-se prioritariamente a recolher esses 72 artefatos. Nosso lema de morte nos tornou poderosos e, por isso, obtivemos êxito a todo custo. Hoje, possuímos mais da metade desses artefatos e, como todo neófito sabe, os mantemos em estudo na Itália.

– Não é incrível? Por mim, ia agora mesmo à imprensa – comentou Valente.

– Seria loucura. Esses caras devem ser extremistas e, possivelmente, ter influência na mídia também. Como nunca ninguém ouviu falar deles? – filosofou Santiago.

– Pelo que entendi, por meio das artes e comunicação, eles banalizaram o conceito de irmandades e até fundaram algumas seitas de fachada para desviar a atenção do público – replicou o português.

— E sobre a tal reunião? Não havia nada no livro?

Valente fez sinal para que Santiago prestasse atenção, e prosseguiu sua leitura:

Todo ciclo lunar, os sobreviventes irão para as grandes cidades para participar dos encontros. Serão dadas instruções e apresentados resultados. Nos dois primeiros meses, as reuniões ocorrerão no primeiro dia. No terceiro mês, no segundo dia, e assim por diante.

Ao aprendiz será solicitado ouvir. Ao neófito, perguntar, e ao mestre, responder. Lembrando sempre que a palavra é prata e o silêncio é ouro.

— E o local? Não falaram nada do local? — perguntou Santiago.

— Não, nada — respondeu Valente.

— Temos de ir a essa reunião de qualquer maneira.

— Como assim? Os caras tentaram matá-lo. A tal japonesa, chinesa, sei lá, lhe disse que eles são perigosos — argumentou Selene, com certo ciúme de Edna Enim, principalmente porque Santiago, quando contou sobre a misteriosa garota, não poupou elogios à sua beleza.

Os amigos silenciaram mais uma vez. Por mais sensata que Selene fosse, não haveria força no universo que demovesse o desejo de aventura e conhecimento de Santiago e Valente. Percebendo essa predisposição suicida, a loira reclamou:

— Querem saber? Vou embora. Tenho um assassino para pegar, não vou perder tempo com esse "Código Da Vinci" tupiniquim.

— Espere, Selene. Vamos ao Bartenon? Que tal exercitar alguns neurônios e destruir outros? — propôs Santiago. Queria pensar a respeito dos LunaSole e, mais que isso, desejava beijar Selene novamente.

— Bartenon? Sinto muito, Santiago. Vou para casa — respondeu, abrindo a porta.

Santiago lembrou-se novamente de *American graffiti*. Filme em que, no fim, o protagonista vai embora da cidade sem ver a garota amada uma segunda vez. Valente decidiu ir junto, mas não sem antes olhar para trás e dizer ao amigo:

— Obrigado por esquentar o motor. Deixe comigo. Pilotarei bem a máquina a partir daqui — o comentário foi seguido de uma irritante piscadela do português.

23
DEUS NÃO PODE VER

 PO

Os fracos se aglomeram
para expulsar os fortes.
O sábio resiste e trabalha
em silêncio.

Um dia feliz, às vezes é muito raro.
Falar é complicado, quero uma canção

"Fácil",
Jota Quest
(Rogério Flausino/
Wilson Sideral)

Santiago não foi imediatamente ao Bartenon. Na verdade, ficou em dúvida se deveria mesmo ir. Ensaiou dormir, fez flexões de braço, navegou pelos canais da televisão. Atualizou o quadro de cortiça com as recentes descobertas e, então, falou consigo mesmo:

— Morrerei amanhã — repetindo em português o lema dos LunaSole.

Preparou-se e foi ao bar. Não pretendia ficar muito tempo, apenas o suficiente para espairecer um pouco. Lá, foi recebido por Adso:

— Recebeu a caixa? — perguntou o amigo, que usava uma camiseta com os dizeres: "Campeonato de Tétris humano — Eu fui".

— Sim, sim. Mas confesso que não abri ainda, estava ocupado.

— Imagino. A policial loira linda, não?

— O quê? Como você sabe? — espantou-se.

— Ora, ela mesma me contou; veja, ela está ali. Convidei-a para sentar aqui na nossa mesa, mas ela não quis. Disse que queria esperá-lo na mesa em que conversaram daquela vez.

Santiago viu Selene sentada na mesma mesa próxima ao balcão. Estava mais linda e feminina que antes. Seus cabelos, soltos, emolduravam o rosto perfeito. Usava um vestido azul e maquiagem leve.

O rapaz lembrou-se, pela terceira vez, do filme *American graffiti*. Na última cena, enquanto partia no avião, o protagonista viu o carro branco da mulher misteriosa dirigindo-se ao local de encontro. Sim, o final poderia ter sido feliz se ele não tivesse deixado a cidade.

– Oi – disse a ela, tímido.

– Gostou da surpresa? Eu precisava me arrumar, estava com roupa de trabalho...

A pergunta permitia milhões de respostas sobre a presença dela ali, de como estava perfeita. Uma tese de quinhentas páginas talvez fosse pouco. Santiago apenas concordou com a cabeça e dispensou as palavras, beijando-a, desta vez, sem a interrupção de Valente.

Adso, já levemente alcoolizado, comentou com o casal, minutos depois:

– Inveja, viu? Inveja de vocês. Liguei cinco vezes para Lábia e ela não atendeu. Onde será que ela está?

Havia poucas pessoas no bar naquela noite. Sócrates, o *barman*, mesmo com o reduzido público, subiu ao palco para propor uma charada: "Nós e os animais vemos sempre/Reis e presidentes veem às vezes/Deus e o Papa não veem nunca. O que é?".

Selene ouviu atenta e comentou:

– Existe algo que Deus não vê e que nós vemos sempre? Como assim? Se o Papa também não vê, deve estar relacionado com a Igreja Católica, não?

– Sinceramente, não sei – respondeu o rapaz. O único enigma que queria decifrar naquela noite estava nos lábios de Selene.

A garota espantou-se com a resposta de Santiago, que completou:

– Selene, você tira meu senso racional. Não sei como dizer isso, mas você é minha chance de ficar louco – brincou.

– Mesmo sem ser racional, você sabe muito bem usar as palavras – comentou Selene.

Os dois dançaram e riram naquela noite. Conversaram sobre vida pessoal, relacionamentos, trabalho e família. Adso lamentava a ausência da amiga Lábia, porém, sem confirmar real interesse por ela.

Santiago usou o cardápio de bebida com nomes estranhos para explicar um pouco do que sabia sobre filósofos, cientistas e pensadores. Vez ou outra, quando a história era boa, Selene pedia para experimentar o coquetel com aquele nome.

— Uau! Correntes filosóficas tão incríveis e bebidas nem sempre tão boas — comentou ao beber Foucalt Flamejante.

— É que o álcool é inversamente proporcional ao pensamento.

— Por que será que estamos assim? — perguntou Selene.

— Assim como? Bêbados?

— Não, atraídos um pelo outro.

— Poderia dizer que é porque somos parecidos, mas eu não sou bonito como você. Poderia dizer que é porque somos diferentes, mas não me sinto tão oposto a você assim. Não sei lhe responder o motivo de estarmos atraídos um pelo outro.

Selene parou e ficou em silêncio. Em seguida, pareceu refletir profundamente. Santiago pegou sua mão, mas ela se desvencilhou..

— O que foi? Algo que eu disse?

— Não, espera... é isso! — respondeu Selene, correndo para o palco.

Sócrates, impressionado com o que Selene lhe disse ao ouvido, anunciou:

— Atenção, pessoal, enigma decifrado. Palmas para a ganhadora!

Os clientes começaram a gritar e aplaudir. O *barman*, então, revelou a resposta a todos:

— Nós e os animais vemos sempre. Os reis e presidentes veem às vezes. Deus e o Papa nunca veem. É fácil. A resposta é: um ser semelhante. Nós e os animais comuns estamos cercados por semelhantes, correto? Os reis e presidentes geralmente precisam viajar para encontrar outros monarcas ou dirigentes de nações. Já um Papa nunca verá outro, afinal, a vaga é vitalícia, e Deus, conforme as crenças, é único. Parabéns, moça!

Como prêmio, Selene não quis propor outro enigma ou pedir uma bebida; pediu apenas para escolher uma música. Sócrates não teve como recusar, e, então, as caixas de som começaram a tocar "Romance ideal", dos Paralamas do Sucesso:

"Era só uma menina/e eu pagando pelos erros/que nem sei se eu cometi...".

Santiago esperou-a próximo ao palco de braços abertos, e, antes que ele dissesse qualquer coisa, Selene falou:

—Você é quem me deu a resposta do enigma, acho que sem querer.
— Eu?
— Sim, você estava falando sobre as nossas diferenças e semelhanças. Foi incrível. Quero adivinhar mais enigmas.
— Calma, é difícil subir nesse *ranking*, viu? E a música? Por que escolheu essa?
—Você me disse que lhe tiro o senso racional e que sou sua chance de ficar louco, lembra?
— Sim, claro que me lembro.
— Na hora, lembrei-me do refrão dessa música, ouça...
O casal ficou em silêncio.
"Se eu queria enlouquecer/essa é a minha chance/é tudo o que eu quis."
Outros beijos e declarações se intercalaram com as lamentações do solitário Adso. De longe, dois homens em uma mesa observavam, de maneira esquiva, o casal. Não tinham seguido Santiago, mas sabiam que ele estaria no bar. Um deles comentou:
— Já era para ele estar morto.
— Quem iria adivinhar? — perguntou o outro.
— Minha vontade é de fazê-lo pagar pelo corte que me fez.
— Calma, irmão. Esse cortezinho não vai nem deixar cicatriz. Não se preocupe, o pegaremos amanhã. Assim como nós, ele morrerá amanhã.
Brindaram com água. As mangas das camisas fechadas até o punho não permitiam ver suas tatuagens.

24
A HORA E A VEZ
DE VALENTE ROCHA

 FU

Siga a tendência da corrente e deixe fluir. Não é o momento de uma ação drástica.

Meu nome é Lester Burnham. Este é o meu bairro, esta é a minha rua, esta é a minha vida. Tenho 42 anos e, em menos de um ano, estarei morto. Claro que não sei isso ainda e, de certa forma, já estou morto.

BELEZA AMERICANA
(EUA, 1999)

Nascido em Casal de Cambra, na vila de Sintra em Lisboa, Valente Rocha estudou na Escola Secundária Lyceu Camões, por onde passaram importantes figuras da sociedade portuguesa.

Desde pequeno, chamava a atenção por sua aparência. Era o mais alto e mais forte da turma, e, segundo todas as garotas e até alguns garotos, o mais belo.

Tímido, tornou-se introspectivo, o que o afastou dos esportes e o aproximou das artes. Com doze anos, venceu inúmeros concursos de redação, sendo convidado por uma emissora de televisão para apresentar um programa infantil por alguns anos.

Mais tarde, Valente interessou-se pelos idiomas anglo-saxões e ganhou uma bolsa de estudos para a Inglaterra por conta do governo. Por acumular tanto conhecimento com tão pouca idade, recebeu o convite da Universidade Alexandria, no Brasil, para desenvolver suas pesquisas. Após concluir seu pós-mestrado, o rapaz mudou-se definitivamente para o país latino-americano.

Sua vida pessoal foi tranquila. Teve poucas namoradas, apesar do número de garotas que o perseguia constantemente. Sempre gostou de música brasileira, principalmente o *rock* feito no país. Foi praticante de surfe e natação, mas nunca se dedicou verdadeiramente a essas modalidades esportivas.

Ultimamente, três episódios interessantes de seu passado visitavam sua memória constantemente.

O primeiro ocorreu no feriado do Dia de Portugal, em 10 de junho. A importante data, dedicada à nação, a Camões e às comunidades portuguesas, foi escolhida como uma homenagem por ser o dia da morte do poeta.

Há muito tempo, o pequeno Valente, na pré-adolescência, flertara com a mais bela garota de Casal de Cambra, Sandra. Mesmo tímido, conseguira marcar um encontro com a menina atrás de um empório. Lá, dariam o primeiro beijo de ambos.

Quando se encontraram, ficaram obviamente tímidos e conversaram muito, até que ouviram um som estranho vindo de dentro do empório que, como todos os comércios naquele dia, estava fechado.

Valente, tímido, mas destemido, escalou um muro e viu, por uma janela, dois ladrões aproveitando-se da festa para roubar o local. Decidido a impedir aquele absurdo, o jovem entrou pelo vão dos vidros e espreitou os dois bandidos.

Para surpresa de Valente, os gatunos eram dois homens da vila conhecidos do seu pai. Temendo ser visto, o rapaz apanhou um saco de estopa e amarrou na parte de cima da cabeça, cobrindo-lhe o rosto acima do nariz, mas mantendo dois furos para os olhos.

Com o resto do saco caindo pelos ombros como uma capa, Valente encarnou o papel de um Zorro juvenil e, anonimamente, enfrentou os dois ladrões. Com a vantagem do elemento surpresa e armado de itens que o empório dispunha, conseguiu ferir os bandidos e causar grande confusão para, em seguida, sair pela janela que entrara.

Os vizinhos ouviram os sons da briga e chamaram a polícia. Os ladrões foram presos, e Sandra, que assistira a tudo pela janela, deu-lhe o esperado primeiro beijo. O dono do empório, satisfeito, bradou a todos os curiosos que acompanhavam a prisão:

– Bendito seja este herói anônimo. Que Deus lhe dê em dobro!

Valente e Sandra ouviram aquilo contentes, mas logo sentiram um frio na espinha quando a mais velha moradora da vila comentou diante da cena de luta que havia ocorrido há pouco:

– Vejam que mau agouro: no embate, o salvador misterioso entornou o azeite e o sal. Pobre dele. Terá má sorte por toda vida.

Valente, que não era supersticioso, atribuiu os muitos problemas que tivera depois daquele dia a outras razões menos esotéricas.

O segundo episódio que lhe vinha à mente ocorrera anos mais tarde, na Escola Secundária Lyceu Camões, quando, certa tarde, foi chamado pelo sinistro diretor Pereira para uma conversa na qual lhe foi apresentado um homem.

– Valente, como todos sabem, és o melhor aluno desta escola. Há muitos anos não pisa aqui alguém de mente tão brilhante.

– Obrigado, diretor Pereira – agradeceu, sem muita convicção.

– Permita-me que lhe apresente o senhor Pedro de Carvalho, um homem de muitas posses e incentivador das artes. Ele deseja que tu conheças e faças parte de um programa de desenvolvimento para jovens especiais como tu.

Valente cumprimentou o homem e notou que ele ostentava no pulso uma tatuagem idêntica à que o diretor Pereira tinha. Poucos alunos já haviam visto aquele desenho arcaico que trazia a Lua e o Sol cercados por uma frase em latim. Era lenda entre os estudantes o que aquilo poderia significar.

O rapaz nunca chegou a conhecer esse programa de desenvolvimento para jovens especiais do senhor Pedro de Carvalho porque, naquela mesma semana, fora chamado para outro programa, o de televisão.

Quando Santiago mostrara a Valente e Selene o símbolo LunaSole, o português identificou na hora aquela marca como a mesma que o diretor de sua escola e o estranho homem apresentado tinham como tatuagem. Inseguro sobre a importância da informação, Valente preferiu não comentar com Santiago sobre esse detalhe de sua vida em seu país natal.

O terceiro e último episódio importante que voltava sempre à sua memória ocorreu na Inglaterra, onde, levado por uma turma de quatro amigos a uma festa cigana, ele foi forçado a se consultar com uma famosa leitora da sorte, mesmo não acreditando nesse tipo de adivinhação.

Com o primeiro amigo, a mulher respirou fundo e disse que ele se casaria com uma bela garota. Com o segundo amigo, tremeu o maxilar e falou que ele faria uma importante viagem. Para o terceiro, revirou os olhos e previu que ele logo receberia uma ótima proposta de emprego. Para o quarto, retorceu o rosto e sentenciou que havia uma herança a caminho.

Para Valente, a cigana respirou fundo, tremeu o maxilar, revirou os olhos, retorceu o rosto, sangrou o nariz e, enquanto as luzes piscavam e um vento frio invadia a tenda, sentenciou:

— Seu destino já estava traçado antes mesmo de entornar o azeite e o sal. Seu destino é morrer por Saint James.

Por essa passagem da vida de Valente ter ocorrido na Inglaterra, todos os diálogos foram em inglês. Estranhamente, a mulher desmaiou após a última previsão, e os estudantes saíram sem pagar a consulta.

Esses eram os fatos que sempre retornavam ao pensamento de Valente, como memórias recorrentes, insistentes.

Na noite em que soube da Página Perdida de Camões, Valente saiu do apartamento de Santiago disposto a prosseguir nas pesquisas e ajudar o amigo. Queria realmente descobrir quando as reuniões LunaSole ocorreriam.

Assim que chegou à sua casa, pegou o texto de sua pesquisa recente e releu:

Nos dois primeiros meses, as reuniões ocorrerão no primeiro dia. No terceiro mês, no segundo dia, e assim por diante.

A lógica era simples: no primeiro mês, ou seja, em janeiro, as reuniões ocorreriam no dia primeiro. No segundo mês, fevereiro, idem. Em março, seria no segundo dia. Valente fez uma tabela:

Primeira Hipótese
Janeiro — dia 1
Fevereiro — dia 1
Março — dia 2
Abril — dia 2
Maio — dia 3
Junho — dia 3

Com o calendário no meio de agosto, provavelmente haviam perdido a reunião daquele mês, que possivelmente ocorrera no dia quatro, segundo esse pensamento. Mas onde estava escrito que bastava repetir duas vezes cada dia? Valente não acreditava que seria assim tão fácil. Como prevenção, arriscou uma nova teoria:

Segunda Hipótese
Janeiro – dia 1
Fevereiro – dia 1
Março – dia 2
Abril – dia 2
Maio – dia 2
Junho – dia 3
Julho – dia 3
Agosto – dia 3
Setembro – dia 3

Nessa segunda hipótese, o primeiro dia se repetiria duas vezes; o segundo, três vezes; o terceiro, quatro vezes; e assim por diante. Havia a diferença de um dia entre as duas hipóteses; portanto, a chance de erro era mínima. A próxima reunião teria de ocorrer no começo de setembro, bastava ele e Santiago estarem preparados e observarem o local por uma semana. Obviamente, após descobrirem qual seria esse local.

Concluída a questão da data, era momento de partir para outras pesquisas. Rapidamente, Valente buscou o que tinha em casa sobre Camões.

Encontrou duas revistas interessantes que tratavam de um Camões diferente. Eram literaturas de cordel que mostravam o poeta como um sabichão malandro, campeão em discussões e truques de palavras.

Valente folheou *O grande debate de Camões com um sábio*, de Arlindo Pinto de Souza, e *As perguntas do rei e as respostas de Camões*, de Severino de Oliveira. Ambos os textos eram muito engraçados, e foram responsáveis por atribuir ao nome "Camões" um significado semelhante a esperto, safo, em alguns lugares do Brasil.

Na casa do português, também havia uma referência a respeito do famoso *Parnaso de Luís de Camões*, um livro nunca lançado que Camões escrevera em Moçambique, onde vivia de favores de amigos e retocava *Os Lusíadas*. Segundo os conhecidos do poeta, era um livro estranho, com muita erudição, doutrina, filosofia e outras ciências não muito conhecidas.

"Camões pode ter escondido muita coisa importante nesse livro. Os Cavaleiros LunaSole dariam o sangue por ele", pensou o português, passando para outra leitura que, aparentemente, estava desconexa com a pesquisa de Santiago.

Cada uma das milhões de pessoas do planeta tem uma digital diferente. Essa individualidade é uma marca que se manifesta em cada pedaço do ser. Em 1200 a.C., um homem chamado Leonardo Pisano encontrou uma sequência numérica singular e tão interessante que apresentava um padrão específico: a proporção áurea. Essa proporção se manifesta pela sequência 1, 1, 2, 3, 5, 8, 13 e assim por diante, sempre somando-se os dois últimos números para resultar no número seguinte.

Esse homem, também chamado Fibonacci, percebeu que a sequência numérica que havia descoberto se manifestava em todos os elementos da natureza: espirais das galáxias, falanges dos dedos, pétalas de flores, bolachas do mar, movimento das correntes oceânicas, formato das ondas, pinhas, girassóis, nascimento de folhas em um galho e de galhos em árvores e de árvores em florestas. Até o formato das orelhas seguia essa lógica.

Fibonacci havia descoberto uma digital presente em toda a criação. A digital de Deus.

Uma pesquisa rápida na internet sobre o número Fibonacci e Camões levou Valente a encontrar um livro chamado *Camões e a divina proporção*, de Vasco Graça Moura, lançado em Portugal, em 1985.

O livro, entre outras informações, mostrava que, em *Os Lusíadas*, Camões colocara a chegada à Índia por Vasco da Gama no ponto exato que dividia o livro de acordo com a sequência de Fibonacci, bem como a relação entre os cantos e estâncias.

Essa relação do poeta com a proporção ideal explicava-se pelo movimento de volta ao estilo grego em que ele estava envolvido. Algo semelhante havia sido feito de maneira muito mais ampla em *Ilíada*, de Homero, que contava os acontecimentos da Guerra de Troia. Na obra, a proporção entre as estrofes maiores e menores resultava sempre em um número áureo. O mesmo ocorria na *Eneida*, de Virgílio.

"Interessante a proporção áurea estar presente em diversas obras artísticas. Qualquer conhecedor de literatura deve estudar o tema", pensou o português que, segundos depois, gritou:

– Claro! Só pode ser!

Rapidamente, pegou novamente as duas folhas com as hipóteses dos dias de reunião dos Cavaleiros LunaSole e as rasgou. Estava tão certo de sua inspiração repentina que releu em voz alta a regra das reuniões:

– Nos dois primeiros meses, as reuniões ocorrerão no primeiro dia. No terceiro mês, no segundo dia, e assim por diante. É óbvio!

Valente escreveu os primeiros números da sequência Fibonacci no papel:
1, 1, 2, 3, 5, 8, 13, 21
Em seguida, com toda a certeza do mundo, rabiscou:

Hipótese Definitiva
Janeiro – dia 1
Fevereiro – dia 1
Março – dia 2
Abril – dia 3
Maio – dia 5
Junho – dia 8
Julho – dia 13
Agosto – dia 21

Diferente das hipóteses anteriores que projetavam a reunião para o dia 3 ou 4 de agosto, aplicando a sequência Fibonacci, Valente concluiu que, com certeza, o encontro LunaSone se daria no vigésimo primeiro dia do mês, ou seja, a reunião daquele mês ainda não havia ocorrido.

Contente pela descoberta, pensou em ligar imediatamente para Santiago e contar ao amigo, mas, repentinamente, seu cérebro excitado puxou da memória uma vez mais a estranha passagem de sua vida com a cigana inglesa.

Sem saber exatamente aonde chegaria, escreveu em seu computador a previsão da mulher:

"O seu destino já estava traçado antes mesmo de entornar o azeite e o sal. Seu destino é morrer por Saint James".

Foi escrevendo, em seguida, derivações que nunca havia experimentado antes:

Saint James = São Jaime
Jaime, em latim, Iacopo, Iago, Thiago
São Jaime = São Thiago

Então, Valente reescreveu a profecia em português corrigido:

"Seu destino já estava traçado antes mesmo de entornar o azeite e o sal. Seu destino é morrer por Santiago".

PAPÉIS DE SANTIAGO: CRÍTICA DE JORNAL SOBRE "AS INCRÍVEIS AVENTURAS DO CAPITÃO ASTROLÁBIO"

São Paulo, 10 de fevereiro de 2008 – Chegou às minhas mãos um livro de um autor novo chamado Santiago Porto. A ousada obra intitula-se *As incríveis aventuras do Capitão Astrolábio*, da Editora BondSiLê.

Confesso que iniciei o livro sem grandes expectativas. Não só por completo desconhecimento do autor – novato nas letras – como também pela desilusão na qual me encontro com os rumos da literatura fantástica moderna.

Os livros atuais se copiam, copiam filmes, ou, pior, copiam o que os autores acham que entenderam desses outros livros e filmes. São fac-símiles uns dos outros, da capa ao ponto final. Como se moldados, os livros não trazem novas histórias contadas de maneiras diferentes, mas as mesmas histórias contadas de maneira ruim.

Ninguém mais se preocupa com o estilo? Ninguém quer escrever bem? Encontrar autores que pensam de maneira diferente é raro. E se esse autor souber realmente botar as palavras no papel, então estamos falando de ouro. Ouro literário, ouro comercial, ouro, ouro, ouro.

E eu acho que uma pequena pepita chegou a mim na forma de *As incríveis aventuras do Capitão Astrolábio*, de Santiago Porto.

O livro conta a história de uma garota cujos tio e primo, ambos medrosos e hipocondríacos, desaparecem misteriosamente para retornar, anos mais tarde, corajosos, viris e heroicos.

O tio volta à cidade como o Capitão Astrolábio, um aventureiro que viajou todo o planeta com seu filho, aprendeu diversos idiomas, experimentou paladares inimagináveis, lutou, fugiu, furtou e sobreviveu. O único capitão capaz de pilotar qualquer veículo existente, de um triciclo a um foguete, passando por máquinas do tempo e galés piratas.

O retorno do tio se dá devido a um mistério familiar e um segredo que somente a protagonista pode solucionar. Juntos, o Capitão Astrolábio, seu filho e a garota partem para uma missão de tirar o fôlego, acompanhados pela tripulação do capitão que dá o toque de humor na obra.

O livro é recheado de citações que passeiam do pop moderno ao clássico antigo, com obscuras referências de raro conhecimento. Eu, que me julgo inteligente e culto, senti-me desafiado com passagens sobre cabala, música, botânica, autores clássicos, física e muitas outras ciências.

O leitor é desafiado constantemente pelo autor a esperar pelos próximos passos dos aventureiros no cumprimento de sua missão. Tenho a mais clara certeza de que o autor objetiva lançar outras aventuras do Capitão Astrolábio, pelo menos umas nove ou dez, que resultará em uma saga brasileira que tem tudo para se tornar um Harry Potter tupiniquim, menos infantilizado, mais culto e que presenteia os leitores com uma bagagem notável de informações variadas.

Guardem esse nome, senhoras e senhores: Santiago Porto. Um jovem que conta histórias diferentes de maneira diferente. Algo raro de se ver nos dias de hoje na ficção fantástica.

Alester C. Mello
– Jornalista e crítico literário

25

QUATRO RECADOS

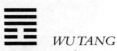 *WU TANG*
A ação natural traz harmonia e sucesso. O caminho da corrupção traz infortúnio.

Eu existo, e tudo o que não sou eu, é um mero fenômeno que se dissolve em ligações fenomenais.

EDMUND HUSSERL

Em seu pesadelo, Santiago era Dante, a personificação do homem em *A Divina Comédia*. Valente, como Virgílio, era a razão e o guiava pelo inferno, purgatório e paraíso. Os círculos concêntricos medievais que o poeta traçou em sua obra remetiam aos orbes das ilustrações populares da Máquina do Mundo. À sua frente, uma mulher esperava vestida de noiva em um altar.

— Donna Angelicata? — perguntou o rapaz, referindo-se ao ideal medieval da companheira perfeita, intocável e divina.

A mulher não se virou. Santiago insistiu:

— Beatriz? — chamou, pelo nome da amada de Dante, mas a noiva continuou de costas.

Santiago aproximou-se do altar e ergueu o véu do rosto da garota. A cena não poderia ser pior: Selene estava branca como mármore. Os olhos vazados vertiam sangue em abundância, que escorria até o nariz, cujas narinas estavam tapadas por pedaços sujos de algodão.

– Pode beijar a noiva... Mas tem de ser beijo de língua, rapaz – sentenciou o padre, que, no sonho, era Hélio. Selene, mesmo morta, abriu a fétida e desdentada boca desprovida de língua.

Assustado, Santiago despertou, saltando da cama. O envolvimento com a Página Perdida, os Cavaleiros LunaSole e os assassinatos estavam minando sua sanidade. Mal se recobrou, e logo ouviu o toque insistente do interfone.

– Santiago? Bom dia, como vai? Desculpe tocar no seu apartamento assim tão cedo no sábado, mas é que sua mãe acabou de passar aqui para ir à feira e deixou uma caixa, que está meio pesada; sabe como são esses presentes dela, não?

O rapaz sabia exatamente. Recomposto do pesadelo, foi à portaria buscar o volume que não era tão pesado assim. Enquanto subia as escadas, abriu o pacote, esperando pelo pior, afinal, o histórico de presentes de sua mãe estava se tornando lendário.

Desta vez, o objeto de decoração era uma pequena máquina de escrever que, no alto, sustentava uma oitava de teclas de piano. Uma vez ligado na tomada, o estranho objeto servia, simultaneamente, como uma máquina de escrever elétrica e um pequeno órgão musical. Certamente, não desempenhava bem nenhum dos dois papéis.

– A disputa entre você, a escrivaninha e a marreta é um páreo duro – brincou, falando para a nova peça de decoração.

Ainda era cedo e o sol convidava a uma corrida no parque próximo de casa. Após uma breve preparação, Santiago partiu para o exercício. Sentia-se um legítimo exemplar de atleta de fim de semana que se cansava rápido e lesionava-se com facilidade.

Chegou ao parque e cumpriu o ritual de alongamento característico. Não se empolgou muito com a ausência de outros corredores. Sabia que, em minutos, com aquele calor fora de época, logo o parque estaria repleto de visitantes.

Após vinte e sete minutos e quarenta e nove segundos de anda--trota-corre-trota-anda, não conseguia mais limpar tanto suor da testa. O peito arfava, e o baço doía por causa da respiração errada.

"Depois dessa corrida, quero ver algum cavaleiro tatuado me alcançar", pensou, enganando-se, encostado a uma árvore. De repente, desfilando à sua frente, uma jovem de patins chamou sua atenção. Um nome escapou de sua boca seca e ávida por um copo d'água:

— Edna?

Edna Enim estava com roupa de ginástica azul e o cabelo preso num rabo-de-cavalo. Linda, como sempre, olhou para Santiago assim que ele chamou seu nome, mas, como da outra vez em frente à universidade, pareceu não reconhecê-lo.

— Edna? — perguntou novamente.

A moça aumentou a velocidade com que andava de patins e saiu da vista do rapaz, que não teve forças para alcançá-la. De fôlego recuperado, Santiago foi em direção à saída do parque, e espantou-se ao ver, no portão de entrada, Edna Enim falando com dois policiais. Assim que o viu, Edna apontou para ele, mostrando aos homens da lei quem era seu perseguidor.

Os policiais estavam longe, e Santiago, recuperado, conseguiu correr para a outra saída e voltar ao seu apartamento sem ser alcançado. A situação com Edna estava se tornando ridícula. Era um jogo de gato e rato desnecessário, no qual, aparentemente, ela o procurava quando quisesse e, se fosse abordada contra vontade, agia como louca.

Só depois de tomar um demorado banho notou a secretária eletrônica piscando. "Recados num sábado antes do meio-dia?", estranhou, enquanto acionava a tecla para ouvir as mensagens.

— Santiago? Bom dia, é a Selene. Não sei se é cedo demais para ligar, mas quero dizer que ontem foi maravilhoso. Bem, não sei se é cedo demais para lhe falar isso também. Me liga, estou de folga hoje... beijos.

O rapaz sorriu. Algo importante estava ocorrendo em sua vida. Pressionou o botão para ouvir o segundo recado:

— Acorda, rapaz. Tenho novidades. Descobri a data do encontro dos teus amigos tatuados. Está próximo. Tu jamais conseguirias. Podemos conversar hoje? Também te contarei sobre Selene e eu, depois que saímos de tua casa... — Valente parecia empolgado. Mal sabia o português que Santiago e Selene haviam se encontrado no Bartenon. Pela gravação, não dava para ter certeza se realmente Valente havia descoberto a data da reunião. O amigo sempre blefava quando os assuntos eram mulheres ou enigmas.

O terceiro recado preocupou Santiago. Era de Adso:

— Santiago, como vai, cara? Sobre a Lábia... ela... bom, ela está internada em estado grave, muito grave. Parece que ninguém sabe o que ela tem. Está muito mal mesmo. Me liga caso queira ir ao hospital.

Pelo tom de voz, a situação de saúde de Lábia era grave. Santiago iria imediatamente visitá-la no hospital, mas, antes, ouviria o último recado.

– Filho? O que achou do presente? Espero que tenha gostado. Vai ficar lindo em cima daquela escrivaninha fofa que lhe dei. Por falar nela, sei que você não deve ter gostado muito, mas...

O recado da mãe durou cinco minutos, e só foi interrompido por exceder o tempo limite da secretária eletrônica.

26
O HOMEM DA CHUVA

 *TA CH'U*
O homem sábio recebe posições de confiança daqueles que governam.

Aliás, o esquecimento ocorre apenas durante a vida corpórea. Volvendo à vida espiritual, readquire o Espírito a lembrança do passado.

O EVANGELHO SEGUNDO O ESPIRITISMO, CAPÍTULO V

Ele não era muito inteligente, nem muito forte, mas gabava-se de uma memória anormal. Podia recordar detalhes do primeiro ano de sua vida, do número de degraus de uma escadaria que só havia passado uma vez, da sequência de números sorteados nas loterias dos últimos dez anos.

Essa vantagem ajudara Raimundo a se formar na escola e a ser contador de uma grande multinacional do ramo alimentício, porém, a memória que lhe excedia era proporcional ao caráter que lhe faltava. Não gostava de trabalhar, não era afeito à honestidade. Desde a infância, usava seu dom para benefício próprio e do grupo ao qual pertencia.

Dias atrás, após assistir à coletiva de imprensa, Raimundo apavorou-se com a divulgação dos nomes das vítimas do terrível Psicopata das Línguas.

"Meu Deus, meu Deus... o que eu fui fazer? Logo serei morto também. Ele vai me encontrar, tenho certeza", pensou; por isso fez as malas, pegou as correspondências e partiu. Seu plano era permanecer alguns dias em um hotel para, em seguida, viajar para fora do país.

Assim que se hospedou, lembrou-se detalhadamente de tudo o que fizera e que o colocara como possível vítima. Algumas questões ainda precisavam ser respondidas para assegurar sua fuga. Como o assassino localizava as vítimas? O que fazia com elas antes de lhes arrancar a língua? Como as demais vítimas não tinham percebido diante de tantas evidências óbvias?

Abrir sua correspondência o fez sentir o frio abraço do desespero. Uma carta anônima trazia duas estâncias poéticas conhecidas por Raimundo:

"Mais ia por diante o monstro horrendo/Dizendo nossos fados, quando alçado/Lhe disse eu: Quem és tu? que esse estupendo/Corpo certo me tem maravilhado./A boca e os olhos negros retorcendo,/E dando um espantoso e grande brado,/Me respondeu, com voz pesada e amara,/Como quem da pergunta lhe pesara:

"Eu sou aquele oculto e grande Cabo,/A quem chamais vós outros Tormentório,/Que nunca a Ptolomeu, Pompónio, Estrabo,/Plínio, e quantos passaram, fui notório./Aqui toda a Africana costa acabo/Neste meu nunca visto Promontório,/Que para o Polo Antárctico se estende,/A quem vossa ousadia tanto ofende".

— Meu Deus, meu Deus, meu Deus... sou o próximo... Canto V de *Os Lusíadas*. Ele quer que saibam quem ele é — falou, espantado, a si mesmo.

Talvez, se permanecesse no hotel, nada lhe acontecesse, mas, tomado pelo medo, correu em desespero pelas ruas sem perceber a van preta que o seguia. Olhava para todos os homens com temor e fugia da multidão, evitando exatamente o que poderia salvá-lo.

O centro de São Paulo, cortado por muitos becos e vielas, permitiu que Raimundo se esgueirasse em busca de um telefone público e ligasse para a polícia:

— Socorro! Eu sou o próximo, ele vai me pegar!

— Calma, senhor, qual é o seu nome? — perguntou o atendente da polícia, do outro lado da linha.

— Rápido! Meu nome é Raimundo Babbitt, estou numa ruazinha aqui do centro, o assassino, o Psicopata das Línguas, ele vai me matar!!

— Há alguém ferido agora, senhor Raimundo? – questionou enquanto digitava.

— Não, não, mas é uma emergência, pelo amor de Deus, estou aqui no Beco do Pinto, no centro, o assassino que vocês procuram está atrás de mim, ele me enviou uma carta! – respondeu, ofegante.

— Como se soletra seu sobrenome, senhor Raimundo?

— O quê? É Babbitt, Babbitt, com dois bês e dois tês, pelo amor de Deus! Aqui no Beco do Pinto, mande uma viatura, rápido.

— Raimundo Babbitt, ok, onde o senhor está agora?

— Como assim? Já falei. Estou no Beco do Pinto, aqui no centro da cidade! Você é um robô sem alma?

— Senhor Raimundo, não há Beco do Pinto em nossos registros, há algum ponto de referência que o senhor possa dar?

— Rapaz, você está me ouvindo? Eu sei quem é o assassino! Ninguém vai pará-lo até que ele mate a todos; pelo amor de Deus, mande uma viatura.

— Senhor Raimundo, há alguém ferido?

— O quê? Não, mas...

— Senhor Raimundo, de onde o senhor está é possível ver algum ponto de referência ou algum posto policial em que o senhor possa pedir socorro? – a calma na voz do atendente, acompanhada pelo som de digitação e das vozes dos demais atendentes ao fundo, aumentava o desespero do homem.

— A ligação é gravada? É gravada a ligação? Me diz...

Tirar o atendente do *script* não ajudaria muito, mas era a única opção de Raimundo naquele momento.

— Senhor Raimundo, há algo mais em que possa lhe ajudar no momento? Se não, peço que o senhor procure um policial próximo ou, em caso de ameaça presente, ache um abrigo seguro, está bem?

— Escuta aqui seu...

— Obrigado por ligar, peço que aguarde na linha para responder à avaliação do atendimento.

— Ouçam, idiotas, o Psicopata das Línguas virá atrás de mim. O nome dele é aaaaah...

A discussão com o atendente impediu que Raimundo notasse a aproximação do Cabo das Tormentas, que parara seu veículo no único acesso ao beco para cercá-lo.

A morte de Raimundo foi diferente das anteriores; afinal, não foi necessário lembrá-lo das razões de tudo aquilo. Antes de colocá-lo na fonte, durante a madrugada, o Cabo das Tormentas assegurou-se de que a carta enviada à vítima fosse encontrada junto ao corpo.

Mais ia por diante
Dizendo nossos fados, quando alçado
Lhe disse eu: Quem é tu? que esse estupendo
Corpo certo me tem maravilhado.
A boca e os olhos negros retorcendo,
e dando um espantoso e grande brado,
Me respondeu, com voz pesada e amara,
Como quem da pergunta lhe pesara:

27

ORORA SISCREVE COM "ERRE" DE CRAUDIONOR

I

A verdadeira natureza do sábio revela-se pelas suas ações.

Veneno: ve.ne.no subst. fem (lat venenu) 1. Substância que, quando absorvida em determinada quantidade, provoca perturbações funcionais mais ou menos graves.

MICHAELIS – MODERNO DICIONÁRIO DA LÍNGUA PORTUGUESA

O sábado que prometia ser bom tornara-se obscuro. O taxista ouvia repetidamente "Tiro ao Álvaro", de Adoniran Barbosa. Santiago adorava a música cantada por Elis Regina, mas, naquela hora, a preocupação com a saúde de Lábia o deixava sem paciência para perceber a poesia do compositor de Valinhos.

Se prestasse a devida atenção na letra, o rapaz perceberia algo premonitório. Em vez disso, listou mentalmente os episódios contados em *Os Lusíadas* para, dessa maneira, desligar-se da música e da preocupação pela saúde da amiga.

Disse a si mesmo, baixinho:

— Os episódios mitológicos são: Concílio do Olimpo e dos deuses marítimos; o de cavalaria: os Doze de Inglaterra; os bélicos: Batalhas de Ourique, Salado e Aljubarrota; os líricos: Fermosíssima Maria, Inês de Castro, Despedida do Restelo; os naturalistas: Fogo de Santelmo e a tromba marítima, Escorbuto e Tempestade, e, por fim, os simbólicos: Velho do Restelo, Adamastor e Ilha dos Amores. Acho que me lembrei de todos...

Aquela rememoração e outras seguintes serviram para passar o tempo e distrair. Antes que Santiago percebesse, já estava encontrando Adso e os pais de Lábia no hospital.

– E aí, como ela está? – perguntou ao trio.

– Parece que nada bem – disse Adso. – Ela ficou muito mal de repente.

A camiseta de Adso era velha, uma das primeiras feitas pelo rapaz, e trazia escrito "Dãããã".

– Nossa filha teve um mal súbito na universidade, enquanto trabalhava. Por sorte, a universidade tem os mais avançados laboratórios do continente e, graças aos médicos que trabalham e estudam lá, pôde ser atendida rapidamente – comentou o pai de Lábia.

– Mas o que ela sentiu? Quais foram os sintomas?

– Não sei ao certo. Ela chegou com febre muito alta na enfermaria. O antitérmico não a impediu de entrar em uma violenta convulsão. Foram espasmos tão fortes, que os enfermeiros a trouxeram para cá na hora. Foi quando nos chamaram – respondeu a mãe da amiga.

Lábia não levava uma vida das mais saudáveis. Alimentava-se mal e costumava dormir muito pouco. Santiago achava que, uma hora ou outra, o corpo da garota reclamaria pelos maus-tratos, porém, quando o médico chegou com notícias, o rapaz percebeu que o problema ia além de simples reeducação de hábitos.

– Vocês são os parentes e amigos de... Lábia Minora? – perguntou o médico, não acreditando no nome da paciente. Alguém de sobrenome Minora não deveria, jamais, se chamar Lábia.

– Sim, doutor, somos nós. Como minha filha está?

– Bom, as próximas 24 horas serão decisivas para a senhorita Lábia.

– O quê? Como assim? – perguntou Adso.

– Ela passou mal na Universidade Alexandria, não foi? Temos aqui conosco um especialista de lá que é considerado um dos melhores toxicologistas do Brasil. Ele fez o prognóstico de Lábia, e agora a estamos tratando com Diazepam intravenoso e carvão ativado. Em uma hora vocês poderão visitá-la, mas, como disse, ela tem de apresentar melhoras nas próximas 24 horas.

A mãe de Lábia começou a chorar, consolada por Adso. O pai, apreensivo, sentou-se em um banco e agradeceu o médico que se afastava.

Santiago, percebendo que um detalhe havia passado em branco, alcançou o homem no corredor:

– Doutor, doutor, uma pergunta.

– Pois não?

– O senhor disse que um toxicologista fez o prognóstico.

– Sim, o que tem?

– Ela comeu algo estragado? O que a intoxicou?

– Bem, provavelmente, ela passou mal e, ao procurar a enfermaria ou algum laboratório na universidade, entrou em contato com uma substância pior.

– O quê, doutor?

O médico respirou fundo e respondeu:

– Aparentemente, ela teve um contato sutil com uma dose muito pequena de estricnina.

Santiago agradeceu pela informação e, entristecido, preferiu não contar à família, apenas a Adso, sobre a informação que arrancara do médico. Ao sair, chamou outro táxi.

– Para onde, amigo? – perguntou o taxista. Santiago lhe disse o endereço de Valente e, enquanto o homem dirigia, involuntariamente, o rapaz cantarolou baixinho:

– Teu olhar mata mais que bala de carabina/que veneno estricnina/ que peixeira de baiano...

– Ah, essa eu conheço! É "Tiro ao Álvaro", do Adoniran, não é? – perguntou o motorista.

– Sim, é, mas...

– Tenho ela aqui. Vou colocar de cortesia pra gente ouvir.

– Não, não preci...

– Opa, com certeza precisa. Aqui quem manda é o passageiro. Além do mais, também me deu vontade de ouvir.

O caminho até a casa do português foi longo, e não houve memória que abstraísse Santiago da música que tinha ouvido muitas vezes naquele dia e que, estranhamente, citava o veneno estricnina.

28

TORMENTÓRIO

 TA KUO

A preparação deve se dar de maneira suave. Nada se consegue com medidas violentas.

*O poeta é um fingidor
Finge tão completamente
Que chega a fingir que é dor
A dor que deveras sente*

Fernando Pessoa

— Estricnina, Santiago, tens certeza? — perguntou Valente assim que ouviu detalhes da condição médica de Lábia.

Santiago confirmou, e ambos dedicaram uma hora a lamentar a situação da amiga. Assim como Adso e o próprio Santiago, Valente mostrou preocupação e tristeza. A constatação de que nada podia ser feito naquele momento os levou ao próximo assunto.

— Bem, *Portuga*, me conta o que deduziu. Você parecia muito feliz por ter descoberto a data da festinha LunaSole. Eu não me lembro direito, mas parecia uma derivação simples, não?

Valente riu.

— Aí é que está, meu camarada — falou com sotaque tupiniquim, quase carioca, e explicou, detalhadamente, a relação que fizera entre a sequência Fibonacci e as datas.

Após ouvir a explicação, Santiago parabenizou o amigo pela brilhante dedução. Valente aproveitou ao máximo aquele momento de reconhecimento.

— *Portuga*, segundo sua lógica, a reunião de setembro será no dia 34? — brincou Santiago, seguindo a lógica do português. Em seguida, propôs que se dedicassem à descoberta do local do encontro.

O rapaz já tinha tentado ligar para Selene diversas vezes naquele dia e, ainda que a garota tivesse deixado um recado romântico em sua secretária eletrônica, estava inacessível pelo celular.

— Como descobriremos o local da reunião? Essa fórmula da data é secular, mas o local não pode ser. Não haveria como determinarem um mesmo local em cada cidade por muito tempo sem ter um templo ou algo do gênero — argumentou Santiago.

— Pensei nisto também. Provavelmente, eles se comunicam sempre para divulgar os novos locais. Talvez por correspondência ou por correio eletrônico.

— Pode ser, *Portuga*. Minha vontade é preparar uma armadilha para um desses malandros que me seguem, o que acha? Podíamos pegar um deles e fazê-lo falar — comentou Santiago, mais como devaneio do que como proposta verdadeira. Valente, no entanto, se empolgou.

— Excelente, Santiago! E se batêssemos na cabeça dele com um taco?

— Ou uma bigorna, talvez?

— Bigorna? E onde encontraríamos uma bigor...

— Estou brincando, *Portuga*. Não estamos em um desenho animado para preparar armadilhas ou bater na cabeça de ninguém. Além do mais, eles acabariam sabendo nossa intenção. Tem de haver outro jeito.

Durante todo o resto do sábado, Santiago tentou imaginar um jeito de prever o local da reunião. Vez ou outra, tentava falar com Selene ao telefone, sem sucesso.

No dia seguinte, após visitarem Lábia no hospital e receberem a feliz notícia de que a amiga iria se curar, Santiago e Valente foram ao distrito policial encontrar Selene. A intenção era prestar ajuda e consultoria no caso do Psicopata de Línguas, porém, Santiago tinha o objetivo pessoal de saber se estava tudo bem entre ele e a garota.

Assim que colocaram os pés na delegacia, foram encaminhados para a sala onde tinham ficado anteriormente, aquela separada especialmente para a caça ao Psicopata das Línguas. Lá, descobriram que uma quinta vítima havia sido encontrada no dia anterior.

Mal se acomodaram na sala e Selene chegou.

– Oi – disse a Valente, que retribuiu o cumprimento. Em seguida, olhou para os lados para ver se alguém da delegacia estava por perto e, então, beijou Santiago na boca.

Cumprimento com beijo no local de trabalho esclarecia dois pontos: estavam namorando, e Selene não estava brava, magoada ou com qualquer restrição em relação a Santiago.

– Você está bem, Selene? Disse que ficaria de folga, tentei ligar ontem e...

– Desculpe. Apareceu mais uma vítima, vocês viram? O ritmo desse assassino é intenso. Geralmente, a janela entre as mortes de um psicopata é de cinco dias, mas esse mata quase diariamente.

– O que isso pode significar? – perguntou Valente.

– Provavelmente, que ele já planejou tudo com antecedência – respondeu a policial.

– Eu acho que ele está com pressa. Tem medo de ser pego antes de terminar seu trabalho ou de as vítimas conseguirem fugir – sugeriu Santiago.

– Fugir? Você acha que as vítimas não são aleatórias? – perguntou Selene.

– Quem sou eu para achar algo sobre esse assunto? Sou leigo. Mas, conte o que temos de novidade neste caso.

Selene estava abatida. Continuava muito bonita, mas transparecia cansaço e estresse. Como se já tivesse passado e repassado dezenas de vezes a mesma história, repetiu as informações mecanicamente:

– A vítima, Raimundo Babbitt, foi encontrada em uma pequena fonte perto do Mercado Municipal. Tudo idêntico às demais: sem língua e pés juntos.

– E o trecho de *Os Lusíadas*? – perguntou Santiago.

– Sim, claro. Estava amassado na mão da vítima.

– Podemos ver? – pediu Valente. Selene retirou uma cópia ampliada de dentro de uma pasta parda.

"Mais ia por diante o monstro horrendo/Dizendo nossos fados, quando alçado/Lhe disse eu: Quem és tu? que esse estupendo/Corpo certo me tem maravilhado/A boca e os olhos negros retorcendo,/E dando um espantoso e grande brado,/Me respondeu, com voz pesada e amara,/Como quem da pergunta lhe pesara: Eu sou aquele oculto e grande Cabo,/A quem chamais vós outros Tormentório,/Que nunca a

Ptolomeu, Pompónio, Estrabo, /Plínio, e quantos passaram, fui notório./ Aqui toda a Africana costa acabo/Neste meu nunca visto Promontório,/Que para o Polo Antárctico se estende, A quem vossa ousadia tanto ofende."

– Tudo isso? Geralmente ele coloca apenas uma estância – comentou o português.

– Sim, notamos, mas... – começou a falar Selene, antes de ser interrompida por Santiago.

– Não. Desta vez é diferente. Ele quis que encontrássemos o poema. Você disse que estava na mão da vítima. Isso nunca ocorreu, não é? Ele sempre enviava o bilhete; desta vez, deixou como um recado nas mãos do morto.

– Verdade, Santiago, mas tem o fato de ele ter colocado duas estâncias também – reforçou Valente.

– Sim, *Portuga*. Esse poema é o mais importante enviado pelo assassino até agora.

– Por que, Santiago? – perguntou Selene.

– Porque dessa vez, querida, ele disse quem é.

O momento pedia por uma pausa dramática, notas de piano e fins de capítulo, mas Santiago nem esperou a reação de susto e apreensão dos amigos, pois outra evidência lhe chamara a atenção.

– Selene, espere, quem é esse cara? – perguntou, apontando para uma fotografia que escorregara de dentro do dossiê.

– Ora, esse é o tal Raimundo, a vítima.

– Eu o conheço. Digo, já o vi em algum lugar, tenho certeza. Esse nariz aquilino não me é estranho – disse Santiago olhando para o papel com cuidado e atenção.

– Conhece? De onde? Pelo que checamos, ele não tinha família ou amigos.

– Não me recordo. Mas, assim que me lembrar, lhe direi.

Valente, do outro lado da sala, deu um grito:

– Entendi sua colocação, Santiago! O assassino disse quem é por causa dessa parte, não é? "Eu sou aquele oculto e grande Cabo a quem chamais vós outros Tormentório".

– Isso mesmo, *Portuga*.

– Como assim, Valente?– perguntou Selene.

Santiago explicou:

— Nós o chamamos de Psicopata das Línguas, mas ele se considera e quer ser tratado como o Cabo das Tormentas.

— Cabo das Tormentas? O local geográfico? — perguntou Selene.

Antes que um dos dois respondesse, um policial entrou na sala.

— Capitã, temos duas informações importantes sobre o caso, a senhora poderia vir aqui fora um momento?

— Os dois civis estão designados para o caso. Pode dizer na frente deles, tenente.

Estranhando aquela situação atípica, o oficial leu para o trio na sala:

— O laudo aponta que o papel usado pelo assassino para enviar seus poemas às vítimas não é comum. Nem existe no Brasil, é uma fibra francesa.

— *Yeess*!! Gol de Portugal!! Cristiano Ronaaaldo de cabeça!! — vibrou, empolgado, Valente, por ter sido ele a sugerir a análise do papel. Os demais o observaram com espanto. Santiago não resistiu em provocar.

— Vai fazer uma dancinha agora, *Portuga*?

— Prossiga, tenente — pediu Selene ao tenente que tentava segurar o riso.

— Ah, sim, desculpe, capitã. A outra informação não é muito boa. Segundo levantamos nos registros, a vítima tentou contatar a polícia pelo número padrão de emergência.

Selene teve um acesso de raiva. Gritou e esbravejou. Ela sabia que se essa informação fosse divulgada, a imprensa não perdoaria a atuação da polícia. E o mais importante de tudo era que um contato prévio de uma vítima poderia significar a prisão do assassino antes do crime.

— Podemos ouvir a gravação da ligação, tenente?

— Estamos providenciando, capitã, em minutos trarei para a senhora.

Assim que o policial saiu, Selene jogou-se, cansada, em uma cadeira. Valente e Santiago a observaram, preocupados.

— E então, rapazes, me contem, como vai a busca pela Página? — perguntou, mudando de assunto.

— Bem, descobri sozinho a data da reunião! — disse Valente, como se aquele fosse o seu dia.

— Mas vocês desistiram da ideia ridícula de ir a esse encontro, não é?

— Que nada, nós...

– Claro que desistimos – cortou Santiago, para que Selene não se preocupasse com mais esse assunto, porém, a garota surpreendeu os dois amigos com uma informação relevante.

– Sabe aquela noite em que você, Santiago, entrou na casa do professor José Roberto e brigou com um homem?

– Sim, sei. O LunaSole da jaqueta fedida. O que tem?

– Bom, na busca realizada no dia seguinte, encontramos um papel que queria lhe mostrar, veja.

Aparentemente, Selene já estava com a intenção de apresentar seu achado aos amigos, pois tirou do bolso um papel no qual se lia:

> *E tu, ó homem, que julgas os que fazem tais coisas, cuidas que, fazendo-as tu, escaparás ao juízo de Deus?*
> *Mas Deus prova o seu amor para conosco, em que Cristo morreu por nós, sendo nós ainda pecadores.*
> *Assim também Davi declara bem-aventurado o homem a quem Deus imputa a justiça sem as obras dizendo:*
> *Que diremos, pois? Permaneceremos no pecado, para que a graça abunde?*

– Essa letra é sua, Santiago? – perguntou Selene.

– Não. Nem minha, nem do professor. Vocês acharam mesmo na casa dele?

– Sim. No quarto em que você enfrentou aquele homem. E o pior é que foi esse papel mesmo, não tivemos cuidado de procurar digitais ou analisar a procedência, mas já dá para ver que o papel é normal.

– Mas, então, isso pode ter sido deixado pelo assassino, quando pegou o professor? – perguntou Valente.

– Não, Valente. Nós fotografamos tudo no dia seguinte ao aparecimento do corpo do professor na fonte. Esse papel foi colocado lá depois e, se não é de Santiago nem do falecido José Roberto, então é do tal Cavaleiro LunaSole.

Santiago pegou o papel da mão da policial e cheirou. Sim, o odor ruim era o mesmo da fétida jaqueta do homem. Enquanto copiavam o misterioso e aparentemente religioso texto, o tenente voltou à sala com a gravação da ligação de Raimundo. Posicionando um pequeno gravador, tocou:

– *Socorro! Eu sou o próximo, ele vai me pegar!... Rápido! Meu nome é Raimundo Babbitt, estou numa ruazinha aqui do centro, o assassino, o Psicopata das Línguas, ele vai me matar!!... Pelo amor de Deus, estou aqui no Beco do Pinto, no centro, o assassino que vocês procuram, ele está atrás de mim, ele me enviou uma carta! É Babbitt, Babbitt, com dois bês e dois tês! Aqui no Beco do Pinto, mande uma viatura, rápido. Você está me ouvindo? Eu sei quem é o assassino! Ninguém vai pará-lo até que ele mate todos, pelo amor de Deus, mande uma viatura. Ouçam, o Psicopata das Línguas virá atrás de mim. O nome dele é aaaaah...*

O trio soube, naquele momento, que o Psicopata das Línguas, ou Cabo das Tormentas, como queria ser chamado, não estava escolhendo vítimas aleatoriamente. Havia uma lógica sinistra que, se fosse decifrada, levaria diretamente à identidade do assassino.

Santiago arrepiou-se ao se lembrar do trecho do Canto V de *Os Lusíadas*:

"Eu sou aquele oculto e grande Cabo, a quem chamais vós outros Tormentório".

29
SENSUALIDADE PAGÃ

 K'AN

A dificuldade afasta os fracos, mas não modifica a natureza da água.

*Passamos a grande Ilha da Madeira,
Que do muito arvoredo assim se
chama,
Das que nós povoamos, a primeira,
Mais célebre por nome que por fama*

Os Lusíadas,
Canto V, Estância 5

Em casa, na madrugada, Santiago não conseguia dormir. A semana começaria agitada com tantos problemas, e o indispensável descanso parecia uma utopia.

Sua relação com Selene era a tábua de salvação naqueles mares turbulentos. A perseguição pelos LunaSole, a iminência da reunião cujo local ainda era um mistério, a busca pela Página Perdida, a saúde de Lábia e a loucura de Edna Enim eram as tempestades e ondas gigantes que, mesmo superadas, apenas antecediam o pior e mais cruel dos perigos: o Cabo das Tormentas.

E Raimundo, a quinta vítima, de onde Santiago o conhecia? Qual era sua relação com ele? Esses pensamentos excitavam sua mente e levavam o desejado sono para longe. Talvez, uma leitura descontraída, descompromissada e leve pudesse ajudar, mas o vasto arquivo de quadrinhos cultivado desde a infância ainda estava em seu quarto antigo, na casa de sua mãe.

Foi até a sala e se sentou à escrivaninha. A feia escrivaninha de madeira antiga com entalhes e símbolos que não pareciam letras ou desenhos merecia uma avaliação mais detalhada naquela madrugada insone.

A frase de *Eneida* e a cruz com as iniciais J. C., referentes a Jesus Cristo, não demandavam maiores análises por serem óbvios, já o labirinto de pequenos octógonos do lado esquerdo e o pêndulo do lado direito permitiam algumas teorias.

"Talvez quisessem significar o mapa do acaso e ritmo do destino", pensou, exagerando na extrapolação.

Riu de si mesmo e serviu-se de um vinho tinto doce, que guardava para receber garotas no apartamento. Prática que seria abandonada por conta de seu novo relacionamento. Após alguns goles, arriscou uma nova teoria:

"Não é um pêndulo, mas uma nave alienígena. Não é um labirinto, mas um mapa de invasão", brincou, chegando ao extremo de seu delírio.

— E você, Capitão Astrolábio, o que acha que significam esses desenhos da escrivaninha? — perguntou ao boneco, abaixando a cabeça e tentando dormir. Enquanto oscilava entre a consciência e o sono, lembrou-se de duas obras interessantes de um de seus escritores preferidos, o italiano Umberto Eco: *O pêndulo de Foucault* e *O nome da rosa*.

"O pêndulo da escrivaninha pode se referir ao livro de Eco lançado no fim da década de oitenta. Uma obra que trata de sociedades secretas e um plano conspiratório. Imagino quanto de pesquisa o autor teve de fazer para colocar tantas informações sobre Cabala, Alquimia e Filosofia", pensou, ao lembrar-se do trio de protagonistas do livro criando "O Plano", sua própria teoria conspiratória.

Já o labirinto octogonal, sem muito esforço, poderia se referir à obra *O nome de rosa*, que, inclusive foi transformado em filme. Santiago tinha devorado tanto o livro quanto a película diversas vezes, tanto, que rememorava detalhes, semelhanças e diferenças entre ambos.

Havia toda uma repressão sexual na Idade Média muito bem descrita pelo autor ao extremar a situação dos mosteiros e locais dominados pela igreja da época. Essa demonização do desejo sexual afrouxou-se na época de Camões, que, sutilmente, pôde vencer a censura religiosa da inquisição com breves indícios da sensualidade pagã em *Os Lusíadas*.

Ao descrever o retrato de Vênus, Camões compôs:

C'um delgado sendal as partes cobre, / De quem vergonha é natural reparo, / Porém nem tudo esconde, nem descobre, / O véu, dos roxos lírios pouco avaro; /

Mas, para que o desejo acenda o dobre, / Lhe põe diante aquele objeto raro. / Já se sentem no Céu, por toda a parte, / Ciúmes em Vulcano, amor em Marte.

No Canto V, Camões cantou a paixão de Adamastor por Tétis:

Amores da alta esposa de Peleu / Me fizeram tomar tamanha empresa. / Todas as Deusas desprezei do céu, / Só por amar das águas a princesa. / Um dia a vi coas filhas de Nereu / Sair nua na praia, e logo presa / A vontade senti de tal maneira / Que ainda não sinto coisa que mais queira
Já néscio, já da guerra desistindo, / Uma noite de Dóris prometida, / Me aparece de longe o gesto lindo / Da branca Tétis única despida: / Como doido corri de longe, abrindo / Os braços, para aquela que era vida / Deste corpo, e começo os olhos belos / A lhe beijar, as faces e os cabelos.

Quando descreveu o Tritão no Canto VI, Camões citou seu "corpo nu e os membros genitais". Nesse mesmo canto, as nereidas usaram a sedução para domar os ventos. Já no penúltimo canto, as passagens na Ilha dos Amores, quando os rudes navegantes e as doces ninfas se relacionam, fortes e belas cenas eróticas são descritas.

Analisar a escrivaninha e lembrar-se da sensualidade presente em *Os Lusíadas* foram excelentes exercícios para exaurir o cérebro. O sono finalmente chegou quando a manhã já estava rompendo.

Em minutos, Santiago acordaria e, em algumas horas, salvaria uma vida.

30
SPOILER DE
O NOME DA ROSA

 LI

O sucesso só é possível para aquele que age com correção e de acordo com as forças da natureza.

*Mas, oh, não se esqueçam
Da rosa da rosa*

"Rosa de Hiroshima",
Secos e Molhados
(Vinícius de Moraes/
Gerson Conrad)

A primeira hora útil da semana de Adso, Valente e Santiago foi ao lado da já recuperada Lábia no hospital. Enquanto preparava a liberação para que o tratamento prosseguisse na casa da paciente, o médico comentou:

— A sorte foi que a quantidade de estricnina ingerida foi mínima. Miligramas a mais significariam morte, com certeza.

— Nem fale nisso, doutor — benzeu-se Adso, que estreava sua complexa camiseta "Sustentáculo epistemológico é a mãe". O rapaz estava realmente desconfiado de que havia alguma influência sobrenatural prejudicando sua turma.

Aproveitando o silêncio dos amigos, Adso sugeriu:

— Vejam. O professor morreu, Lábia ficou doente, Santiago foi preso naquele dia — argumentou o empresário de internet, sem saber dos demais ocorridos.

Ninguém se manifestava quando Adso tinha seus rompantes esotéricos. Santiago só imaginou o que o amigo pensaria se soubesse de tudo o que vinham enfrentando.

— Gente, falo sério, alguma coisa ruim está nos rondando. Vou marcar um consulta para cada um de nós com a Madame Dora, está bem? E não aceito desculpas — disse Adso, assemelhando-se a uma mãe.

Lábia, sentada na cama, ria de tudo. Estava feliz por estar bem e entre seus divertidos amigos.

— Lábia, você está de cama, doente, não pode ficar escrevendo — comentou Santiago, referindo-se às manchas arroxeadas de caneta no polegar e no indicador da amiga, rastros do uso de esferográficas.

— Eu? Imagina, acordei no minuto em que vocês entraram no quarto. Não quero ver canetas, papéis ou trabalho por mais uns três dias — respondeu a ruiva, que estava muito mais pálida que de costume. De relance, Santiago viu que a ponta da língua da amiga estava roxa também, como se tivesse umidificado a caneta antes de escrever. Acreditou que a amiga mentira e que estivera, sim, escrevendo algo naquela manhã.

Uma enfermeira entrou na sala e pediu que todos saíssem para que Lábia tomasse um banho. Assim que olhou para Santiago, a profissional da saúde perguntou:

— De onde eu o conheço? Você é famoso, não é?

— Nem tanto. Sou apenas o autor de um livro chamado *As incríveis aventuras do Capitão Astrolábio*, provavelmente é daí que você me conhece.

A mulher pareceu considerar por alguns segundos, e então falou:

— Não, não. Nunca li nada sobre a vida desse Capitão Astronauta. Ah, já sei, você se parece com o moço do cartaz do corredor.

Todos riram, inclusive Santiago. Valente, obviamente, não deixou passar:

— Capitão Astronauta? Não tem como ficar pior.

Assim que saíram do quarto, viram o pôster citado pela enfermeira. Era uma campanha da Secretaria de Saúde:

"Jovem, a sífilis tem tratamento. Cuide-se".

O modelo do cartaz não parecia tanto com Santiago, mas foi motivo para Adso e Valente rirem por horas. Antes de pedir um pôster com a desculpa de que divulgaria a campanha na universidade, o português comentou:

— Retiro o que falei antes. Sempre tem como ficar pior.

Instantes depois, já nos Archivos Antigos, Santiago encontrou seu chefe, Carlos Traditore, encostado na ponta de sua mesa. Ao vê-lo, o homem o cumprimentou:

– Santiago, meu caro, bom-dia.
– Bom-dia, Traditore.
– E então, como vai o meu funcionário mais inteligente?
– Exagero seu, mas vou bem, obrigado. Como foi o trabalho aqui na sexta? Alguma novidade? – Santiago havia notado os seguranças na porta e alguns novos profissionais nas mesas anteriormente vazias.
– Como você pode ver, agora acho que o trabalho andará. Eu, particularmente, achava tudo isso aqui um porre, mas, com os pesquisadores autônomos, teremos algo para divulgar. Você notou os homens de terno, não?
– Ah, sim. É melhor mesmo, para garantir que não invadam mais, não é?
– Com certeza. Odiaria perder mais computadores.

Traditore parecia nem fazer ideia de que o verdadeiro objetivo da invasão tinha sido a caixa LunaSole, e que os demais furtos haviam sido meras distrações.

– E seu trabalho com a polícia na sexta-feira? Algo emocionante para contar? – perguntou o pesado homem, já suado àquela hora da manhã.
– Nem tanto, Carlos. Avisaram que eu não vinha, não?
– Sim, sim. Uma amiga sua, bem bonitinha, por sinal, veio dar o recado a seu pedido. Ela me disse que também trabalha aqui na universidade.
– A Lábia? Sim, sim, ela é uma sofredora como nós, Carlos. Vocês conversaram?
– Um pouco, apenas. Quando eu cheguei, ela estava falando com um dos novos seguranças, sentada aqui na sua mesa e mexendo nesse seu livro de pesquisa. Até estranhei a presença de uma garota bonita aqui, e também temi por causa do recente furto, mas ela apenas perguntou se eu era seu chefe, deu seu recado e foi embora.

Santiago sentiu sua velha conhecida lufada de vento acariciar-lhe o cabelo. Algo estava errado. Traditore prosseguiu:

– Eu ia até lhe perguntar, Santiago, sobre esse livro que está na sua mesa e que sua amiga folheou. É do nosso acervo? Ele parece bem antigo – disse, enquanto dirigia a mão para pegar a obra.

Antes que Traditore tocasse o livro, Santiago empurrou sua mão.

– O que foi, Santiago?

– O livro, Traditore, não ponha a mão nele! – ordenou Santiago, de maneira imperativa.

– Calma, eu só ia olhar novamente e entregá-lo a você. Se é uma raridade, então, me desculpe, é que...

– Não, não, não é isso. Minha amiga Lábia esteve em contato com estricnina na sexta-feira e quase morreu. Nunca vi esse livro que está na minha mesa, não é dos meus, mas sei que uma pessoa pode absorver venenos pela pele e, principalmente, pela língua, se cultivar o hábito de molhar as pontas dos dedos para folhear as páginas.

– Você está dizendo que este livro... está envenenado? – perguntou Traditore aparentemente assustadíssimo.

– Ele está, Carlos. Veja as pontas. Parecem endurecidas por algum líquido. Vou examinar e...

– Não – disse o diretor. – Você salvou minha vida agora, rapaz. Serei eternamente grato. Nem chegue perto dessa abominação. Você disse que sua amiga quase morreu, não é? Então, vamos levar isso imediatamente para a polícia.

– Não precisa, Carlos. Estou em contato constante com a polícia, avisarei a eles. Também recomendo que você não ligue para a emergência se não gosta de falar com robôs.

O diretor dos Archivos Antigos aceitou as recomendações de Santiago e deu ordem a um segurança que recolhesses o livro contaminado, o acondicionasse em um saco e, em seguida, em uma caixa.

Por sorte, na madrugada anterior, Santiago lembrara-se de *O nome da rosa*, de Umberto Eco. Na obra, alguns monges foram mortos ao folhear as páginas envenenadas do segundo livro da poética de Aristóteles, que trata da comédia. Essa lembrança somada à evidência dos dedos e língua arroxeados de Lábia lhe permitiu identificar o perigo nas páginas do misterioso livro e, aparentemente, salvar a vida de Traditore naquele momento.

– Vou deixar esse livro trancado na minha sala, Santiago. Quando você chamar a polícia, me avise e eu o devolvo, está bem?

O rapaz concordou, mas perguntou se poderia fazer um pedido ao diretor.

– Santiago, você acabou de salvar minha vida. Peça o que quiser.

– Quero que você me ajude a descobrir como esse livro veio parar aqui. Você pode conversar com todos que estavam aqui na sexta-feira?

– Claro, farei isso, mas temo que não tenhamos grandes resultados, porque a sexta-feira foi muito tumultuada aqui. Várias pessoas entrando e saindo, além dos novos seguranças e pesquisadores independentes. Não vai ser fácil, não. Seria bom você analisar quem poderia estar querendo prejudicá-lo, rapaz. Isso não é brincadeira. Quase morri no seu lugar, e, pelo que me contou, sua amiga também. Conte comigo para ajudar a descobrir quem aprontou essa.

Santiago agradeceu. O rapaz sabia que seus únicos inimigos, os Cavaleiros LunaSole, haviam plantado aquele livro envenenado por todo o fim de semana, e que, provavelmente, tinham tomado cuidado para não deixarem digitais, fios de cabelo ou qualquer outra evidência. Em um local com tantos livros, era a arma ideal.

Do outro lado da universidade, alguém tentava fazer mal a Santiago indiretamente. Valente, seu amigo, acabara de colocar na parede do seu departamento uma cópia colorida de um cartaz que dizia:

Jovem, a sífilis tem tratamento. Cuide-se.

Com o pincel atômico, o português completou:

Conselhos de seu amigo Santiago Porto, dos Archivos Antigos.

31

UMA FOTO, UMA PISTA

HSIEN

Excessos não trazem felicidade. Nos relacionamentos, apenas o equilíbrio das influências permite a felicidade.

*Paul Varjak. Varjak, V-A-R-J-A-K.
Sou um escritor, E-S-C-R-I-T-O-R*

PAUL VARJAK
BONEQUINHA DE LUXO
(EUA, 1961)

— Alô, quem é?

— Selene? É o Santiago?

— Santiago? Ahn? Oi... que horas são?

— Duas e meia da manhã. Sei que está tarde, mas, como você é policial, cabe a pergunta, estava dormindo?

— Sim, sim, estava. Depois de tantos dias, pude vir para casa, mas, me diz, está tudo bem?

— Bem? Está tudo ótimo. Eu me lembrei, querida, me lembrei!

— Lembrou-se do quê, Santiago? Não dava pra falar amanhã?

— Eu me lembrei de onde vi a quinta vítima, o tal Raimundo.

— O quê? Nossa! Que ótimo, onde?

— Calma, menina. Tudo tem um preço. Podemos nos ver agora?

— Agora? Mas é madrugada... Ah, conta logo, Santiago.
— Conto sim, mas só pessoalmente, e no JapaNu. Você vem?
— Sim, claro. Te encontro lá.

Ao terminar a conversa, Santiago notou que gravara com estilete em sua escrivaninha um lindo "S.P. e S.C" dentro de um coração. "Nossas iniciais? Santiago, você está amolecendo", pensou o rapaz.

Todos conheciam o JapaNu, o melhor restaurante de comida japonesa de São Paulo. Lá, os clientes não iam para comer a mais fiel comida oriental ou pagar fortunas para se sentir em um pedaço do Japão. No restaurante, pagava-se o preço justo por uma refeição rápida, benfeita e servida de maneira simpática.

Selene chegou às três e quinze da manhã. Não aparentava sono ou indisposição. Usava um shorts jeans e uma camiseta branca. "Simples e maravilhosa", pensou Santiago, acenando para que ela o visse.

— Precisava me chamar aqui para me contar? — perguntou a garota.
— Claro que não. Mas precisava encontrá-la. Já não aguentava mais de vontade de vê-la.

A dura policial corou, mas, como um bom cavalheiro, Santiago não permitiu que o constrangimento durasse muito tempo, e, então, passou a relatar seu dia.

Salvara o diretor dos Archivos Antigos, Carlos Traditore, da morte por envenenamento ao relacionar, graças a uma pequena ajuda da obra de Umberto Eco, o estranho livro e a enfermidade de Lábia.

Em seguida, passara a tarde procurando, em sua mesa, evidências ou outros objetos envenenados. Já ouvira falar de agulhas deixadas em cadeiras ou de canetas radioativas. Sabia que essa opção seria menos provável, mas, às vezes, cautela nunca é demais.

Após uma busca detalhada, decidiu relaxar e ler um texto que havia separado sobre o rio Mekong, local do naufrágio de Camões e Dinamene, onde o poeta perdera a amada e a tal Página.

Localizado no sudeste da Ásia, o Mekong é o 13º mais longo rio do mundo e o 10º mais volumoso, medindo 1535 quilômetros de comprimento.
Nasce no Tibete, passa por Yunnan, Mianmar, Tailândia, Laos, Cambodja e Vietnã.
Em tailandês, seu nome é Mae Nam Khong e significa algo como Água-Mãe.
Nadam, em suas águas, mais de 1200 espécies de peixes.

Contam as lendas que Luís de Camões, quando embarcou na Nau de Prata, disse ao capitão que embarcaria com seu maior tesouro. Historiadores afirmam que o poeta se referia aos rascunhos de Os Lusíadas, porém, uns poucos românticos têm a mais firme certeza de que o maior tesouro de Camões era a chinesa Dinamene. O amor de todas as suas vidas.

A extensão daquele imenso volume de água estimulava Santiago a tentar entender como a Página havia sido encontrada no rio Mekong e como chegara ao Brasil.

"O que Edna diria se soubesse que contei sobre a Página Perdida a Valente. Ficaria brava? E sobre Selene, ela ficaria com ciúmes?", refletiu. "E se ela soubesse quanto os dois me ajudam? Acharia prudente mantê-los na busca também?".

Santiago sabia que, se os Cavaleiros LunaSole soubessem de Selene e Valente, possivelmente tentariam matá-los também. Faltava entender a relação da Página Perdida com a Máquina do Mundo, o envolvimento do poeta português nestes assuntos e onde estaria a Página.

Selene não gostou nada de saber que Santiago quase fora envenenado. Tentou, nesse momento, convencer o rapaz a sair da cidade ou andar com proteção policial, mas não houve acordo. O melhor era chamar menos atenção possível.

– E sobre essa Edna? Puxei o nome dela nos registros e não encontrei nada. Será que ela não é uma LunaSole?

Santiago não havia pensado nessa hipótese antes por estar hipnotizado pela beleza semioriental de Edna, o que o impedira de raciocinar em algum nível. O atual envolvimento com Selene estava criando uma proteção ao redor dele, um campo de força que o faria julgar as palavras e atos de Edna Enim com mais cuidado e imparcialidade.

– Enfim, deixe-me chegar à minha descoberta. Como na madrugada de segunda-feira não tinha dormido praticamente nada, cheguei cedo ao meu apartamento e fui me deitar. Então, tive um estranho sonho no qual estava com Valente na casa do professor e, de repente, apareceu uma enfermeira que conhecemos no hospital hoje. Ela olhou para mim e perguntou se eu era famoso. Eu disse que não e, então, ela pegou um pôster na mesa e desenrolou. Havia uma foto minha com a frase: "Jovem, falta de memória tem tratamento. Cuide-se". Então acordei.

– Huum, sonho estranho, mas, onde está a informação importante?

— Bem aí. Na noite em que invadi a casa do professor e encontrei o Canto I, vi, na sua mesa, um porta-retratos com a foto de um casal. O homem da foto era o tal Raimundo.

Selene calou-se por segundos para refletir, e então disse:

— Essa pode ser uma conexão: duas das vítimas se conhecerem. Se acharmos alguém, um amigo comum de ambos, não sei, ele poderá ser o assassino.

— Selene, você disse que Raimundo não tinha familiares ou amigos, não foi?

— Sim, por quê?

— Bem, na foto, ele parecia bem íntimo da moça.

Selene franziu a testa.

— Então, você ficou reparando na garota da foto?

— Não, não é isso, é que...

— E que história é essa de enfermeira que você e Valente conheceram no hospital? – questionou, enciumada.

Santiago ia responder, mas foi calado por um beijo.

32
MNEMA

 HENG
Há um movimento incessante. Todo fim traz um novo começo. Tudo é cíclico.

O ódio tem melhor memória que o amor.

Honoré de Balzac

Ir embora não era uma opção. Talvez, porque a manhã já estivesse chegando, talvez porque um não conseguia mais ficar longe do outro. Viram juntos o sol nascer e conversaram sobre tudo, exceto páginas perdidas e assassinatos.

Tomaram café na Padaria Tiffany's e contaram detalhes do passado que, em geral, nos anos posteriores, os casais se arrependem de ter falado.

— Já são quase nove da manhã. Acho que podemos tentar verificar essa sua possível pista — convidou Selene, chamando Hélio pelo rádio e pedindo que algum policial fosse destacado para ir à casa do falecido professor José Roberto recolher o porta-retratos.

Saíram da padaria e caminharam de mãos dadas como nenhum dos dois fazia há tempos. Pelo menos, não com alguém que lhes fizesse tão bem. Meia hora depois, Hélio enviou uma foto do porta-retratos para o telefone celular de Selene, e o casal pôde confirmar o palpite do rapaz.

— É mesmo ele, Santiago. Que memória — comemorou, examinando em detalhes a foto na qual a quinta vítima do Cabo das Tormentas aparecia ao lado de uma mulher.

— Graças ao meu sonho. Conscientemente não me lembraria de onde vi o tal Raimundo. Agora temos certeza: o professor e ele se conheciam. Provavelmente, conheciam também o assassino.

— É a melhor linha de investigação que temos. Vou conversar com essa mulher que está com Raimundo na foto hoje mesmo.

— E eu posso participar desse interrogatório também?

— Calma, não será um interrogatório, apenas um bate-papo preliminar, uma averiguação. E o segredo dessa conversa é fazer as perguntas certas. Se a moça se sentir ameaçada, pode exigir seu direito de só falar oficialmente.

Santiago sentiu que Selene não o chamaria para a conversa com a mulher; por isso, providenciou uma maneira de localizar e interrogar a estranha. Com seu próprio telefone celular, fotografou a imagem enviada por Hélio para Selene e encaminhou a Adso com a legenda: "Descubra quem é essa moça para mim. É importante". Por mais competente e rápida que a polícia fosse, a rede tecnológica do amigo era insuperável.

Assim que se despediu de Selene, contatou Valente e lhe contou sobre o sonho e a fotografia. O amigo português se dispôs prontamente a participar com Santiago da conversa com a mulher.

Como previsto, não foi difícil para Adso usar um programa de reconhecimento facial e comparar a imagem da fotografia com perfis de redes sociais e documentos oficiais. Em poucas horas, as combinações possíveis foram se reduzindo, até que a identidade da mulher foi determinada com absoluta certeza. Por sorte, era uma moradora da cidade de São Paulo.

Horas depois, os três se encontraram em frente à casa da mulher, cujo nome era Valdirene. Tocaram a campainha e esperaram pelo pior. Não imaginavam qual poderia ser a reação dela nem como deveriam agir em situações críticas como essa.

— Senhora Valdirene, podemos lhe falar por um instante? Estamos a serviço da polícia — pediu Santiago, tentando não assustar a garota que, prontamente, lhes permitiu entrar em sua casa.

A mulher não era velha, mas parecia cansada dos constantes desafios que a vida lhe impunha. Mantinha os mesmos traços de beleza da foto com Raimundo, mas já marcada por algum sofrimento. A sala da casa estava completamente desorganizada com livros, revistas de corte e costura, uma tábua de passar e diversas pilhas de roupas engomadas cercadas por montes de roupas ainda amassadas.

— Sentem-se, policiais.

— Não somos policiais. Como lhe disse lá fora, estamos a serviço da polícia, mas somos civis, como a senhora. Eu e ele somos pesquisadores da universidade — disse Santiago, apresentando Valente da maneira mais amistosa possível. O português, por sua vez, pareceu encantado pela beleza madura da mulher.

Adso, com a camiseta "Cuidado: contém sarcasmo", caminhou tentando sentir a energia do local. Assim que se sentou, disse baixinho: "Paz seja nesta casa", como fazia sempre, em todo lugar novo que visitava.

— Estamos aqui por um motivo simples. É a senhora aqui nesta foto, não? — perguntou Santiago, mostrando uma cópia da foto encontrada na casa do professor.

— Sim, sou eu com o Raimundo há muitos anos, eu era menina ainda. O Raimundo morreu, não é? Estão noticiando na internet e televisão.

— Exatamente. E nós estamos atrás de pistas sobre quem poderia ter feito isso com ele.

A mulher pareceu refletir, olhando para baixo. Em seguida, desandou a falar:

— Olha, não falava com Raimundo há cinco anos. Tenho medida restritiva para que ele não se aproxime de mim. Não que ele quisesse também. Na verdade, ele não fazia questão de chegar perto de mim ou do nosso filho.

— Filho?

— Sim, temos um menino de seis anos. Ele é maravilhoso e saudável, mas, às vezes, lembra um pouco o pai.

— Como assim?

— Ele tem aquele mesmo problema do Raimundo. Nunca se esquece de nada. Acho até que é pior que o pai, porque o Raimundo me contava que sua memória não funcionava para música, mas, no caso do meu filho, ele não esquece nada, nunca, sejam sons, nomes, cores, números, palavras.

— Entendo. Mas, voltando ao assunto, o Raimundo tinha inimigos?

— Claro. Na verdade, só tinha inimigos. Nunca conheci ninguém que gostasse dele. Só eu, a burra aqui, que fui ficar com ele, mas foi uma paixão de infância, vocês entendem...

Adso aproximou-se de Santiago e disse baixinho, no ouvido do rapaz:

— Ela é inocente. Aqui há muita confusão e muitas coisas por fazer, caminhos parados e entraves. Mas não há sangue. Sério. Eu sinto isso.

Valente teve vontade de amarrar Adso em uma cadeira, mas Santiago, envolvido na conversa, não deu atenção ao rompante místico do amigo.

— A senhora conhece esse outro homem? — perguntou, mostrando outra foto para a mulher.

— Nossa, claro! É o professor José Roberto. Faz anos que não o vejo, como ele está?

— Lamento dizer, mas ele morreu também — informou Santiago, contendo a própria tristeza.

— Que horror! Um homem muito inteligente. Com certeza o melhor professor que tive no colégio.

Valente intrometeu-se:

— Colégio? Disseste que Raimundo foi uma paixão de infância. Ele também conhecia o professor?

— Sim. O professor foi a única pessoa do mundo que acreditou em Raimundo e o estimulou a ser bom, mas foi em vão. Essa foto aí é do dia da nossa formatura. O professor nos deu aula de Literatura por três anos. Costumava dizer ao Raimundo que, com aquela memória, ele poderia se tornar um grande estudante de Literatura. Que piada. Dizer isso para um cara que só pensava em vagabundagem e em aplicar golpes. Mas, me digam, o professor morreu de quê?

— Ele foi assassinado exatamente da mesma maneira que Raimundo. Por isso, viemos aqui. Provavelmente, o assassino era conhecido deles e, talvez, da senhora — explicou Santiago.

— Não imagino quem possa ter feito isso. Nossa turma era... como dizem... o topo da cadeia alimentar. Éramos os populares da escola. Eu tinha uma foto aqui, posso achar para vocês...

Nesse instante, um garotinho de seis anos apareceu na sala. Vestia uma camiseta branca com uma faixa preta vertical no meio e um enorme número dez estampado no peito.

— Mundinho, meu filho, volte para o quarto, querido — pediu a mulher.

O menino veio até a mãe e a beijou. Era tímido, a ponto de evitar olhar para os visitantes. A mulher o colocou no colo e falou:

— Então, posso procurar essa foto e enviar a vocês. Não conseguirei encontrar nada nessa bagunça.

Nesse instante, a campainha tocou e Valdirene foi atender. Quando voltou, trouxe consigo Selene e Hélio.

— Lindinha, você não disse que encontraríamos as flores do seu jardim aqui — disse Hélio, provocando Santiago e Valente.

— Santiago, o que faz aqui? — perguntou a policial, naquele momento vestida como tal.

— Eu sabia que você não me chamaria, por isso vim sozinho... lindinha — respondeu com uma piscadela irônica, acentuando a última palavra.

Hélio estava visivelmente incomodado com a relação entre Selene e Santiago. Queria expulsar os civis da casa e seguir o protocolo policial à risca, mas já era tarde. Deixando as animosidades para mais tarde, o trio atualizou os policias sobre a conversa com a ex-mulher de Raimundo. Evitando novas perguntas, a dona da casa tentou concluir a conversa:

— Então, como disse a eles, não imagino ninguém que quisesse fazer mal ao professor, mas, com certeza, sei de centenas de pessoas que não gostavam do Raimundo. Quando puder, revirarei minhas coisas e encontrarei aquela foto antiga da época do colégio.

— Mamãe... — chamou o menino.

— Espera, filho, a mamãe está falando com a polícia.

— Mas, mãe...

— Espera, Mundinho.

— Mãe, quando a gente mudou para cá, eu tinha dois anos, me lembro de que a senhora colocou na terceira gaveta da penteadeira uma pasta com quarenta e seis fotos. Em uma delas tem a senhora, o papai e esse professor que morreu. Eu vi falarem dele no jornal.

O menino era um computador infantil. Todos olharam espantados, e Valdirene não teve como não demonstrar boa vontade e buscar a tal pasta no quarto. Segundos depois, voltou com uma preta e pesada maleta de executivo. Estava com a capa rasgada e os metais oxidados.

– Essa é a pasta de que o Mundinho, meu pequeno gênio, falou. Ela é travada por esses segredos numéricos, mas dá para estourar o fecho e...

– Quatro, quatro, quatro. Quatro, dois, quatro – disse o menino.

– Que é isso, filho?

– São os números para abrir, mamãe. A senhora queria gravar tudo quatro, mas errou o quinto número.

A mãe girou os números e a pasta se abriu, revelando muito pó, fotografias e alguns documentos pessoais.

– É isso aí, filho, parabéns!

– Incrível! – exclamou Adso.

Santiago já tinha ouvido falar nessa condição mental de Raimundo e do pequeno Mundinho. A famosa síndrome de Asperger, comum em indivíduos autistas, não trazia nenhum atraso de desenvolvimento mental e, pelo contrário, permitia à pessoa altíssimo desenvolvimento cognitivo. Alguns estudiosos afirmavam que personalidades como Isaac Newton, Einstein, Mozart, Darwin, Michelangelo, o filósofo Sócrates, Andy Warhol, Tim Burton, Stanley Kubrick, Bill Gates e até Mark Zuckerberg eram portadores dessa síndrome em graus diferentes.

– Aqui, achei a foto. Vejam. Eu sou essa aqui do canto. Aqui está o Raimundo e, na ponta, o professor – disse a mulher, tentando mostrar a fotografia a todos os presentes.

O papel estava desgastado, mas mostrava um professor José Roberto jovem, alegre e, principalmente, com cabelo. Era de conhecimento comum que o professor começara sua carreira em colégios, e essa era apenas mais uma evidência desse início de vida profissional.

– O que é isso, embaixo? São nomes? – perguntou Hélio.

Santiago teve vontade de responder que aquilo eram letras que, ordenadas, formavam palavras. Mas teve medo de apanhar de Hélio, caso o policial entendesse a ofensa.

– Sim, é a legenda com o nome de todos os presentes na fotografia. É a nossa turma... – respondeu a mulher, demonstrando certo saudosismo.

– *Bloody hell*! – disse Valente, espantado.

– O que foi, *Portuga*? – perguntou Santiago, lembrando-se dos antigos desenhos de heróis, quando o Super-Homem dizia "Santa Escócia".

– Selene, corrija-me se eu estiver errado, mas nessa foto estão presentes outras vítimas, não?

A policial pegou o retrato e leu os nomes. O que era uma suspeita para o português foi confirmado pela policial, que sabia o nome completo de cada um dos mortos.

— Meu Deus! Sim! Além de Raimundo e do professor, esse homem e essa mulher foram assassinados também!

Valdirene ficou pálida por sentir a morte próxima, anunciada por aqueles estranhos.

— Senhora, seria imprescindível sabermos o nome da escola em que estudou para obtermos uma lista de alunos, funcionários e pais. Também preciso dos contatos dessas pessoas, caso a senhora os tenha — solicitou Hélio, enquanto pegava o celular para avisar a delegada Iêda Vargas.

— A... a... a escola fechou faz tempo, mas os registros devem estar em algum lugar — disse Valdirene, com os olhos parados. Parecia estar se desconectando da realidade.

— Podemos ficar com essa foto? — pediu Selene.

— Cla... claro. Não a quero mais.

Enquanto saíam da casa, Santiago disse a Valente:

— É quase certo que, naquela foto, há futuras vítimas e o assassino. Torço para que essa mulher não esteja em nenhuma dessas duas categorias.

Selene agradeceu Valdirene e deixou seu cartão.

— Colocaremos uma viatura aqui na porta a partir de hoje. Iremos atrás de todas as pessoas da foto, não há motivos para ficar assustada — recomendou a policial.

— Sofri um assalto no ano passado, foi horrível. Faz um ano e pouco que não me sinto assim, com tanto medo.

— Faz quatrocentos e cinquenta e seis dias, mamãe — corrigiu Mundinho.

INTERLÚDIO

Há muitos anos, quando Santiago tinha apenas sete anos, sua mãe o levou para ver os aviões decolarem no aeroporto.

Após muita diversão e copos de refrigerante, a criança quis ir ao banheiro. No local, Santiago disputou com um garoto um pouco mais novo para ver quem usaria o banheiro, lavaria as mãos e sairia do sanitário mais rapidamente. Foi um concurso interessante, no qual os meninos mal fecharam as calças, correram aos lavatórios e derrubaram outro menino ainda menor que tentava se enxugar.

No lado de fora, correram juntos pela rampa, esbarraram em uma mulher grávida que vinha no sentido contrário e se esconderam atrás de uma placa. Infelizmente, foram dedurados por uma garotinha, que avisou o segurança. Então, Santiago e o garoto, empatados na infantil disputa, foram devolvidos às suas respectivas mães.

A mãe do rapaz o aguardava na cafeteria do aeroporto, enquanto conversava brevemente com um gentil estranho que logo foi embora, triste por ter perdido um livro raro que acabara de comprar.

Santiago jamais soube que o garoto com quem havia competido no banheiro era o pequeno Valente em férias pelo Brasil. Na disputa, ambos haviam derrubado o pequeno Adso, que chegava de uma viagem em família.

A mulher grávida na rampa esperava por uma bela menina, que foi batizada com o estranho nome de Lábia, e a garotinha que avisou ao seu pai, segurança do aeroporto, sobre os garotos bagunceiros, era a pequena Selene que, mais tarde, seguiria a carreira policial.

O jovem que trocara algumas palavras com a mãe de Santiago chamava-se José Roberto. Estava se preparando para uma intensa vida de estudos, mas também chateado por ter perdido uma rara edição de *Os Lusíadas* trazida por conhecidos vindos de Portugal, a família Rocha, do pequeno Valente.

De tão rara, a edição havia sido rastreada até o Brasil e roubada rapidamente da mala do professor por um homem que, na época, estava em sua primeira missão como membro efetivo de uma seita secreta milenar chamada LunaSole.

Nunca, Santiago, Valente, Lábia, Adso, Selene ou o falecido professor souberam que, um dia, tinham estado tão perto uns dos outros e tão relacionados com Camões e a LunaSole. Esse fato, porém, se fosse do conhecimento deles, não mereceria tanta importância.

Afinal, as pessoas são como personagens de um livro. Não percebem os acontecimentos maiores das linhas que narram suas vidas, e que, certamente, deleitam leitores e o próprio escritor que veem o livro como um todo.

33

CAMINHO DE DAMASCO

 TUN
*Recue para armazenar forças.
Não é sinal de fraqueza,
mas de estratégia.*

*Por isso, há muita verdade
No velho ditado:
Quem se amolda é forte.
É esta a meta suprema
Da vida humana.
Da lei da compensação interior.*

Tao Te King

No carro de Adso, indiferentes à relevante informação que haviam coletado, os rapazes falavam mal de Hélio.

— Aquele bombado. Deve ter perdido o cérebro na academia — comentou o próprio Adso, enquanto dirigia.

— Ele está com ciúme. Selene e eu nos acertamos. Para ele, isto é insuportável.

— Ciúmes por quê? Tu não fizeste nada ainda, não é, Santiago? — perguntou Valente, tentando arrancar informações do amigo.

No rádio do carro, os Ramones tocavam "Sheena is a punk rocker". Santiago pediu a Adso para usar seu computador portátil.

— Claro, está embaixo do banco, pode pegar.

Santiago tateou e, em vez de pegar o computador, trouxe um livro.

— O que é isso? Uma *Bíblia*?

— Sim, sim. Leio muito a *Bíblia* — respondeu o empreendedor, surpreendendo os amigos.

– Valente, vamos aproveitar e confirmar se aquele texto encontrado por Selene na casa do professor é mesmo da *Bíblia*?

– Que texto, Santiago? – perguntou Adso.

Santiago ainda não havia detalhado a Adso a respeito da busca pela Página Perdida. Era perigoso envolver mais inocentes em assuntos LunaSole. Eles esperavam descobrir o local da reunião da ordem e acreditavam que aquele papel, provavelmente deixado durante a luta entre Santiago e o cavaleiro, pudesse auxiliar nessa informação.

– É uma longa história, Adso. Depois lhe conto em detalhes – respondeu ao amigo.

– Queres olhar o livro inteiro? Não é melhor procurarmos pelo computador? – perguntou Valente, tirando o papel dobrado da carteira.

– Leiam para mim o texto. Pode ser que eu reconheça – propôs Adso.

Valente, sem sotaque, leu:

E tu, ó homem, que julgas os que fazem tais coisas, cuidas que, fazendo-as tu, escaparás ao juízo de Deus?

Mas Deus prova o seu amor para conosco, em que Cristo morreu por nós, sendo nós ainda pecadores.

Assim também Davi declara bem-aventurado o homem a quem Deus imputa a justiça sem as obras dizendo:

Que diremos, pois? Permaneceremos no pecado, para que a graça abunde?

– Não faço ideia. Parece ser da *Bíblia* e, obviamente, Novo Testamento, pois fala de Cristo, mas não dá para saber qual livro. Não há referência de capítulos e versículos?

– Claro que não. Deixe-me ver aqui no seu computador – sugeriu Santiago, pegando o objeto embaixo do banco e colocando-o em seu colo.

Assim que buscou pela primeira linha, Santiago disse a todos:

– Achei. Está em Romanos. Mas apenas aquela linha. O resto não. Portuga, vai anotando enquanto eu procuro.

Valente pegou seu pequeno caderno de capa preta e começou a escrever tudo o que Santiago pedia:

– A primeira frase é de Romanos, capítulo dois, versículo três. Anotou?

O português confirmou, e Santiago prosseguiu:

– A segunda também está em Romanos, mas no capítulo cinco, versículo oito. A terceira parte está no capítulo quatro, versículo seis, e a última, no capítulo seis, versículo um. Anotou?

– Sim, veja.
Valente mostrou a pequena folha amarela do caderno:

1ª *Romanos, capítulo II, versículo 3*
2ª *Romanos, capítulo V, versículo 8*
3ª *Romanos, capítulo IV, versículo 6*
4ª *Romanos, capítulo VI, versículo 1*

– Por que Romanos? Será que tem a ver com Roma, Vila Roma, rua Roma, avenida, jardim, parque? – perguntou Valente.
– Vocês procuram um lugar, é isso? Busquem ruas com esse nome. Os números devem indicar o endereço, não é isso, Santiago? Você é o campeão de enigmas do Bartenon – sugeriu Adso.
Santiago riu. Números para indicar local. Poderia ser um telefone ou o número de uma imagem em um determinado arquivo. Livros de biblioteca também apresentavam números sequenciais. As possibilidades eram infinitas, principalmente quando não se conhecia o universo a ser trabalhado. Por exemplo, os Cavaleiros LunaSole poderiam usar uma chave de criptografia que fazia os números e palavras indicarem um local. Era tudo muito amplo.
– Achei aqui uma vila com esse nome, mas fica fora de São Paulo – disse Valente.
Santiago pensou mais um pouco. A reunião seria mesmo em São Paulo? O livro LunaSole dizia que as reuniões ocorriam em todas as grandes cidades. Pressionando o botão na porta do carro, o rapaz baixou o vidro e colocou a cabeça para fora, para que o vento lhe soprasse inspirações.
Aparentemente, deu certo.
– Coordenadas! São coordenadas, amigos. Vejam, capítulo dois, versículo três, capítulo cinco, versículo oito. Apenas números. Coloque em algum programa ou página de mapas para olharmos – sugeriu Santiago, entregando o computador portátil para Valente, que acessou uma página em que os usuários podiam inserir latitudes e longitudes para descobrir um determinado ponto no mapa. O português, porém, apresentou dúvidas razoáveis:
– Seguindo sua lógica, temos a sequência dois, três, cinco, oito, quatro, meia, meia, um. Como podemos transformar isso em graus e minutos? Como sabemos se são coordenadas positivas ou negativas?

Santiago sabia a resposta, mas olhou para Adso, esperando que o amigo dissesse algo. Como não houve manifestação, falou:

— A reunião será em São Paulo. Como o Brasil fica abaixo do Equador e à esquerda de Greenwich, temos as latitudes e longitudes negativas, concordam? Escreva aí: menos vinte e três ponto cinquenta e oito de latitude, e menos quarenta e seis ponto sessenta e um de longitude, afinal, a distância daqui à Inglaterra, onde fica Greenwich, é maior que a daqui ao Equador.

Valente lembrou que até o século XIX, Portugal utilizava o Observatório Astronómico de Lisboa como meridiano zero, mas que, em 1884, um acordo internacional fixou Greenwich para esse papel, concorrendo contra a França e seu meridiano de Paris, e contra a Espanha e seu meridiano de Cádis.

— Pronto. Deu Praça do Monumento, no Ipiranga. Será que está certo? — perguntou Valente.

— Com certeza. O local onde fica o famoso museu, o Parque da Independência e o riacho onde Dom Pedro I deu seu grito histórico. Se estivermos certos em nossos cálculos será fácil entrarmos sem ser vistos.

— Como sabes? Conheces bem o local? — perguntou Valente.

— Muito. É o bairro em que nasci — disse Santiago.

— Vocês vão invadir algum lugar? Não é perigoso? — perguntou Adso.

— Depois lhe conto, Adso. Como falei antes, é uma longa história, mas não há com que se preocupar.

Assim que chegaram à Universidade Alexandria, Adso se despediu dos amigos, que agradeceram todo o apoio.

— Santiago, uma simples alteração em um número daquelas coordenadas e você muda o local em quilômetros. Como você tem tanta certeza de que o endereço que procuram fica em São Paulo? — perguntou Adso, pela janela aberta do veículo.

— Aqueles números vieram de diferentes trechos bíblicos, mas sempre da Carta aos Romanos. Diga-me, Adso, você que lê sempre a *Bíblia*, quem escreveu essa parte do Novo Testamento?

— Paulo, Paulo de Tarso... digo, São Paulo.

— *Quod erat demonstrandum* — brincou Santiago.

34
A CAIXA DE ADSO

TA CHUANG
O progresso só pode ser conquistado no caminho que se harmoniza com as leis do universo.

Essencial: es.sen.ci.al adj (lat essentiale)
1. Relativo à essência; que constitui a essência.
2. Que constitui a parte necessária ou inerente de uma coisa; necessário, indispensável.
3. Característico; importante.

MICHAELIS – MODERNO
DICIONÁRIO DA LÍNGUA PORTUGUESA

Quando pôde abrir a caixa que Adso lhe havia dado, com itens de segurança e espionagem, Santiago se decepcionou profundamente. Por sorte, Valente estava com ele, e ambos puderam, juntos, decifrar o que cada estranho aparelho podia fazer.

Eram equipamentos muito sofisticados, como escutas telefônicas, rastreadores de posicionamento global via satélite, *tasers* elétricos e itens que não auxiliariam tanto na proteção diária.

Santiago gostou dos óculos com espelhos periféricos que serviam como olhos nas costas, mas temeu a caneta incendiária. Segundo instruções, um toque no botão lançaria uma chama fortíssima, uma única vez. Seria interessante levá-la com ele, mas poderia ser perigoso esquecê-la em qualquer lugar ao alcance de inocentes. Oportunamente, Valente fez questão de pegá-la.

Um botão-câmera permitia transmitir som e imagens para um computador próximo previamente configurado. Uma lanterna minúscula emitia uma luz fortíssima. Este item, em especial, desanimou ainda mais Santiago, que tinha um problema histórico com lanternas. Inexplicavelmente, esse tipo de instrumento com ele não funcionava corretamente.

Pouco a pouco, listaram os muitos apetrechos pequenos e interessantes emprestados por Adso. Alguns, certamente nunca seriam utilizados, mas outros, possivelmente, poderiam ter alguma utilidade.

Um deles mudaria a história.

35

CAPITÃO MORTE

 CHIN
O homem sábio dirige as forças para influenciar seus iguais em ações de sucesso.

Na confusão do mais horrendo dia,
Painel da noite em tempestade brava,
O fogo com o ar se embaraçava
Da terra e água o ser se confundia.
Na confusão do mais horrendo dia

Gregório de Matos

— Ei, cara, não pode parar aí não. A polícia vai encrenar. Estaciona ali na vaga que tenho, aqui na rua. É baratinho — anunciou o flanelinha.

O homem largou o carro onde havia deixado, desceu e foi até o menino.

— Escuta aqui, moleque. Se aparecer um arranhão, se uma pomba sujá-lo ou se alguém olhar torto para o meu carro, você e toda sua família vão se ver comigo — ameaçou o homem.

— Que é isso, cara? Tá maluco? Aqui é minha área, *playboy*. Quem você pensa que é?

— Capitão Hélio Enrico.

O flanelinha ficou gelado. Por 22 anos, ele cultivara sua reputação diante dos frequentadores dos bares e espeluncas da rua na entrada do morro. Ninguém o provocava, todos o temiam, mas, naquele instante, todos o viram ajoelhar-se no meio-fio.

— Ai, senhor capitão Hélio, pelo amor de Deus, me perdoa, senhor. Quer que eu lave o seu carro, senhor? — implorou, para espanto de todos.

— Nada disso. Como mandei, não é nem para olhar para ele. Apenas tome conta. E quero que você mande algum dos seus namoradinhos subir o morro avisando que estou indo falar com o chefe. Avise que se alguém me olhar torto, vai cair.

— O chefe, senhor? Aviso sim, senhor, vou mandar um moleque subir o morro rapidinho, senhor — o flanelinha repetia várias vezes a palavra "senhor", mas Hélio não estranhava. Estava acostumado com bandidos corajosos e destemidos afinarem a voz ao ser capturados por policiais.

Hélio tinha feito história na polícia paulista por ser incorruptível, infalível e mortal. Diziam que ele tentara carreira no BOPE carioca quando era muito jovem, mas fora expulso com um mês de treinamento por ser duro demais e ter enviado seu superior para o hospital.

Na época do lançamento do filme *Tropa de elite*, a popularidade do personagem Capitão Nascimento lhe rendera o apelido oposto: Capitão Morte. O ego narcisista de Hélio rechaçou oficialmente essa alcunha por causa das câmeras, entrevistas e coletivas de imprensa nas quais fazia questão de ser o porta-voz.

Naquela tarde, almejava dois grandes objetivos: falar com o chefe do tráfico da região e à população. O sucesso do segundo evento dependia do desempenho no primeiro. Estava mais arrumado e bem-vestido que de costume, mas, ainda assim, não parecia civilizado. A cicatriz no rosto, as falhas no cabelo curto e o olhar sanguinário compunham, harmonicamente, com o corpo desproporcionalmente musculoso, uma imagem de boneco de ação infantil supercrescido.

Marchou em um mesmo ritmo cadenciado em direção ao alto do morro, local onde os próprios bandidos evitavam ir sem ser convidados. No sentido contrário, moradores fugiam assustados, esperando pelo pior; afinal, ele era um policial. Não um qualquer, mas o famoso Capitão Morte, que espancara um time de futebol inteiro dentro do vestiário, desarmado, em busca de drogas.

Em frente à mansão do chefe do morro, um soldado de contenção do tráfico o esperava:

— Alto, o que quer? Mãos para cima — ameaçou, apontando um fuzil.

— Não avisaram que eu vinha? — perguntou ao rapaz, aproximando-se dele.

O chefe do morro estava sentado a uma grande mesa, olhando alguns papéis, quando a porta foi arrombada. Hélio entrou na sala arrastando o soldado de contenção. O rapaz respirava com dificuldade e tinha o rosto coberto por sangue.

— O que é isso? — perguntou o chefe.

— É o que sempre digo: comunicação é tudo. Não o avisaram que eu estava subindo o morro, e ele me peitou. Você sabe quem eu sou, não?

O chefe do morro sentou-se novamente e acionou discretamente um botão sob a mesa.

— Sim, sei. É o Capitão Morte, não?

— Capitão Hélio, da polícia de São Paulo...

— Imaginei que um dia nos conheceríamos, mas não que fosse tão cedo. Tem gente muito mais perigosa que eu na fila, não?

— Calma, não vim aqui para lhe fazer nada. Quero que você me entregue uma pessoa.

— Opa... Acordo com a polícia? Faço sim, sem dúvida. Quem? Pode pedir que a cabeça do desafeto virá em uma bandeja.

— Não é nada disso. Eu não faço acordo com bandidos. O que quero é que você me traga o Rangel, ladrãozinho barato, parceiro do falecido Tatu. Preciso de informações dele.

O chefe pareceu pensar um pouco, e então respondeu:

— Sei, o Rangel. Realmente, nós o pegamos no barraco. Estava quase morto. Muitos ossos quebrados, e não dizia coisa com coisa. Achei que seria muito caro tratar ele, então o enviei para o Paraná. Uma cidadezinha chamada Astorga, conhece?

Hélio lamentou. Não teria como obter descrição ou detalhes a respeito do Psicopata das Línguas. A perigosa subida tinha sido em vão.

— Astorga, Paraná? Hum...

— É verdade, capitão. Juro pela minha falecida mãe...

Como mãe de bandido, apesar de sofredora, era considerada, por Hélio, sagrada, o truculento policial acreditou no que o chefe do morro estava dizendo. Nesse instante, cinco pessoas entraram na sala portando armamento pesado. Todos apontavam para Hélio, que sequer piscou o olho.

— Calma, gente. Já conversei com o capitão Hélio. Ele está de saída, podem baixar as armas. Ele queria umas informações de confiança, e sabia que só eu poderia dar. Abaixem as armas e liberem para ele descer.

Os bandidos obedeceram à ordem. Hélio, antes de sair, falou:

— Só para avisar, ok. Tenho gente muito mais perigosa na fila para pegar antes de você. Mas, geralmente, não sou muito de seguir essas filas.

Gosto de improvisar – ameaçou, apontando o indicador como se fosse um revólver e imitando som de tiro em direção ao chefe do morro.

Enquanto o policial descia, uma das integrantes do bando, uma senhora muito bem armada, perguntou:

– Quer que eu passe ele? Se quiser, mato agora. Não gostei da ameaça.

– Não, mamãe, não se preocupe com isso agora. Quero que vocês busquem, lá no ambulatório, o Rangel. Quero fazer umas perguntas a ele – respondeu o chefe do morro, que havia jurado pela mãe ainda viva e mentido a Hélio.

Quando Rangel chegou, completamente imobilizado por gesso e ataduras, o bandido principal lhe pediu que contasse o que tinha ocorrido naquele dia, no barraco do Tatu, que fez o pior de todos os policiais subir o morro para saber.

Rangel explicou que ele e o amigo tinham enfrentado o demônio em pessoa, e que, assim que se recuperasse, sairia completamente da vida de crimes. Quem ouviu Rangel detalhar o tamanho, a força e a aparência do tal homem atribuiu seu delírio ao coquetel de analgésicos que estava tomando.

36
DUELO DE TITÃS

 MING I

O homem sábio é dócil, principalmente em condições adversas.

*No mais interno fundo das profundas
Cavernas altas, onde o mar se esconde,
Lá donde as ondas saem furibundas
Quando às iras do vento
o mar responde*

Os Lusíadas,
Canto VI, Estância 8

— Estamos muito perto de prender o assassino. Como já falei em entrevistas anteriores, ele é fraco, covarde, vacilante. Deixou diversas pistas, e estamos um passo atrás dele.

— É verdade que foi encontrada uma conexão entre as vítimas? — perguntou uma das jornalistas da coletiva de imprensa ao capitão Hélio.

— Não posso informar agora as descobertas que eu e minha equipe fizemos, mas asseguro que um doente como esse será facilmente localizado e neutralizado.

— É provável que o Psicopata das Línguas faça novas vítimas antes de a polícia capturá-lo?

— Em primeiro lugar, não existe Psicopata das Línguas. Perdedores assim, desde a infância, devem ser chamados pelo que são: perdedores. O que existe é um bandidinho covarde e nojento que deu sorte até agora. Sim, claro que ele poderá fazer novas vítimas, mas não se depender da força policial. Seres irracionais raivosos como ele precisam ser contidos em jaulas ou sacrificados. E é isso que faremos com esse animal digno de pena. Obrigado.

A assessoria de imprensa da Secretaria de Segurança não via com bons olhos os pronunciamentos polêmicos do capitão Hélio. Ainda assim, pesquisas recentes o colocavam como preferido da população para substituir o secretário de Segurança.

Caçado pelos representantes dos direitos humanos, Hélio não ambicionava cargos importantes. Seu único e real desejo na vida respondia pelo nome de Selene Caruso. A doce, meiga, delicada e sexy policial.

Em sua casa, Hélio cultivava uma vida espartana. Luxo e conforto, para ele, enfraqueciam, amoleciam, tiravam o foco. Quando não estava trabalhando, praticava tiro ou fazia exercícios. Por ser especialista em artes marciais e diplomado em táticas de combate pela polícia de Israel, o capitão dedicava suas horas de folga ao aperfeiçoamento e eficácia de atuação em conflitos.

À noite, após a coletiva, arriscou algo diferente da sua rotina. Assistiu à televisão e se olhou por diversos ângulos, tomou uns copos de um velho uísque e pensou em Selene. Em como ela estava, a cada dia, mais cheirosa e cativante.

A moça nunca lhe dera motivos ou esperanças. Respeitava-o, e evitava ofendê-lo, fazendo-se de desentendida quando ele a chamava de lindinha ou forçava uma inexistente intimidade. As más línguas inventavam um relacionamento tórrido entre os dois no passado. Diziam que ele terminara o relacionamento, e que ela nunca o esquecera. "Quem dera", pensava Hélio quando ouvia esse tipo de comentário pelos corredores da delegacia.

A adrenalina que a subida no morro lhe descarregara na corrente sanguínea, somada à emoção da entrevista coletiva, formaram uma faísca que, ao encontrar o álcool do velho uísque, resultaram em uma explosão de coragem e empolgação, felicidade e confiança pouco experimentadas por alguém com tão baixa autoestima como o policial.

– Alô, Selene? – arriscou, pelo telefone.

– Ah? Hélio? Oi...

– E aí, lindinha? Como vai, meu amor? Estava pensando se não podíamos sair para comer um churrasco agora. Está meio tarde, mas conheço uma churrascaria ótima.

– Está falando com quem? – era a voz de Santiago, ao fundo. O *nerd*, o outro perdedor, o *playboy* que queria ser investigador, o civil intrometido.

— Então, Hélio, é o seguinte, infelizmente já é tarde, e eu já jantei. Agradeço pelo convite, mas não vai dar, está bem?

Hélio desligou sem se despedir. Não acreditava naquela situação. Trocado por aquele nada sem sal, sem força, sem coragem. Tudo ia bem antes de ele aparecer e se envolver na investigação, concluiu, motivado pelo ódio. Para o policial, as descobertas de Santiago e Valente não passavam de palpites de sorte, e que, em um momento real de conflito, ambos falhariam.

"Quem vai ter de salvar todo mundo no final? O bom e velho Capitão Morte", pensou, enquanto virava mais um copo da forte bebida e se preparava para seguir Santiago. Para o policial, era hora de encontrar alguns podres do queridinho de Selene.

No dia seguinte, recuperado das diversas rodadas de bebida, o policial passou a espreitar o rapaz bem de perto. Sentia, com seu apurado e experiente faro, que havia algo de suspeito naquele indivíduo.

Santiago saiu cedo de casa e foi até a padaria próxima tomar café. Hélio aproveitou para conversar um pouco com o porteiro do prédio do rapaz.

— Bom dia, amigo, foi o Santiago Porto que vi saindo daqui agora? Puxa vida, eu o conheci na universidade. É ele mesmo não é?

— Sim, sim, é ele. Ele lhe deu aula ou o senhor estudou com ele? — perguntou o porteiro, sem nenhuma desconfiança, apenas para jogar conversa fora.

— Isso, exato. Estudei. Então, ele ainda está namorando?

— Não sei. É um entra e sai de mulher, de homem... Não sei não. De mão dada ele não anda. Mas, me diz, o que vocês estudaram na universidade?

— Ah, estudamos coisas de universidade mesmo, o normal. E ele continua esquisitão?

O porteiro deixou de lado as palavras cruzadas do jornal de bairro da semana passada e olhou para Hélio:

— O que o senhor é dele mesmo?

— Amigo da universidade.

— Bom, se é assim, não tem problema eu dizer. Eu acho que o Santiago mexe com coisas erradas, proibidas.

— Ah, é? Como assim? — perguntou, interessado.

— A mãe dele vive trazendo umas caixas esquisitas para ele.

— Interessante, que tipo de caixas? Drogas? Armas?

— Que nada! Quem dera fossem coisas assim. É muito pior. São máscaras e enfeites estranhos. Pra mim, é tudo macumbaria, feitiçaria, coisa do diabo, sabe?

Hélio, decepcionado com a informação, concluiu a conversa, despediu-se e voltou à calçada para esperar Santiago sair da padaria. Quando o rapaz seguiu para a universidade, o policial foi atrás, sorrateiramente.

No caminho, conversou com outras pessoas que pareciam conhecer Santiago. Não conseguiu extrair nada de anormal. O consenso geral indicava que o rapaz era extremamente inteligente, simpático e engraçado. Frequentava um local chamado Bartenon e tinha uma turma de amigos fiéis.

— Os mais perigosos assassinos foram indivíduos neutros socialmente. Assim como você, *nerd* idiota — murmurou com ódio. Era hora de voltar à delegacia. A investigação do Psicopata das Línguas estava em ebulição, e era melhor estar presente para o caso de descobrirem a identidade do assassino.

Caminhou até seu carro, pensando em como poderia expor Santiago de maneira que o tirasse da vida de Selene. Não seria fácil, pois o rapaz parecia esconder muito bem seus segredos sujos.

"Não se preocupe, Santiago, vou pegá-lo. Sempre pego os criminosos. É o que faço de melhor: proteger e servir", pensou.

— Socorro, pelo amor de Deus! Minha mulher está tendo um ataque! — gritou um homem, aparentemente desesperado, dentro de um veículo próximo.

Hélio correu para ajudar. Havia alguém enrolado em lençóis no interior de uma van escura. O policial debruçou-se para dentro do carro e tateou o que parecia ser um corpo, mas, para sua surpresa, eram apenas roupas.

Violentamente, o policial foi puxado para dentro da van negra do Cabo das Tormentas. O assassino o seguira por toda a manhã, e era finalmente hora de mostrar ao policial quem era perdedor, fraco e covarde.

— O quê? — perguntou Hélio, surpreso.

O Cabo das Tormentas queria punir o policial por não compreender sua sagrada missão, e também por ser igual aos outros. O problema era que aquele era o Capitão Morte, e não seria vencido tão facilmente.

Foi uma luta digna das melhores noites sangrentas nos octógonos de artes marciais mistas. O espaço reduzido da van tirava a vantagem do Cabo das Tormentas, porém, Hélio também não conseguia desferir seus famosos chutes giratórios, o que levou o combate para o assoalho da van.

Hélio tinha a força e a técnica. Torcia o corpo e se livrava dos abraços do Cabo das Tormentas com facilidade.

Cabo das Tormentas tinha um tamanho anormal e ódio. Não sentia a dor dos golpes de Hélio. Não era rápido como o policial, mas era agressivo, determinado e muito violento.

No primeiro momento, Hélio obteve certa vantagem por não ter se intimidado e reagido realmente muito rápido. Conseguiu esmurrar seu oponente diversas vezes, no rosto e no pescoço. No desenrolar da briga, a sorte pendeu para o Cabo das Tormentas, que usou seu peso, seus cotovelos e sua cabeça para atacar o policial até que desmaiasse. Mesmo com Hélio desacordado, o Cabo das Tormentas bateu sete vezes em seu rosto, quebrando-lhe o nariz e alguns dentes.

O caminho até a masmorra foi mais rápido que o comum, seu corpo doía e o assassino desejava chegar logo. Temia ter sido visto. Não costumava pegar suas vítimas sem estudar a rotina, e, nas demais capturas, não houve dificuldade nenhuma para imobilizá-las.

Ao abrir a porta da van, Cabo das Tormentas foi surpreendido por um chute no rosto. Hélio despertara muito rapidamente.

– Meu Deus! Foi para isso que me preparei a vida inteira! – gabou-se o policial ao sair da van com o rosto todo ensanguentado.

Com o chute, o assassino caiu para trás. Hélio aproximou-se dele, sacou o revólver e disse:

– Mãos para cima, perdedor. Quero entregá-lo vivinho, em uma bandeja, para o governador.

O Cabo das Tormentas levantou-se, e Hélio pôde realmente ver todo seu tamanho. Pela primeira vez, desde a infância, o policial sentiu medo.

– Não... sou... perdedor! – gritou o homem.

Hélio atirou, mas não soube se acertou ou não o tórax de seu oponente. O Cabo das Tormentas deu um passo e o esmurrou no queixo com o mais poderoso gancho de direita já dado por um homem.

E, assim, o capitão Hélio Enrico, conhecido como Capitão Morte, foi vencido pelo Cabo das Tormentas.

37
NÃO HÁ COLHER

 *CHIA JEN*
Em família nascem os princípios éticos baseados no respeito e na lealdade.

Quem me dera ao menos uma vez
Explicar o que ninguém consegue entender
Que o que aconteceu ainda está por vir
E o futuro não é mais como era antigamente.

"Índios",
Legião Urbana (Renato Russo)

Santiago e Valente, devidamente liberados por seus chefes para se dedicar às investigações, estavam na delegacia, conversando com Selene. Já tinham falado muito naquela manhã sobre os assassinatos e, no momento, discorriam sobre trivialidades.

— Toda vez que entro ou saio do prédio, o porteiro abaixa a cabeça, evitando me olhar nos olhos, e diz uma frase, uma reza. Não sei o que é, mas parece que ele tem medo de mim — comentou Santiago.

— Vai ver que ele sente vontade de beijá-lo — brincou Valente.

— Bom, então ele terá de se ver comigo — disse Selene.

— Ele me disse que, ontem, um amigo veio até o prédio conversar sobre a minha vida. Fez várias perguntas, não deixou nome e foi embora. Pela descrição, acho que era aquele Cavaleiro LunaSole que enfrentei na rua.

— Como sabes?

— O porteiro disse que ele tinha uma grande cicatriz no rosto. Eu me lembro de ter cortado a cara daquele homem.

– Vai ver, foi o Hélio, já pensou? – perguntou Selene, em tom de brincadeira.

– Deus me livre. Seria uma aproximação indevida do seu fã clube. Se bem que prefiro ser perseguido por ele a ter um Cavaleiro LunaSole na minha cola. Por falar no supersoldado, onde ele está? – questionou Santiago.

– Não sei. Não o vejo desde aquela última coletiva – respondeu a bela policial.

O trio aguardava a chegada de Adso. O empreendedor havia pedido que o acompanhassem até a famosa vidente Madame Dora. Como não queriam magoar o amigo, todos aceitaram, inclusive Selene, que era a mais nova da turma, mas já cultivava grande carinho pelos amigos de Santiago.

Adso chegou logo após o almoço. Sua camiseta dizia: "Reciclem os animais".

– E aí, prontos para conhecer seus futuros?

Fingindo empolgação, Selene e Santiago entraram no carro do amigo. Apenas Valente pediu para não ir. Segundo o português, sua cota de premonições já estava bem completa nessa vida. Não houve insistência por parte de Adso devido à ênfase com que o português fugia do compromisso.

No caminho, pegaram Lábia na universidade. A garota já estava completamente curada. Santiago não comentara a respeito do livro envenenado com ninguém, além de Valente e Selene. O rapaz temia o envolvimento dos amigos nos assuntos referentes à Página Perdida.

– Vocês vão adorar. E é tudo por minha conta, nem pensem em colocar a mão no bolso – disse Adso, empolgadíssimo, como se os amigos fizessem questão de pagar por algo que não acreditavam realmente.

– Cara, você acredita mesmo que essa tal Madame Dora pode ver o futuro?

– Santiago, não só acredito, como estou em vias de provar.

– Como assim?

– Farei alguns experimentos sobre causalidade, variáveis inconstantes e aleatoriedade usando os dons de diversos videntes. Em tese, o tempo é uma ocorrência espacial e, como tal, uma questão puramente física. O futuro e o passado são simultâneos para algumas partículas e...

– Tá legal, Einstein. Mas como fica a consciência dentro de tudo isso?

— Estou com alguns projetos interessantes, como um aparelho binário baseado nos hexagramas do I Ching e o cruzamento de informações variáveis no desenho de fractais, para, dessa maneira, projetar o que chamo de repetições evoluídas dos sistemas. Se der certo, a humanidade...

— Pessoal, podemos falar de algo mais acessível? – pediu Selene, em tom de brincadeira. Ela já estava se acostumando com as exaltações intelectuais do grupo de amigos, mas, ainda assim, era difícil acompanhar certas discussões.

Ao estacionar em frente a um grande letreiro violeta que dizia "Madame Dora – Sabíamos que você viria", Adso advertiu:

— É o seguinte, pessoal. Aceitem isso como um presente meu para vocês. Assim que conversarem com a Madame, saiam pela cozinha e passem pela sala de televisão. Só depois voltem para a recepção, entenderam? Isso é muito importante.

— Mas, por que razão? – perguntou Lábia.

— Sério mesmo. Não se esqueçam, após a Madame, passem pela cozinha até a sala de televisão, combinado?

Todos concordaram e entraram. Queriam se ver livres daquilo urgentemente.

O lugar era todo feito para impressionar. Com a cor violeta como base para paredes, cortinas, tapetes e móveis, o lugar tinha quadros, imagens, velas e símbolos multiculturais em todos os cantos. Um forte cheiro de incenso dominava o ambiente, e os alto-falantes tocavam incessantemente músicas com cítaras. Era o clichê do clichê.

Todos se sentaram, e a recepcionista anotou o nome de cada um. Pela ordem, passariam com a Madame Dora: Adso, Lábia, Selene e, por último, Santiago. Ao saírem, os clientes deveriam esperar na Sala de Limpeza Áurica e não deveriam ter contato com quem ainda aguardava.

Adso foi o primeiro. Todos lhe desejaram sorte, mas, assim que o amigo sumiu, fizeram piadas sobre o lugar. Lábia foi a segunda. Nesse momento, a recepcionista se despediu, pois precisava ir ao médico. Santiago não deixou a atendente sair sem comentar:

— A Madame não sabia que você ficaria doente? Por que ela não a alertou?

A garota riu, constrangida, e saiu. Sozinhos na recepção, o casal pôde conversar mais intimamente.

— Será que ela dirá algo sobre nosso futuro? – perguntou a garota.

– Não é este o objetivo de estarmos aqui?

– Claro que é, mas quero saber se ela dirá algo sobre o nosso futuro, nosso, de nós dois juntos.

– Com certeza dirá, Selene. Mas, ainda assim, quem realmente dirá como será o nosso futuro seremos nós mesmos. Nós o faremos. E mesmo que ela diga algo que eu não goste, saberei que apenas eu faço o meu destino, mais ninguém.

Santiago não pôde evitar lembrar-se do que tinha lido sobre a Máquina do Mundo e o livre-arbítrio. Que apenas quem manipula o artefato tem realmente a liberdade plena. O resto cumpre equações predeterminadas.

Antes de Selene sair para falar com a Madame, Santiago descobriu um botão na mesa da ausente recepcionista que permitia mudar a estação de rádio que tocava cítara nos alto-falantes.

Após muito mexer, sob protestos de reprovação de Selene, Santiago achou a música que queria para oferecer à garota.

– Ouça. É "Sweet Child O'mine", do Guns'n Roses. Não sei se você conhece a letra em detalhes, mas, para mim, descreve você, seu sorriso, seus olhos e cabelos.

– Que lindo... Obrigada.

Quando o casal ia se beijar, Madame Dora apareceu atrás da cortina de miçangas e chamou:

– Selene Caruso, é a sua vez.

Santiago ficou sozinho na recepção. O atendimento de cada pessoa durava vinte minutos, porém, Adso comentara, certa vez, que a mulher conversava com cada um por quinze minutos cravados. "O que será que a Madame faz com os cinco minutos restantes?", perguntou-se, e, então, resolveu fazer um teste.

– Meu Deus, será que ela vai dizer algo sobre minha dor nas costas? – disse a si mesmo em voz alta, inventando uma falsa doença.

Minutos depois, lançou outra pergunta fictícia:

– Será que ela falará algo dos meus dois filhos? – comentou ao vento, mentindo novamente.

Passados os vinte minutos, a voz o convocou:

– Santiago Porto, é a sua vez.

Os clichês não só continuavam após a recepção, como também ganhavam proporções inesperadas. Madame Dora sentava-se próxima a uma mesa redonda, com uma bola de cristal ao centro. Todo o ambiente encontrava-se cheio de fumaça e havia pouca luz.

— Sente-se, meu filho...

Após o convite, Madame Dora jogou cartas comuns, cartas de tarô, runas, búzios, leu as mãos, olhou a borra de café, sustentou um pêndulo e balançou um nojento pé de galinha. As previsões foram as mesmas de sempre: viagem, mulher, herança e trabalho. Somente no final a vidente falou:

— E essa dor nas costas, hein, filho? Quando vai passar? Precisa estar bem para cuidar dos seus dois filhos.

Bingo! A recepção era grampeada. Microfones gravavam a conversa dos clientes e alimentavam a vidente com informações e subsídios para suas previsões.

Santiago optou por não dizer nada à Madame. Apenas agradeceu e se despediu. Sentia pena de Adso naquele momento, mas respeitava a crença de seu amigo. Enquanto saía, lembrou-se da recomendação de passar pela cozinha e cruzar a sala de televisão. E assim fez rapidamente, pois queria encontrar Selene e dar continuidade ao clima romântico, porém, ao entrar na sala, deparou-se com uma garotinha negra linda, vestida com uma jardineira *jeans* e tênis coloridos. A menina, de mais ou menos dez anos, assistia ao canal de desenhos animados, mas, ao ver Santiago, disse:

— Espere um segundo, moço. Esqueça tudo o que minha mãe lhe disse lá na outra sala. Ela usa microfones na recepção, como você percebeu.

— Percebi, mas como você sabe que eu...

— É o seguinte, Santiago, você andou muito com fantasmas, e logo poderá se tornar um deles. Eles já reclamam sua presença entre eles; por isso, cuidado.

— Como sabe meu nome?

— Santiago, você já sabe o que vou lhe dizer, não é? Sempre soube. Sinto muito, querido, mas você não é especial. Nem um pouco. Ela, a policial de sorriso lindo que passou aqui antes de você, é muito especial, como um anjo. E seu amigo, seu grande amigo e rival também, é muito especial, mas você não. Lamento. É importante que você entenda agora e não se esqueça nunca de que a felicidade dela depende do seu amigo, e não de você. Está claro?

Santiago não sabia o que dizer. Estava paralisado. Aquela menina de dez anos falava como adulta e dizia apenas frases relevantes, pertinentes, quase premonitórias. Seria verdade?

Ao sair da sala de televisão, encontrou os amigos na tal Sala de Limpeza Áurica. Adso o segurou:

— Escute bem, Santiago, o que a menina disse a você é só seu. Só pertence a você, e somente você pode decidir acreditar ou contar a alguém. E não se esqueça de uma coisa: você ouviu exatamente o que precisava ouvir naquele momento. Não significa que é uma verdade. As verdades e o futuro mudam o tempo todo. Se passarmos lá novamente, as previsões poderão ser outras.

Santiago concordou e fingiu estar contente, mas não estava. No carro de Adso, Selene lhe falou baixinho:

— Que menina incrível, não? Posso lhe contar o que ela me disse?

— Pode, claro, se quiser... Mas eu...

— Não se preocupe. Ela me disse que eu lhe contaria, mas você não me contaria, seu bobo. Ela me falou assim: Selene, sabia que sessenta por cento da população do mundo são pessoas boas? E que vinte por cento são pessoas neutras? Pois, então, saiba que quinze por cento são as pessoas más, e apenas quatro por cento são pessoas realmente péssimas, compreendeu?

— Nossa, ela ficou lhe passando estatísticas?

— Calma, não foi só isso. Fiz as contas e perguntei a ela: "E o outro um por cento que falta?". Ela me disse: "Esse um por cento nem é de pessoas. São seres realmente maus, verdadeiros demônios. Infelizmente, Selene, há um desses no seu caminho. É melhor que você pare agora de procurar aquele que tira a fala das pessoas. Se continuar procurando, é melhor se antecipar, ou, então, aquele que você gosta morrerá".

— Uau! Ela se referiu à sua busca pelo assassino, não? Parece filme de terror. E foi só isso?

— Basicamente, sim. Ela terminou dizendo que eu lhe contaria assim que saíssemos do local, e que você não me contaria porque ouviu o que sempre soube, mas nunca teve coragem de assumir. Eu fiquei curiosa, mas entendo seus motivos. Achei que ela é ótima, apesar da parte que diz que quem eu gosto poderá morrer. Não acredito em previsões de morte, mas gostei da garotinha. E você?

— Sim, sim, eu gostei muito também — mentiu.

A certa altura do caminho, Adso comentou:

– Santiago, não posso contar ainda o que a menina me falou, mas, no final da conversa, ela me disse para ligar o rádio do carro quando saíssemos do túnel. Disse que você ia se sentir bem, então, vou ligar, está bem?

– Claro, Adso. Faça o que quiser.

O jovem empreendedor da internet ligou o rádio e foi trocando de estações, até que parou em uma música específica. Selene cochichou no ouvido de Santiago:

– "Sweet Child O'mine", do Guns'n Roses. Agora você pode me dizer linha por linha o que a letra diz, que tal?

Santiago aceitou, e o casal passou o resto do caminho namorando. Apesar disso, ele não parava de pensar nas previsões feitas pela menina para si e para Selene.

38

HOSTIL PRIMÁRIO NO ENCONTRO LUNASOLE

 K'UEI

O progresso se faz pela resolução das diferenças. A reunião dos opostos traz grandes resultados.

Você usa tanto uma máscara que acaba esquecendo de quem você é.

V DE VINGANÇA
(EUA, 2005)

Finalmente, chegou a data esperada.

Aquele era o dia do encontro LunaSole calculado pelo português. Não sabiam qual seria o horário; por isso, Santiago e Valente ficaram todo o tempo rondando as imediações do Parque da Independência e do museu.

Foi impossível, para Santiago, não recordar as aulas de educação física do colégio, que ocorriam naquele bosque, devido à proximidade. Andar por aquelas árvores altas, pelo labirinto de arbustos e pelas construções clássicas o encheu de saudosismo.

No meio da tarde, um zelador anunciou que todos os visitantes deveriam sair, pois aquele era o dia da manutenção.

– Providencial! – bradou Valente para o amigo.

Voltaram, então, ao estacionamento principal, onde estava o carro de Valente. Aguardaram que todos os demais visitantes se dispersassem e retornaram para perto do parque, em frente a uma casa no estilo colonial na mesma rua.

— Bom, a única entrada possível é aquela — disse Santiago, apontando um portão verde. — As demais ficam em avenidas movimentadas e praticamente sem calçadas. Vamos esperar até termos certeza.

— Combinado. Diga-me, Santiago, que desculpas destes a Selene para não vê-la hoje? — perguntou o português. Era de conhecimento dos amigos que o casal se encontrava praticamente todos os dias.

— Ora, *Portuga*, inventei um compromisso plausível qualquer. Ela não ia gostar de saber que viemos aqui. Espere! Tem gente chegando, veja.

Dois carros pararam próximos ao portão verde. Seus ocupantes eram jovens, de ambos os sexos, arrumados para uma festa.

— Não são os LunaSole, *Portuga*. Veja seus braços, sem tatuagem.

Com a passagem dos minutos, mais pessoas foram se aglomerando na pequena entrada. Alguns homens tinham a tatuagem.

— Pelo jeito, haverá uma espécie de festa, algo misto, para não chamar a atenção — teorizou Santiago.

— Não é hora de entrarmos? — perguntou Valente, pegando uma sacola no porta-luvas.

Os rapazes haviam se preparado para o encontro. Valente pegou, de dentro da sacola, uma espécie de molde vazado de papel no formato da tatuagem dos cavaleiros e colocou no antebraço. Santiago, por sua vez, balançou uma lata de *spray* não tóxico e borrifou no braço do amigo.

— Pronto! Tatuagem LunaSole *express*! — brincou Santiago. — Minha vez.

Valente repetiu o mesmo processo no braço de Santiago. Ambos haviam trazido diversas mudas de roupa, desde casuais até trajes de gala, pois não sabiam como se daria o código de vestimenta da reunião. Com essa informação esclarecida, trocaram de roupa para não destoar dos demais participantes.

— Coloquei um botão-câmera na minha jaqueta. Faça o mesmo — disse Santiago, entregando um dos apetrechos da caixa de Adso. Para a recepção das imagens e sons captados pelas microcâmeras, usariam o computador portátil de Santiago, configurado e cuidadosamente colocado no porta-malas do carro de Valente.

Distraídos, os dois amigos não notaram a presença que se aproximou por trás do carro e abriu uma das portas rapidamente.

— Mãos ao alto! Sabiam que é proibido namorar dentro do carro?

Era Selene. Estava toda de preto, o que realçava seus lindos e claros olhos. Prendera o cabelo em um longo rabo de cavalo e, obviamente, não apontava arma alguma para os rapazes.

— Selene, o que fazes aqui? – perguntou Valente.

— Não é óbvio, Valente? Vou entrar na reunião com vocês.

— O quê? Mas... como soube? – perguntou Santiago.

— Querido, sou uma policial. Mas, mesmo que não fosse, saberia que você e Valente jamais iriam fazer teste para o time de futebol da universidade, como você me disse.

Valente dirigiu um olhar descrente a Santiago:

— Este é o teu compromisso plausível? Qualquer um saberia que é mentira.

— Selene, desculpe mentir. Precisamos fazer isso e...

— Não esquenta. Sei que você queria me proteger, o que chega a ser engraçado. Depois, falamos sobre isso. O importante agora é vocês me contarem qual é o plano para invadirmos a reunião.

— Invadirmos? Como assim? Você vai com a gente?

— Corrigindo, querido, vocês vão comigo. Quem de nós está portando uma arma?

Não parecia saudável discutir com a bela policial. Devidamente paramentados, dirigiram-se ao local de entrada. Selene optara por não colocar a falsa tatuagem. Após passarem pelo portão verde, perceberam que o grupo se dividia.

— Vejam, por aquela porta entram os tatuados. Reparem que algumas pessoas estão dobrando as mangas – observou Santiago.

— Então, teremos de nos separar – disse Selene, beijando-o e seguindo pela fila que andava mais rápido. Ao entrar, os visitantes da fila de Selene ganhavam vermelhas máscaras de festa.

Valente e Santiago entraram por último na fila mais lenta. O motivo da morosidade era que, no início da fila, também havia uma distribuição de máscaras, mas, diferente da de Selene, nesta havia dois tipos de adereço: máscaras douradas e prateadas.

O encontro era uma espécie de baile de máscaras que, aparentemente, não necessitava convite; afinal, só estariam presentes aqueles que sabiam do evento. Os Cavaleiros LunaSole entravam por uma fila separada onde escolhiam máscaras douradas ou prateadas. Já as pessoas comuns recebiam máscaras vermelhas.

– Que máscara vai querer, irmão? Dourada ou prateada? – perguntou o rapaz da porta a Valente, assim que olhou sua falsa tatuagem.

– Dê-me uma dourada, por favor.

Santiago, por sua vez, pediu uma prateada. Assim que avançaram, foram surpreendidos pelo fato de que cada um seria direcionado para um local diferente. Selene, com a máscara vermelha, foi conduzida ao salão maior do museu, localizado no subsolo. Local com grande pé-direito, todo em estilo clássico, decorado com velas e tumultuado por muitas pessoas que, ainda no início do encontro, já dançavam enlouquecidamente ao som de música eletrônica.

Santiago foi convidado a subir uma escada colonial gigantesca, onde os demais convidados com máscaras prateadas deveriam ir. Valente, ao ver a separação, comentou com o amigo:

– Deverias ter pego a máscara dourada, como eu fiz. Certamente me levarão a um local privilegiado.

– Aí é que se engana, *Portuga*. Você deve ter visto muitas vezes *A fantástica fábrica de chocolate* e pensou que estivesse escolhendo o convite dourado. Lembra-se do que estava escrito naquele texto LunaSole? "Ao aprendiz, será solicitado ouvir. Ao neófito, perguntar, e ao mestre responder. Lembrando sempre que a palavra é prata e o silêncio é ouro". Você, no caso, ficará em silêncio como todo bom aprendiz, e eu, como um neófito, poderei fazer perguntas.

Valente concordou, contrariado, e lamentou ter feito a escolha errada, enquanto era conduzido a uma ala no próprio andar térreo. Seguiu por um longo corredor e entrou no que parecia ser uma sala de aula. Todos se sentaram para assistir à palestra. No fundo, uma placa dizia: "O silêncio é ouro. Cultive-o".

A experiência de Santiago foi a mais assustadora. Após subir as escadas, chegou a um salão escuro onde todos os demais homens de máscara prateada aguardavam em silêncio. Havia um pedestal com microfone, provavelmente para as perguntas serem feitas. Em uma espécie de palco, cinco grandes cadeiras coloniais acolchoadas, com encosto alto, esperavam por seus ocupantes, que chegaram assim que o salão ficou cheio.

Não era possível ver o rosto dos homens que usavam máscaras negras maiores que as dos demais visitantes. Eram os terríveis mestres

LunaSole. Cinco, no total. O primeiro ostentava no peito o nome SATOR e tinha uma lua nova representada abaixo da palavra. O segundo, AREPO, levava uma lua crescente. O mestre do meio, TENET, ostentava um sol, e, à sua direita, mais dois mestres, OPERA e ROTAS, respectivamente marcados pelas luas cheia e minguante.

Santiago sabia que os homens levavam no peito uma referência já usada há tempos por cavaleiros templários, mas que remetia diretamente a uma frase latina, o famoso quadrado mágico.

S	A	T	O	R
A	R	E	P	O
T	E	N	E	T
O	P	E	R	A
R	O	T	A	S

O quadrado era um palíndromo perfeito, ou seja, podia ser lido em qualquer sentido. Sator era o inverso de Rotas; Arepo, de Opera; e Tenet, a palavra central, espelhava-se em si mesma. A frase podia ser traduzida como "o semeador Arepo mantém com destreza as rodas". O quadrado mágico havia sido usado como talismã em várias partes do mundo por diversos povos diferentes, tendo sua mais antiga representação em Pompeia. A "fórmula sator" apareceu em paredes, vasos, portas e amuletos, e também serviu como sinal secreto dos primeiros cristãos, uma vez que, colocadas como uma cruz, as letras formavam a expressão "Paternoster", ou seja, Pai Nosso.

A ligação com os Cavaleiros LunaSole era evidente. A frase era latina e aparecia em expressões artísticas variadas ao longo da história: poemas, esculturas, peças teatrais e composições eruditas. Lendas diziam que o criador da frase, Loreius, havia sido escravo romano duzentos anos antes de Cristo, porém, os arqueólogos descobriram, nas ruínas vesuvianas de Pompeia, a mesma frase na casa do rico Loreius Tiburtinus, morador da cidade. Teria o mesmo homem vivido quase trezentos anos ou seria uma simples coincidência?

Sempre que via o quadrado mágico, Santiago recorria à frase da personagem V, da obra *V de Vingança*, de Alan Moore:

"Não existe coincidência, apenas a ilusão de uma coincidência".

Valente, sentado em uma carteira escolar, ouviu um homem explicar brevemente a origem da Ordem LunaSole:

— Irmãos em morte, todos vocês poderão conhecer em detalhes nos livros da nossa ordem o que direi brevemente aqui. Somos herdeiros dos primeiros latinos, sabinos, úmbrios, samnitas, oscanos e etruscos. Foram esses homens que destacaram seus mais corajosos guerreiros, no início dos tempos, para se encontrarem no centro do que hoje seria a Itália e...

Valente já imaginava que a ordem tinha nascido na Itália. De italiano, o português sabia apenas que, para falar, usavam-se as mãos, mas tinha esperança de um dia estudar mais a fundo a cultura e a língua desse povo.

Santiago, no salão escuro, tentava entender como funcionava a sequência de perguntas e respostas. Aparentemente, qualquer um podia se aproximar e perguntar, mas havia um número limitado de questões. Um homem aproximou-se do microfone e questionou:

— Mestre, fale-nos a respeito do dissidente.

— Sim, excelente pergunta. O dissidente é um irmão amaldiçoado, condenado pela própria loucura. Por sua idade, já poderia ser um mestre, mas optou por sair de nossa ordem e viver escondido. Ele sabe mais sobre os mistérios antigos do que qualquer um nesta reunião, por isso é muito perigoso, sempre foi. Segundo sua própria crença, quando percebesse uma confluência de acontecimentos definitivos, ele retornaria. Soubemos que está de volta a esta cidade, andando entre comuns, ocultando vergonhosamente nossa marca, frequentando locais boêmios com filósofos e profanos — respondeu o mestre Tenet. Havia algo de satânico e ritualístico no encontro. As velas e o abuso do cetim vermelho traziam um ar de seita secreta à reunião.

Selene, na festa, caminhava entre os convidados completamente descontrolados, e sentia sua veia policial pulsar forte. Enxergava além das aparências. "Aquele rapaz está vendendo drogas, aquela garota está chapada, não há sinalização de emergência. Calma, Selene, você não está em uma batida policial", pensava, contendo-se. De repente, ouviu uma frase dita por alguém próximo demais de seu ouvido:

— E aí? A princesa está sozinha? — perguntou um rapaz alcoolizado.

Na palestra, Valente ouvia o apresentador falar a respeito dos riscos à ordem:

— Temos de tomar cuidado com ideias e pessoas. Nada é mais perigoso que isso. Ideias podem contaminar nossos irmãos em morte, desviá-los do caminho, criar traidores. Já as pessoas, mesmo ignorantes sobre nossas ações, também representam problemas. Elas tornam públicas informações secretas e sagradas, atrapalham a busca de documentos e artefatos. Essas ideias devem ser confundidas, e essas pessoas anuladas.

O português anotava mentalmente as informações da palestra, tentando valorizar ao máximo o fato de não poder se expressar. Torcia para que Santiago e Selene tivessem mais sorte.

— Atualmente, temos dois alvos claros, como vocês já sabem. O dissidente Merest e o Hostil Primário.

"Hostil Primário? Será que falam de Santiago?", pensou Valente, segurando o riso. Sua dúvida foi respondida logo, quando alguém que assistia à palestra atrás do português falou.

— Eu e o mano Waldemar aqui tentamos pegar o Hostil Primário. Ele passou um canivete na minha cara.

Valente não ousou olhar para trás ao perceber que os dois agressores de Santiago estavam tão próximos. O palestrante aproveitou para acrescentar informações:

— O Hostil Primário tem facilidade para integrar informações e teria sido um grande reforço às nossas linhas, mas, agora, é nosso principal alvo. Estamos avaliando se estenderemos a caça aos seus companheiros. Não temos certeza de que ele abriu informações, porém, como contenção, talvez os Mestres peçam a cabeça dos seus três ou quatro contatos próximos. Sabemos que ele tem alguma relação com a polícia e também é extremamente protegido pelo acaso.

Valente sentiu-se na cova dos leões, e muito longe de ser Daniel, o profeta bíblico.

Após se livrar de dois ou três flertes, Selene notou que não conseguiria obter nenhuma informação valiosa naquela festa. Foi, então, ao banheiro, onde presenciou uma garota tentando se desvencilhar de um rapaz exageradamente empolgado.

Repetiu a si mesma: "Não é problema seu, você não está aqui como policial". Mas os gritos da garota indefesa tocaram-lhe fundo. Selene aproximou-se do agressor, que lhe disse:

— O que está olhando? Quer um pouco também? Ela me deu bola a noite inteira e vai ser bem rapidinho. Assim que acabar pego você também, está bem?

Selene chutou-lhe a parte de trás do joelho, quebrando-o. Em seguida, desferiu uma sequência rápida de golpes com a mão aberta. Queixo, boca do estômago, nariz. Pronto. O rapaz desmaiou. Selene corrigiu seu pensamento anterior: "Não estou aqui como policial, mas estou como mulher".

A garota se recompôs, enquanto Selene colocava o rapaz desacordado sentado em um vaso. Era hora de sair daquela festa.

— Oi, gatinha, você vem sempre aqui? — perguntou outro homem alcoolizado, na saída do banheiro.

Enquanto isso, no salão escuro, Santiago não aguentava mais esperar para perguntar ao mestres. Assim que o microfone foi liberado, o rapaz não esperou que outro se aproximasse. Tomou posse do pedestal e pediu:

— Mestre, fale-nos sobre a Máquina do Mundo.

Sator, o primeiro mestre da esquerda para a direita, desandou a falar:

— Apesar de essa ser uma pergunta básica, cujo detalhe pode ser encontrado em qualquer livro de nossa ordem, acho válido relembrarmos. A Máquina do Mundo está em algum lugar entre a Europa e a Ásia. O homem que a manipula percebe, entende e vê a espiral dos acontecimentos, e, com isso, obtém o poder máximo sobre a vida. Os métodos divinatórios são maneiras amadoras de dialogarmos com o acaso, porém, aquele que detém o artefato percebe que não há acaso, não há coincidência, não há caos, e, ao enxergar toda a orquestra da existência, o homem é convidado a ser o próprio maestro do destino.

Enquanto Santiago ouvia o mestre, Valente vibrava pela pequena pausa na palestra, quando todos os alunos foram convidados a um café. O alívio pelo intervalo misturava-se ao medo pela presença dos dois Cavaleiros LunaSole agressores de Santiago. Mesmo sem conhecê-los, o português pôde identificá-los. Um pela cicatriz recente no rosto, e o outro pela jaqueta fétida descrita pelo amigo. Temia que eles também pudessem reconhecê-lo, de quando um deles seguiu Santiago ao banheiro do Bartenon. Para seu desespero, um dos homens aproximou-se com intuito de conversar.

Selene, após livrar-se de mais três ávidos pretendentes, voltou pelo caminho de entrada para tentar encontrar os amigos. Em um canto, notou duas caixas altas. Uma repleta de máscaras vermelhas, e outra com máscaras prateadas e douradas. Sem saber exatamente o que fazer, a bela policial apanhou um adereço dourado e subiu ao térreo em direção à sala de palestras onde estava Valente.

Santiago, após ouvir a explicação sobre a Máquina do Mundo, no salão escuro, não largou o microfone.

— Mestre, gostaria de saber sobre o poeta Camões e sua relação com a Máquina do Mundo — pediu, arriscando quebrar o protocolo da reunião.

— Sem dúvida, irmão, você está redundando, o que é ótimo para relembrarmos temas essenciais. O Príncipe dos Poetas portugueses está diretamente relacionado à Máquina do Mundo. A ele foi destinada a missão de levar esse artefato ao Rei de Portugal. Peço que você procure em mais alguns livros básicos de nossa ordem para conhecer a relação entre Camões e o Planisfério.

Valente, por sua vez, na sala de palestras, tremeu ao ser abordado:

— Boa noite, irmão, qual é o seu quadrante de atuação? — perguntou-lhe o Cavaleiro LunaSole da jaqueta malcheirosa.

Valente não sabia o que fazer. Momentos de tensão carregavam seu sotaque, e ele nem imaginava o que seriam quadrantes de atuação. Deveria responder com um número, do tipo "quadrante trinta e dois"? Ou os quadrantes levavam números e letras? Ou somente letras? Era melhor desviar o assunto, fazendo-se de louco:

— Digam-me, amigos, ou melhor, irmãos, por que temos de matar o Hostil Primário mesmo?

Os dois LunaSole pareceram estranhar muito a pergunta. Ainda que desconfiado daquele sotaque, do desvio do assunto e da pergunta, um deles respondeu:

— Dizem que aquele maldito Hostil Primário... O nome dele é Porto, Santiago Porto, está investigando documentos antigos. E dizem que é muito esperto e deveria ter sido recrutado, mas, como já está velho, tem de ser eliminado. Mas o palestrante já falou sobre isso. E então, qual é o seu quadrante? Você não me é estranho...

Repentinamente, Selene entrou na sala de palestras e pegou Valente pelo braço, tirando-o da roda de conversa.

— Vamos sair daqui, Valente?

— Muito oportuno. Aqueles dois que conversavam comigo na mesa do café são os tais que tentaram matar teu namorado. Temos de sair daqui antes que o intervalo termine e a palestra recomece.

— Sim, temos de procurar Santiago.

— Não só isso. Temos de salvar nossas próprias vidas.

— Como assim? Estamos disfarçados, não? — perguntou Selene.

Valente, fazendo-a girar e olhar para toda a sala, respondeu:

— Não sei se notastes, mas és a única mulher aqui.

O nervosismo impedira que Selene, Valente e Santiago notassem, todo esse tempo, que a Milenar Ordem dos Cavaleiros LunaSole era exclusivamente masculina. Na festa do grande salão, homens e mulheres que não pertenciam à ordem divertiam-se com suas máscaras vermelhas, porém, nos andares superiores, os visitantes de máscaras douradas ou prateadas eram apenas homens.

Alheio ao desespero dos amigos, Santiago fez mais uma pergunta aos mestres:

— Gostaria de saber sobre a Página Perdida de Camões. Onde ela está?

A pergunta pareceu criar comoção entre os demais membros LunaSole. Um dos anciãos, Rotas, levantou-se, visivelmente incomodado com Santiago, e saiu da sala. O rapaz percebeu que, provavelmente, seria descoberto.

Como se fosse obrigado a responder, o ancião Opera começou a falar:

— Os últimos passos da chamada Página Perdida que temos em nossos registros são do ano de 1600. O documento estava com um jovem português chamado Antonino, que lera o famoso livro *História da província de Santa Cruz*, de Gabriel Soares de Souza, o primeiro livro português sobre o Brasil, e conheceu, em Coimbra, os treze primeiros brasileiros que estudaram em Portugal. Um deles, morador de Santos, ficou muito amigo do rapaz. Nossos irmãos da época tentaram resgatar o documento das mãos profanas de Antonino, mas ele fugiu para o Brasil, refugiando-se na casa de seu amigo no litoral paulista.

Nesse mesmo instante, Valente e Selene tentavam sair da sala de palestras lentamente. O apresentador, notando a suspeitíssima situação, gritou:

— Rápido! Deem ordem de contenção. Há invasores em nossa reunião!

A dupla saiu pelo corredor emna maior rapidez. No sentido oposto, encontraram o ancião Rotas, que desconfiara de Santiago no salão escuro.

— Vocês aí, rápido, há um rapaz fazendo muitas perguntas no salão escuro. Creio que seja um invasor.

Valente, passando Selene para trás de si, escondendo-a da visão do homem, respondeu:

— Sim, faremos isso imediatamente, chefe, mestre, senhor... — ao responder, Valente bateu continência, confundindo-se completamente. O ancião, por sua vez, pareceu ignorar a confusão e entrou na sala da palestra, ao mesmo tempo que alguns homens tentavam sair. O choque na porta da sala foi vantajoso para Selene e Valente, que saíram do alcance dos cavaleiros rapidamente e subiram as escadas em busca de Santiago. A presença do importante ancião na sala de palestras congelou os homens e atrasou uma possível perseguição.

Santiago, por sua vez, tentou perguntar mais uma vez, mas foi interrompido pelo ancião Tenet, que ordenou:

— Basta, neófito. Peço que chegue mais próximo à luz, retire a máscara e identifique seu quadrante de atuação.

Antes que Santiago respondesse, uma campainha alta soou. Segundo depois, um homem abriu a porta do salão escuro e gritou:

— Fogo! Corram todos!

Santiago identificou a voz e o sotaque. Era Valente. Algo saíra errado. Foi impossível para o rapaz não pensar na segurança de Selene.

Com a grande confusão instaurada, Santiago correu para a porta, onde o esperavam Valente e Selene. Juntos, os três desceram a grande escada misturados à multidão que se somava ao público das palestras e da festa.

— Por aqui! A pequena porta não vai dar vazão à saída de todos — avisou Santiago, sugerindo uma saída lateral.

Correram rápido por uma passagem cheia de quadros que remetiam à Proclamação da Independência, porém, não contavam que, no fim do corredor, um Cavaleiro LunaSole os aguardava.

— Contenção! Identifiquem-se! — gritou, aproximando-se agressivamente.

Valente e Santiago se prepararam para brigar, mas foi Selene quem resolveu a questão sacando sua arma escondida na perna.

— Para o chão, agora!

O cavaleiro se deitou com as mãos sobre a cabeça, e o trio passou por cima. Enquanto atravessavam a porta, ouviram o homem proferindo uma prece:

– Morrerei amanhã, morrerei amanhã...

Nos jardins do parque, o trio jogou fora as máscaras e se escondeu, enquanto a grande massa de convidados corria para fora do museu.

– Não é seguro sairmos. Vamos esperar os bombeiros chegar – sugeriu Santiago.

– Vai demorar, não? E se os cavaleiros resolverem fazer uma busca pelo parque? – perguntou Selene.

– O Corpo de Bombeiros fica no prédio ao lado. Em menos de um minuto escutaremos as sirenes – respondeu o rapaz, acertando brilhantemente em sua previsão.

Atrás dos bombeiros, curiosos e moradores apareceram para aumentar ainda mais a confusão, formando o cenário ideal para Santiago, Selene e Valente saírem tranquilamente.

O trio notou que a grande maioria havia se livrado das máscaras, o que dificultava dizer quem pertencia a qual grupo.

– Diga, Santiago, a aventura valeu a pena? – perguntou Selene, quando já estavam em segurança.

– Sim. Descobri muita coisa. E vocês?

– Da minha parte, descobri que posso chamá-lo de Hostil Primário.

39

AURORA

 CHIN

*A firmeza traz o sucesso.
Quando uma obstrução
impede o progresso,
o homem superior retira-se.*

*Todo corpo continua em seu estado
de repouso ou de movimento
uniforme em uma linha reta,
a menos que seja forçado
a mudar aquele estado por forças
aplicadas sobre ele.*

Primeira Lei de Newton

Há muitos anos, Aurora, a mulher mais bonita do bairro, casou-se com Mário, o mais violento rapaz da região. Ele não era Mário Lago, mas ela era sua Aurora, e, sempre que chegava em casa bêbado, antes de bater na mulher, cantava:

– Se você fosse sincera, ô ô ô ô, Aurora. Veja só que bom que era, ô ô ô ô, Aurora.

Eram tantas e tantas surras semanais, que Aurora deixou de ter gosto pela vida. Quando o pequeno Hélio nasceu, passou a fazer parte da surra também. Às vezes, apanhava antes, outras, depois da mãe. Vez ou outra, quando queria quebrar a rotina e fugir do tédio, Mário batia nos dois ao mesmo tempo.

Quando Mário matou Aurora de tanto bater, passou a usar apenas Hélio como saco de pancadas. E a surra era grande, profunda, vasta, intensa. Deixava marca, riscava, cortava, furava, luxava, quebrava. Por isso é que antigamente havia a teoria de que Hélio talvez fosse o sujeito mais feio da região.

O pior é que, mesmo sem Aurora, Mário ainda cantava antes de começar a pancadaria:

– Se você fosse sincera, ô ô ô ô, Aurora. Veja só que bom que era, ô ô ô ô, Aurora.

Um dia, um amigo de Hélio perguntou:

–Você já pensou em fugir pra ver no que vai dar?

Como apanhara muito no dia anterior e não estava ouvindo muito bem, Hélio pensou ter escutado:

–Você já pensou em rugir e revidar?

Apesar de ter achado muito estranha a sugestão de rugir, Hélio tentou no mesmo dia. Primeiro, esperou Mário entrar em casa com sua cantoria:

– Se você fosse sincera, ô ô ô ô, Aurora. Veja só que bom que era, ô ô ô ô, Aurora.

Então, correu para a sala e fez o que o amigo havia sugerido, ou, pelo menos, o que ele tinha entendido como sugestão. Urrou como um leão e revidou. Não conhecia a própria força, e não sabia que tinha nascido para aquilo. De tanto apanhar de variadas maneiras, já não se abalava nem sentia dor.

Espancou o pai até a morte. Na verdade, mesmo depois da morte de Mário, o rapaz continuou batendo.

Como era menor de idade, Hélio foi para um reformatório cheio de criminosos, porém, invertendo todas as probabilidades, não se tornou mais um aprendiz do crime. Pelo contrário, botou ordem de tal maneira no reformatório que ninguém, fosse bandido, guarda, funcionário ou visitante, pisava fora da linha por medo de apanhar muito. Acabou com o tráfico e as armas naquela unidade e, quando saiu, a primeira decisão que tomou foi entrar para a polícia. Só nunca conseguiu superar o ódio por marchinhas de carnaval.

Naquela tarde, despertou amarrado a uma cadeira presa a uma chapa de ferro. Imediatamente, lembrou-se da luta com o Psicopata das Línguas, e agradeceu por estar vivo. Sabia que logo o homem chegaria para cumprir seu ritual de morte. Havia certa curiosidade por parte de Hélio, mas a vontade de sair daquele local era maior.

Quando o Cabo das Tormentas chegou, sorrindo, Hélio riu mais ainda da cara machucada do assassino.

– Doeu, não foi, filho da mãe? – perguntou ao gigantesco homicida, que se dirigiu à bancada e ligou "Eclipse Oculto" no último volume.

"Pelo menos não é Aurora", pensou o policial, admirando cada gesto do assassino, que sumiu de sua vista e retornou com as duas caixas.

– O que é isso? Maquiagem? Vai me maquiar agora, é?

O Cabo das Tormentas atirou as caixas ao chão, e Hélio viu seu conteúdo:

– Ah, então você guarda as línguas, é? Faz coleção? Quando eu sair daqui não terei dificuldade em culpá-lo, já que você guarda lembranças, não é covardão?

Cabo das Tormentas não resistiu e esmurrou Hélio, que riu mais alto ainda.

– É isso que você faz? Que fofo! Estou louco pra contar para a imprensa!

Não aguentando mais aquela situação, o assassino pegou o pesado alicate e segurou o rosto de Hélio, que lutou bravamente, desvencilhando-se. Irritado, Cabo das Tormentas sentou-se no colo do policial e agarrou fortemente seu pescoço. Aproximou o alicate lentamente, até que Hélio cabeceou a ferramenta para longe.

O gigantesco criminoso afastou-se para retomar o instrumento, e Hélio anunciou:

– Você é pesado, meu camarada. Não devia ter sentado no meu colo. A estrutura não aguentou nosso peso. Desde a hora que acordei tentei fazer isso, agora consegui.

Com grande esforço, Hélio desgrudou a cadeira da chapa e, em pé, pôde se soltar. O gigante, desesperado, atirou o alicate no policial, que se desviou e partiu para cima do assassino com muita raiva e vontade. Seus braços ainda estavam presos, mas o importante é que as pernas, treinadas anos a fio, seriam as armas perfeitas.

O Cabo das Tormentas não temia ser preso, mas, naquele instante, temeu apanhar. O ódio, antes aliado do assassino, agora fortificava o policial a cada chute que desferia em seu oponente. Após dezenas de chutes indefensáveis, Hélio desferiu, com exatidão, duas pernadas giratórias no rosto do Psicopata das Línguas, que caiu no chão, derrotado.

Hélio, então, correu para a bancada e desligou o rádio irritante. Em seguida, buscou por algo que cortasse a corda e livrasse suas mãos. O local era repleto de ganchos e correntes que serviram bem. Com as mãos livres, pegou seus pertences no chão e correu para a porta da masmorra.

Um som metálico o fez parar. O que poderia ser? Onde estava exatamente? Jogou seus objetos no chão e procurou pela sua arma. Tinha sumido. Era melhor correr logo e pedir reforços. Abriu a porta de ferro que o liberaria para a rua e..."buuum".

Hélio levou um tiro certeiro, da sua própria arma, bem no rosto. Como o Cabo das Tormentas tinha aparecido do outro lado da porta, o policial jamais saberia. Na verdade, havia inúmeras passagens secretas providenciais espalhadas pelo local, que o assassino conhecia muito bem. Por isso, ao despertar dos chutes, o criminoso pegara a arma e se dirigira para a porta externa, à espera da fuga de Hélio. Foram segundos sincronizados, que culminaram no policial caído no chão com o rosto desfigurado pelo tiro.

Com muita pressa, o assassino jogou Hélio na van e dirigiu o veículo para bem longe de sua masmorra, lançando o corpo do policial em uma esquina do bairro do Brás.

O Cabo das Tormentas achou que Hélio estava morto, mas, graças a uma garota de programa que passava por ali, e que era, providencialmente, namorada de um paramédico que estava chegando ao local, o policial recebeu atendimento imediato e não morreu.

Agora, não haveria mais dúvida de que Hélio era o sujeito mais feio da região.

40

NOVA VIDA

 HSIEH
Quando o problema for solucionado, a rotina poderá ser retomada.

Assim como uma pessoa coloca uma nova roupa após desfazer-se das velhas, similarmente, a entidade viva, ou a alma individual, adquire um novo corpo após jogar fora o velho corpo.

BHAVAGAD GITA, 2.22

Os dias seguintes à reunião LunaSole foram turbulentos.

As informações recolhidas eram, de certa forma, surpreendentes. Havia um LunaSole dissidente, jurado de morte, detentor de informações valiosas. Esse homem estava próximo.

A Milenar Ordem dos Cavaleiros LunaSole apresentava características de seita, segundo a reunião no salão escuro. Mas também parecia uma escola militar, de acordo com a palestra presenciada por Valente. Originalmente italiano, o grupo era exclusivamente masculino, dividia-se em quadrantes de atuação e considerava Santiago um alvo, chamando-o de Hostil Primário.

Para eles, Santiago poderia divulgar informações secretas e estaria envolvido em alguma pesquisa perigosa com documentos antigos. Um dos perseguidores de Santiago chamava-se Waldemar, e demonstrara interesse em atacar também os amigos do rapaz.

Alguns livros relacionavam Camões e a Máquina do Mundo, e, segundo os mestres, o poeta havia procurado o artefato em suas viagens. Provavelmente, a Página Perdida continha instruções a respeito da localização do artefato.

Não se sabe como, um rapaz chamado Antonino veio para o Brasil com a Página e morou em Santos. Essa foi a última informação a respeito do documento que, já estava claro para Santiago, continha informações sobre a Máquina do Mundo muito além do que já existia em *Os Lusíadas*.

Como a página foi encontrada após o naufrágio, por quem e como esse rapaz a pegou eram mistérios não tão importantes quanto o caminho do documento após chegar ao Brasil.

Santiago e Valente conversavam na padaria próxima à universidade. Selene havia ligado e dito que não poderia comparecer ao encontro. Segundo ela, o capitão Hélio estava internado, em coma, vítima de um tiro no rosto disparado pela própria arma, que estava desaparecida. O palpite da polícia era de que o chefe do morro ou alguém ligado ao tráfico havia atentado contra o policial.

Selene contou também que todas as pessoas da fotografia do colégio estavam sendo interrogadas, e seus álibis seriam checados em seguida. O juiz não permitira escolta a um número tão grande de pessoas, e como a escola citada por Valdirene tinha sido desativada há alguns anos e o terreno vendido, os documentos remanescentes de tantos anos letivos estariam arquivados em lugares separados e não catalogados.

"A burocracia a favor do criminoso", pensou Santiago.

– Iremos para a cidade de Santos? – perguntou Valente.

– Sim, com certeza, *Portuga*. Antes, procurarei nos Archivos Antigos qualquer referência sobre um português chamado Antonino que tenha vindo para Santos no século XVII. Isso poderá ajudar – respondeu, enquanto desenhava em um guardanapo um coração formado por duas letras S.

– O que é isso, rapaz? Estás apaixonado?

Constrangido, Santiago rabiscou o desenho.

– S de Santiago, S de Selene. Que engraçado. É como Superman, lembras? Lana Lang, Lois Lane, Lex Luthor. Todos com iniciais L. Já pensastes nisso? Por que será que os criadores fizeram isso?

– Existem várias teorias, *Portuga*. Já li várias besteiras a respeito, mas nunca o motivo verdadeiro, que é bem simples e inofensivo. Os criadores do Superman, Jerry Siegel e Joel Shuster, eram judeus. Em hebraico, Deus é El; veja, Daniel significa "Deus é meu juiz"; Rafael, "companheiro de Deus"; Miguel, "aquele parecido com Deus". Todos terminam em El, que é a pronúncia inglesa da letra L. Os criadores, para enfatizar a letra L, deram aos personagens nomes com a inicial nessa letra. Para confirmar essa descoberta que fiz ainda na infância, perceba que o nome original do personagem Superman é Kal-el, e de seu pai, Jor-el. É a letra L sempre presente.

– Sensacional. Fizestes esta descoberta ainda na infância?

– Sim, sempre adorei quadrinhos, e meus vizinhos eram judeus. Mas, voltando aos nossos planos, sugiro que...

– Que planos? – interrompeu Adso, chegando de surpresa.

– Adso? Oi, como vai? – cumprimentou Santiago.

– Caras, eu sabia que encontraria vocês aqui. Estava ouvindo uma música dos Beatles chamada "Girl", já ouviram?

– Humm, acho que já ouvi, mas não me lembro...

– Então, muitas vezes, quando alguém mexe com uma mulher na rua puxando o ar entre os dentes, esse tipo de ação é considerada grosseira, porém, ouvi essa música dos Beatles hoje e percebi que eles faziam isso no refrão. Ouçam...

Além da chegada inesperada, Adso surpreendeu a todos colocando a música do quarteto de Liverpool para tocar alto em seu celular. Os amigos constataram que, a cada refrão, Lennon dizia "Girl" e fazia o característico som citado por Adso, mas que – longe de ser uma grosseria – lembrava um suspiro apaixonado.

– Ok, ok, você tem razão. Abaixa isso, por favor, todos da padaria estão olhando – pediu Santiago, imaginando que muitas pessoas ouviam música de gosto duvidoso no mais alto volume sem ser importunadas, mas que, se alguém ouvisse Beatles da mesma maneira, provavelmente seria censurado. Este era o mundo moderno.

Adso sentou-se com a dupla. Parecia alterado.

– Bom, mas não vim aqui falar sobre isso. Vim me recrutar.

– Recrutar? O que queres dizer? – perguntou Valente.

– Não vem que não tem, Valente. Eu sei que você e Santiago andam tendo fortes emoções, mas não sei o que é. Emprestei uns materiais para Santiago, coisa pesada, e nem sei a verdadeira razão. Vamos, digam-me no que se meteram e como posso ajudar.

Santiago tomou a palavra:

– Olha, Adso. Você é um grande amigo, e tememos que se machuque. Estamos realmente metidos com coisas perigosas e...

– Eu sei que não é somente o lance do Psicopata das Línguas no qual vocês trabalham como consultores civis. Tem alguma outra coisa. É dessa que falo – cortou Adso, incisivo.

Valente e Santiago ficaram em silêncio. Não sabiam se envolveriam Adso, mas também não gostariam de mentir para o amigo.

– Não me culpem por ser intrometido. Eu nem imaginava nada até aquele dia que fomos à Madame Dora. Achei a previsão da menina muito enigmática e preferi não comentar nada, até passar aqui em frente à padaria e vê-los. Vejam, naquele dia, a filha dela me falou o seguinte.

Então, apertando alguns botões no celular, o empreendedor colocou para tocar outra gravação, não mais a música dos Beatles nem em um volume tão alto. Era a voz da menina vidente que dizia:

Sem você, eles jamais encontrarão o tesouro. Sem você, a missão ficará incompleta. Ofereça ajuda. Recrute-se. Você poderá salvá-los e, dessa maneira, salvar a si próprio. Essa é sua busca pessoal, sua espada espiritual. Não fale nada a eles até encontrá-los na nova vida.

Valente e Santiago permaneceram em silêncio, tentando fingir que não sabiam que estavam tomando café na Panificadora Nova Vida.

Luciano Milici

PAPÉIS DE SANTIAGO: PROJETO "ANNA E OS *CUPCAKES*"

Junior, como vai? Aqui é o Santiago Porto, nós nos conhecemos naquela festa da editora, lembra-se?

Segue abaixo aquele projeto que lhe falei, chamado "Anna e os *cupcakes*", que acredito seria um sucesso estrondoso como série de TV. Mistura mistério, ação, comédia e romance com sobrenatural e fantasia. Dá uma lida e me diz o que achou:

Projeto: "Anna e os *cupcakes*"
Formato: Série de TV com 12 episódios de uma hora por temporada.
Sinopse: Anna é garçonete em uma lanchonete em decadência localizada em uma pequena cidade do interior de algum Estado central do Brasil. O local é todo colorido e cheio de luzes de neon, para dar um clima estranho.

Não é informado como, mas a série começa com Anna despertando de um coma de dois meses e recuperando sua rotina de vida. A princípio, ela não se lembrará de seu acidente e dos últimos dias que o antecederam, porém, ao retomar suas atividades, conviverá com as pessoas de sempre, que, estranhamente, estarão mudadas.

Deixaremos no ar: quem mudou? Anna ou o mundo?

Em seguida, ficará claro que há uma conspiração na lanchonete e na cidade. Algo misterioso. Seu namorado e os demais funcionários parecerão estranhos, e, aos poucos, inumanos.

Anna perceberá detalhes lentamente, mas, o mais importante é que, certa vez, ao fechar a lanchonete, Anna se deparará com uma misteriosa geladeira de doces na qual encontrará um único *cupcake*. Estranhando a presença do doce (que não faz parte do menu da lanchonete), a garota não resistirá e o comerá e, ao fazê-lo, terá visões de fragmentos dos últimos dias antes do seu coma.

A cada visão, novos mistérios para serem solucionados nos arredores da cidade, e cada mistério revelará parte da surpreendente realidade conspiratória na qual Anna é vítima, e seu namorado, patrão e amigos não são bem o que parecem.

Anna nunca saberá como os *cupcakes* aparecem na geladeira e como trazem as visões; sentirá, porém, que eles são bons e estão lá para ajudá-la. Ela entenderá, aos poucos, que as pessoas que a cercam escondem segredos mórbidos, assustadores e sobrenaturais.

A salvação de sua própria alma, da alma daqueles que ela ama e até do destino do mundo estará nas mãos dessa simples e charmosa garçonete, com aqueles *cupcakes* mágicos.

É isso, Junior. Aguardo uma previsão de sua agenda para nos encontrarmos para conversarmos sobre este e outros projetos, ok?

Abraços,
Santiago Porto

41

SANTOS E O SOCO INGLÊS

 SUN

Quando os recursos internos são escassos, não se envergonhe da simplicidade.

Ipupiara: i.pu.pi.a.ra sm (tupi ypupiára) Folc. Mito aquático brasileiro, meio homem, meio animal, ataca homens e mulheres ribeirinhos ou de beira-mar, chupando-lhes o sangue num abraço fatal. Vira embarcações, persegue pescadores e quem vai buscar água nas fontes.

MICHAELIS – MODERNO
DICIONÁRIO DA LÍNGUA PORTUGUESA

Santiago relutou muito em envolver Adso na empreitada. Edna Enim ficaria enfurecida se soubesse que a busca de um homem só estava se tornando a gangue do Scooby Doo ou, pior, de Camões.

Contrariado, Santiago aceitou a participação de Adso com a condição de que só lhe contaria detalhes aos poucos. O rapaz concordou com os termos, e Valente sentiu-se mais aliviado em ter outro amigo antigo envolvido com a Página Perdida.

Depois de muita pesquisa, Santiago descobriu a localização dos registros de portugueses no primeiro centenário do Brasil. Marcaram a visita aos arquivos de Santos para a semana seguinte, porém, apenas Santiago conseguiu dispensa do emprego. O departamento de Valente era muito mais rígido e não liberava os funcionários como Traditore fazia.

Adso buscou Santiago em casa. Vestia uma camiseta nova com a frase "Camões Gang", para desgosto do amigo, que deixou para alertá-lo da importância da discrição durante a curta viagem.

O rádio do carro tocava "Don't stop believin'" da banda americana Journey. Assim que Santiago entrou no carro, Adso perguntou:

— E aí, qual é plano?

— Por enquanto, iremos até o prédio de registros e pediremos informações sobre um português chamado Antonino. Leremos o relatório e voltaremos para São Paulo. Simples.

— E se não deixarem a gente ver? Podemos usar de métodos menos ortodoxos? — perguntou o empreendedor, mostrando um soco inglês prateado e reluzente. Santiago não entendeu a insinuação, mas também não quis esclarecê-la. O pesado objeto com furos para encaixe dos dedos trazia à mente a imagem de conflitos, sangue e muitos dentes quebrados.

Chegaram rápido à cidade litorânea, admiraram os prédios tortos pelo chão arenoso e a arquitetura mista daquela cidade com economia crescente, em que todo dia 13 de junho se torna capital simbólica de São Paulo. O prédio dos registros ficava no centro da cidade. Pararam o carro em um estacionamento próximo e caminharam.

Ao contrário do que Santiago esperava, o departamento em nada se assemelhava aos Archivos Antigos. Era uma grande repartição pública com um único balcão e um funcionário. Atrás do homem, centenas de prateleiras de ferro com livros, arquivos e documentos aparentemente desorganizados.

— Com licença, senhor. Como faço para obter um documento? — perguntou Santiago ao homem obeso, com camisa extremamente apertada e manchada pelo suor, barba por fazer, cabelos ensebados e despenteados, palito de dente na boca e expressão de pouco-caso.

— O que é? — perguntou o homem sem olhar para a dupla.

— Como faço para...

— Precisa trazer uma via amarela com autorização do delegado-geral. Depois disso, demora entre trinta e quarenta e cinco dias úteis para que o documento seja localizado.

— Tudo isso? Mas...

— Onde conseguimos essa via amarela? — perguntou Adso.

O homem levantou os olhos e, finalmente, os encarou. Provavelmente, ninguém nunca tinha perguntado a localização da via amarela.

O homem largou a revista que lia e mexeu em gavetas empoeiradas, até que achou um bloco velhíssimo com folhas desbotadas, que, talvez, um dia, tinham sido amarelas.

Sem falar nada, jogou o talão sobre a mesa e voltou a ler sua revista. Os rapazes olharam a ficha, que mais parecia um pequeno formulário. Não era preciso ter a percepção de Santiago ou a capacidade empreendedora de Adso para notar que aquele documento era velho.

Além de campos de preenchimento desatualizados, havia um item sobre a necessidade de pagamento de uma taxa de 5.700 cruzeiros para que o delegado-geral carimbasse a via.

Desconsiderando o fato de que a moeda oficial do Brasil não era mais o cruzeiro desde 1993, havia a possibilidade de as regras burocráticas terem mudado desde aquela época.

— Diga, senhor, há algum telefone para que descubramos mais detalhes? — pediu Santiago, educadamente, apesar de estar com uma grande vontade de gritar com o homem.

— Sim, ali no canto tem um telefone — respondeu, apontando um aparelho telefônico antigo, acinzentado, com números desgastados.

Santiago respirou fundo e, notando que o homem lia uma revista de literatura, tentou uma nova estratégia:

— Notei que o senhor gosta de ler, não é? Sabia que escrevi um livro? Chama-se *As incríveis aventuras do Capitão Astrolábio*. Já ouviu falar?

O homem levantou o olhar novamente e tirou, do meio da edição literária, a publicação que realmente estava lendo. Era uma revista pornográfica dos anos 1970. Em seguida, impaciente, colocou uma placa sobre o balcão, na qual se lia:

Horário de Almoço.

Foi o estopim para Santiago começar a gritar:

— Almoço? É muita arrogância sua, seu folgado! Quero que você busque um documento para mim. É muito importante e...

Adso o puxou pelo braço para fora daquele inferno de descaso. Ainda assim, indignado, Santiago continuou a reclamar:

— Adso, é sério, temos de procurar uma maneira de obter aquele documento. Estou pensando em voltarmos aqui à noite, invadirmos e...

— Calma, calma. Senti a aura daquele homem no momento em que entramos. Ele é irredutível. Espere aqui. Não venha atrás de mim, ok? — disse o amigo retornando à repartição.

Santiago estava com tanta raiva que não pretendia olhar novamente para o funcionário público, por isso voltou para o carro e esperou. Meia hora depois, considerou que algo tinha acontecido, e que, provavelmente, Adso estaria com problemas.

Desceu do carro e retornou à repartição, pronto para um possível conflito, mas, antes que conseguisse entrar, encontrou Adso saindo com um livro na mão.

– Venha, vamos logo. Nesse livro estão os detalhes que procuramos – disse, apressado, o jovem empresário.

Santiago o acompanhou sem entender. Assim que iniciaram a viagem de volta para São Paulo, o rapaz folheou o livro trazido pelo amigo e comemorou:

– Uau! É isso mesmo!

– Desculpe ter demorado, mas é que não encontrava o livro correto em meio àquela bagunça.

– Sem problemas! Diga-me, como conseguiu?

Adso gabou-se:

– Tive de usar o soco inglês.

– Como assim? Você agrediu aquele homem?

– Claro que não. Sou completamente contra a violência, você sabe. Dei a ele o soco inglês em troca do livro. Segundo conversamos, sua área foi esquecida em meio a divisões burocráticas de diversos governos diferentes. Hoje, ele não tem chefe ou função, apenas marca o ponto e recebe salário. Não há mais delegado-geral e ninguém nunca entra ali.

O sentimento de Santiago passou de ódio a pena em segundos. Não havia nada mais triste do que alguém sem propósito na vida. Era como um cadáver ambulante. No caso daquele homem, até o cheiro era semelhante ao de alguém que já morreu.

O livro obtido por Adso era um registro reescrito seguidas vezes, ou seja, não era um documento original. Nele, havia informações sobre os moradores de Santos vindos de Portugal entre 1610 e 1628. Logo na primeira linha era possível ler:

Antonino, português, filho de Antônio. Morador da Gruta da Estrada Real. Morto em 1622 por ataque de Ipupiara. Não deixou nenhum bem, nem uma faixa de tecido.

42
A NOITE DE TODOS OS MEDOS

I

Aqueles que estão em poder devem se sacrificar para conquistar fé de seus seguidores.

Uma ave negra, friamente posta
Num busto, acima dos portais,
Ouvir uma pergunta e dizer em resposta
Que este é seu nome: "Nunca mais"

O CORVO,
EDGAR ALLAN POE
(TRADUÇÃO: MACHADO DE ASSIS)

À noite, no apartamento de Santiago, os amigos se reuniram para atualizar o quadro de cortiça com as novas informações. Adso não conhecia a exata dimensão das descobertas dos amigos até olhar aquela representação visual.

– Bom, o próximo passo natural é irmos às grutas para descobrir vestígios arqueológicos da passagem de Antonino por ali – propôs Santiago.

Selene, alheia à conversa, preocupava-se com a saúde do colega Hélio – em coma aparentemente irreversível – e com quem seria a próxima vítima do maníaco. Adso também não tinha a intenção de participar:

– Gente, eu não vou, e peço que vocês também desistam dessa ideia ridícula – disse o empreendedor.

– Mas, Adso, não achas que é, como Santiago bem falou, o passo natural de nossa pesquisa? – questionou Valente.

— Pesquisei profundamente esse bicho que matou Antonino, o tal Ipupiara, e descobri algo terrível: ele não existe — disse Adso.

— Ora, isso é ótimo, não? — perguntou Santiago.

— Pelo contrário. Minha experiência me diz que tudo o que, normalmente, dizem que não existe é porque não conseguem explicar seus efeitos cientificamente. Sério. Quando voltamos de Santos, li com cuidado tudo o que diz respeito ao Ipupiara, e lhes digo que são histórias horríveis.

Adso mostrou aos amigos inúmeras lendas. Começou com as mais conhecidas, como a do lobisomem e dos chupa-cabras. Em seguida, o empresário as relacionou com outras criaturas estranhas presentes na história mundial e, por fim, lhes apresentou uma ciência apócrifa chamada Criptozoologia, o estudo de animais lendários, mitológicos, hipotéticos, extintos ou vistos por poucas testemunhas.

Segundo Adso, o historiador português Pero de Magalhães Gandavo narrou que a Vila de São Vicente foi aterrorizada por um Ipupiara até que um homem chamado Baltasar Ferreira matou a criatura com sua espada. As testemunhas da época, bem como os cronistas, documentaram que o ser media mais de três metros de comprimento. O cronista Fernão Cardim, um jesuíta, dizia que essas criaturas repulsivas matavam suas vítimas abraçando-as e as sufocando. Em seguida, devoravam os olhos, narizes, pontas dos dedos e genitálias.

Adso contou que, em algumas pesquisas, o Ipupiara aparecia como mulheres formosas que se transformavam em seres bestiais e famintos. Segundo o jovem empresário, o historiador Jean de Léry, em seu livro *Viagem à terra do Brasil*, contou que, certa vez, sua embarcação fora atacada por um peixe com garras que tentara virar o barco. Ao decepar a mão da criatura, puderam constatar que o membro era idêntico ao de um homem. O ser, ao perder a mão, colocou a cabeça para fora d'água, e todos no barco tiveram certeza de que era uma cabeça humana.

— Até o padre José de Anchieta, quando contou sobre o Brasil em suas *Cartas de São Vicente*, chegou a se referir aos homens-sapo e outras tribos de seres estranhos que habitavam o país.

Os amigos não contiveram o riso. Adso entendeu a descrença de todos, mas pediu para não acompanhá-los na aventura que ocorreria no próximo domingo. Selene também não poderia ir, pois seria dia de plantão.

No domingo bem cedo, portanto, Santiago e Valente dirigiram-se ao trecho da Estrada Real chamada Estrada Velha, onde as cavernas se localizavam. Sabiam que não seria possível percorrer todo o caminho de carro; por isso, prenderam bicicletas no carro de Valente e seguiram para a aventura.

O trecho de oito quilômetros de pura descida levou três horas para ser completado. A vista da Mata Atlântica, em toda sua rica biodiversidade, somada à arquitetura histórica brasileira, tirou o fôlego de Valente e de Santiago mais do que as pedaladas descendentes.

A chamada "Estrada da Maioridade", inaugurada em 1844, levava este nome por conta da emancipação de Dom Pedro II. Vinte e dois anos antes, porém, Dom Pedro I subiu pela mesma estrada no dia 7 de setembro para proclamar a Independência do Brasil às margens do riacho Ipiranga, exatamente no parque onde Valente, Selene e Santiago presenciaram o encontro LunaSole.

Em certo ponto da descida, Santiago e Valente pararam para beber água próximo a uma das muitas cachoeiras do trajeto.

– Santiago, Adso nos deixou uma lista de prováveis lendas folclóricas da região. Interessado?

– Guarde para a volta, *Portuga*, ainda temos uma hora de caminhada fora da estrada até as grutas.

O asfalto deu lugar à estrada de terra. Esta, metros adiante, se transformou em uma trilha. A dupla seguiu até que surgiu uma pequena clareira onde pessoas da região se divertiam.

– Boa tarde, você sabe onde encontro essas grutas? – perguntou Santiago, mostrando um mapa a um homem que brincava com seu filho.

– Boa tarde. Sei sim. Fica logo ali. São as grutas da casa da pedra. O que os senhores querem lá?

– Bem, na verdade, queremos explorá-las.

– Olha, elas não são grutas de exploração, viu? São muito curtas e pequenas. Além disso, das três que existiam, apenas uma está vazia, as outras duas têm moradores.

– Tem gente morando nas grutas?

– Ah, sim, com certeza. Pessoas muito pobres, mas muito boas também. Venha, vou lhes apresentar as famílias.

O amistoso homem os levou às grutas, que realmente eram bem pequenas, mas cheias de pedregulhos e buracos. Era possível esconder objetos e documentos dentro delas por séculos, protegendo-os da umidade e da ação do tempo.

Valente e Santiago perceberam que, além dos moradores, muitos turistas caminhavam pelo local nos fins de semana. A dupla temeu assustar os moradores com perguntas logo na chegada; por isso, fingiram ser curiosos e aprenderam bastante sobre a região e o povo que lá vivia.

Com o início da noite, perceberam, tarde demais, que não havia como ir embora sem a luz do sol. Os turistas já haviam partido, e restou aos dois contarem com a hospitalidade dos moradores para garantir o pernoite.

– Portuga, tive uma ideia. Devíamos dormir na caverna desocupada. Então, aproveitaríamos para procurar algum documento lá. Caso não encontremos nada, amanhã perguntaremos aos moradores das outras grutas sobre os itens que buscamos, o que acha?

Valente concordou. Estava muito cansado, e o que mais queria era dormir, independentemente do local escolhido. Assim que Santiago avisou aos moradores que dormiriam na terceira gruta, foram alertados por um deles:

– Acho melhor vocês dormirem aqui na minha casa ou na gruta da outra família. Aquela gruta vazia não presta não.

– Por quê? – perguntou Santiago, imaginando uma infestação de insetos ou algum tipo de infiltração.

– Lá – disse o homem – é a chamada Gruta do Ipupiara. Há uns trezentos anos, um jovem que morava lá morreu. A história ficou famosa até em Portugal, porque dizem que esse bicho é metade peixe, metade homem.

Santiago e Valente não conseguiram esconder a empolgação:

– É nessa mesmo que queremos dormir. O senhor nos mostra onde fica?

O homem relutou, mas, no fim, concordou. A gruta era exatamente como as outras, porém estava vazia e com mínimos sinais de intervenção humana. A dupla rapidamente limpou o lugar e se instalou. Da mochila, Valente retirou a lanterna vinda da caixa de Adso e a acendeu. O facho de luz era inacreditavelmente forte.

–Vou procurar pela Página – anunciou o português, que dava sinais de que todo seu cansaço havia desaparecido.

– Faremos isso juntos, *Portuga*.

A checagem milimétrica da gruta durou quarenta minutos, e nada foi encontrado.

– Nem uma bituca de cigarro, nem um pedaço de papel ou copo plástico – comentou Santiago.

– O orgulho dos protetores do meio ambiente – brincou Valente.

O plano alternativo era esperar até amanhecer para procurar mais uma vez na gruta. Em seguida, conversariam com os moradores das grutas habitadas. Tentaram dormir, mas, em seus colchonetes, o sono não vinha.

– Diga-me, *Portuga*, a que horas o Ipupiara vai chegar? – brincou Santiago.

– Acho que ele não vem, Santiago. Ele falou que ia ao bar com o Saci e o Fradinho da Mão Furada.

– Fradinho da Mão Furada? Esse eu não conheço, *Portuga*. É folclore ibérico?

– Sim. É um tipo de duende que realiza desejos e prega peças. Ele também se deita sobre as pessoas e lhes dá pesadelos.

– Nossa! Ótima personagem, *Portuga*. Do seu país, eu só conhecia as Mouras Encantadas.

– Ah, sim. As mouras. Note que há uma relação entre elas e o Ipupiara, Santiago. As Mouras são garotas enfeitiçadas que guardam tesouros dos homens expulsos da península. Ficam em grutas, ruínas e rios, cantando e enfeitiçando jovens, à espera de heróis para desencantá-las. Alguns povos as confundem com as Janas, mas não há relação entre as crenças. Estas são mulheres invisíveis, às vezes relacionadas com velhas bruxas.

Santiago adorava conhecer lendas do mundo inteiro, principalmente porque isto lhe dava subsídios para histórias de suspense e horror.

Minutos de conversa depois, a dupla caiu no merecido sono. Santiago, com a mente excitada e o corpo cansado, teve um sonho ruim.

Viu-se caminhando pelo apartamento, passando pela sala e pelo corredor. Chegando ao seu quarto, encontrou, na cama, Valente e Selene amando-se loucamente. Ficou estático, paralisado, assistindo à cena.

O casal cessou abruptamente o ato e olhou para Santiago. Selene sorriu, e Valente provocou:

– O que estás a olhar? Aquela vidente disse que a felicidade dela dependia de mim, não de ti.

Santiago, então, no sonho, levantou um pesado machado e acertou repetidas vezes o casal. Foram ossos, carne, músculos, nervos e tendões esmigalhados pelo quarto. Uma cena sangrenta e terrível, que, no pesadelo, o rapaz gostou do que fez. Sentiu-se realizado, mas essa sensação conflitou tanto com seu senso moral que o despertou.

A gruta parecia uma cripta. Valente dormia profundamente, sem perceber a fraca luz da lua que invadia o local. A noite estava muito fria, mas era impossível para Santiago permanecer no saco de dormir com tanta vontade de ir ao banheiro. Ele tinha bebido muito mais água do que de costume, e a natureza o convocava a um passeio na floresta.

Saiu da gruta em silêncio e caminhou para longe da clareira. Não queria que nenhum membro das famílias que moravam nas grutas o visse naquele momento íntimo. Quando já se afastara o suficiente, ouviu vozes femininas vindas de algum lugar próximo.

Tentou localizar a origem, mas não pôde. Pareciam falar, mas seu idioma era incompreensível e, às vezes, lembrava uma espécie de canto. Santiago sentiu um arrepio e, para seu azar, nesse momento, a lanterna deixou de funcionar. Ele já esperava por isso, afinal, seu azar com esse tipo de objeto era clássico.

Correu, mas, por estar em uma floresta no escuro completo, se perdeu. Lembrou-se das histórias famosas de pessoas perdidas para sempre em expedições na Serra do Mar, mas não sentiu medo, ainda.

– Santiagooooo! – gritou Valente, de algum lugar muito distante. Nesse momento, então, passou finalmente a sentir medo.

Uivos, gritos e farfalhar de asas. Sons vindos das árvores e amplificados pela mente. Passos, vozes, risos. Chamavam-no. Santiago arrependeu-se de ter inventado tantas histórias de terror em toda sua vida.

"Assustei tantas pessoas, que morrerei de medo nessa floresta", pensou.

– Santiagoooo! – Valente chamou novamente.

Tentou correr em direção ao que achava ser a origem da voz, mas, no escuro, só conseguiu mesmo topar com uma árvore. Levantou-se rapidamente e voltou a correr. Olhou para trás, parecia que alguém o seguia, achou ter visto pessoas portando tochas.

Entre as árvores, a luz da lua iluminou uma mulher que caminhava tão perdida quanto ele.

– Senhora, senhora, por favor! Calma, calma, não tenha medo! Estou perdido, a senhora sabe...

— Você viu um cavalo? – perguntou a mulher, aparentemente uma tranquila moradora da região.

— Cavalo? Não, não vi nenhum cavalo. A senhora sabe onde ficam as grutas?

— Sim, sim. As grutas estão logo ali. Siga reto por essa picada de mato, mas, tem certeza de que não viu nenhum cavalo? Eu estava esperando na porteira, mas acho que ele se desviou para cá.

— Não, infelizmente não vi. Aconselho a senhora a voltar para a porteira e esperar.

— Farei isso, meu filho, muito obrigado. Não se esqueça: para chegar às grutas, siga reto.

Despediram-se, e Santiago correu na direção indicada pela mulher. Logo encontrou Valente e mais dois homens com tochas.

— Estás perdido, Santiago?

— Mais ou menos. Fui logo ali e a lanterna parou de funcionar. Para que tudo isso? Estão me procurando?

— Eu me levantei e te chamei diversas vezes. O povo daqui anda pela mata a madrugada toda, por isso logo imaginei que alguém o traria de volta.

— Sim, foi uma mulher que me indicou o caminho, mas eu já tinha visto as tochas de vocês. Fiquei com medo e corri para o lado oposto.

— Ah, sim, nossa pequena vila é sempre muito movimentada – comentou um dos homens.

— Digam, sinceramente, o que vocês vieram fazer aqui? Nunca vi ninguém fazer tanta questão de dormir na Gruta do Ipupiara – disse o outro homem.

— Na verdade, viemos atrás de documentos históricos. Somos pesquisadores da universidade – respondeu Santiago.

Os homens se entreolharam. Um deles comentou, quase rindo:

— Acho que vocês chegaram ao lugar certo, só que no século errado. Há uns quarenta anos o governo levou tudo o que essa região tinha de valor arqueológico e histórico. Virou até reportagem na televisão. Pagaram para as famílias daqui entregar papéis herdados, encontrados nas grutas ou arquivados na igrejinha da vila aqui perto.

O outro concordou, quase com pena dos dois jovens da universidade, e completou:

— É verdade. Meu pai disse que tinha papel e objeto da época de Dom Pedro, porque o imperador passava de carruagem na região. Na verdade, tinha coisa muito mais antiga, desde a época do descobrimento, material de bandeirante e desbravador, além de uma velharia vinda de Portugal.

— Chegamos tarde — comentou Valente.

— Vocês não se lembram qual departamento do governo recolheu os documentos e objetos? Se eu souber quem pegou, posso ir atrás para continuar minhas pesquisas — disse Santiago.

— Infelizmente, eu era muito jovem. Na época, achei que era o Exército. Aquele monte de homem sério, silencioso, disciplinado, andando daqui para lá e pegando tudo. Pareciam aqueles soldados de filme sabe?

— Soldados? — perguntou Valente.

— Sim. Até pintei aqui na entrada da gruta, vem ver — convidou um dos homens, levando-os até uma grande pedra e mostrando um desenho infantil, feito em tinta como uma pintura rupestre.

O homem, com dez anos na época, impressionara-se com a estranha tatuagem que alguns daqueles soldados portavam e pintou, a seu modo, o símbolo na pedra. Estava diferente, mas foi possível para Santiago e Valente, sem muita imaginação, perceberem que aquela era a tatuagem LunaSole.

— Veja, *Portuga*, os Cavaleiros LunaSole vieram aqui, pegaram os documentos e, provavelmente, levaram a Página Perdida — comentou Santiago, sem que os homens ouvissem.

Horas de conversa depois, finalmente amanheceu e os dois amigos partiram desanimados daquele local. No caminho de volta, Valente perguntou:

— E agora, Santiago? Esperaremos outro encontro e perguntamos a um ancião sobre esses documentos?

— Pode ser, *Portuga*. Podíamos também tentar encontrar o tal LunaSole dissidente, o que acha?

— Acho perfeito.

Minutos depois, Valente quebrou, novamente, o silêncio:

— Mudando de assunto, Santiago, te lembras da listinha de lendas feitas por Adso?

— Claro, *Portuga*, o que é que tem?

—Veja só esta que estranha: em todo o Estado de São Paulo, cultiva-se a lenda de que as pessoas recém-falecidas esperam nas porteiras e estradas pelo Cavalo das Almas. Este, quando as encontra, leva-as na garupa para o além. Em alguns vilarejos, as pessoas evitam sair na madrugada, com medo de encontrar as almas penadas ou o próprio cavalo.

43

NINGUÉM MEREST

 KAUI

Um mau pensamento
destrói um bom pensamento.
Estimule o bem
para vencer o mal.

> Gregos, Traces, Arménios, Georgianos,
> Bradando vos estão que o povo bruto
> Lhe obriga os caros filhos aos profanos
> Preceptos do Alcorão (duro tributo!)
>
> Os Lusíadas,
> Canto VII, Estância 13

— Todo mundo elogia John Hughes pelos roteiros, produções e direções dos mais legais filmes dos anos oitenta, mas ninguém lembra que ele também foi o responsável pelas películas sobre o cachorro *Beethoven* e também por *Esqueceram de mim*, não é? – perguntou Lábia, enquanto tomava seu Arquimedes na mesa do Bartenon.

— Eu gosto de *Esqueceram de mim* – respondeu Selene.

— Gente, vamos falar sério, o melhor filme do Hughes foi *Curtindo a vida adoidado*. É referência mundial da vagabundagem, não? – perguntou Adso, dignamente vestido com sua camiseta "100% das pessoas alfabetizadas leem isto".

— Em Portugal, chamamos este filme de *O rei dos gazeteiros* – comentou Valente.

— Para mim, John Hughes é *Gatinhas e gatões*, *Alguém muito especial* e *A garota de rosa shocking*, apesar de que *O clube dos cinco* é o melhor dele, na minha opinião – disse Santiago.

— Como chama aquele que os meninos fazem uma experiência e montam a mulher perfeita? – perguntou Selene.

— *Mulher nota mil!* — gritaram juntos, Adso, Valente e Santiago. Em seguida, todos riram e brindaram.

Na mesa, apenas Lábia estava contente. Talvez, a ignorância dos fatos a deixasse mais feliz que Santiago, frustrado pelo beco sem saída que a pesquisa nas grutas o levou. Valente e Adso também estavam frustrados pelo mesmo motivo. Selene, porém, estava mal com a falta de interesse do namorado em ajudá-la na caça ao Psicopata das Línguas, investigação que estava estagnada.

Repentinamente, Sócrates, o *barman* do Bartenon, anunciou:

— Você aí que colocou esse último desafio, faltou dizer a resposta. Na ficha, você só escreveu: "Sou aquele que morreria amanhã".

Ao ouvirem a frase, Santiago, Adso e Valente se olharam.

— O que foi? — perguntou Lábia.

Sem responder, os três correram para o palco, deixando as duas garotas na mesa. Finalmente, conheceriam Merest, o Cavaleiro LunaSole dissidente. Enquanto se dirigia ao palco, Santiago lembrou-se de como conseguira contato com o misterioso homem.

Nos dias que se seguiram após o fracasso da expedição às grutas, Santiago e Valente planejaram qual seria a melhor maneira de contatar o ex-Cavaleiro LunaSole que, segundo informações colhidas na reunião da irmandade, estaria de volta a São Paulo.

Ambos consideraram uma excelente ideia consultar Adso, que, provavelmente, teria algum meio tecnológico de localizar o indivíduo.

— Adso? Aqui é o Santiago, tudo bem?

— Oi, Santiago. E aí? Encontraram?

— Não. Infelizmente, a Página Perdida não estava lá.

— Página Perdida? Ah, sim, claro. Que pena...

— Por que o espanto? O que você achou que encontraríamos lá?

— O Ipupiara, claro.

— Bem, realmente não encontramos nenhum Ipupiara, mas, se isso lhe satisfaz, acho que cruzei com uma alma penada em busca do...

— Cavalo das Almas? Que horror!

Após o breve e desnecessário diálogo, Santiago expôs ao amigo a necessidade de encontrar o estranho dissidente da irmandade. Adso mostrou-se muito competente e experiente em suas sugestões:

— Veja, Santiago, existe uma maneira oficial de procurar pessoas que não querem ser achadas, por meio de classificados de internet e em jornais impressos. Minha sugestão é que coloquemos nesses lugares algum código que somente a pessoa procurada compreenda.

Assim, os rapazes elaboraram e colocaram em todos os classificados de internet, jornais de grande circulação e no mural de recados das bibliotecas e do próprio Bartenon, uma mensagem simples:

Você é aquele que morreria amanhã, mas mudou seus planos? Entre em contato pelo endereço eletrônico abaixo.

Passaram-se três dias sem que nenhuma mensagem chegasse. Em seguida, a caixa de entrada do correio eletrônico foi invadida por propagandas sobre produtos variados. Santiago esperava ter boas notícias para dar aos amigos quando os encontrasse no Bartenon, mas, para sua tristeza, reuniu-se com os amigos sem ter ainda o contato do misterioso homem.

Foi então que ouviu o recado de Sócrates e entendeu que Merest estava lá. Correu com os amigos ao palco e perguntou:

– Sócrates, quem deixou essa mensagem?

O barman, velho conhecido da turma, apertou os olhos buscando na multidão, até que apontou:

– Foi aquele senhor ali. Aquele que está saindo do bar.

O trio de amigos olhou para a porta que se fechava e, pela fresta, viu um estranho que se afastava. Rapidamente, os rapazes correram, atropelando todos no bar, sob os olhares espantados de Lábia e Selene, que observavam tudo da mesa.

O homem foi alcançado no meio do beco. Santiago tocou seu braço, fazendo-o virar.

– Merest. Você é Merest?

O homem fez sinal de silêncio e os conduziu lentamente até o fim do beco, onde um carro os aguardava com a porta aberta. Quando os três se aproximaram, o homem olhou para os lados, para garantir que não havia ninguém na rua. Um velho mendigo passou por trás deles e se jogou, cansado, nos papelões ao lado do veículo parado.

Adso e Valente vibravam de excitação. Santiago também estava animado. Esticou o olhar para dentro do carro e viu dois ocupantes nos bancos da frente. Algo lhe estremeceu a alma.

– Espere, eles se parecem... – Santiago dizia quando foi interrompido pelo homem.

– Entrem no carro ou morrerão aqui no beco.

– O quê? – perguntou Adso.

– São eles, dentro do carro, os dois cavaleiros que tentaram me matar – gritou Santiago.

– Então, tu não és...

– Merest? – perguntou o homem – Merest não existe. É uma lenda contada para assustar jovens cavaleiros e pegar profanos, tolos e fracos.

–Vamos calar a boca aí que eu quero dormir – gritou o mendigo.

– Agora, para dentro do carro os três. Nós morreremos amanhã, e vocês morrerão hoje.

Os três estavam paralisados de medo. As pernas não respondiam. Santiago pensou em ganhar tempo até que alguém se aproximasse. Se Selene saísse atrás dele, certamente resolveria a situação como uma policial dos filmes de Hollywood.

Para infelicidade de Santiago, Adso e Valente, a garota não saiu.

– Para dentro, agora!

– Cala a boca aí, gente fina – gritou o mendigo, completamente sem equilíbrio, levantando-se com o apoio da parede.

– Deita no chão, pinguço – ordenou o homem ao indigente.

– Mas, gente fina, que violência é essa? Faça o que tu queres que há de ser tudo da lei, meu chapa. Dê uma chance à paz.

Santiago pensou em aproveitar a distração para correr, mas o Cavaleiro LunaSole não tirava os olhos dos três nem por um segundo. Ignorando o bêbado, o homem ameaçou mais uma vez:

– Se não forem para o carro em três segundos, mando bala.

O Cavaleiro LunaSole, de quem Santiago cortara o rosto, saiu do banco do passageiro para ajudar o amigo a intimidar os três:

–Você me marcou no rosto, está lembrado? Agora vou usar o mesmo canivete para cortar você inteiro. E esse português que invadiu nossa reunião vai assistir a tudo.

Inconformado, o mendigo se colocou entre os homens e o grupo de Santiago.

– Para com isso, gente fina.

– Um... – contou o homem com a arma.

– Deixa os meninos em paz.

– Dois... – disse, engatilhando o revólver.

– Encrenca não leva a nada, moço.

–Três... – anunciou o Cavaleiro LunaSole, apertando o gatilho com a arma apontada para o coração de Santiago. De uma maneira absurdamente rápida, o mendigo empurrou o revólver para cima, desviando o tiro. Em seguida, abaixou, acertando um soco forte no estômago do homem.

O Cavaleiro LunaSole com a cicatriz partiu para cima do indigente, que, na continuidade do movimento, puxou seu braço de volta, acertando o cotovelo no rosto do agressor.

Feridos e desarmados, os dois cavaleiros se arrastaram, assustados, para o carro. O LunaSole da jaqueta fétida – que aguardava dentro do veículo – gritou:

– É Merest, o dissidente. Rápido, corram!

O carro partiu em grande velocidade. A ação deixou Santiago, Adso e Valente boquiabertos e inertes. O falso mendigo, na verdade, era o homem que procuravam.

– Você é mesmo Merest? – perguntou Santiago ao falso indigente alto e forte. Parecia ter cinquenta anos. O rosto marcado por rugas e a longa barba lhe conferiam uma aparência de sábio.

– Você é tonto? Estou observando você, rapaz, desde quando começou a procurar pela Página Perdida e brigar com os cavaleiros. Sua pesquisa pode parecer algo humilde e silencioso para leigos, mas, para o nosso meio, é impossível não notar seu interesse exagerado em Camões e assuntos relacionados à Página. Por isso é que estão atrás de você desde o começo. Você está fazendo um grande estardalhaço, e eu não poderia contatá-lo até que me procurasse. Quando você e seus amigos começaram a espalhar mensagens por aí, decidi esperar que os assassinos fossem atrás de vocês primeiro, pois, do contrário, a emboscada seria para mim.

– Então, você sabia que eles nos procurariam e...

– Óbvio. Do manual que eles seguem eu sou o autor de vários capítulos. Diga-me, como posso ajudá-lo? O que posso dizer sobre a Página que você não saiba? Mas tem de ser rápido. Logo vou sumir de vista novamente.

Foi impossível para Santiago não se lembrar da misteriosa Edna Enim enquanto contava a Merest sobre as grutas. O rapaz não tinha certeza se poderia confiar no estranho, porém, naquele momento, considerou que o inimigo do seu inimigo poderia ser seu amigo.

– Eu me lembro de ter lido sobre a ação de recolhimento desses materiais há décadas. Fazemos isso constantemente, mas asseguro que em nenhum momento o objetivo foi obter a Página Perdida. Apenas coletamos documentos históricos como rotina e, depois de uma análise, abrimos para acesso profano.

— Mas, ainda assim, onde foram parar os itens encontrados nas grutas? Poderemos encontrar alguma pista — disse Santiago.

— Não sei. Como nunca foram divulgados ao público, provavelmente os itens recolhidos foram para um de nossos guarda-tesouros. Procurem no acervo principal, no Cemitério da Consolação.

— Cemitério? Como assim? — perguntou Adso, já preocupado.

— É isso que posso dizer. Os documentos e itens recolhidos na gruta, entre outros papéis, provavelmente foram armazenados no Cemitério da Consolação. Procurem pela cripta da família LunaSole. É uma cripta falsa.

— Família LunaSole? Parece fã-clube de banda — brincou Adso, com péssimo *timing*, sem conseguir arrancar nem um mínimo riso dos amigos. O empreendedor tentava, com o gracejo, descontrair e espantar o medo.

— Escutem, desejo muita sorte a vocês. Muitos procuram pela Página Perdida de Camões há séculos, e não vai ser fácil encontrá-la. Não sei qual é sua motivação, Santiago. Não há bônus para você. É uma missão suicida.

— Uma amiga disse que a página leva a duas informações importantes. Uma eu já sei que é a Máquina do Mundo, e só por isso já valeria a pena arriscar, não?

— Não sei. A Máquina do Mundo traz liberdade total. Quem quer tê-la? Eu prefiro viver apenas observando o destino, como faço constantemente, em vez de determiná-lo, mas cada um sabe a ambição que tem. Este, aliás, foi um dos muitos motivos que me fizeram deixar a ordem. Agora, preciso ir. Adeus, e, se precisarem de mim, procurem por pessoas não rastreáveis, sem cartão de crédito, sem identidade.

— Você quer dizer que anda entre indigentes? — perguntou Adso.

— Indivíduos caóticos, livres e verdadeiros observadores da causalidade. Estão menos inseridos nas equações urbanas que vocês. Experimentem, um dia, ver o mundo pela ótica do que ele é, e não do que vocês acreditam ser. Esses carentes seres invisíveis conseguem. Agora, adeus! — despediu-se Merest, deixando o trio assombrado.

Assim que retornaram à mesa no Bartenon, encontraram Lábia em pé, preparando-se para sair.

– O que vai fazer? – perguntou Adso.

– Farei o mesmo que minha amiga Selene fez. Vou embora. Vocês largaram a gente aqui. Incrível a quantidade de homens que vieram até a mesa paquerá-la. Nunca tive essa sorte...

Santiago pareceu pensar por segundos, então comentou:

– Ela está muito nervosa e insegura em relação à investigação do psicopata. Faz alguns dias que ele não mata ninguém, o que é bom, mas dá a impressão de que ele fugiu. Quando assassinos seriais fazem isso, podem ficar anos sem voltar à ativa.

– E onde parou a investigação? – perguntou Lábia, encostando sua cadeira à mesa para sair.

– Chegamos até aquela escola onde o professor José Roberto lecionou e as vítimas estudaram, mas paramos aí.

– Ah, sim, aquela escola que você comentou outro dia. Ficava no meu bairro, mas foi desativada e fechada. Não sei o que tem no local agora. Bom, vou embora. Boa sorte em seus mistérios, meninos – disse a garota, partindo sem dar o tradicional beijo na boca de Adso.

Sem as garotas, mas empolgados pelas informações de Merest, os rapazes passaram o resto da noite entre bebidas, teorias e planos sobre como entrariam no famoso Cemitério da Consolação e invadiriam uma cripta.

Horas depois, no momento de partir, foram surpreendidos pela música "Toda forma de poder", dos Engenheiros do Hawaii. Uma música que começava com a frase *"eu presto atenção no que eles dizem, mas eles não dizem nada"*, fato que se transformou em uma grande ironia por estar no toque do aparelho celular de Adso. Era uma ligação de Lábia:

– Coloca no viva voz, por favor – pediu a moça assim que Adso atendeu.

– Pronto! Pode falar, estamos os três ouvindo – disse Adso, posicionando seu aparelho celular no centro da mesa.

– Adso, Valente e Santiago, só para não dizerem que não sou uma boa amiga, e também para me redimir de ter saído brava daí do Bartenon, fiz um favor a vocês. Antes de chegar em casa, passei em frente à tal escola para ver o que construíram lá.

Os três não estavam em condições físicas ou psicológicas para ouvir, mas, em consideração a Lábia, fingiram interesse:

– Diga – pediu Santiago.

– É, fala logo – pediu Adso, visivelmente bêbado.

A garota continuou:

– Então, como eu dizia, a escola continua em pé, do jeitinho que sempre foi, porém, há uma placa daquelas que indicam que o imóvel foi comprado, sabem? Parece que uma empresa é dona desse terreno há muito tempo, mas não construiu nada ainda.

– Certo, obrigado então – disse Santiago, rindo e fazendo caretas de pouco-caso diante do aparelho celular no centro da mesa.

– Calma, não fala assim com ela – defendeu Adso. – Diga, meu amor, qual é o nome da empresa?

– Eu li e anotei. É "Cap des Tempêtes Papier". Uma fabricante de papel francesa.

Adso, Santiago e Valente se olharam. A escola onde as vítimas estudaram tinha sido vendida a uma multinacional de papel francesa. Foi impossível não se lembrar do fato: as vítimas do psicopata foram encontradas com poemas escritos em um papel francês. O português não resistiu à notícia e gritou:

– Gooool de Portugal! – em seguida, girou e caiu.

44

SE BEBER, NÃO CACE

 KOU

O sucesso é alcançado quando pessoas que se complementam conseguem se unir.

*Minha mente está tão cheia
e estou me transbordando
Você pensa que sou louco
mas estou só delirando
Você pensa que sou tolo mas
estou só te olhando la lala lalalala*

"Núcleo base",
Ira! (Edgard Scandurra)

As evidências gritavam na cabeça de Santiago, mais do que as doses de bebidas com nomes de filósofos consumidas no Bartenon.

O assassino usava um papel francês para enviar seus recados às vítimas. Com a quinta vítima, deixou um trecho do quinto canto, que dizia:"Eu sou aquele oculto e grande Cabo a quem chamais vós outros Tormentório". Cabo das Tormentas, em francês, *Cap des Tempêtes*, nome da empresa francesa de papéis que comprou o terreno da escola onde as vítimas estudaram e o professor José Roberto deu aulas de português. Tudo se encaixava, exceto o equilíbrio dos três naquele momento de embriaguez.

O horário, o cansaço, a aventura com Merest e o número de coquetéis consumidos tiravam toda a razão do trio. Não conseguiam andar direito, falavam palavras confusas e cambaleavam.

– Sugiro irmos dormir – disse Adso.

– Eu acho que temos de ligar para Selene agora – sugeriu Santiago.

— Ligar? Estás tão dominado a ponto de negares uma pequena aventura?

— Outra, *Portuga*? O que tem em mente?

— Que tal visitarmos a escola nesta madrugada? Seria lindo, não?

— Tô fora. Levem-me para casa. Eu quase morri hoje, e não quero ver um assassino tão cedo pela frente — pediu Adso, referindo-se ao ataque dos três Cavaleiros LunaSole.

— Calma, Adso. Quem disse que o assassino está lá? Provavelmente, é só um delírio das nossas cabeças. Pense na aventura! Valente tem razão, e o pior que pode acontecer é a polícia nos pegar. Ainda assim, daríamos um jeito. O que acha? — apelou Santiago.

— É, Adso. Vai ser histórico. Vamos?

— Não. Estou com medo do carma daquele lugar. Muita gente que morreu teve contato com aquela escola.

— Adso, você terá histórias para contar aos netos. Lábia vai admirar sua coragem, não acha? Enfrentamos os Cavaleiros LunaSole e, antes mesmo de dormir, visitamos uma escola vazia. Vamos nos lembrar para sempre dessa noite. Além disso, tem a profecia da garota, lembra? Nós precisamos de você. Trata-se de sua espada espiritual!

Adso aceitou a argumentação e foi com os amigos, sob a condição de não precisar sair do carro. De maneira completamente irresponsável, o trio seguiu pelas ruas vazias até o bairro de Lábia. Com ajuda dos navegadores dos celulares, localizaram a escola.

— Pare ali do lado, Adso. Não queremos chamar a atenção dos vizinhos — pediu Santiago.

— Tens mesmo certeza de que perderá esta? Não é sempre que estamos loucos assim — perguntou Valente.

— Loucos? Vocês estão possuídos, isso sim. Eu juro que, se vocês demorarem mais de vinte minutos, irei embora. Nem um segundo a mais, entenderam? E se a polícia passar por aqui, direi que estou esperando melhorar meu estado de embriaguez antes de seguir para casa. Policiais adoram pessoas responsáveis.

Valente e Santiago saíram do carro sem saber exatamente como invadiriam a escola abandonada. Os muros eram altos, e os portões estavam bem trancados. Deram uma volta completa no quarteirão.

— Estou dizendo, voltem para o carro, vamos embora que é melhor — avisou Adso quando os amigos passaram por ele novamente.

Por fim, Santiago encontrou um portão, no qual, se apoiassem os pés, conseguiriam saltar para dentro da escola sem problemas. Em sã consciência e completamente sóbrios jamais fariam aquilo com tanta facilidade, mas o fato é que conseguiram – com arranhões mínimos – invadir o prédio.

Enquanto seguiam pelo extenso e escuro corredor, tentavam, ao máximo, fazer silêncio, mas acabavam rindo e esbarrando em objetos como baldes, vassouras e ferramentas.

A escola, de arquitetura confusa, não era muito grande com seus três andares de salas de aula apertadas e um pequeno pátio no centro. Lentamente, os dois amigos atravessaram os cômodos. Arquivos, salas de reunião, enfermaria, secretaria, tesouraria e armário do zelador, tudo foi visitado de maneira informal, atrapalhada e barulhenta.

– Santiago, vamos apostar corrida até a trave do gol? – propôs Valente, com a voz inconstante.

– Está louco, não é *Portuga*? Se tivéssemos doze anos, eu correria contigo, mas, agora, estamos em uma missão importante que é... Qual é mesmo?

– Acho que é... já sei! Vamos bagunçar a sala dos professores?

– Vamos!

Como duas crianças, Santiago e Valente atravessaram o parque de recreação em direção à escadaria, em busca da sala onde os professores se reuniam no passado. Antes, porém, Valente fez um sinal para que Santiago ficasse em silêncio:

– Ouça...

– O quê, *Portuga*?

– Silêncio... escute... vozes? Não... não... me enganei. É uma música...

Os amigos pararam e ouviram, vindo do último piso, uma antiga música de Caetano Veloso, "Eclipse Oculto".

– Estou ouvindo. Mas será que vem daqui de dentro do prédio ou da rua? – perguntou Santiago.

Lentamente, acompanharam o som com o objetivo de chegar à fonte. Subiram, a passos lentos, os degraus que os levaram ao terceiro andar do prédio. Parecia haver alguém lá; seria prudente que não os vissem.

Agachados, entraram sorrateiramente numa sala enorme, provavelmente um estúdio ou uma sala de dança. O chão de tábuas estava envelhecido e empoeirado. Do teto, desciam correntes com ganchos nas pontas. Baratas imperavam naquele reino pútrido onde restos de comida, sangue e pequenos animais mortos, como pombos e ratos, eram disputados por formigas, moscas e vermes.

A divertida invasão perdera a graça. A música animada contrastava com o odor de morte e a escuridão entrecortada pela fraca luz oscilante. O clima de pesadelo anulou imediatamente efeito da bebida. Santiago, à frente, chamou Valente para perto e cochichou em seu ouvido:

– Volte e ligue para a polícia. Vou avançar e ver se entendo o que está acontecendo aqui.

– Negativo. Estamos juntos nessa e, além do mais, estamos em dois, o que é mais seguro.

Contrariado com a insistência do português, Santiago continuou caminhando, agachado, seguido pelo amigo. Chegaram até uma parede, protegidos por uma bancada. De onde estavam, foi possível visualizar a degradação do lugar.

Havia uma grande mancha de sangue seco no centro do salão, sobre uma chapa de ferro que sustentava uma cadeira de metal soldada. Amarrada à cadeira, uma mulher desmaiada.

– É o covil do assassino – sussurrou Santiago.

– Aquela mulher está morta?

– Só se ele mudou a maneira de matar, porque ela não tem mancha de sangue no queixo. Provavelmente, está com a língua ainda.

– Vamos soltá-la?

– Sim, acho que ele não está aqui...

A música estava em *looping*. Santiago foi se levantar para soltar a vítima na cadeira, mas ouviu uma sinistra risada vinda da escada. O medo lançou sua alma no mais profundo e ártico abismo. Valente, com os olhos arregalados, arrependeu-se de não ter voltado para chamar a polícia.

"Não morri com os Cavaleiros LunaSole, mas morrerei na mão desse maluco", pensou Santiago.

Das sombras da escadaria, surgiu o maior homem que já haviam visto, o Psicopata das Línguas, o Cabo das Tormentas. Agachados, avaliaram solitariamente se correriam, atacariam o monstruoso homem ou ficariam quietos até que ele fosse embora, como um urso que invade o piquenique.

A mente, a alma e o coração dos dois rapazes entraram em consenso imediato de não fazer nada. Não tomar nenhuma decisão. O terror era muito maior do que haviam imaginado ou sentido com os Cavaleiros LunaSole horas antes.

Não havia como não pensar no pior, imaginando-se sem língua, abandonados em fontes, encontrados por uma desesperada Selene, sem saída ou pistas, desiludida e derrotada.

O assassino estava vestido com roupas pretas e sorria exageradamente. Próximo à vítima, constatou que a moça ainda não despertara. Talvez, o soco dado tivesse sido muito forte.

Caminhou até a bancada no lado oposto ao que Valente e Santiago se escondiam e pegou as duas caixas. Andou até a vítima e lançou as caixas ao chão, fazendo grande barulho. Parecia não estar satisfeito, desejava a lucidez da mulher. Foi, então, até o rádio e desligou a música.

No mais completo silêncio, era possível a Santiago e Valente ouvirem as próprias respirações, além de escutarem os passos e risadas do assassino. Para eles, aquela situação estava durando uma eternidade.

Foi quando tocou, em um volume muito alto:

Ai, ai, meu Deus, o que foi que aconteceu/Com a música popular brasileira?

Era "Arrombou a Festa", de Rita Lee. O toque do aparelho celular de Valente programado exclusivamente para as chamadas de Adso. A música ecoou pela sala e chamou a atenção do assassino, que, imediatamente, se dirigiu para o lado em que estavam.

Valente olhou para Santiago. Foi um olhar terno, brilhante. Um olhar de irmão, grande amigo, cúmplice. Então, o português abriu um largo sorriso de despedida e se levantou. O Cabo das Tormentas pareceu não acreditar na presença de um estranho em sua masmorra. Correu em direção a Valente, que fugiu para longe de Santiago, levando o criminoso.

Sem o assassino na sala, Santiago desamarrou a vítima desacordada. Para seu espanto, era a ex-mulher do falecido Raimundo, Valdirene, a mãe do garotinho prodígio, naquele instante quase órfão.

Com a mulher em seus braços, Santiago iniciou a descida pela escada. Não conseguia ver Valente, mas ouvia gritos de dor, sons de objetos sendo quebrados. Estavam brigando.

Santiago desejava levar a moça até o carro e pedir para Adso ligar para a polícia, enquanto ele voltaria para ajudar Valente, porém, seu plano foi abandonado quando presenciou, no meio do pátio, já no térreo, o assassino retornando com o português no colo, desmaiado, ou, talvez, morto.

— Leve-a para cima e a coloque-a novamente na cadeira, ou quebro o pescoço do seu amigo — disse o Cabo das Tormentas, com uma voz extremamente grave, como um disco de vinil aquém da rotação normal.

Santiago ensaiou voltar, mas parou. Não precisava sequer de uma brisa para lhe dar inspiração no momento. O ódio que explodiu em seu coração foi suficiente. Lentamente, deitou a mulher no chão e gritou:

— Você matou o professor José Roberto, seu assassino. Vou fazê-lo pagar, eu juro. Solte-o e vamos resolver isso só nós dois.

O rapaz não ousava duvidar da coragem e da raiva que sentia. Os dois sentimentos pareciam combustíveis para seus músculos.

— Nem me fale do professor. Adorei matá-lo. Mostrei tudo a ele e lhe contei toda minha trajetória, enquanto sua vida saía em forma de litros de sangue pela boca.

— Por que, desgraçado? Por quê?

— Porque ele nunca disse palavra alguma em minha defesa. Nem ao menos um "fiquem quietos, miseráveis". Eu sonhava com o dia em que diria isso, mas nunca teve coragem. Era um covarde, assim como você. Vou matá-lo, mas, antes, quero tirar a vida desse rapaz aqui.

— Não! — gritou Santiago, correndo em direção ao psicopata. Repentinamente, o criminoso largou Valente no chão e cambaleou para o lado, com as mãos na cabeça. Era Adso, que invadira a escola, e, com uma pá, acertara a cabeça do homem.

Apesar de Adso ter investido toda sua força no golpe e, estranhamente, ter gritado "kiai" enquanto batia a ferramenta no Cabo das Tormentas, o golpe não havia sequer ferido o assassino. Ainda assim, vendo-se em desvantagem numérica e temendo a possível presença de mais visitantes inesperados ou até da própria polícia, o Psicopata das Línguas correu até o portão de metal, destrancou-o e fugiu da escola.

Santiago e Adso o perseguiram até a rua, mas, apesar do tamanho, o homem era um excelente velocista, e já estava longe. De volta à escola, encontraram Valente recuperado, cuidando carinhosamente da mulher desfalecida.

Os amigos não se abraçaram, apenas se admiraram, orgulhosos das próprias atuações, satisfeitos pelo heroísmo que permeava aqueles laços de amizade.

— Adso, por favor, ligue para uma ambulância — pediu Santiago, enquanto ele próprio também pegava seu telefone.

– Vais ligar para a polícia? – perguntou Valente.
– Sim... – respondeu Santiago.
– Alô? – disse a voz do outro lado da linha.
– Selene? É o Santiago. Sei que está muito tarde e que abandonei você no bar hoje, mas é que tenho que lhe dizer três coisas: a primeira é que estou com muita saudade de você. A segunda é que eu, Valente e Adso estamos aqui no covil do Psicopata das Línguas. Ele fugiu, mas conseguimos impedi-lo de fazer a sexta vítima...

Avaliando a reação de Selene do outro lado da linha, o rapaz fez uma maravilhosa e providencial pausa dramática, para, então, completar:

– Ah, e a terceira é que o nome do assassino é Adamastor.

45

GIGANTE ADAMASTOR

 TS'UI

Uma reunião pede um líder natural. Somente alguém com força moral e valor espiritual pode realizar grandes feitos.

Clube da Luta *foi apenas o começo. Agora que o levamos para fora do porão, ele será chamado de Projeto*

Caos, Tyler Durden
Clube da luta (1999)

A polícia e os paramédicos chegaram rápido, mas Selene chegou antes. Estava de *jeans* e camiseta, porém, não parecia desarrumada ou desleixada, talvez um pouco cansada, o que não diminuía em nada sua beleza. Assim que chegou, não falou com ninguém diretamente, apenas tomou notas e convocou peritos ao local.

Minutos antes, ao telefone, tinha alertado Santiago para que usasse como justificativa da invasão da escola gritos ouvidos na rua. Ainda assim, poderia haver algum tipo de problema por parte da companhia proprietária do terreno.

— Santiago, por que eles cobrem as costas das pessoas com cobertores quando se sentam na ambulância? É algum tipo de clichê? — perguntou Adso, referindo-se a Valdirene, salva por eles, que, como em todos os filmes, séries de televisão e desenhos animados, aguardava dentro da ambulância com um cobertor cinza nas costas.

— Não sei, mas posso dizer que hoje você salvou a minha vida e a do Valente. Obrigado mesmo. Começo a acreditar no que a menina vidente falou.

— Senhores — pediu um policial —, vocês podem fazer o teste do bafômetro?

— Não precisa. Eles estão sob minha responsabilidade e não vão dirigir — disse Selene, aproximando-se.

— Puxa, obrigado Sele...

— Quieto, Valente! O que vocês têm em mente? — perguntou a policial aos três amigos. — Me deixaram sozinha no bar para vir aqui? Por que não me chamaram antes de correr perigo?

Nesse momento, Santiago usou seu melhor argumento. Aproximou-se da policial e a beijou cinematograficamente. A culpa do gesto impetuoso poderia ser da bebida ou da necessidade de desculpar-se com a garota; o fato é que todos os presentes, policiais, civis, testemunhas e curiosos aplaudiram a cena e assoviaram.

Enquanto os peritos chegavam e analisavam tudo, Santiago explicou a Selene como ele e os amigos deduziram que a escola poderia ser o local de atuação do criminoso:

— A empresa que comprou o terreno da escola onde o professor e as outras vítimas frequentaram é francesa e fabrica papel. Após a sugestão de Valente, vocês descobriram que a fibra do papel vinha da França, não é? Só este fato já valeria uma investigação, e foi o que fizemos. Sei que erramos em não avisá-la, desculpe.

A policial não sabia se agradecia o avanço nas investigações ou se considerava que o erro dos rapazes em ir ao local sem a polícia tivesse comprometido as investigações.

— Bom, me fala a respeito do nome dele. Como você sabe que é Adamastor?

— Você não viu o sujeito, mas ele tem mais de dois metros de altura e é muito forte. Parece um lutador profissional, sem exagero. Quando matou sua quinta vítima, colocou dois trechos de poemas, sendo um praticamente uma confissão: "Eu sou aquele oculto e grande Cabo a quem chamais vós outros Tormentório", o Cabo das Tormentas, por quem ele deve ter algum tipo de obsessão, confirmada, inclusive, pelo nome da empresa de papel.

— Sim, mas o que tem a ver o nome Adamastor com isso? — perguntou Selene, impaciente.

— É que em *Os Lusíadas*, o Cabo das Tormentas é representado pelo Gigante Adamastor. E esse assassino é realmente um gigante. Para mim, se vocês checarem esse nome nos registros da escola e entre os proprietários da empresa de papel, certamente encontrarão algo também.

Selene, atenta, pegou a fotografia dos colegas de sala e mostrou aos três:

— Vocês reconhecem algum desses como o assassino?

Os rapazes negaram imediatamente. O tamanho e a expressão maléfica do Cabo das Tormentas não estavam entre aqueles sorridentes rostos adolescentes. Santiago sugeriu:

— O assassino não está aí. Veja, a fotografia está legendada e não há nenhum Adamastor. Não podemos perguntar para a Valdirene?

Selene fez um sinal, e um policial conduziu a moça assustada até o grupo. Antes de perguntar algo, pediram que ela contasse como tinha sido capturada pelo psicopata.

— Deixei meu filho com minha mãe e fui trabalhar. Quando desci a escadaria do meu bairro, encontrei uma van negra estacionada em cima da calçada, quase encostada no último degrau. De dentro saía um som de gatinhos miando, e eu, curiosa, coloquei minha cabeça lá dentro para ver os bichinhos, e aí acordei nesse lugar. Não me lembro de mais nada.

— A senhora não viu nada do assassino? – perguntou Selene.

— Não, nada. Desculpe.

— Não tem problema. Veja aqui nessa foto que a senhora mesmo nos forneceu. Há alguém de nome ou apelido Adamastor que tenham se esquecido de citar na legenda ou que o nome esteja errado?

Valdirene olhou a velha e conhecida foto com calma e disse:

— Não, claro que não. Todos que estão aí são conhecidos e nenhum deles se chama Adamastor. Esses aí são meus amigos.

Santiago não estava suportando a cadência das perguntas e se antecipou:

— Valdirene, você se lembra de um aluno ou funcionário da escola que se chamava Adamastor?

— Não sei bem... Não tenho a memória do meu filho...

O rapaz insistiu:

— Um menino alto. O mais alto da sala e da escola. Pense na pessoa mais alta que você já viu na vida.

Uma luz se acendeu na memória da mulher.

— Claro! Ele se chamava Adamastor, o Gigante Adamastor. Era o menino mais feio da escola. Ninguém o suportava por sua idiotice e tamanho. Como pude me esquecer?

Adso intrometeu-se:

— É que quem bate nunca se lembra. Já quem apanha nunca esquece.

— Policial Selene — perguntou Valdirene. — Por que algumas pessoas estão com o rosto circulado por caneta na fotografia?

Selene não respondeu nada, apenas olhou para Valdirene, que entendeu.

— Meu Deus! Todos eles estão mortos?

— Mas, Selene, foram cinco vítimas, e, na foto, são seis rostos circulados — notou Santiago.

— Esse sujeito aqui, circulado com caneta mais grossa, morreu há dois anos, em um acidente turístico. Quem checou foi aquele policial novato ali — respondeu a bela agente da lei, apontando um rapaz magro, uniformizado, que preenchia papéis em uma prancheta.

— Você pode chamá-lo aqui, por favor? — pediu Santiago.

Selene fez o que Santiago pediu e, então, o rapaz questionou o policial novato:

— Foi você quem marcou essa foto, não foi?

— Sim, fui eu. Chequei um por um, por quê?

— Esse sujeito aqui — apontou Santiago para o rosto marcado com caneta diferente —, morreu de quê?

— Ah, sim. Esse aí não é vítima do Psicopata das Línguas. Ele morreu na Europa, de acidente. Disseram que foi muito feio.

— Diga-me, policial, por acaso o acidente ocorreu na França?

O novato pareceu se espantar:

— Exatamente. Como sabe?

Santiago virou-se para Selene, Adso e Valente de maneira enfática:

— Esse cara foi a primeira vítima. Podemos dizer que ele foi o estopim das mortes, a inauguração da temporada de crimes do Cabo das Tormentas!

Todos se espantaram. Havia lógica na afirmação de Santiago. A certeza realmente se consolidou quando um perito deixou a escola com uma lancheira de "Guerra nas Estrelas" e alguns sacos com seis línguas em diferentes estados de putrefação.

— Um exame de DNA poderá dizer, com certeza, se o músculo recolhido é do sujeito da fotografia, mas, ao que tudo indica, Santiago, você solucionou o caso — disse Selene num misto de orgulho e preocupação.

— Eu não. Divido essa com meus dois amigos aqui, e, principalmente, com você.

Valente, que estivera quieto durante o diálogo, também apresentou uma informação importante, guardada até aquele momento:

— Lamento dizer-lhes, mas foi o tal Adamastor quem atirou contra o policial Hélio.

— O quê? Como sabe, *Portuga*?

— Enquanto caminhávamos abaixados pelas mesas, tive a impressão de ter visto documentos e outras posses do policial jogados em um canto.

Mais tarde, os peritos confirmaram a observação de Valente.

Enquanto voltava para casa em uma viatura policial, Santiago se lembrou do Adamastor, personagem literário, mas não o impetuoso e apaixonado Cabo das Tormentas de *Os Lusíadas*, que sofria pelo amor não correspondido pela deusa Tétis e que tanto inspirou o assassino. Desta vez, Santiago pensou no Adamastor de outro poeta português, Bocage, o maior representante do arcadismo lusitano.

"Como era o poema de Bocage?", pensou um pouco e recitou mentalmente:

Adamastor cruel!... De teus furores
Quantas vezes me lembro horrorizado!
Ó monstro! Quantas vezes tens tragado
Do soberbo Oriente dos domadores!
Parece-me que entregue a vis traidores
Estou vendo Sepúlveda afamado,
Com a esposa, e com os filhinhos abraçado
Qual Mavorte com Vênus e os Amores.
Parece-me que vejo o triste esposo,
Perdida a tenra prole e a bela dama,
Às garras dos leões correr furioso.
Bem te vingaste em nós do afouto Gama!
Pelos nossos desastres és famoso:
Maldito Adamastor! Maldita fama!

46
TIPO O NEGATIVO

 *SHÊNG*

*Não há o que temer,
pois o momento
é favorável ao sucesso,
mas é necessário trabalhar.*

*Existem em todo o homem, a todo o
momento, duas postulações simultâneas,
uma a Deus, outra a Satanás.
A invocação a Deus, ou espiritualidade,
é um desejo de elevar-se; aquela a Satanás,
ou animalidade, é uma alegria
de precipitar-se no abismo.*

CHARLES BAUDELAIRE

Dias depois do incidente LunaSole e do encontro com o Cabo das Tormentas, Santiago retomou sua vida. Nada mais parecia normal. Havia tanta ansiedade em puxar a linha condutora que levava à Página Perdida, que o rapaz passou a ignorar ainda mais as atividades nos Archivos Antigos.

Apenas Selene lhe tirava a concentração. O namoro ia muito bem. O casal acertava onde muitos outros erravam: não havia expectativas ou projeções do parceiro perfeito. Santiago não impunha regras, e Selene não tentava encaixá-lo em padrões predeterminados. Nenhum dos dois penalizava o presente por conta de erros de parceiros passados. Era uma simples e prazerosa descoberta mútua, lenta e leve.

Merest, o Cavaleiro LunaSole dissidente, havia sugerido que os rapazes procurassem pelos materiais das grutas no que ele chamou de acervo principal, que Santiago, Adso e Valente consideraram um arquivo morto. "O trocadilho é excelente para livros guardados em um cemitério", comentavam entre si.

Valente visitara o cemitério e encontrara a cripta da família Lunasole. Segundo o português, não havia meios possíveis de invadir o mausoléu durante o dia e, para tristeza de Adso, seria necessário uma visita noturna.

– Eu não vou, de maneira nenhuma! – disse o empreendedor de internet aos amigos.

– Ah, Adso, por favor. Não será a mesma coisa sem você – argumentou Santiago, enquanto se preparava para a incursão noturna ao cemitério.

– Por que você não pediu para Selene acionar a polícia e mandar uma viatura exumar a cripta? Não seria mais fácil?

– E você acha que não tentei? Ela disse que seria expulsa da corporação se fizesse isso.

Meia-noite. Os três se dirigiram ao Cemitério da Consolação. Dos 22 cemitérios públicos da cidade de São Paulo, essa era a necrópole mais antiga em funcionamento e a maior referência em arte tumular do Brasil. Apesar da beleza arquitetônica, Valente, Santiago e, principalmente, Adso não conseguiam admirar os arcanjos e santos presentes sobre as pesadas lápides de mármore.

Ao entrarem no cemitério, foram barrados por um segurança.

– Vocês aí. Aonde vão? – disse o homem, apontando uma lanterna em direção aos três.

– Estamos indo a um velório – respondeu Valente.

– Velório? Só há um esta noite. Vocês conhecem a pessoa velada?

– Sim, claro. Somos sobrinhos dele – mentiu novamente.

– Dela, você quer dizer, não?

– Sim, eu disse "dela". Desculpe meu sotaque.

– Sem problemas. Sigam até aquela sala ali.

Obedecendo à ordem do segurança, os três caminharam até a ala onde uma reduzida família velava uma senhora. Por maior que fosse o esforço, seria impossível para qualquer um deles, principalmente Valente, passar por sobrinhos daquela senhora asiática.

Adso, que usava a sutil camiseta "1ª regra da Página Perdida: nunca fale sobre a Página Perdida. 2ª regra da Página Perdida: nunca fale sobre a Página Perdida", tentou disfarçar diante da família da falecida, mas era evidente que eles estavam ali como penetras.

– Olá, viemos dar o último adeus à senhora... ela... e...

– Não precisa, Adso. Eles não estão nem aí pra gente. Vamos esperar o segurança sair da entrada para irmos às criptas. Você também vem, certo? – perguntou Santiago.

– Sabe que até já perdi o medo?– respondeu o empreendedor.

Inesperadamente, um rapaz de mais ou menos vinte anos se aproximou de Santiago:

–Você não é muito conhecido, mas eu sei quem você é.

– Isso mesmo, não sou conhecido ainda, mas meu livro até que vendeu bem. Você gostou de *As incríveis aventuras do Capitão Astrolábio*?

O rapaz respondeu baixo, para não tumultuar o velório:

– Passei muito tempo no hospital com a minha avó e lá...

– Eu sei – interrompeu Santiago –, em momentos assim, livros são grandes companheiros, não?

– Como eu dizia, lá eu ficava sem nada para fazer e pude reparar bem nos detalhes. Você é o rapaz do pôster sobre a sífilis, não?

Santiago afastou-se, enquanto os dois amigos seguravam o riso, e o rapaz, confuso, voltava à companhia da família.

Minutos depois, o segurança saiu da frente da entrada, e os três puderam invadir, secretamente, o enorme campo onde se encontravam os túmulos. A ronda dos guardas restringia-se ao lado de fora e ao setor dos velórios; portanto, estavam seguros.

– Não é nossa culpa, nascemos já com uma bênção, mas isso não é desculpa pela má distribuição... – cantarolou Adso para espantar o pavor que sentia ao caminhar entre túmulos no escuro.

– Já ouvi essa música. De qual grupo musical é? – perguntou Valente.

– É uma música antiga de uma banda de rock chamada Plebe Rude. A canção se chama "Até quando esperar", acho.

Santiago riu baixo.

– O que foi? – perguntou o empreendedor a Santiago.

– É que todos os nossos assuntos, mesmo os mais inocentes, sempre caem em algo relacionado a Camões, perceberam? Não sei se há relação direta proposital, mas o termo "Plebe Rude" apareceu primeiro em *Os Lusíadas*, sabiam?

Para provar sua afirmação, o rapaz recitou o Canto IX, estância 32:

Alguns exercitando a mão andavam/Nos duros corações da plebe ruda;/ Crebros suspiros pelo ar soavam/Dos que feridos vão da seta aguda.

– Santiago, você está precisando de umas férias – aconselhou Adso.

No caminho até a cripta, passaram por muitas e muitas ruas e vielas da imponente necrópole, que, à luz do luar, causavam arrepios. Como ocorreu das outras vezes, a lanterna de grande desempenho de Adso parou de funcionar.

– Pessoal, vi uma coisa – alertou Adso.

– O que era?

– Não sei, passou correndo atrás daquelas criptas.

– Foi só impressão.

Caminharam mais alguns minutos, e Adso novamente alertou os amigos.

– É sério pessoal. Olhei para trás e acho que vi uma mulher. Estamos sendo seguidos.

– Calma, Adso, não há fantasmas aqui ou em lugar nenhum, pare – disse Santiago.

– Valente disse que você viu uma alma penada na floresta, perto da gruta e...

– Nada disso, aquela senhora que me perguntou se eu tinha visto um cavalo estava bem viva... eu acho.

– Quem garante?

– Ouçam... – pediu Valente.

Em silêncio absoluto, os três escutaram risadas.

– Ai meu Deus, ai meu Deus, eu falei – Adso começou a se descontrolar.

– Vamos abaixar atrás daquele túmulo – sugeriu Santiago, mas Valente fez exatamente o oposto. Correu e pulou sobre as tumbas, usando-as como escada até atingir um ponto onde poderia ver a origem das vozes.

– Vejo velas e muitas pessoas. Estão vestindo roupas negras.

– Eu falei, eu falei. Desce daí, Valente. É algum tipo de seita e...

– Estão vindo – alertou o português, descendo rápido de sua torre de vigia improvisada.

O trio correu pela ruela e se encostou em uma pequena capela no meio do cemitério. Esperariam minutos até recuperar o fôlego, mas, antes disso, uma voz feminina os convidou:

– E aí, querem se juntar a nós?

Era uma garota morena, de cabelos longos e cacheados, vestida de preto, com longas unhas negras e maquiagem propositalmente pálida. Em segundos, perceberam estar cercados por jovens de aparência semelhante.

— Góticos — disse Santiago.

Era uma turma de quinze jovens de idades variadas e de ambos os sexos. Em sua maioria, analistas de sistemas e programadores, mas também era possível encontrar fotógrafos e ilustradores. Traziam consigo muita música, garrafas de vinho, velas e alguns livros. Não eram agressivos, e muito menos assustadores.

Santiago, Adso e Valente juntaram-se a eles em um acampamento improvisado.

— E aí? Vieram roubar túmulos? — perguntou o líder deles após alguns minutos de conversa e uma taça de vinho.

— Não, não, quero dizer, viemos roubar sim, mas não exatamente túmulos, ou melhor, são túmulos, mas não tem gente morta lá. Se bem que, são pessoas mortas, de certa maneira — respondeu Adso, péssimo em guardar segredo e ainda nervoso com a situação.

— Como vocês conseguiram entrar em um grupo tão grande e com tantos objetos? — perguntou Santiago.

— Na verdade, somos velhos de casa, sempre limpamos nossa bagunça e não somos vândalos. Isso nos permite passe livre — respondeu um deles.

— E também subornamos o gerente — comentou outro, levando todos a concluir que todo grupo tem o seu Adso.

— Pessoal, a conversa está ótima, mas temos uma missão a cumprir, vamos? — convidou Santiago, levantando-se.

Os grupos se separaram. Os góticos iriam para um tal Club Mort ouvir um certo *DJ* Velvet, enquanto o trio tinha a missão de localizar a cripta da família Lunasole que, segundo Valente, estava bem perto.

Ninguém no grupo de góticos notou quando um de seus membros, o mais jovem entre eles e o mais conhecedor de literatura romântica, se afastou para fazer uma misteriosa ligação.

— O Hostil Primário e mais dois estão aqui.

Quadras e alguns erros de Valente depois, chegaram ao local. Era uma grande cripta negra do mesmo tamanho da pequena capela, toda feita em mármore e metal. Uma pesada placa de chumbo trazia os dizeres:

Família Lunasole — Vivemos hoje como se fôssemos morrer amanhã.

Havia uma pequena portinhola na frente, parecida com a das outras criptas, com a diferença de que estava muito mais limpa e conservada. Todas as criptas apresentavam um cadeado pequeno para impedir a entrada de invasores. Esta, porém, mantinha uma grossa barra de ferro ligada a uma fechadura. Apenas o dono da chave acessaria o local.

– Perdemos tempo! – disse Santiago, procurando uma fresta ou qualquer outra coisa em algum lugar.

– Será que a chave não está embaixo de algum desses vasos? – disse Adso, fazendo que os amigos procurassem sob todos os pesados objetos de concreto.

– Eu tenho um pé-de-cabra no carro. Não perguntem o motivo. Esperem aqui – disse Valente, enquanto saía para buscar a ferramenta.

Minutos depois, Valente retornou de mãos vazias, cedo demais.

– Mas já, *Portuga*? Pegou um atalho?

– Não é isso. Mas creio ter visto um Cavaleiro LunaSole vindo para cá.

– Como sabe que era um deles?

– Não estava caracterizado como guarda ou gótico. Além disso, era feio, sinistro e tive a impressão de tê-lo visto no dia da reunião.

– E a tatuagem?

– Você acha que eu pediria para o homem arregaçar as mangas? Assim que o vi, corri para cá.

O homem era realmente um LunaSole. Atuava naquele quadrante da cidade e tinha sido acordado pelo jovem gótico há minutos. Entrou no cemitério com facilidade e disposto a resolver de uma vez por todas o problema do Hostil Primário e conquistar seu destaque na ordem.

Não tinha certeza se o interesse de seu alvo eram os livros secretos cuidadosamente acondicionados no acervo do quadrante de sua responsabilidade, mas, se fosse, sua função era proteger os documentos com a própria vida.

Chegou à cripta e procurou, na área externa, sinais de que o Hostil Primário tivesse passado por lá. Aparentemente, ninguém violara a sepultura; ainda assim, seria importante verificar a integridade interna.

Assim que girou a grande chave e destravou a barra de ferro, ouviu um som vindo da lateral da cripta. Poderia ser um sussurro, miado, não dava para definir sem olhar; por isso, o cavaleiro foi verificar. Para seu espanto, havia um homem agachado, com olhar de assustado. Era Adso:

— Buuu!

Por trás, Valente acertou a cabeça do cavaleiro com um pedaço de madeira encontrado no chão.

— Ai! — exclamou o homem, levando a mão à cabeça. A intenção de fazer o cavaleiro desmaiar não se realizou. Talvez, se a vida fosse um filme de Hollywood, a batida surtisse efeito, porém, neste caso, apenas causou grande dor ao estranho.

Valente bateu novamente:

— Ai, ai, para! — disse o cavaleiro, curvando-se.

Santiago interveio:

— Para, *Portuga*.

— Por que ele não desmaia?

— Porque isso não é televisão. Tragam ele aqui, já abriu a cripta. Segurem-no até que terminemos de olhar tudo.; Uma rápida revista foi suficiente para desarmar o sujeito e pegar seu telefone celular. Levaram-no com eles para dentro da tumba. Sua cabeça sangrava devido a um pequeno corte feito pelas batidas do português.

— Profanos! Saiam agora daqui, vocês não são dignos de examinar esses documentos.

— Sente-se aí e fique quieto — ordenou Santiago.

A parte interna da cripta parecia um pequeno depósito de livros, uma biblioteca em miniatura com o máximo do espaço aproveitado. Ao centro, uma escada levava a um pavimento inferior, que era uma réplica do de cima.

— São muitos livros, não conseguiremos olhar tudo em uma única madrugada — observou Valente.

— Portuga, não se esqueça de que meu trabalho é esse, lembra? Faço isso nos Archivos Antigos há muitos anos. Pegue a lanterna e aponte para aquela parede, acho que há um interruptor por aqui, veja no alto, lâmpadas.

Havia um pequeno botão próximo à porta, mas, ao ser pressionado, nada acontecia. O cavaleiro, então, começou a rir.

— Essas são as grandes ameaças à nossa ordem? Não consigo acreditar.

— Fechem a porta — sugeriu Adso.

— Como assim? — Valente perguntou.

— Feche a porta e aperte o botão que a luz acende — disse o empreendedor, mostrando ao cavaleiro sua perspicácia.

A sugestão funcionou, e Santiago pôde procurar os documentos LunaSole recolhidos na região das grutas. Passou por diversos compêndios interessantes, como quatro livros centenários chamados *Mirabilias*. Eram edições europeias com imagens de criaturas maravilhosas e terríveis descritas pelos navegantes das mais remotas épocas. Os desenhos demonstravam a criatividade e o pouco conhecimento científico do passado. Tribos de homens sem cabeça com um rosto em seus dorsos, seres alados com escamas, criaturas aquáticas místicas, plantas gigantes e outros animais fantásticos que animariam qualquer estudante de Criptozoologia.

Santiago também encontrou os manuscritos de um livro conhecido, chamado *Reino proibido*, do holandês J. J. Slauerhoff. Uma obra de ficção fantástica cujo tema principal era Camões.

Nele, um telegrafista da Irlanda passou a receber, a bordo de seu navio rumo à Índia, estranhos sinais vindos do passado. Quanto mais se aproximava de Macau, os sinais ganhavam força, até que o espírito de Camões lhe tomou a mente e o protagonista viveu, por determinado período, os amores e aventuras do poeta português. Era uma obra excepcional.

O tempo passava, enquanto Santiago procurava os documentos e se espantava com os materiais encontrados na cripta. O Cavaleiro LunaSole olhava com desprezo para os três, humilhado e impossibilitado de reagir ou escapar. Vez ou outra, lançava uma maldição ameaçadora, mas nada que causasse preocupação.

— Santiago, veja, creio ter encontrado uma organização bibliográfica — comentou Valente com um pequeno caderno na mão.

O português lançou o objeto à mão de Santiago, que o folheou com atenção:

— Está certo, *Portuga*. Aqui estão anotadas as origens e os destinos dos documentos desta cripta, bem como sua organização aqui dentro. Deixe-me ver...

Todos permaneceram em silêncio, até que Santiago soltou um grito que ecoou pela necrópole vazia:

— É isso!!

— O que foi? Achou o livro? — perguntou Adso, esperançoso.

— Não. Achei dois livros.

47

A VERDADE SOBRE O PRÍNCIPE DOS POETAS

K'UM

O silêncio e a força interior são o caminho para a boa fortuna. Não se deixe quebrar pela opressão.

E sei que o registro que faço é verdadeiro; e faço-o com minhas próprias mãos e faço-o de acordo com o meu conhecimento.

Livro dos Mórmons,
i Néfi 3

A saída da cripta foi tudo, menos tranquila.

Apesar do reduzido tamanho do corte em sua cabeça, o Cavaleiro LunaSole já vertera uma quantidade razoável de sangue e não estava em condições de ser solto na rua. Além disso, Santiago temia que ele tentasse segui-los ou avisar outros para que o fizessem.

A ideia que pareceu mais correta ao trio foi deixar o cavaleiro trancado na cripta e levar a chave. Assim que estivessem seguros, ligariam do celular dele para que algum conhecido fosse buscá-lo no cemitério.

— Mas, e se outros como ele estiverem nos aguardando lá fora?

— Eles não o conhecem, Adso. Você sairá primeiro, pegará o carro de Valente e o trará para dentro do cemitério para nos buscar, que tal?

Contrariado, o empresário seguiu o plano, enquanto Valente trancou a cripta e se despediu do cavaleiro:

– *Hasta la vista*!

No caminho de volta, Santiago usou o aparelho do homem para solicitar que seus amigos fossem resgatar o prisioneiro da cripta. Santiago ligou para o primeiro número registrado. Uma voz masculina atendeu:

– Alô? – não parecia sonolenta ou cansada para aquela hora da madrugada.

– Aqui quem fala é aquele que vocês erroneamente chamam de Hostil Primário.

A voz emudeceu por instantes, e em seguida perguntou:

– O que fez com o irmão?

– Ele está trancado na cripta da família Lunasole no cemitério. Está ferido e precisa de ajuda – após dizer isso, Santiago desligou o telefone sem confessar que aquela conversa lhe havia dado arrepios.

Santiago pegara dois livros da cripta: *Diário do Frei Quim de Sá* e *A verdade sobre Luís de Camões*. Ambos não eram livros publicados oficialmente, mas edições apócrifas desenvolvidas pela Milenar Irmandade dos Cavaleiros da Lua e do Sol.

O diário citava veladamente a Página Perdida. Dizia que o frei, em passagem pela cidade de Santos, recebeu presentes de muitos fiéis. Dentre os regalos, o mais curioso foi um documento de um morador das grutas, um português.

Segundo frei Quim de Sá, o homem lhe deu um papel manuscrito que chamou de "importante poema sobre a localização de um objeto do Senhor Todo-Poderoso". No Rio de Janeiro, Quim de Sá entregou o tal poema a outro religioso católico, frei Vicente Rodrigues Palha, também chamado frei Vicente do Salvador, autor de *História da custódia do Brasil*, que estava em sua última visita àquela inóspita cidade.

"Os Cavaleiros LunaSole não relacionaram que o 'importante poema sobre a localização de um objeto do Senhor Todo-Poderoso' era a Página Perdida de Camões com a localização da Máquina do Mundo, e que o português morador das grutas era Antonino. Por isso, para eles, a última parada da Página é Santos", pensou Santiago, com grande satisfação.

Historicamente, era de conhecimento geral que frei Vicente perdera os originais de sua obra na viagem de volta à Bahia; porém, o diário citava que, no Rio, o frei avistara "estranhíssimos pratos iluminados girando no céu noturno" e, por isso, deixara a cidade às pressas, amedrontado.

Na partida, levou apenas a Página recebida em Santos, deixando os originais do próprio livro que escreveu. A caminho de Salvador, o baú do frei Vicente com o documento foi roubado por um ladrão que ia para Pernambuco. Arrependido posteriormente, o ladrão deixou o baú com todos os pertences na Missão Jesuíta Pernambucana.

Muitos anos depois, um padre jesuíta, vindo de Pernambuco, contara essa história ao frei Quim, que a registrou em seu diário pouco antes de morrer. Com isso, o tal documento misterioso tinha sido deixado dentro do baú do frei Vicente na Missão Jesuítica.

"Então, a Página está lá em Pernambuco, em algum museu ou arquivo, longe da vista dos cavaleiros, que nunca sequer chegaram perto das informações como cheguei. E o mais interessante de tudo é que descobri isso em um diário que estava com eles", pensou o rapaz, partindo para avaliar o outro livro trazido da cripta.

A verdade sobre Luís de Camões, possivelmente, era um dos livros que os anciãos LunaSole tinham citado como básicos para qualquer cavaleiro. Nele, a história do Príncipe dos Poetas portugueses era contada de maneira cronológica, porém, com algumas diferenças da já defasada e imprecisa história conhecida.

Camões perdeu o pai muito cedo. O homem tinha viajado à Índia como capitão de uma caravela, que naufragou perto de Goa. A partir daí, Camões interessou-se em conhecer Goa e toda a vastidão do mundo. Poderia não ser um poeta, mas seria, sem dúvida, um aventureiro.

Por outro lado, o jovem Camões revoltou-se com a sorte e o destino que jogavam com a vida humana, e passou a valorizar mais a pátria, os ideais clássicos de perfeição e justiça. Educado em Lisboa por dominicanos e jesuítas, foi iniciado em conhecimentos antigos por meio de livros raros e apócrifos. Conheceu, assim, o lado oculto e misterioso da vida.

Destacou-se entre os demais alunos por sua inteligência e sagacidade. Seus professores, então, o prepararam para uma missão de extrema importância: trazer a Máquina do Mundo para o domínio de Portugal, a fim de tornar esse país o império da justiça no mundo. Eles acreditavam que o império português livraria a África e a Ásia da pobreza, miséria, atraso científico e tecnológico, além de acabar com as falsas religiões que praticavam.

Enviado a Coimbra, cursou Artes no Convento de Santa Cruz. Seu tio, Dom Bento de Camões, era prior do mosteiro e chanceler da universidade. Ciente da missão do sobrinho, da tendência aventureira e da inteligência superior do garoto, colocou-o em um intenso treinamento.

Apesar do temperamento difícil, Camões estudou artes de combate, latim, italiano, castelhano, literatura clássica grega e romana, filosofia, mitologia, história, astronomia, poesia medieval e geografia. Algo exageradamente heterodoxo para a época. Mergulhou em Petrarca, Dante e todos os filósofos e escritores clássicos e de sua época. Aprendeu tudo sobre artefatos antigos, alquimia, cabala e filosofia oriental.

"Agora está explicado o conhecimento do poeta, a citação universalista de astronomia e outras ciências de difícil aprendizado na época por uma única pessoa", concluiu Santiago.

Parte de seu aprendizado conhecimento foi assimilar que a Máquina do Mundo traria prosperidade a seu povo, mas também poderia trazer miséria e mazelas se mal conduzida. Por conta desse fato, aprendeu a lidar com os estranhos Cavaleiros da Lua e do Sol – também chamados de Cavaleiros da Morte Próxima –, que se espalhavam por toda a Europa, na época, em busca do artefato.

Camões foi enviado à corte em Lisboa para se aproximar das grandes celebridades daquele tempo, os descobridores e viajantes. Seu objetivo inicial era se infiltrar entre esses homens e avaliar se os Cavaleiros LunaSole faziam o mesmo.

De 1542 a 1545, frequentou a corte como um fidalgo inteligente, galanteador e esperto. Como um verdadeiro espião, descobriu os objetivos políticos do reino que tanto amava com o objetivo de mapear as próximas viagens e fazer parte delas.

Seu temperamento instável e o excessivo interesse pelas mulheres proibidas trouxeram-lhe a fama de folgado, briguento e galanteador. Dotado de grande inteligência e conhecimentos variados, além de muita impetuosidade e espírito aventureiro, passou a ser chamado de Trinca-Fortes, tornando-se, então, soldado, guerreiro, poeta e amante.

Suas pesquisas haviam apontado a existência de um vizir em Ceuta que detinha pistas verdadeiras sobre a Máquina do Mundo. Assim, Camões alistou-se na milícia e foi para Ceuta no outono de 1549. Em meio às batalhas por seu país, conheceu o vizir, que lhe passou as informações em troca de seu olho direito.

"Se seu olho te envergonha, arranca-o fora", pensou Santiago enquanto estudava as informações.

De volta à corte, foi chamado por uma fidalga sem classe de "cara-sem-olhos". Decidiu, então, andar com as prostitutas das ruas da Mancebia, do Pátio das Arcas e da Taberna Malcosinhado. Nessa época, descobriu dois contatos infiltrados entre os Cavaleiros LunaSole.

Em 1552, no dia de Corpus Christi, no Largo do Rossio, os dois contatos dirigiam-se, mascarados, como manda o protocolo da ordem, a um encontro LunaSole quando foram atacados pelo criado da corte, Gonçalo Borges. Camões os ajudou e feriu o homem no pescoço. Ficou preso por nove meses, recebendo visitas e auxílio dos dois agentes que ajudou. Em sua última visita, os homens informaram ao poeta uma nova e importante pista.

Para soltar Camões, os espiões usaram os fundos dos próprios LunaSole e pagaram quatro mil de esmoler por sua liberdade. Como Gonçalo Borges estava "são, sem aleijão e livre de deformidade", o poeta foi libertado.

"Ninguém nunca compreendeu realmente por que Camões ajudara dois mascarados a enfrentar o tacanho Gonçalo Borges. Ele estava ajudando espiões infiltrados que iam a um encontro semelhante ao que fui", pensou.

Livre, Camões partiu em um navio para a Índia, onde serviria por três anos na Nau de São Bento, do capitão Fernão Álvares Cabral. As batalhas e viagens em que se envolveu posteriormente estavam diretamente ligadas às pistas que recolheria para encontrar a Máquina do Mundo.

Participou de uma expedição punitiva contra o rei de Chemba, na Costa do Malabar, a mando do vice-rei Dom Afonso de Noronha. Combateu mouros no Egito, Malabares e Mar Vermelho. Empunhou a espada e a pena praticamente todos os dias. Escreveu seus poemas e banhou sua espada no sangue dos inimigos com diferença de horas. O disfarce de soldado o ajudou a enganar os Cavaleiros LunaSole e a defender as conquistas de seu país.

Viajou por todo o mundo antigo descobrindo segredos, perdendo-se em viagens e sendo resgatado. Passou por Sumatra, Java, Ternate, Tidore, Bornéu, Banda, Sonda e Timor, entre outras ilhas, penínsulas e continentes. Não se sabe ao certo exatamente onde, mas Camões finalmente encontrou a Máquina do Mundo. Jamais ousou manipular o artefato em benefício próprio.

Cumprida sua missão, precisava informar o monarca português e seus tutores, mas temia ser pego ou, pior, entregar a localização do valioso artefato a alguém controlado pelos Cavaleiros LunaSole. Uma guerra partidária influenciada por tais cavaleiros ocorria em seu país.

Em 1556, como provedor-mor de defuntos e ausentes, em Macau, descobriu a gruta de Patane, onde escreveu sua principal obra, *Os Lusíadas*. Nela, exaltou seu povo, mostrou ao mundo sua vitória e, veladamente, mostrou o local exato da Máquina do Mundo. Nesse período, conheceu o grande amor de sua vida, a chinesa Dinamene.

O doce amor de Dinamene fê-lo acreditar novamente na sorte e no destino. A mulher lhe mostrou *O livro das mutações*, o *I Ching*, e apresentou um ponto de vista em que cada homem deveria lutar por sua própria evolução, e que tudo sempre se desencadearia da melhor maneira. Que o destino e o livre-arbítrio, o acaso e o controle eram, na verdade, a mesma coisa.

Em dúvida sobre revelar ao mundo e ao seu monarca sobre a Máquina do Mundo, partiu novamente para Goa, na Nau de Prata, e pediu que o capitão fosse cuidadoso, pois, com ele, estava seu maior tesouro. Na foz do rio Mekong, no Camboja, o barco naufragou.

A emblemática perda de seu amor e de uma única página, que, especificamente, revelaria a localização da Máquina do Mundo, levou o poeta a desistir de revelar ao mundo sobre o artefato. Para ele, aquilo havia sido um valioso sinal de que ninguém estava pronto para manipular o objeto.

Camões arriscara sua vida para salvar Dinamene, a página com a localização, e, por último, sua obra. Mas apenas conseguiu resgatar a última, que narrava os feitos da civilização portuguesa que o colocavam como predestinado a honrar Portugal.

Nos anos seguintes, sob a perseguição dos Cavaleiros LunaSole, foi preso e saqueado diversas vezes. Constantemente torturado e interrogado, o poeta, em momento algum, revelou a localização da Máquina do Mundo.

Em 1567, compôs o erudito *Parnaso de Luís de Camões*, com muita doutrina e filosofia. A história contou que o livro se perdeu, mas, na verdade, os Cavaleiros LunaSole levaram os manuscritos para estudar possíveis informações veladas no texto. Santiago descobriu, ao conhecer a verdadeira vida de Camões, que o raro *Parnaso* estava em posse da ordem até o presente.

Quando retornou a Portugal em 1570, dezessete anos após ter saído de seu país, Camões conheceu o jovem javanês António e o alfabetizou. Dois anos depois, publicou *Os Lusíadas*, e foi convidado a ler a obra para o jovem rei Dom Sebastião.

Camões notou que Dom Sebastião era o Arthur prometido, e contou ao monarca a verdade sobre sua missão, a Máquina do Mundo e o destino de Portugal. O poeta percebeu que, nas mãos do rei, o artefato seria usado com grande sabedoria.

Ninguém soube ao certo as instruções que Camões deu ao seu rei. O fato é que, em 1578, desnecessariamente, Dom Sebastião guerreou em Alcácer-Quibir e desapareceu. Historiadores da ordem especularam, por séculos, se o rei chegou a encontrar a Máquina do Mundo. Nos corredores da Irmandade LunaSole, alguns dizem que ele encontrou o artefato e, assim, transcendeu a existência mundana. Outros, que forjou sua morte e roubou a máquina. Estranhamente, os povos de Portugal e do Brasil passaram a esperar o retorno triunfante do rei para colocar novamente o mundo em ordem.

Apesar da insistência enfática dos cavaleiros para que Camões revelasse a localização da Máquina do Mundo, e até dos apelos de seu empregado javanês para que vendesse a informação ou, ao menos, fosse atrás do artefato em benefício próprio, o poeta nunca fez nada nesse sentido, e, por isso, morreu realmente em estado de pobreza.

Dias antes de morrer, profetizou ao amigo Francisco de Almeida que Portugal morreria com ele. Exatamente no ano de sua morte, Portugal foi dominado por Castela. Segundo documentos, o poeta escreveu:

Enfim, acabarei a vida, e verão todos que fui tão afeiçoado à minha pátria, que não me contentei em morrer nela, mas com ela.

— Eu era cego, e agora vejo — disse Santiago, citando o evangelista João, capítulo 9, versículo 25.

Era hora de contar aos amigos sobre a verdadeira vida de Camões e os próximos passos na busca da Página Perdida: pesquisar materiais históricos da Missão Jesuíta Pernambucana.

Repentinamente, o telefone tocou. Não era o aparelho celular de Santiago, mas o do Cavaleiro LunaSole deixado na cripta. Não dava para identificar quem estava ligando. Santiago atendeu:

– Hostil Primário? Só para lhe avisar que não resgataremos nosso irmão preso na cripta. Deixaremos lá para que ele morra, pois esse é o destino de todos nós: morrermos amanhã.

48

VAN DOOD, EXCELÊNCIA E A SERRAÇÃO DO VELHO

 CHING

Nos assuntos humanos, os ilimitados poços da força espiritual devem ser mantidos sempre em mente.

Manicômio: subst.masc. (grego manía+komeín) Hospital de doentes mentais.

MICHAELIS – MODERNO DICIONÁRIO DA LÍNGUA PORTUGUESA

Noites depois, no Bartenon, Santiago, Selene, Valente, Lábia e Adso encontraram-se. A policial estava mais aliviada; apesar de ainda não ter capturado Adamastor, sentia que, com a aparência incomum do psicopata, dificilmente conseguiria se manter anônimo por muito tempo.

– Logo haverá uma matéria reveladora no canal de maior audiência do país sobre os crimes. Eles contarão, inclusive, a verdadeira história do assassino e abrirão para denúncias anônimas – comentou a policial.

Adso, que vestia uma camiseta com os dizeres "Seja alguém sem computador", estava de partida para Pernambuco, para inaugurar um novo escritório de uma de suas empresas.

— Vou aproveitar para pesquisar sobre a Missão Jesuítica Pernambucana. Já acionei uns contatos lá. Pena que nenhum de vocês possa vir comigo — comentou o rapaz com um olhar insinuante para Lábia.

Tocava "Torch", da dupla inglesa Soft Cell. Santiago adorava essa música, lembrava-lhe das primeiras saídas noturnas no fim da adolescência. Estranhamente, por toda a vida, a canção lhe trazia uma nostalgia desconhecida, um sentimento de saudade de alguém que ele não conhecera até dar o primeiro beijo em Selene, na sacada de seu apartamento.

Apesar da música, da presença dos amigos e do relacionamento com Selene, Santiago estava entristecido com a possível morte do Cavaleiro LunaSole que ele tinha deixado preso na cripta.

— Não fique assim, amigo. Se voltássemos lá para soltar o sujeito, cairíamos em uma armadilha. A culpa não é nossa. Eles poderiam salvá-lo, e não quiseram — disse Valente.

— Isso, se não salvaram, não é? — perguntou Adso.

— Sinceramente, não sei como vocês se meteram em tantas encrencas e saíram ilesos. É muita sorte — comentou Lábia, ainda não completamente a par de tudo o que estava acontecendo.

— Eu que o diga — reafirmou Selene. — Fiz Santiago prometer que não se aventurará mais sem me chamar. Posso não ir como policial, mas irei como pessoa treinada e habilitada em combate e uso de armas.

A pedido de Santiago, Lábia havia trazido uma breve pesquisa sobre a Missão Jesuítica Pernambucana. Antes, porém, Sócrates interrompeu a música na hora do dueto — a parte preferida por Santiago — para propor o novo desafio.

— Atenção, filósofos e filosofetas. Esta é difícil: mentira sem rima é a árvore de Tolkien. Quem acertar, já sabe, escolhe a música ou uma bebida.

Mestre em língua inglesa, Valente demorou trinta segundos para decifrar o enigma, cinco para terminar sua bebida, dez para chegar ao palco, cinco para chamar a atenção de Sócrates, mais cinco para subir no palco e cinco para falar o resultado no microfone. Foi um minuto entre a proposta do enigma e a solução dita no microfone em sotaque luso-brasileiro.

— Mentira sem rima é a árvore de Tolkien. Tire as letras de rima da palavra mentira e sobrará ent. Na literatura do mestre J. R. R. Tolkien, Ent é o nome da raça de árvores humanoides da Terra-média.

Todo o Bartenon aplaudiu o português que, ao descer, provocou Santiago:

— Estás lento, meu amigo. Logo te passarei no *ranking*.

Santiago sorriu. Estava mais interessado nas informações que Lábia havia trazido.

— Bem, o que aprendi sobre essa tal Missão Jesuítica Pernambucana é que, em 1683, Maurício de Nassau chegou ao Estado com a expedição protestante holandesa e combateu os jesuítas. Dos trinta e quatro padres da aldeia, apenas um sobreviveu para montar a Guarda dos Tesouros Jesuíticos. Pelo que verifiquei, o baú do tal frei foi para lá também.

— Então, estamos como antes. Íamos pesquisar a Missão Jesuítica, agora precisamos ver o que aconteceu com a Guarda dos Tesouros Jesuíticos? Deu na mesma, não?

— Na verdade, não — disse Santiago. — Eu temia que o baú tivesse permanecido com a Ordem dos Jesuítas. Tinha esperança de que tivesse mudado de mãos. Isso porque, em 1773, o Papa da época, acho que Clemente XIV, acabou com a Companhia de Jesus. Sei disso porque estudei em colégio jesuíta a vida inteira. Quando o Papa fez a tal bula, que, se me lembro, chamava *Dominus Redemptor*, todos os jesuítas passaram a ser marginais. Os tesouros da ordem foram, a partir de então, confiscados pela igreja. Agora temos todo o vasto universo da Igreja Católica para procurar. Fim da linha.

Todos pareceram se entristecer com a conclusão. Pelo resto da noite não tocaram mais no assunto e, mais cedo do que de costume, cada um se despediu e saiu. No dia seguinte, Santiago chegou cedo aos Archivos Antigos. Os seguranças vigiavam o local, e os novos pesquisadores dedicavam-se com afinco aos livros.

Como fazia diariamente, checou sua mesa em detalhes na busca por possíveis objetos envenenados. Em seguida, foi chamado pelo chefe, Carlos Traditore:

— Bom dia, meu rapaz, como vai meu pesquisador mais inteligente?

— Bom dia, Traditore. Estou bem, e você?

— Estou bem, mas, aparentemente, você está abatido, não?

— Não, Traditore. Talvez só um pouco cansado, mas tudo bem.

— Olha, rapaz, nem me fale de cansaço. Você sabe o que é ter de levantar quatro vezes na mesma noite para ir ao banheiro? Acredite, velhice pode ser uma lástima. E o pior é que esse monte de livro velho e empoeirado ataca minhas alergias também. Nunca gostei de livro, ainda mais empoeirado...

Santiago voltou à mesa e retomou seu trabalho. Tudo transcorreu normalmente até o fim da manhã, quando Adso telefonou de Pernambuco:

— Santiago? Tenho novidades, cara.

— É mesmo? O que descobriu?

— Eu não disse a você que pesquisa em campo é sempre melhor que ficar enfiado no meio de livros? Assim que cortei a fita do novo prédio, fui com um contato até o acervo estadual atrás de informações sobre a tal Guarda dos Tesouros Jesuíticos. Ouve essa...

Adso contou a Santiago que o homem responsável pelos tesouros jesuíticos era um certo Sebastião Van Dood Araújo, e que, quando os jesuítas foram marginalizados, ele transferiu tudo para sua casa, na própria cidade.

— Ótima notícia, Adso. Mas você sabe que fim levou esse homem?

— Na verdade, o povo aqui especula muito, mas o melhor vem agora: há um estudioso de história que defendeu uma tese sobre esse caso. Adivinha onde ele trabalha? Aí na universidade, no Departamento de História, claro.

Santiago anotou o nome do renomado professor e, assim que terminou a ligação, contatou o homem, que lhe pediu que o procurasse em duas horas. Ansioso pelo encontro, Santiago voltou às suas atividades sem muita ênfase.

— Você é Santiago Porto, certo? — perguntou a garota à sua frente, acompanhada por um rapaz que segurava uma câmera, minutos depois.

— Sim sou eu. Quem é você?

— Sou a repórter designada para a matéria do Psicopata das Línguas. A capitã Selene nos informou de que você foi um dos responsáveis pela descoberta da identidade do assassino. Podemos gravar uma entrevista?

— Agora? Assim? Nem me preparei.

— Está ótimo. Podemos rodar?

A insistente repórter e sua inesperada entrevista foram ótimas maneiras de passar o tempo até a hora de falar com o professor. Na hora marcada, Santiago compareceu ao Departamento de História onde se encontrou com o professor e um de seus assistentes.

O homem, com sessenta anos, era baixo, magro e grisalho. Usava óculos, camisa xadrez e calça de tergal. Seu assistente era um jovem de vinte anos, moreno, magro. Usava brinco, corrente de prata no pescoço e vestia uma camisa social branca.

— Escute aqui, Jairo, se você deixar que outra ponta de flecha dessas se quebre, precisarei demiti-lo, entendeu? E descontarei o valor do seguro da sua rescisão — falou o professor ao rapaz, que limpava os itens históricos com um espanador.

— Sim, senhor. Desculpe, professor — falou o assistente ao professor, que já não dirigia mais atenção a ele e sim a Santiago, recém-chegado à sala.

— Você é o jovem interessado em falar sobre a Missão Jesuítica Pernambucana, não?

— Na verdade, quero ir além disso, professor. Sei que a missão se transformou na Guarda dos Tesouros Jesuíticos e, quando foi fechada, teve seus objetos guardados na casa de um sujeito.

— Sebastião Van Dood Araújo era o nome do sujeito; você está muito bem informado.

— Obrigado, professor. Eu só queria saber, na verdade, o que aconteceu com os tesouros e, em especial, com um baú roubado do frei Vicente.

— Acho interessante você falar desse baú, e vou lhe explicar o motivo. Antes, porém, vou à sala ao lado buscar umas anotações que fiz sobre isso. Você espera? — pediu o professor.

— Claro, certamente.

Assim que o professor saiu da sala, Jairo, seu assistente, aproximou-se de Santiago e lhe mostrou algo perturbador:

— Santiago, certo? Quero que veja isso — falou, enquanto dobrava a manga da camisa e expunha sua tatuagem LunaSole.

— Como? Você é um deles e...

— Estamos seguindo você, monitorando cada passo. Não sabemos exatamente o que você quer com o professor, mas aviso-lhe para tomar cuidado, pois estamos ao seu redor, somos muitos, e somos inteligentes.

Santiago ficou paralisado por segundos. Tinham ouvido sua conversa ao telefone, e, enquanto não pudessem matá-lo, espionavam-no. Levantou-se, então, com o olhar fixo em Jairo, que sorria, desafiador.

— Sim, vocês são muitos. Sim, vocês estão ao meu redor, e sim, vocês estão monitorando cada passo meu — falou Santiago, afastando-se do rapaz e dirigindo-se a uma prateleira. — Mas não, vocês não são inteligentes. Nem um pouco. Você devia ter escutado o que falaríamos antes de se revelar.

Santiago pegou uma ponta de flecha rara na prateleira, jogou-a no chão, quebrando-a e, no momento seguinte, retornou à cadeira onde estava.

— O quê? Maldito! — gritou Jairo, segundos antes de o professor entrar na sala.

— O que está acontecendo aqui? Jairo, você quebrou outra flecha? Lamento, mas, como disse, terá de se retirar. Passe nos Recursos Humanos, por favor.

Jairo saiu com cara de ódio, olhando fixo para Santiago, que, por dentro, sentia medo, mas também via certa graça no ocorrido.

— Desculpe-me, Santiago. É tão difícil contratar bons assistentes hoje em dia. Como estão as coisas nos Archivos Antigos?

— Bem, bem, professor. Muito trabalho.

— Imagino. Com tantos documentos novos, não? Bom, vamos ao que interessa...

O professor mostrou a Santiago sua pesquisa, que comprovava que Sebastião Van Dood Araújo tinha sido internado em São Paulo. Era uma história interessante.

Anos depois de a Guarda dos Tesouros Jesuíticos ter sido fechada por ordem do Papa, Van Dood manteve em sua casa tudo o que recolheu de seu antigo local de trabalho. Desempregado, passou a trabalhar com artes, fundindo objetos de metal para vender.

Ocorria em Pernambuco, na quarta-feira de cinzas, a tradicional Festa de Serração do Velho, quando grupos de garotos visitavam as casas em busca de pessoas idosas para serrá-las simbolicamente. Um dos jovens serrava uma tábua dentro da casa da vítima, enquanto os demais imitavam gritos e lamentos. Apesar de ser apenas uma brincadeira, muitos idosos não gostavam da tradição, pois acreditavam que os serrados não chegavam à próxima Quaresma.

Coincidência ou não, Van Dood morreu meses depois de ter participado da festa e ter sido um dos serrados, segundo a pesquisa do professor. Na noite de sua morte, foram chamadas algumas mulheres para cantar versos fúnebres ao defunto e, posicionadas atrás da cabeceira de Van Dood, as cantoras entoaram, sem o acompanhamento de instrumentos, doze versos que falavam de arrependimento e fé.

Para o espanto dos familiares e amigos, Van Dood despertou naquela noite. Ninguém jamais explicou exatamente o ocorrido, mas o fato é que, aparentemente, o homem voltou à vida. Essa foi a primeira Excelência, tradição que se perpetuou no Norte e Nordeste do Brasil a partir de então, quando carpideiras passaram a ser chamadas para chorar e cantar diante do caixão para que o morto fosse salvo dos pecados ou então ressuscitasse, como Van Dood.

O medo que os amigos e vizinhos passaram a ter do velho Van Dood e o trauma da experiência o enlouqueceram. Interessados no caso do pernambucano, médicos de São Paulo trouxeram-no para um manicômio. Foi um caso famoso na época, revisitado diversas vezes pela mídia.

Sebastião Van Dood Araújo passou seus últimos anos desenvolvendo peças artísticas em bronze e chumbo. Morreu em São Paulo, nesse mesmo manicômio, décadas depois. Como espólio, havia trazido apenas um baú de Pernambuco, que, em sua loucura, dizia conter o grande tesouro descoberto por Camões.

A história era incrível, e trazia novas esperanças a Santiago. A pesquisa do professor não ia muito além das tradições pernambucanas, deixando a linha de pesquisa de Van Dood de lado. O importante era que o baú com a Página Perdida tinha vindo para São Paulo.

Na mesma noite, Santiago avisou Adso e Valente sobre sua descoberta. Como os registros sobre Van Dood e o baú se encerravam no manicômio, nada mais natural do que prosseguir as pesquisas a partir daquele lugar.

O que eles não imaginavam era que, depois da pesquisa que fariam no terrível manicômio, as aventuras nas grutas e no cemitério poderiam ser consideradas contos infantis.

Luciano Milici

PAPÉIS DE SANTIAGO:
SOBRE O GIGANTE ADAMASTOR

(Início do trecho de doze páginas de pesquisa...)

Baseado na mitologia grega e também na romana, o Gigante Adamastor é um personagem de *Os Lusíadas*. O poeta Fernando Pessoa também se refere a ele no poema "O Monstrengo".

O Gigante Adamastor é uma referência ao Cabo das Tormentas ou Cabo da Boa Esperança, ao sul do continente africano.

Na mitologia, Adamastor é um dos gigantes filhos de Gaia que enfrentaram Zeus, o pai de todos os deuses. Como foram derrotados, os gigantes foram transformados em acidentes geográficos.

No Canto V de *Os Lusíadas*, Adamastor aparece como o monstro que afunda os barcos e chora sobre o mar, salgando-o. É a natureza dificultando o avanço das navegações.

Camões conta que Adamastor sofre por um amor impossível, a deusa Tétis. Bocage fez um poema para tal personagem, que também é citado por Voltaire, quando este escreveu um capítulo inteiro ao poeta português.

Em *Intermitências da Morte*, de José Saramago, em *O Conde de Monte Cristo* e em mais cinco obras de Alexandre Dumas, o Gigante Adamastor também é citado.

Eu, talvez, escreva algo sobre o personagem também, assim que resolver os crimes e encontrar a Página Perdida, quem sabe?

Também encontrei evidências em... (a pesquisa de Santiago segue além daqui...).

49

DEMENTIA

KO

*Se os motivos são verdadeiros
e a ocasião é propícia, grandes
mudanças podem ser realizadas.*

*A única diferença entre a loucura
e a saúde mental é que a primeira
é muito mais comum.*

Millôr Fernandes

O manicômio paulista do século XVIII estava fechado desde 1930.
 Localizado em um bairro tradicional da periferia de São Paulo, o antigo hospital abrigou centenas de pacientes ao longo de sua história. Objeto de diversas matérias jornalísticas devido aos seus tratamentos polêmicos, envolvendo alucinógenos e terapias de eletrochoque, o manicômio mantinha uma ala de arquivos e documentos intacta. Brigas na justiça entre descendentes dos donos do terreno; a prefeitura e os herdeiros do fundador do hospital mantiveram o prédio em pé e intocável desde seu fechamento.
 Por decisão da lei, o prédio foi mantido trancado e isolado, sendo permitida apenas a entrada de jornalistas ocasionais para a produção de matérias, nem sempre muito sérias, envolvendo lendas sobrenaturais e casos de aparições de fantasmas de internos e funcionários.
 Adso negara-se enfaticamente a comparecer. Não havia maneira de ele aceitar participar de mais essa invasão. Mais uma. "Está se tornando um hábito perigoso. Já ouviu falar em pedir por favor?", dissera a Santiago após dispor-se a ajudá-lo no que

fosse necessário, contanto que não envolvesse incursões noturnas em locais abandonados. O empreendedor não tinha gostado da aventura no cemitério, e só de ouvir o que os amigos haviam passado nas grutas ficava arrepiado.

Valente, por outro lado, quis apenas saber o local e o horário.

— Seguinte, *Portuga*, espere-me em frente à madeireira abandonada ao lado do manicômio. Passei lá em frente outro dia, é uma tal Madeireira IHS. Chegarei à meia-noite.

— Vais avisar Selene?

— Não. Prefiro não colocá-la em perigo.

— Já no meu caso, não te importas, certo?

À noite, a caminho do manicômio, Santiago recebeu uma ligação. Era Edna Enim:

— Oi, Santiago, como vai?

— Edna? Não acredito. Você sumiu, há muito para lhe contar.

— Peço sinceras desculpas. Estive completamente impossibilitada de encontrá-lo. Diga-me, como está a pesquisa?

— Edna, seria impossível falar ao telefone sobre tudo. Quando puder, me procure.

— Você está bravo comigo?

— Não é isso. É que desde nossa última conversa, corri muito perigo. Os tais cavaleiros, você não imagina como são loucos e...

— Imagino sim. Na verdade, sei bem, acredite.

— Ótimo. Apareça quando puder. Provavelmente hoje conseguirei, enfim, encontrar a Página. Amanhã poderemos conversar, então.

— Está tão próximo assim? Santiago, muito obrigada, e boa sorte. Até mais.

Santiago ia se despedir, mas sentiu necessidade de acrescentar algo:

— Edna...

— Sim?

— Não faço isso por você.

— Como assim?

— Não a conheço, não sei quem você é. Faço isso por Camões, pela importância que a Máquina do Mundo tem. Faço para atrapalhar os cavaleiros. Mas não por você. Desculpe ser sincero, mas não sei se posso confiar em você.

Edna ficou em silêncio alguns segundos, e então disse:

– Santiago, um homem nem sempre faz o que quer, mas sempre faz o que precisa ser feito. Você está fazendo o certo, e isto é o que importa. Novamente, desejo muita sorte e agradeço todo o empenho – e desligou.

"Um homem nem sempre faz o que quer, mas sempre faz o que precisa ser feito", repetiu, mentalmente, a frase dita pela misteriosa mulher enquanto chegava ao manicômio.

Em frente à Madeireira IHS estavam Valente, Selene, uma viatura e dois policiais. Pela expressão, Valente também não entendeu a presença da policial lá.

– Eu não lhe pedi para me avisar em caso de novas aventuras? – perguntou a policial.

Antes que Santiago respondesse, a bela prosseguiu:

– E não adianta vir com beijos agora, senhor Santiago. Foi fácil descobrir seu plano. Bastou pressionar Adso que ele contou tudo rapidinho.

– Selene, lamento, mas não posso deixar de entrar nesse prédio. Se você me impedir hoje, virei outro dia.

– Impedir? Quem disse que vim aqui para isso? Vim aqui oficialmente, como capitã da polícia, para abrir o local e acompanhar os dois pesquisadores da Universidade Alexandria. Devo isso a você, querido.

– Como?

– Isso mesmo. Jamais deixaria você correr perigo novamente. Consegui uma permissão para que entremos nessa madrugada. Claro que tive de provar que não defendia o interesse de nenhum dos donos que brigam pelo terreno, mas foi fácil. Agora, entraremos juntos, pela porta da frente, e ainda teremos dois guardas cuidando do perímetro.

Santiago teve vontade de beijá-la, mas não o fez. Antes de entrarem, porém, fez um pedido:

– Posso ver os braços dos policiais?

– Para quê? Ah, já entendi. Eles são de confiança, mas se é para deixá-lo mais aliviado. Policiais, por favor, dobrem as mangas das camisas até os cotovelos.

Os homens obedeceram à capitã. Em seguida, o manicômio foi aberto, e Valente, Selene e Santiago entraram. Um dos policiais permaneceu na porta, enquanto o outro passou a rondar o quarteirão constantemente.

Pela recepção do local foi possível determinar o estado geral das demais salas do prédio. Mofo, teias de aranha e muito pó enfeitavam as paredes, cuja pintura estava descascada, o reboco destruído e os móveis corroídos. O tempo castigara a parte interna do prédio. Décadas de chuva e o tremor causado pelos caminhões que passavam na rua em frente racharam e apodreceram as paredes.

Valente e Selene portavam lanternas. Santiago não ousava se iludir com uma que, provavelmente, não funcionaria por muito tempo em suas mãos.

– Temos de começar no quinto andar e ir descendo até acharmos a sala de arquivos – sugeriu Santiago.

– Ou, então, podemos ir direto à sala, de acordo com a planta que solicitei e estudei há algumas horas, o que acha? – perguntou a policial.

– Eu prefiro a sugestão de Selene – brincou Valente.

Os arquivos estavam localizados no próprio térreo, o que foi excelente, porque subir escadas apodrecidas de prédios abandonados não era recomendado, principalmente sem iluminação adequada.

Passaram por um grande corredor cheio de macas e cadeiras de roda empilhadas e abandonadas. A ferrugem e os ratos trouxeram aos dois rapazes a inevitável lembrança da masmorra do Cabo das Tormentas. A imagem pareceu mais forte quando viram uma sala toda ladrilhada, com azulejos brancos quebrados e uma pequena piscina vazia ao centro. Nela, foi possível ver manchas de sangue seco nas paredes e no chão, além de instrumentos cirúrgicos com pedaços de carne e fios de cabelo presos.

O corredor também cruzava celas de grades grossas, chão imundo, latrinas expostas e quebradas. O cenário era de desolação, sofrimento e esquecimento. "Meu Deus, quantos choraram e gritaram seus devaneios em voz alta para essas paredes?", questionou Santiago.

Um grato sentimento de alívio tomou conta dos três quando chegaram, enfim, à sala de arquivos. A apodrecida porta caiu ao ser empurrada e revelou um cômodo grande com dezenas de colunas de pastas pardas empilhadas. Algumas pilhas mediam mais de um metro e meio. Ao fundo, botijões brancos escoravam-se à parede, equilibrados pelo que pareciam ser pratos sujos e calçados velhos.

– Esperava mais papéis. Só isso? – brincou Santiago.

– Como fazemos? Vocês dois são os pesquisadores.

– É simples. Dividimos as pilhas e olhamos as pastas em busca do nome Sebastião Van Dood Araújo e suas possíveis abreviações. Não sei se há uma organização alfabética ou por data; por isso, acho que teremos de olhar tudo.

— Está bem. Eu olho os dez mil da direita. Tu olhas os dez mil da esquerda, e Selene os dez mil do centro, combinado?

Começaram, então, a procurar. No começo, riam dos nomes curiosos e comentavam amenidades, porém, quatro horas de pó e sujeira depois, não havia mais motivos para piadas. Queriam mesmo era encontrar algo e sair daquele lugar.

Foram diversas trapalhadas durante a madrugada. Valente saiu para ir ao banheiro duas vezes, Santiago misturou as pastas que já tinha visto com as que Selene ainda olharia, e a policial derrubou a pilha de calçados e dois dos pesados botijões brancos, chamando a atenção de um dos guardas, que veio checar se tudo estava em ordem.

— Capitã, ouvi um barulho muito alto, pensei que o teto do prédio havia desabado.

— Desculpe. Foi só eu, com minhas duas mãos esquerdas. Pode voltar para a porta, obrigada.

Um pouco antes de amanhecer, a própria policial encontrou a tão procurada pasta:

— Achei, vejam, está marcada na frente: Sebastião V. D. Araújo. Finalmente!

Santiago comemorou e, então, algo estranho ocorreu com os três, naquela sala. Valente viu-se sozinho e decidiu procurar pelos amigos. Ouvia suas vozes, mas não os localizava. Retornou pelo fétido corredor até outra sala que, inicialmente, estava fechada. Empurrou a porta, e se assustou com a cena que presenciou.

Era um escritório limpo, claro e organizado. Atrás de uma enorme mesa colonial, uma mulher vestida de jaleco falava com carregado sotaque inglês:

— Está comprovado que o paciente Valente Rocha, tão limitado, tem baixíssima autoestima e disputa com o jovem e promissor Santiago Porto pequenas vitórias. Obviamente, essa rivalidade existe somente na mente fraca do senhor Valente, que se vê como Portugal a se defender do Brasil, representado em sua psique doentia pelo inocente Santiago.

Valente olhou melhor para a médica. Ele a conhecia há muitos anos.

— Entre, senhor Valente. Falávamos do senhor agora mesmo — convidou a mulher.

– O que está acontecendo? Estávamos procurando a ficha e...

– Ora, *Portuga*, não se faça de bobo. Você sabe que devia ter sido recrutado pelos LunaSole quando era criança. Hoje, você seria um ancião, não acha? – disse Santiago, que estava ao lado da doutora.

– Santiago? Como sabe dessa história?

– Meu prognóstico é que o senhor Valente Rocha deverá ficar internado aqui comigo, neste hospital vazio, em uma das celas disponíveis. Não há necessidade de limpeza. As precárias condições contribuirão para sua melhora.

– Portuga, este é o destino de um perdedor como você. Alguém que nunca poderá me superar em nada. Burro, feio, limitado e imigrante. Agradeça se alguém vier visitá-lo.

A médica era a vidente inglesa. Agora tudo fazia sentido. Era uma conspiração desde o início. Valente deu passos para trás, assustado, e acabou por tropeçar no azeite e no sal colocados próximos à porta.

– Ah, não. Que azar! – comentou a jovem Sandra, sua ex-namorada de infância, ao se aproximar de Santiago e beijá-lo. A garota estava exatamente como Valente a vira da última vez, em Portugal.

∽

Na sala dos arquivos, Selene ouviu o grito de Valente e tentou sair para salvá-lo, mas a porta tinha sido recolocada e estava trancada.

– Santiago, ajude-me a abrir. Valente precisa de nós!

– O *Portuga*? Não, Selene. Ele não necessita de ajuda. Você é a única em perigo aqui.

– Como assim? O que quer dizer?

– Você não entendeu nada, não é? É uma péssima policial mesmo. Selene, eu sou o Psicopata das Línguas, não percebeu ainda? Não existe Adamastor. Quem foi que fez a maioria das deduções até agora? Quem a manipulou para seguir uma linha de raciocínio completamente equivocada?

– Pare, Santiago, não tem graça.

– Mas não é para ter mesmo, querida. Você devia ter ouvido Hélio. Ele avisou para não confiar em mim. Também, mulher só serve para cozinha e cama, não é? Por que alguém iria querer ser policial? Ou é para ficar perto de homem ou é porque quer ser homem, concorda? Você é o quê, Selene? Vagabunda ou lésbica?

— Santiago, você está louco? — gritou, sacando o revólver. — Cale a boca agora!

— Ora, ora, capitã Selene, você vai me matar? Logo eu, seu namoradinho? Aquele que apostou com todo mundo que conseguiria dormir com a policial mais gostosa da corporação? Se bem que hoje vejo que você não é tão gostosa assim. Sempre que relato nosso romance aos meus amigos na polícia, eles riem. Você é motivo de riso na delegacia, policial Barbie.

— Eu te odeio, maldito! — gritou Selene, disparando um tiro ao lado de Santiago.

— Selene, acho que isso é um adeus, concorda? Estou enjoado de você. Vou procurar uma mulher de verdade agora. Não precisa ser tão bonita, basta ser prendada, dona de casa e não ter devaneios de se achar homem. O que foi? Vai chorar agora? Coitadinha...

~

Após comemorar o encontro da pasta por Selene, Santiago começou a avaliar. Era óbvio demais, como ele não tinha percebido? Selene e Hélio tinham um caso.

— Selene, você é amante de Hélio?

A policial então começou a rir.

— Não era óbvio, Santiago? Você, que se acha tão inteligente, demorou tanto a perceber. É óbvio que eu preferia um homem de verdade, másculo e com atitude. Imagine a minha vergonha em namorar um moleque fraco, intelectual e sem atitude como você.

— Mas, querida...

— Querida? É isso que digo. Romantismo, poesia e livros tiraram sua masculinidade. Eu devia ter namorado Valente. Pelo menos ele é bonito.

Santiago não podia acreditar no que estava ouvindo. Então, tudo passou a fazer sentido. Selene é a deusa grega da lua, irmã do deus Hélio, o sol. Lua e Sol. LunaSole.

— Preciso avisar Valente. É uma armadilha!

Assim que proferiu o nome do amigo, este entrou na sala do arquivo acompanhado por um médico muito alto e forte, o doutor Adamastor.

— Santiago, você vive um delírio de grandeza. Inventou uma investigação que não levará a nada — disse o português, sem sotaque nenhum.

— Como assim? Portuga, existe sim, Edna Enim, ela é real.

Valente, então, puxou pela porta uma garotinha oriental abatida e feia. A garota usava camisa de força e falava repetidamente: "A Página, a Página, procure a Página".

— Esta é Edna, outra de nossas pacientes — disse doutor Adamastor. — Às vezes, ela pede uma página, às vezes giz de cera. O que ela quer mesmo é desenhar. Acho que isso influenciou você, filho.

— Mentira! Eu sei o que estou falando. Camões perdeu uma página, lembram?

Então, entrou na sala outro médico. Valente e Adamastor o cumprimentaram.

— Olá doutor Camões, como vai?

Era o professor José Roberto. Usava tapa-olhos. Aproximou-se de Santiago e o examinou:

— Não melhorou nada, não é? Continua delirando.

Santiago tentou empurrá-lo e correr, mas estava preso a uma camisa de força. O vento soprava forte e tudo escurecia, oscilava. O rapaz via, em *flashes*, Valente sentado em um canto da sala, gritando "Não, Sandra, não", enquanto Selene lhe apontava uma arma e, em seguida, tudo embranquecia novamente, com ele na camisa de força.

— O que foi, Santiago? Outro delírio? — perguntou o doutor Adamastor.

— Sim, doutor. Eu me vi nesta sala, só que tudo estava envelhecido. Havia uma moça, uma policial bonita e...

Outro *flash*. A sala tornou a escurecer. Selene, em prantos, havia disparado um tiro. Valente gritava que não era um fracasso.

— Santiago, fique conosco. Você está em surto — alertou Camões, quando a sala voltou a ficar branca e tudo estranhamente limpo.

"Espere, alguma coisa aqui não é real. Estou preso em duas realidades, mas não sou louco. Preciso analisar", pensou Santiago.

— Filho, o que está fazendo? — perguntou sua mãe, entrando na sala.

"Se uma das realidades é imaginação minha, posso influenciar com minha vontade", decidiu, e, então, em voz alta, começou a cantar:

— *I wanna be like Harry Houdini, and be the one to make a great escape.*

Era "Arts in D minor", do grupo canadense de pop eletrônico dos anos 1990 Kon Kan. Talvez a música não ajudasse em nada no mundo real, mas, no delírio, algo poderia acontecer.

— Não existe esse tal de Houdini, Santiago. Você está imaginando pessoas, celebridades — avisou Valente, ao lado de sua mãe e do doutor Adamastor, apontando para outro canto da sala, onde havia um homem preso em uma camisa de força assim como ele.

Santiago adorava Houdini e já tinha assistido dezenas de vezes cenas em que o ilusionista livrava-se de algemas, amarras e camisas de força. Por isso, influenciada pela memória, a ilusão não pôde se sustentar, e o homem apontado como Houdini na imaginação de Santiago se soltou da camisa de força.

— Santiago, magia é saber o nome secreto das coisas — disse o Houdini ilusório ao rapaz, anulando o delírio e trazendo-o momentaneamente à realidade.

Estavam ainda, os três, na sala de arquivos do manicômio desativado. Selene apontava uma arma e Valente contorcia-se no chão. Ao lado da garota, o botijão caído liberava algum tipo de gás usado, no passado, para o controverso tratamento de doentes mentais. Santiago sabia que só teria uma chance; então, prendeu a respiração e se jogou sobre a garota, que disparou o revólver seguidas vezes. Os vários tiros acertaram as janelas e o teto, e só cessaram com a arma descarregada.

Em segundos, o policial que estava de guarda na porta retornou.

— Vazamento de gás. Não respire aqui dentro, tire a gente da sala — pediu Santiago ao policial antes de desmaiar.

Minutos depois, os três estavam no chão, na parte externa do manicômio, aguardando socorro médico. Os efeitos do gás passaram lentamente e, aos poucos, Santiago, Valente e Selene se recuperaram.

— Estão bem? — perguntou o policial que os resgatara.

Mesmo com a plena consciência de que nada daquilo tinha acontecido, e felizes por terem encontrado a pasta parda com o relatório sobre Sebastião, uma tristeza havia tomado conta dos três. O pesadelo acabara, mas os sentimentos frustrantes experimentados nas visões perduraram por horas.

50

TOQUE DE MÍDIA

 TING

O sucesso vem para aqueles que, humildemente, oferecem seus sacrifícios para o maior benefício dos outros.

*Olha aquele que desce pela lança,
Com as duas cabeças dos vigias,
Onde a cilada esconde, com que alcança
A cidade, por manhas e ousadias*

Os Lusíadas,
Canto VIII, Estância 21

Dias depois, o programa policial de maior audiência da televisão brasileira, veiculado pela emissora com maior número de espectadores, apresentou uma reportagem especial sobre o mais importante e comentado caso policial dos últimos tempos: o Cabo das Tormentas.

A reportagem iniciava-se com cenas da masmorra do assassino. Nela, a jornalista caminhava e apresentava detalhes do local:

Aqui, nessa escola desativada, o criminoso Adamastor José Francisco da Costa Chagas, chamado por muitos de Psicopata das Línguas, ou, como ele próprio se intitulava, Cabo das Tormentas, torturou e matou cinco vítimas. Todas tiveram suas línguas arrancadas e sangraram até a morte. Mas o que teria motivado o assassino a cometer tais crimes? Como escolhia as vítimas e como agia? Veja a seguir em nosso programa.

– Posso trocar de canal? – pediu Santiago.
– Ah, não. No próximo bloco eu vou aparecer, e acho que você também. Vamos esperar – decretou Selene.

— Mas está passando um especial do Elvis no outro canal, e vão intercalar cenas de filmes com shows ao vivo e...

— Não — respondeu Selene, encerrando o assunto.

O casal assistia ao programa no sobrado onde Selene morava. Estavam no quarto da garota, no segundo andar. Duas noites atrás, haviam entrado no manicômio e, desde então, uma pequena mágoa sobrara dos pesadelos causados pela inalação do gás tóxico.

O sentimento ruim era combatido com carinho e atenção. Vez ou outra, ficavam em silêncio e se lembravam das realísticas alucinações do dia em que encontraram a pasta com a ficha de Sebastião Van Dood Araújo.

Santiago ainda tentou convencê-la a assistir a um programa sobre armas:

— Veja, querida, estão falando sobre tiros que saem pela culatra. Pensei que isso só ocorria em desenhos.

— Não, isso é muito comum, principalmente em revólveres antigos. Se o cano estiver obstruído por algo muito rígido, a pólvora explode para trás e mata o atirador.

— Podemos ver esse canal, então?

— Claro que não! Coloque lá...

Santiago obedeceu e, após dois minutos, o programa de televisão voltou. A repórter, então, narrou uma cena reconstituída por atores.

Adamastor seguia sua vítima por dias. Em seguida, enviava-lhes poesias como forma de alertá-las de que ele estava chegando. Por fim, no momento propício, o monstruoso psicopata agarrava violentamente a vítima e a levava à sua masmorra de sangue e dor.

— Poesia? Como assim? Não vão citar que era Camões? Faz todo sentido em relação à motivação do criminoso — disse Santiago, inconformado.

Presa à cadeira, as vítimas tinham suas línguas arrancadas e colocadas em uma maleta. O criminoso as arrastava e abandonava seus corpos em fontes como um recado à sociedade: não mexam com o Psicopata das Línguas.

— Meu Deus! De onde ela tirou isso? Estão faltando detalhes importantes.

— Calma, querido. O programa é para a grande massa. Você quer que eles expliquem em detalhes caracteres psicológicos motivacionais? O povo quer mesmo ver quem, como e onde — avaliou Selene.

— Você tem razão, espero demais da televisão às vezes. Mas, e o Elvis, hein?

Selene ignorou o pedido de Santiago. O programa se desenrolou sem muita profundidade. Em determinado momento, foram entrevistadas algumas das possíveis futuras vítimas de Adamastor. Em destaque, Valdirene.

— *É verdade que a senhora foi pega pelo assassino, mas ele não conseguiu matá-la?*

— *Sim, é* — respondeu a mulher.

— *A senhora conhecia Adamastor?*

— *Sim, conheci na adolescência.*

— *E como ele era?*

— *Não me recordo bem, mas sei que parecia ser um menino muito tímido, quieto, introspectivo.*

Adamastor, como é o caso de outros assassinos, escolheu descarregar toda sua mágoa e fracasso em seus colegas estudantes e professores. Com certeza, semelhante aos atiradores que retornam às escolas e se vingam, o criminoso escolheu aliviar sua frustração matando.

— E o motivo? Ninguém foi atrás do motivo? As línguas, a música, a lancheira, Camões, onde está a explicação de tudo?

Infelizmente, capitão Hélio, conhecido herói da polícia paulistana, encontra-se em coma, porém, devemos a ele a descoberta da identidade do assassino e de seu local de atuação. A ajudante do capitão Hélio, Selene Caruso, deu detalhes sobre a investigação:

— *Seguimos uma linha intelectual.*

— Só isso? Dei uma entrevista de duas horas e eles me mostraram como ajudante com apenas uma fala? — reclamou a bela policial, arrancando risos do namorado. A matéria prosseguiu:

A polícia paulistana também usou o conhecimento de estudiosos e pesquisadores, como Valente Rocha, doutor em Língua Inglesa da Universidade Alexandria, e seu amigo Tiago.

— Espere aí. Onde está a entrevista que dei? Eu falei que era o autor de *As incríveis aventuras do Capitão Astrolábio*. Por que me colocaram apenas como amigo de Valente?

— E o pior de tudo, por que o chamaram de Tiago?

O mais importante agora é que as pessoas que estudaram ou conheceram Adamastor estão sob proteção da polícia. Se você viu ou tiver informações a respeito do paradeiro desse homem, ligue para o número que aparece abaixo na sua tela.

– Elvis? – sugeriu Santiago.

– Elvis! – concordou Selene. Juntos, então, viram um pouco do antigo show do falecido rei do rock e também alguns trechos do programa sobre armas e tiros que saem pela culatra.

Horas depois, superada a frustração da exibição do programa policial, Santiago usou o computador de Selene para realizar uma conferência com Valente e Adso.

– Amigos, analisei a pasta de Sebastião e acho que agora a pesquisa vai complicar.

– Ah, não. Não me diga que agora teremos de ir para o inferno? Tô fora – brincou Adso.

– Sei que sou parecido com Dante, Adso, mas não. Chega de horror por enquanto. Agora, nossos próximos passos serão voltados puramente ao intelecto. Isso porque o tal Sebastião, além de louco, gostava de enigmas e queria que a Página Perdida fosse encontrada apenas por alguém que merecesse.

– Enigmas? Ainda bem que sou mestre nisso – disse Valente.

– Santiago, você não acha que é o momento, então, de envolvermos Lábia? Além de ser nossa amiga e de extrema confiança, ela também é muito inteligente e pode nos ajudar a decifrar o que quer que apareça – sugeriu Adso.

Santiago pareceu pensar por segundos.

– Ela está aí com você, Adso. É isso? – brincou Selene. Na tela que aparecia o empresário surgiu Lábia, apenas de roupão, e cumprimentou a todos.

– Que bom que vocês se acertaram. Bem-vinda oficialmente à Confraria Camões. Somos como a gangue do Scooby, só que sem o cachorro – brincou Santiago.

Adso, então, ergueu uma camiseta que estava sobre sua cômoda. Nela estava escrito "Confraria Camões".

– É um sinal, Santiago. Dá até arrepios. Mas, conte o que descobriu com a pasta.

– Bem, é o seguinte. Sebastião sofria de catalepsia. Sabem aquele distúrbio no qual a pessoa parece estar morta? A respiração e os batimentos cardíacos baixam a níveis praticamente imperceptíveis, e somente um exame mais detalhado pode determinar se a pessoa continua ou não viva. Na época de Sebastião, colocavam um espelho embaixo das narinas. Se não embaçasse, caixão. E foi o que fizeram com ele. Só que, quando as rezadeiras vieram cantar próximo ao seu corpo, ele despertou, e todo mundo achou que tivesse ressuscitado. Isso já em meados do século XIX.

– Foi isso que o trouxe para São Paulo, não foi? – perguntou Adso.

– Sim. Com sua fé exagerada e todos afirmando que tinha voltado dos mortos, sem dúvida, ele enlouqueceu e foi trazido para o manicômio paulista, onde se encontravam os mais relevantes estudiosos do comportamento humano.

– Carniceiros... – falou Selene, enquanto se sentava ao lado de Santiago, entrando no enquadramento da câmera.

– Exato, querida. Aqui em São Paulo, Sebastião passou o resto de sua vida em tratamento. Pediu apenas que lhe trouxessem o tal baú com o tesouro de Camões. Fizeram sua vontade, ainda que o achassem totalmente maluco. Quando ele morreu, nada foi encontrado com ele.

– Certo, mas onde está o enigma? – perguntou Valente.

– Calma, *Portuga*. Calma que seu amigo "Tiago" vai falar. Sebastião passou o resto da vida em São Paulo, e desenvolveu algumas obras de arte. Entre elas, ponteiros de relógio para uma igreja, muitos enfeites de parede e, atenção, uma estátua em bronze chamada "A Máquina do Mundo".

– O quê?

– Mentira!

– Uau!

– Sim, sim, é verdade. E essa estátua está em uma praça próxima ao aeroporto. Quem está a fim de ir lá comigo examiná-la?

Todos concordaram, sem desconfiar de que a conversa estava sendo monitorada.

51

DA HORA

 CHÊN

Quando o poder da natureza se revela, os homens sentem medo, mas o líder é imune aos terrores exteriores.

Mudaram as estações, nada mudou, mas eu sei que alguma coisa aconteceu.

"Por enquanto",
Legião Urbana (Renato Russo)

— Corram para o carro, rápido! — gritou Selene, largando o homem.

Valente, Adso e Lábia passaram por ela, exceto Santiago, que estava caído.

— Adeus, Hostil Primário! — disse o homem, engatilhando a arma.

De longe, Selene atirou, mas não o acertou. De olhos fechados, Santiago lembrou, brevemente, como tudo tinha acontecido naquele dia.

Sábado. Os amigos combinaram de se encontrar bem cedo na casa de Valente. De lá, sairiam em dois carros até a praça da estátua. Uma hora depois do horário marcado, todos estavam presentes. Selene parecia apreensiva.

— Não estou gostando dessas constantes missões de vocês.

— Calma. Desta vez, é só uma visita à praça. O que pode dar errado? — perguntou Santiago.

— Não, Santiago! Nunca diga isso. Você não vê filmes de terror? Esta é uma das frases proibidas; outras são: "Volto em instantes",

"Espero que dê tudo certo","Tudo o que podia dar errado já deu","Vai ser seguro, não se preocupe" – alertou Adso, com uma camiseta escrita: "Você é higiênico? Lembre-se: o papel também é".

Antes de saírem, Lábia e Selene admiraram a decoração da casa de Valente.

– É tão sensível.

– Delicado nos mínimos detalhes, não?

O português, então, mostrou um quadro, no qual metade da tela pintada era exatamente metade de seu rosto e a outra uma poesia:

Acordei com o som da chuva
O vento sussurrava e eu pensei em você
Em todas as lágrimas que chorou por mim
Sentei nessas escadas
Pois prefiro ficar sozinho
Se não vamos ficar juntos agora,
Esperarei, querida
Falarei com você, você vai entender
Tudo o que você tem que fazer é fechar os olhos
Estender suas mãos
Me tocar e me abraçar apertado
E nunca mais me deixar ir embora

– Nossa, que lindo. Quem escreveu? – perguntou Selene, tocada.

– Fui eu mesmo, ora.

Inconformado, Santiago se manifestou:

– Piegas e ridículo, *Portuga*. Qualquer um pode ver que...

– Santiago, o que é isso? Ciúmes? – interrompeu Selene. Santiago engoliu os argumentos e chamou os amigos para que partissem.

A praça próxima à represa estava repleta de moradores de rua, indigentes e mendicantes. Os carros estacionaram próximos e todos desceram.

– Onde está a estátua? – perguntou Adso.

– Não sei. Pensei que estaria bem à vista. Vamos andar e procurar – disse Santiago.

O local não era tão grande, mas estava descuidado, com a grama na altura das canelas e alguns moradores vizinhos depositavam lixo no local.

— A prefeitura precisava fazer algo — disse Santiago.

— Verdade — confirmou Lábia. Santiago olhou para o lado, estava sendo acompanhado pela amiga e por Adso. Valente e Selene andavam pelo outro lado da praça.

— Vejam — indicou Lábia.

A estátua de bronze de um metro e meio estava caída no chão, sobre a grama. Era um globo com dois anéis em volta que se cruzavam. Do polo norte, um torso masculino sobressaía e apontava cada mão para uma direção com seu indicador.

— Parece Zeus — disse Santiago.

— Ou um barbudo qualquer — respondeu Adso, com humor.

A imagem estava assinada por Sebastião, e tinha, em seu equador, o nome "A Máquina do Mundo". Adso começou a fotografá-la, enquanto Santiago a examinava.

— Acho que demos azar, Lábia.

— Por que, Santi?

— Acredito que na posição original, em pé, a estátua apontava para duas direções. Caída assim, creio que perdemos a informação. Chame o casal de pombinhos para ajudar. Quero levantá-la.

Lábia foi chamar Selene e Valente, mas os dois já estavam vindo.

— Há algo errado aqui — disse Santiago a Selene.

— Calma, só estávamos procurando daquele lado e...

— Estou falando da estátua, Selene. Se ela tivesse sido derrubada há tempos, estaria coberta de algo, mato, sei lá. Porém, está limpa.

— O que queres dizer? — perguntou Valente.

— Alguém a derrubou entre ontem e hoje porque sabia que viríamos. Quem fez isso quis nos atrapalhar. E, pior, pode estar nos vigiando agora, lembram-se de Merest? Qual foi o seu disfarce?

— Mendigo... — balbuciou Adso.

— Exato. Venham, ajudem-me a erguê-la, vamos experimentar alguns ângulos e então partiremos.

Foram necessários todos para levantar o pesadíssimo objeto. Repentinamente, um mendigo se aproximou. Selene, com reflexos rápidos, largou a estátua e imobilizou o homem, levando-o para longe:

— Deitado, deitado! Quem é você?

— Calma, só queria ajudar a levantar a estátua e...

— Quem é você? Diga!

Sem a ajuda de Selene, a estátua tombou sobre Santiago. Nesse instante, outro indigente chegou., sacou um revólver e apontou para o grupo.

Selene tinha puxado as mangas do primeiro homem e confirmado que não era um Cavaleiro LunaSole. Ao voltar o olhar para a estátua, notou o outro estranho armado.

— Corram para o carro, rápido! — gritou Selene, largando o indigente que acabara de revistar.

Valente, Adso e Lábia passaram por ela, exceto Santiago, que estava caído, com a estátua em cima dele.

— Adeus, Hostil Primário! — disse o homem, engatilhando a arma.

De longe, Selene atirou, mas não acertou. Assustado, o homem correu, e Selene o perseguiu. Sem conseguir alcançá-lo, a policial voltou para ajudar a retirar o namorado que estava embaixo da pesada estátua. Os amigos também retornaram e a ajudaram.

— Suspeito trajando roupas rasgadas seguiu a pé pela rua da represa — anunciou Selene pelo rádio, enquanto voltavam para a casa de Valente.

Assim que chegaram, os amigos lamentaram o fracasso da missão.

— Teremos de voltar — disse Santiago, enquanto demonstrava ter se ferido com a queda do pesado objeto sobre si.

— Quando? Eles devem estar vigiando a praça — falou Adso.

— Não sei. Vamos nos vestir de mendigos, ir até lá no meio da madrugada. O fato é que precisaremos erguer e posicionar a peça.

— Talvez não — disse Lábia, enquanto examinava as fotos tiradas por Adso.

— Como assim? — perguntou Valente.

— Vejam essa foto tirada por cima da estátua. Aqui, podemos ver o ângulo que os braços formam em relação à cabeça de Zeus, Júpiter, sei lá, certo?

— Certo, continue — pediu Santiago, interessado.

— Sebastião, o artista que fez a peça, não poderia garantir que os homens que a colocaram na praça acertariam exatamente a posição da estátua, concordam? Por isso, a posição da estátua em pé não é importante, mas sim a maneira como os braços estão colocados.

— Você está afirmando que o ângulo dos braços é o enigma? — perguntou Selene.

— Sim, Sel. Pense: os idiotas que derrubaram a estátua acharam que estragariam nossa descoberta, mas só foi possível fotografá-la por cima porque estava caída no chão. Resumindo, teríamos de derrubá-la de qualquer jeito.

— Mas não em cima de mim — comentou Santiago, arrancando risos dos amigos.

— E mais — completou Lábia. — Vejam essa foto. Os braços, em relação à cabeça redonda do personagem, lembram o quê?

— Ponteiros! — gritou Adso, para, em seguida, beijar sua namorada.

Os amigos se recordaram imediatamente que, além da estátua, Sebastião fundira ponteiros para uma igreja. Antes que perguntassem, Santiago pegou a pasta parda sobre o artista e respondeu:

— Igreja das Irmãs Minoritas. Alguém sabe onde fica? Os ponteiros fundidos por Van Dood estão nessa igreja.

Não foi difícil descobrir a localização da igreja. Ficava no extremo norte de São Paulo. Lábia e Adso preferiram não ir. Estavam em perfeito clima de romance e, por isso, abriram mão da aventura.

— Não se preocupem — disse Santiago —, hoje vocês já ajudaram demais.

No carro de Valente, o casal decidiu discutir a relação sob o olhar atento do amigo português:

— Já que houve um tiroteio, você não acha melhor envolver a polícia? — perguntou Selene.

— Negativo. Essa história está longe de ser caso de polícia.

— Mas eu sou uma policial.

— Você está aqui como minha namorada. Além do mais, não pedi que viesse.

— Ah é? Quem salvou sua vida há algumas horas naquela praça?

— A mesma pessoa que largou a estátua em cima de mim.

A discussão foi longa, durou todo o caminho até o convento. Por ser um sábado, a entrada de visitantes ao local foi permitida. O trio dirigiu-se à administração e perguntou sobre um relógio cujos ponteiros tivessem sido forjados por um artista há dois séculos.

— Ah, sim, claro. Todas aqui conhecemos a história de Sebastião Araújo. Ele presenteou nossa ordem com os ponteiros do relógio, mas, infelizmente, projetou as peças com tamanhos incompatíveis com o motor. Até hoje o relógio trava os ponteiros — disse a freira responsável pelas visitas.

– Trava? Em qual horário? – perguntou Santiago.

– Em diversos horários. Acho que não há padrão. Nosso zelador vive destravando-os.

– Podemos conhecer o relógio?

– Claro, é só subir na torre. O zelador deve estar por lá.

Valente, Selene e Santiago seguiram até a pequena torre. No caminho, turistas fotografavam a interessante arquitetura do local, enquanto um fotógrafo profissional oferecia fotos baratas impressas na hora:

– Mas que belo casal! Há tempos que não vejo um casal tão bonito. Posso fotografá-los? – ofereceu o homem.

– Não, obrigado, estamos a trabalho e... – dizia Santiago, quando foi interrompido.

– Eu me referia ao casal – cortou o fotógrafo, indicando Selene e Valente, o que o deixou mais enraivecido.

– Por que o homem achou que eu e Valente éramos um casal, e não nós dois? – perguntou Selene.

– Vai ver que é porque você combina mais comigo – disse o português.

Assim que chegaram à torre, viram o relógio por trás. Tinha dois metros de diâmetro com dois grandes e pesados ponteiros que se moviam lentamente.

– Aí está. Não estou vendo nada demais – comentou Valente, procurando por detalhes no relógio todo.

– A freira disse que o relógio trava diversas vezes ao dia. Meu palpite é que esse defeito só aparece quando os ponteiros alcançam angulação semelhante à formada pelos braços da estátua – disse Santiago.

– Alguém anotou a medida desse ângulo? – perguntou Selene.

– Era importante sabermos para ver quanto tempo ainda falta para o relógio travar. Valente, por favor, ligue para Adso e pergunte sobre os ângulos dos braços da estátua. Pelos meus cálculos, os ponteiros repetem cada ângulo vinte e quatro vezes por dia.

– Vinte e duas vezes! Entre sessenta e cinco e sessenta e seis minutos – disse um homem careca, com barriga proeminente e sorriso falho, vestido com um macacão acinzentado, ao aproximar-se.

– Quem é o senhor? – perguntou Selene, já atenta para qualquer reação do estranho.

– Sou o responsável por destravar essa porcaria, todos os dias, até dez da noite. Depois disso, deixo o relógio errado até a manhã seguinte.

– O senhor é o zelador? – perguntou Valente.

– Zelador, faxineiro, pintor, encanador. Só não sou cozinheiro porque as irmãs têm nojo da minha comida.

– Diga-nos, senhor, falta muito para o próximo travamento? – perguntou Santiago.

– O relógio tem os ponteiros muito pesados e exigem demais dos motores. Não sei de quem foi a brilhante ideia de trazer isso para cá, mas já podiam ter modernizado. Vejam, naquela lousa marquei os horários em que o relógio trava. Já sei de cor, mas é que os turistas gostam de ver e fotografar.

No quadro-negro, marcadas com giz, linhas indicavam os 22 horários de travamento dos ponteiros.

1	03:00
2	04:05
3	05:10
4	06:15
5	07:20
6	08:26
7	09:32
8	10:38
9	11:43
10	12:48
11	13:54
12	15:00
13	16:05
14	17:10
15	18:15
16	19:20

17	20:26
18	21:32
19	22:38
20	23:43
21	00:48
22	01:54

– Todas essas horas repetem o ângulo dos braços da estátua. O interessante é que o mesmo ângulo pode ser obtido com a inversão dos ponteiros; por exemplo, três horas tem a mesma angulação de meia-noite e quinze, só que com os ponteiros invertidos. A engenhosidade foi tanta, que os ponteiros não travam nessas outras configurações – admirou Santiago.

– Engenhosidade? Você quer dizer desleixo, não é? – perguntou o zelador.

– Sim, pode ser. Vejam, faltam ainda trinta minutos para o próximo travamento. Vamos ter de esperar – disse Santiago.

– Como o senhor faz, quando os ponteiros param? – questionou Selene.

– Eu pego aquela barra de ferro e adianto o ponteiro maior em um minuto.

– Mas isto não danifica o mecanismo? – perguntou Valente.

– Bem que eu queria, mas não, não danifica em nada.

Selene pensou um pouco, e então disse:

– Quanto o senhor quer para travar o relógio agora?

– Como assim?

– Queremos lhe pagar, se não for muito caro, é claro, para que o senhor adiante em meia hora o relógio, apenas para vermos como acontece.

A beleza da garota, somada à oferta financeira, encheram os olhos do homem.

– Ah, qualquer dinheiro está bom. Paguem-me um café e está tudo certo.

Um café podia ser considerado o pior entre todos os preços, pois deixava em aberto a quantia e relegava à generosidade do pagante a estipulação do valor. A experiência mandava que, quando alguém dizia para receber "o valor de um café", era melhor pedir que ela fizesse o serviço primeiro.

– Combinado! Mas, antes, adiante o ponteiro para a gente ver.

O zelador, então, pegou a barra de ferro e, pela primeira vez em vários anos, travou propositalmente o relógio. A inusitada atitude lhe rendeu um prazer diferente, nunca antes experimentado, de fazer coisas erradas. Possivelmente, tentaria mais traquinagens nos próximos dias, como, por exemplo, cozinhar para as irmãs do convento.

Assim que os ponteiros travaram, Santiago aproximou-se da máquina do relógio e procurou por detalhes.

– Venham, me ajudem. Algo diferente tem de aparecer.

Antes que Valente e Selene se aproximassem do mecanismo, o zelador falou:

– Ah, por que vocês não perguntaram antes. Querem saber aquela frase.

– Frase? Qual frase?

– Quando o relógio trava às sete e vinte da manhã ou da noite, no miolo da máquina aparece uma mensagem que o forjador dos ponteiros gravou. Nada demais, coisa de religião. Um padre me explicou, mas esqueci.

A excitação do trio era grande.

– O senhor pode posicionar o relógio nesse horário? Não podemos esperar até tão tarde...

– Como vão me pagar aquele café com leite, faço isso imediatamente.

"Leite? Quem tinha falado em café com leite?", pensou Selene.

Quando o zelador moveu os ponteiros para o horário pedido, além de travar o relógio, uma pequena linha apareceu em um vão no centro da caixa do gigantesco objeto.

– *Iesus habemus socium*? *Iesus habemus socium*? É o lema da Companhia de Jesus, os jesuítas. Significa "temos Jesus como companheiro". Óbvio. Sebastião era jesuíta – concluiu Santiago.

– Mas onde isso nos leva? – perguntou Selene.

– Não sei. Talvez a lugar algum, afinal, já sabíamos disso. Precisamos pensar. Diga-me, senhor, há alguma outra anormalidade, frase, código ou número no relógio ou nos ponteiros?

— Não, moço. Só isso mesmo. Mas já está de bom tamanho, não? O aparelho para de hora em hora. Ainda queria mais?

Selene pagou o homem, que pareceu satisfeito com a pequena quantia. Em seguida, os três se despediram e partiram. No carro de Valente, avaliaram a descoberta.

— O lema da Companhia de Jesus. O que isso tem a ver com o local onde Sebastião colocou a Página Perdida? — perguntou Santiago.

— Talvez, não tenha nada — respondeu Selene.

— Bom, tentarei descobrir e, então, avisarei você, Valente. Prepare-se.

— Mas, e eu? — perguntou a policial.

— Querida, acho melhor você não se envolver mais. Pode se ferir.

— Você insiste em me excluir, não é Santiago? Acha que sou delicada e frágil a ponto de me machucar, mas, por outro lado, acho que você é incapaz de conseguir sozinho.

— Incapaz? Eu já fiz muito. Aliás, Edna me disse para não colocar mais ninguém...

— Edna, Edna, Edna. Só fala dessa mulher misteriosa. Você já parou para pensar que está se dedicando e correndo risco por uma estranha que pode estar mal-intencionada?

— Pelo menos, quando ela aparece, fica ao meu lado, e não contra mim.

— Fique com ela, então, Santiago. Onde ela está agora?

— Quem me dera saber.

— Valente, você conheceu essa tal Edna Enim?

— Não, Selene. Acho até que ela nem existe e...

— Portuga, o que é isso? Vai fingir que é louco também?

— Também? — disse Selene. — Está insinuando que eu sou louca?

— Ué, quem foi que ficou admirada pela poesia tosca no quadro de Valente? — perguntou Santiago.

— Pois saiba que ele é mil vezes mais sensível que você. Só por escrever aquilo já mostra grande conhecimento da alma feminina.

Valente sorriu. Ia gritar "gooool de Portugal", mas achou inapropriado.

— Pare o carro, *Portuga*. Selene, você se lembra da poesia de Valente no quadro?

— O que é que tem?

— Lembra ou não?

– Não me lembro. Só sei que eu e Lábia achamos bonita. O que é que tem?

– As três primeiras frases, o *Portuga* roubou de uma música do Skid Row. As quatro seguintes são do Guns'n Roses, e as cinco últimas de uma banda que fez sucesso com apenas duas músicas, uma tal de Extreme. Tudo roubado do *hard rock* dos anos oitenta e noventa – falou Santiago, saltando do carro.

Valente arrancou rapidamente para não dar tempo de Selene sair também. Em seguida, comentou com a bela policial:

– Não é que roubei. Eu me baseei.

52
DÊ UMA VOLTA NO LADO OBSCURO

 KÊN

Só o inimigo não trai nunca.
Nelson Rodrigues

A verdadeira paz de espírito vem do interior e não tem relação com as lutas do mundo.

Santiago confiava em Selene, mas sentia raiva de sua teimosia.

Nos dois dias que se seguiram, evitou falar com qualquer um da turma de amigos. Enclausurou-se em casa, e não pensou no mistério da frase latina *Iesus habemus socium*. Zapeou os canais aleatoriamente. Alguns noticiavam que o assassino não agiria mais, pois as vítimas estavam protegidas em local secreto, de conhecimento exclusivo da polícia, e as imagens estavam de tal maneira espalhadas que ele não conseguiria olhar pela janela sem ser denunciado.

A televisão reprisava *Grease – nos tempos da brilhantina*. Danny Zuko e Sandy Olsson resolviam todos os seus problemas amorosos com música. A vida real estava longe disso.

Talvez, Santiago tivesse pegado muito pesado com Selene. Talvez, sua experiência em segurança e conflitos não se comparasse à da policial. Talvez, fosse o momento de reatar a relação e esquecer as brigas irrelevantes.

O rapaz sentia falta da personalidade, da companhia, da voz, do cheiro, enfim, da presença de Selene ao seu lado, com aqueles olhos grandes, puxados, claros. Era hora de encontrá-la.

Antes de sair, pegou o boneco do Capitão Astrolábio e o tirou de cima da gravação feita na escrivaninha: "S.P e S.C", Santiago Porto e Selene Caruso, dentro de um coração.

Seu plano era ir até o JapaNu, local de um dos mais agradáveis encontros que os dois tinham tido, ligar para Selene e convidá-la para um inesquecível jantar de reconciliação. Andou rápido, para que não ficasse muito tarde.

Quando chegou ao JapaNu, notou que o lugar não estava muito cheio. Apenas casais comiam as iguarias orientais ao som de suave bossa-nova.

Na última mesa da esquerda, uma tempestade o aguardava. Na verdade, um furacão, um terremoto e uma guerra nuclear. Podia-se dizer que o próprio apocalipse ocorria naquele local. Na última mesa da esquerda, Selene, mais linda do que nunca, jantava, sorridente e animada, com Valente.

A garota viu Santiago, mas Valente não teve a mesma sorte. Antes que o português se virasse, o rapaz já tinha saído.

Santiago não viu ao certo o caminho que fez de volta para casa. Estava atordoado. Seguiu pelas ruas como um zumbi, subiu as escadas do prédio sem cumprimentar o porteiro, entrou no apartamento como se atravessasse a porta e lançou-se na cama como uma sequoia em queda.

Pensou que não conseguiria dormir. Não só naquela noite. Nunca. Jamais em toda a vida. Porém, a sensação da dupla traição minou-lhe a consciência. Sua lucidez escoou pelo ralo e, minutos depois, estava dormindo.

Sonhou que entrou no JapaNu, passou direto pelo casal na mesa, foi à cozinha, tomou a faca do *sushiman*, voltou ao salão do restaurante e esfaqueou o casal traidor. O sonho se repetiu diversas e diversas vezes. Todas as repetições eram idênticas, exceto pela arma usada: cutelo, machado, garfo, serra e até palitos de *hashi*.

Despertou pela manhã com a cabeça doendo e os olhos inchados. Sentia que algo aconteceria, mas não sabia exatamente o quê. Abriu a janela e colocou a cabeça para fora. Desta vez, o vento não soprou, mas, se soprasse, não faria diferença.

Na sala, sentou-se na escrivaninha feia da sua mãe e deu um murro no Capitão Astrolábio, que permaneceu sorrindo, mesmo voando pela sala e atingindo o chão. A declaração romântica das iniciais em um coração permanecia lá como um monumento ao relacionamento perdido.

Ironicamente, foi aquela gravação mal entalhada que lhe trouxe a resposta.

Assim como SP e SC significavam Santiago Porto e Selene Caruso, *Iesus Habemus Socium* era mais conhecido como IHS. A velha inscrição presente em diversos locais religiosos, e gravada, inclusive, na capa das tradicionais agendas escolares do colégio jesuíta onde estudara toda a vida.

Sebastião fizera que os ponteiros dissessem onde ele, um louco enclausurado com locomoção restrita, havia escondido a Página Perdida de Camões. Deveria ser um local próximo ao manicômio. Vizinho, se possível.

Santiago fechou os olhos, e em sua mente veio o ponto exato onde marcara o encontro com os traidores Selene e Valente, na noite em que entraram no manicômio:

Madeireira IHS

Dessa vez, iria sozinho, traria a Página consigo e, secretamente, torceria para que algum Cavaleiro LunaSole aparecesse. O azar seria só dele.

53

MADEIREIRA IHS

CHIEN
Somente o desenvolvimento firme e laborioso trará o sucesso. O objetivo deve estar claro na mente.

*E nossa farda não é azul, parceiro.
É preta.*
Capitão Nascimento,
Tropa de elite
(BRA, 2007)

Era hora de tomar importantes atitudes.

Havia várias ligações de Valente e Selene no celular e, provavelmente, na secretária eletrônica. Santiago desligou ambos os aparelhos e se preparou para sair; barbeou-se com afinco, vestiu sua roupa mais maleável, pegou, na caixa de Adso, o que parecia ser a tal caneta incendiária, buscou em uma gaveta um tubo de vedante, e saiu.

Antes de ir à madeireira, passou em um beco próximo à Universidade Alexandria e fez algo que nunca imaginou fazer em sua vida: comprou um revólver. Não era conhecedor, e acabou adquirindo um modelo calibre 38 antigo. "Jamais vou atirar com essa arma", prometeu a si mesmo e, em seguida, foi aos Archivos Antigos falar com Carlos Traditore.

— Estou saindo, Carlos — falou ao obeso e baixo indivíduo de suspensórios e gravata borboleta.

— Como assim, Santiago? Não entendi. Você acabou de chegar.

— Estou pedindo demissão. É formal, mas não poderei assinar nada agora. Outro dia passarei para pegar minhas coisas.

— Mas, meu Deus. O que aconteceu, Santiago? São os seguranças? Os outros documentadores fizeram algo que o ofendeu? Demito todo mundo...

— Não, Carlos. Não é isso. Tenho assuntos pessoais para resolver, ando faltando muito e não colaboro tanto com o trabalho quanto devia.

— Discordo, Santiago. Você é o pesquisador mais inteligente daqui. Você recebeu alguma proposta de concorrente, algo assim?

— Não há concorrente algum, Carlos. Só uma missão muito importante que está para acabar, e precisarei de total dedicação. Estou quase conseguindo encontrar um documento que procuro há muito tempo, e farei isso sozinho.

— Sozinho? Você vive rodeado de amigos.

— Na verdade, não eram tão amigos assim, Carlos, mas não quero importuná-lo com detalhes da minha vida pessoal ou da minha busca pela Página Perdida.

— Página Perdida? Qual página?

— Nada, não. Preciso ir agora. Muito obrigado por tudo — despediu-se, apertando a inchada e suada mão do diretor dos Archivos Antigos.

Santiago seguiu rapidamente pela saída lateral da universidade, destinada a empregados. Foi o mais rápido que pôde para o ponto de táxi para não encontrar Lábia, ou, pior, Valente. Passou rapidamente pela fonte onde vira o professor morto. Inevitavelmente, lembrou-se do diálogo que teve com o terrível Cabo das Tormentas:

— *Você matou o professor José Roberto, seu assassino. Vou fazê-lo pagar, eu juro. Solte meu amigo e vamos resolver isso só nós dois.*

— *Nem me fale do professor. Adorei matá-lo. Mostrei a ele tudo e contei-lhe toda minha trajetória enquanto sua vida saía em forma de litros de sangue pela boca.*

— *Por que, desgraçado? Por quê?*

— *Porque ele nunca disse palavra alguma em minha defesa. Nem ao menos um "fiquem quietos, miseráveis". Eu sonhava com o dia em que diria isso, mas ele nunca teve coragem. Era um covarde, assim como você. Vou matá-lo, mas, antes, quero tirar a vida desse rapaz aqui.*

O taxista bem que tentou, mas não conseguiu dar voltas desnecessárias pela cidade. Santiago sabia bem o caminho, e estava completamente sem paciência para golpes.

— Trânsito, não é doutor? — perguntou o motorista.

— Se você não chegar lá em seis minutos, desço do carro sem pagar e pego outro táxi.

Em cinco minutos e 37 segundos, o táxi parou em frente à Madeireira IHS. Santiago jogou o dinheiro pela janela e usou o chavão:

— Fique com o troco.

— Mas está faltando dez centavos.

— Como?

— Nada... — respondeu o taxista, contrariado.

Santiago tocou a campainha algumas vezes, até que um segurança abriu a porta:

— Pois não?

— Olá, tudo bem? Sou pesquisador da Universidade Alexandria. Você poderia me deixar entrar para olhar o local? Estou no meio de uma pesquisa histórica e...

— Infelizmente, não posso. Não há nada de especial para se ver aqui. A madeireira foi desativada há muitos anos, e nós só estocamos madeira agora.

— Por favor, só estou pedindo para dar uma olhada rápida. Não vou mexer em nada, nem incomodar.

— Eu entendo, amigo. O problema não sou eu, mas sim meu chefe. Ele não gosta nem de receber entregador de pizza. Fica lá atrás, enfiado no meio dos livros, lendo o dia inteiro. Ele não admite a entrada de ninguém.

Santiago lembrou-se de um antigo episódio da série americana *Além da Imaginação*, chamado "Tempo Suficiente", quando um homem que adorava ler, mas era impedido pela esposa, pelo trabalho e pelo chefe, trancou-se no cofre do banco para exercer seu *hobby* em paz. Quando saiu de lá, descobriu que uma hecatombe nuclear acabou com a vida na Terra e que ele, finalmente, poderia ler. No surpreendente final, o homem montou centenas de pilhas de livros para ler o resto de sua vida, mas, acidentalmente, seus óculos com grossas lentes caíram no chão e se quebraram.

— Amigo, e se eu lhe der um dinheiro para o café? — ofereceu Santiago.

— Café, não. Café é um valor muito subjetivo. Quero uma boa nota para deixá-lo entrar. Só um dinheiro razoável compensará as reclamações do chefe nos meus ouvidos.

— Está bem — concordou Santiago pegando a carteira, mas, antes que entregasse o dinheiro, o chefe do segurança apareceu na porta.

— Que palhaçada é essa aqui?

— Nada não, chefe. Esse rapaz veio pedir informação, mas já está indo embora.

— Entendi. Por um momento, achei que você estivesse aceitando propina para liberar a entrada dele. Sabe que não há dinheiro que pague o caráter, não? — falou o chefe do segurança.

— Senhor, por favor, me deixe conhecer a madeireira. Será só uma olhada rápida — implorou Santiago.

— Não. Sem chance. Estou lendo agora, e não quero ter que ficar me preocupando com visitantes. Vá embora, ou chamarei a polícia.

"Ótimo", pensou Santiago, considerando que só o que faltava para completar o dia era Selene chegar em uma viatura e prendê-lo. Era melhor partir e voltar quando o chefe não estivesse.

Assim que Santiago deu as costas e saiu, o chefe do local o chamou de volta:

— Espere aí... Eu conheço você, não?

— Já sei. Do cartaz da sífilis, não é?

— Não sei de qual cartaz fala. Eu o conheço de outro lugar. Por acaso você tem algum parentesco com o autor que escreveu *As incríveis aventuras do Capitão Astrolábio*?

Santiago sentiu um frio na espinha enquanto anjos tocaram "Aleluia" no céu infinito.

— Sou eu mesmo, Santiago Porto. Você conhece meu livro?

— Se conheço? Se conheço? É meu livro de cabeceira desde a publicação! Tenho um exemplar guardado em casa e outro aqui para reler quando dá vontade. Adorei o livro!

Era difícil de acreditar, mas o homem talvez fosse o único fã que Santiago tivera em toda vida. Nunca a presença de Valente foi tão necessária como testemunha desse milagre.

— Pode entrar, Santiago. Fique à vontade para olhar ou pegar o que quiser. Só peço que, antes de ir embora, autografe o livro para mim, pode ser?

— Claro — confirmou, orgulhoso, em saber que, indiretamente, seu livro publicado anos atrás seria corresponsável pelo encontro da Página Perdida de Camões.

— Também vou querer comentar com você sobre umas passagens no livro que me deixaram em dúvida, está bem? — pediu o chefe, abrindo a porta para Santiago. O segurança, por sua vez, frustrou-se por não receber o suborno.

A parte interna era escura e cheirava a serragem. Madeiras em diversos formatos e cortes empilhavam-se ordenadamente, alternando-se com máquinas e ferramentas para serrar, lixar e pregar. O precário estado do prédio manifestava-se no chão feito de tábuas soltas cheias de furos e pregos tortos.

Santiago caminhava com passos ruidosos, acompanhado pelo segurança, que aproveitava para lhe contar a história do local.

— Como lhe falei na porta, hoje a madeireira não fabrica mais nada. Todo esse espaço que está vendo serve principalmente para estocagem e logística.

— Não há nada antigo ou tradicional aqui? Um arquivo, um cofre ou um depósito velho?

— Não. Na verdade, esse lugar foi reformado inteirinho. Não sobrou nada do passado.

Santiago ficou preocupado. Se Sebastião tivesse escondido algo ali, provavelmente já tinha sido descoberto, roubado ou destruído.

— Não sei se lhe contei, mas em 1922 o senhor João Carpinteiro, dono de tudo isso aqui, vendeu sua carpintaria para a empresa que cuida, atualmente, desse espaço. O preço foi barato, porque, segundo contam os mais velhos, os serviços daqui eram péssimos.

— É mesmo? — perguntou Santiago, apenas para ser gentil, com a cabeça fervilhando em busca de novos rumos para sua investigação.

— Sim. E a única condição que o João Carpinteiro impôs foi que o nome Madeireira IHS permanecesse. O contrato é tão rígido, que os atuais donos devem impor o mesmo para os próximos compradores. Acho que ele queria que o lugar se tornasse uma referência turística.

— Interessante — respondeu Santiago. — Esse João Carpinteiro devia ser muito religioso, não?

— Pelo contrário, ele era um ateu convicto. Chegou até a brigar com uns religiosos da época, porque a madeireira se chamava Casa de Madeiras Virgílio, quando ele fundou. E quando mudou para IHS, um monte de padre apareceu aqui dizendo que ele não merecia usar essa sigla e que isso era blasfêmia. Não dá para entender...

Era um bom sinal. Aparentemente, o tal João Carpinteiro mudou o nome da madeireira de Virgílio para IHS por algum motivo importante. Tão importante, que obrigou os futuros compradores a manter a sigla.

Após uma volta completa e detalhada, Santiago decidiu ir embora. Não tinha mais razão para ficar naquele lugar. Sua busca estava perdida.

– Já vai? Vamos então até a sala do chefe, só para você autografar o livro – pediu o segurança.

– Claro, vamos – confirmou Santiago, seguindo o homem. Havia uma satisfação silenciosa em conhecer um fã ardoroso.

O escritório do chefe estava escuro. O segurança estranhou:

– Chefe, chefe, o senhor está aí?

Santiago tateou a parede e achou o interruptor. O chefe estava lá, com o pescoço cortado. Litros de sangue banhavam a edição de *As incríveis aventuras do Capitão Astrolábio*. A cópia que jamais seria autografada.

– O quê? – perguntou o segurança.

– Alguém invadiu. Vamos sair daqui – gritou Santiago já imaginando a natureza da invasão.

Ambos correram em direção à saída. O segurança conhecia um atalho e entrou em uma sala. Santiago continuou correndo, ofegante, até a porta que estava trancada.

– Socorro! – gritou, batendo para que alguém na rua ouvisse.

– Quem é você? Espere! – gritou o segurança em alguma sala. Ele tinha encontrado o invasor. Santiago achou justo retornar e ajudá-lo.

Voltou, seguindo o som de luta. Eram socos, baques e gemidos. Quem quer que fosse a pessoa que havia matado o chefe da segurança, não poderia enfrentar os dois de uma vez.

De repente, algum aparelho elétrico foi ligado. Santiago entrou na sala a tempo de ver o segurança, caído no chão, tendo seu olho dilacerado por uma furadeira que estava nas mãos do já conhecido e temido Cavaleiro LunaSole da cicatriz no rosto.

A vítima urrava de dor, enquanto o homem cobria-se dos respingos de sangue e forçava a furadeira abaixo. O segurança, então, parou de se debater e gritar. Estava morto.

– Lembra-se de mim, Hostil Primário? É hoje o dia da sua morte – anunciou, tirando seu canivete do bolso. A arma estava manchada do sangue do chefe da segurança.

À mente de Santiago veio a lembrança da difícil luta do outro dia, da grande habilidade de combate daquele assassino e da sorte que tivera com a chegada da Desentupidora Ornitorrinco que o salvara. Naquele momento, não devia esperar por milagres, nem contar com a sorte. Devia lutar, matar ou morrer.

O cavaleiro lançou-se em sua direção, e ele correu para o meio da madeireira. Havia serras, martelos e marretas naquele lugar. Tudo poderia ser usado como arma contra aquele cavaleiro, que andava lentamente atrás de sua próxima vítima.

Tudo o que poderia causar dor foi jogado contra o homem. Santiago esperou que ele surgisse no corredor e atirou pedaços pesados de madeira. Habilmente, o cavaleiro se desviou de cada objeto.

– Está ficando desesperado, Hostil Primário. Gosto quando isso acontece!

Santiago arrependeu-se de ter deixado o aparelho celular em casa. Correu até uma sala administrativa e tentou usar o telefone. Estava desligado, mas ele percebeu tarde demais. O homem o alcançou.

Com uma espécie de rasteira, o cavaleiro o jogou no chão. Um, dois, três murros no rosto fizeram o nariz e a boca de Santiago sangrar; em seguida, sentado sobre o rapaz, o cavaleiro afundou o canivete inteiro em seu ombro esquerdo. A dor foi intensa, e o grito altíssimo.

"Então, é assim que eu vou morrer...", pensou Santiago, colocando, com muito esforço, a mão no bolso da calça e pegando a caneta. Quando o cavaleiro percebeu, já era tarde.

– Queime, desgraçado! – gritou Santiago, apertando o botão da caneta e, simplesmente, acionando a ponta esferográfica. Nada demais ocorreu.

"Caneta errada, droga", pensou.

– Eu vou matar você, Hostil Primário. Depois, vou matar aquele português idiota, o riquinho esquisito e a ruivinha da faculdade. Por último, vou pegar aquela loirinha policial, mas, no caso dela, vou aproveitar muito antes, judiar bastante e lhe mostrar como é que homem de verdade faz. Só então vou matá-la devagarinho.

Ouvir aquilo embrulhou o estômago de Santiago, ferveu seu sangue, acelerou ainda mais seu coração. Com toda sua força ampliada pela descarga anormal de adrenalina, o rapaz golpeou forte e enfiou a caneta na mão direita do cavaleiro, atravessando-a.

Desta vez, foi o Cavaleiro LunaSole quem gritou. "Caneta certa", pensou Santiago, empurrando-o para trás.

O tempo que o homem levou para puxar o objeto de sua mão foi suficiente para que Santiago reagisse:

– Não... – gritou, esmurrando o homem uma vez.

– ... me chame... – disse no segundo soco.

– ... de Hostil Primário! – concluiu com um terceiro e forte golpe que derrubou o assassino.

Santiago, então, buscou o fio do telefone para religá-lo, mas o homem levantou-se. O rapaz tirou de sua cintura o revólver recém-comprado, mas o cavaleiro estava muito perto e, com um chute, tirou a arma da sua mão.

Rapidamente, o homem pegou a pistola, apontou para a cabeça de Santiago e colocou o dedo no gatilho.

– Espere! – gritou o rapaz.

– Você já era, Santiago Porto! – disse o homem, puxando o gatilho.

Em um segundo, Santiago lembrou-se da tarde em que viu televisão com Selene e aprendeu sobre armas que atiram pela culatra. Lembrou-se também, de horas atrás, quando comprou o revólver e encheu o cano de vedante. Ele jamais atiraria em alguém – conforme prometera a si mesmo –, mas quem quer que tomasse a arma para atirar sairia ferido.

Foi o que aconteceu com o Cavaleiro LunaSole da cicatriz. A explosão, saída da parte de trás do revólver, destruiu o rosto do homem, matando-o. Era o fim daquele assassino terrível.

Recuperado, Santiago tinha de sair daquele lugar. Outros cavaleiros podiam aparecer. Seu ombro latejava, e ele desejava Selene como nunca antes. Era hora de ir para casa.

54

VIGÍLIA

KUEI MEI

As relações informais dependem da conduta dos indivíduos. O respeito é a base para toda amizade.

Não existe emoção, existe paz.
Não existe ignorância,.
existe conhecimento.
Não existe paixão, existe serenidade.
Não existe morte, existe a Força.

FILOSOFIA JEDI

Chamaram-no de Psicopata das Línguas no começo. Agora, a mídia o chamava pelo nome: Adamastor. O maldito nome que ele odiava.

Ele era e seria sempre o Cabo das Tormentas. O herói daqueles que não tiveram chance, o salvador, o extirpador de todo o mal. Pensavam que estaria escondido e amedrontado, mas, pelo contrário, estava vivo e ativo em busca de sua sexta vítima.

Esperou o dia inteiro para que a vítima aparecesse. Tudo bem, paciência era seu forte, assim como perseguir, golpear e matar. Sem pressa. A sexta vítima era importante como o anel de *O senhor dos anéis*; com ela, teria todas as demais.

Finalmente, quase madrugada, a vítima apareceu.

Caminhava devagar, sem imaginar o que lhe aconteceria. Dava passos lentos, inseguros, medrosos. Será que sabia que o Cabo das Tormentas a pegaria?

Sem a van negra, o Cabo das Tormentas havia improvisado um carro menor, com algumas cordas e uma mordaça. Essa seria a maneira de levar a sexta vítima para a nova e também improvisada masmorra.

A vítima caminhava de maneira irregular, quase mancando. De certa maneira, o Cabo das Tormentas podia sentir pena dela, mas a sexta vítima estava impregnada de culpa e erro, não merecia misericórdia.

Certificando-se de que ninguém estava olhando, o Cabo das Tormentas deu uma volta com o carro e estacionou bem em frente ao local onde a vítima morava. Quando ela se preparou para entrar, o assassino a puxou para dentro do carro e a esmurrou.

Não foi um soco forte a ponto de nocautear a vítima, mas a atordoou o suficiente para que ele a amarrasse e amordaçasse. O importante era dirigir até a nova masmorra rapidamente e lá realizar seu plano.

"Espere, o que é isso?", pensou Adamastor analisando a vítima.

– Em que você se meteu? – perguntou o Cabo das Tormentas ao notar que ela sangrava muito do ombro esquerdo e apresentava sinais de que havia brigado.

O Cabo das Tormentas capturara Santiago Porto. Sua sexta vítima.

Depois que o Cavaleiro LunaSole morreu, Santiago ficou horas na madeireira, caído, cansado. Em seguida, levantou-se, procurou por novas pistas ou cavaleiros escondidos, pegou a chave do portão e saiu.

Estava cansado, e o ombro latejava por causa do profundo furo feito pelo canivete. Santiago não conseguia pensar, e acabou voltando para casa a pé, apesar da grande distância entre sua casa e a madeireira.

Na sua rua, sentiu grande alívio ao pensar no banho quente que o esperava em questão de minutos, porém, um homem gigante o puxou para um carro e o espancou. Sim, Santiago se lembrava dele, era o Cabo das Tormentas, o Psicopata das Línguas, o assassino do professor.

Estava exausto demais para lutar; por isso, aceitou o soco no rosto como uma dádiva para conduzi-lo ao sono. Infelizmente, não desmaiou, e acabou por acompanhar o Cabo das Tormentas amarrando seus braços, pernas e boca.

Deitado no banco de trás, via postes, estrelas, casas e placas passarem rápido pela janela, enquanto o Cabo das Tormentas nada dizia, apenas dirigia. Finalmente, sentiu um solavanco, e o carro pareceu entrar em uma garagem. A porta se abriu, e o Cabo das Tormentas o arrastou do carro até uma espécie de sala.

A televisão passava um videoclipe antigo dos Walker Brothers, "The Sun ain't gonna shine anymore". Talvez, para Santiago, realmente o Sol jamais brilhasse novamente.

Do outro lado da cidade, Selene ligava para o aparelho celular de Santiago. Depois de dezenas de tentativas durante o dia, uma voz feminina atendeu:

— Alô, quem fala?

— Eu é que pergunto. Quem está ligando aqui no celular do meu filho?

— Ahn? Ah, oi, aqui é Selene, sou amiga do Santiago. Ele está?

— Selene? Ele não me falou de nenhuma Selene. Bem, ele não me fala de nada mesmo. Diga, garota, você sabe onde meu filho está?

— Não, senhora. Não sei. Eu ia justamente fazer essa pergunta.

— Olha, menina. Estou aqui no apartamento dele. Está tudo estranho. Ele deixou o celular aqui e desligou o telefone. Você sabe o que pode ter acontecido? Acha que devo chamar a polícia?

— Não se preocupe, senhora. Eu sou da polícia. Estou indo aí imediatamente. Peço só que a senhora não mexa em nada até eu chegar, está bem?

— Combinado, minha filha. Não vou mexer mais em nada. Fiz uma faxina rapidinha só para deixar tudo organizadinho, mas agora não mexo mais, está bem?

Selene, do outro lado da linha, suspirou.

Em meia hora a policial chegou ao apartamento de Santiago, onde conheceu oficialmente sua mãe. Logo em seguida, Valente apareceu. O português também tinha telefonado e estava preocupado.

— Nada? Nenhuma pista ou informação? — perguntou Valente.

— Não. Eu acho que está tudo bem, mas, mesmo assim, já liguei para alguns policiais e dei algumas ordens — respondeu.

Horas depois, o telefone de Selene tocou. Era um tenente:

— Capitã, boa noite, checamos com o chefe do indivíduo. Ele disse que Santiago passou por lá no começo do dia e pediu demissão. Fizemos a ronda nas quebradas próximas à universidade e um meliante disse ter vendido um revólver para um sujeito com a descrição do procurado.

— Um revólver? — perguntou Selene, preocupando Valente e a mãe de Santiago.

Assim que desligou, a policial procurou disfarçar sua apreensão, mas realmente temia pelo pior.

— Ai meu Deus, Selene, será que aconteceu algo com o meu filho? O que você estava falando de revólver?

— Nada, não. Era outro assunto. Já está tarde, posso ficar aqui no apartamento com a senhora?

— Claro que sim. E você Valente? Quer dormir por aqui?

— Muito obrigado, mas vou para minha casa. Temo ter alguma culpa nesse sumiço de Santiago.

— Como assim? — perguntou a mãe de Santiago.

— Eu nunca fui um bom amigo, sempre o minei e invejei. Talvez tenha tentado ser sincero com ele tarde demais.

— Não diga isso, Valente. Tenho tanta culpa quanto você. Não fui a namorada ideal, mesmo sabendo a carga que ele carrega.

— Namorada? — perguntou a mãe. — Bom, já desconfiava. Meu filho sempre adorou meninas magrinhas como você. Diferente do pai dele, que adorava carne e dizia que mulher tinha que ter onde pegar. Mas vou dizer uma coisa a vocês dois: eu sou a mais culpada de todos por qualquer coisa que aconteça com meu filho. Eu o criei assim, cheio de cobranças, perfeccionista. Tentei, tarde demais, presenteá-lo com essas bugigangas, enfeitar sua casa para que ele visse a importância das coisas desnecessárias. Eu sei que odeia meus presentes e, por ele, quebraria todos. Sei que preferiria ganhar objetos úteis, mas o recado que estou tentando passar ultimamente é que ele tem que dar valor ao inútil, ao desnecessário e à beleza pela beleza.

"Santiago adoraria ver isso", pensou Valente, avaliando que as três pessoas mais próximas ao amigo estavam dando o braço a torcer ao expor aquela *mea culpa* coletiva.

Valente dormiu no sofá. A mãe de Santiago, na cama do filho. Já Selene andou por todo o apartamento centenas de vezes e, por fim, adormeceu na escrivaninha, agarrada com o Capitão Astrolábio e admirando as iniciais que Santiago gravara na feia peça.

Na manhã seguinte, Valente chamou Adso e Lábia para se juntarem à busca pelo amigo. O casal foi até o apartamento e todos almoçaram juntos. A camiseta de Adso dizia: "Me chama de Han Solo e me prende na carbonita".

Logo após a refeição, Adso, Valente e Lábia saíram. A mãe de Santiago fez uma sesta na cama do filho, e Selene ligou para a força policial, cobrando novas informações. Somente no fim da tarde, início da noite, o telefone tocou.

– Alô...

– Oi, Selene, aqui é o Santiago.

55

LIRA DOS VINTE ANOS

 FENG

Somente aquele destinado à liderança tem a capacidade de promover uma época de grandeza e liderança.

*Dica: di.ca. subst. fem. (de indica) gír
Boa indicação ou informação. Dar a dica:
dar a alguém a indicação que lhe serve para
realizar o que pretende*

MICHAELIS – MODERNO
DICIONÁRIO DA LÍNGUA PORTUGUESA

– Onde você está? O que aconteceu com você?
– Preste atenção, Selene. Você precisa ser valente, muito valente para ouvir o que vou lhe dizer. Grave bem tudo o que vou lhe falar...

Horas antes, na nova masmorra do Cabo das Tormentas, Santiago despertou, sentindo-se febril. O furo feito pelo canivete do Cavaleiro LunaSole infeccionou.

– Já acordou? – perguntou o Cabo das Tormentas, em pé, próximo ao rapaz amarrado.

– Por quê?
– Por que o capturei?
– Por que ainda estou vivo?

O Cabo das Tormentas riu.

– Calma, esse estado é provisório, como todos os demais no universo. Deixei você com língua porque tenho uma missão muito importante.

– Como assim?

— Pense nisso tudo como uma redenção da sua parte. Foi graças a você, e exclusivamente a você, que quase fui capturado, perdi meu esconderijo, tive minha identidade revelada e meus objetivos foram afastados de mim.

— Objetivos? Você quer dizer vítimas...

— Que seja. Eu simpatizo com você. Para ser sincero, você é o primeiro que devia me dar razão e me compreender. Tenho certeza de que meus motivos também seriam seus, e minha cruzada sagrada também seria sua.

— Vá para o inferno!

O Cabo das Tormentas apenas riu.

A casa onde Santiago estava preso era pequena, suja e sem mobília. Tinha uma porta velha de madeira esverdeada e uma janela esmaltada, ambas sem trinco. O azul-claro de suas paredes e o reboco mal colocado denotavam desleixo, pouco-caso, má vontade. Era uma casa abandonada.

De onde estava, Santiago conseguia ver a cozinha sem azulejos, com uma pia encardida, sem mesa, cadeiras, geladeira ou fogão. Havia uma porta que, possivelmente, daria para um quarto, mas emperrada e apodrecida. O teto daquele cômodo havia desabado, e as constantes chuvas tinham criado um pequeno lamaçal ao redor da cama. Sapos e insetos escondiam-se na alta grama do lugar.

O banheiro não tinha vaso, pia ou luz. Era apenas uma saleta com um buraco.

Santiago passou horas com febre, até que o Cabo das Tormentas lhe disse:

— É o seguinte: você vai ligar para a policial e pedir que ela envie para um endereço eletrônico a localização de cada uma das pessoas daquela foto que ela pegou da Valdirene. Não vou matar todos, apenas mais quatro, além de você; porém, quero o endereço de todos.

— Pra quê? Já descobriram quem você é, e seus planos foram para o espaço.

— Não interessa. Tenho de cumprir minha missão. Você vai ligar e pedir. E vai falar para ela que eu estou mandando, e vou checar se os endereços estão certos. Só depois você será libertado.

— Mentira!

— Claro que é mentira, mas você vai dizer a ela mesmo assim.

– Você não pode ser tão burro, Adamastor. Ela vai trocar as vítimas de casa ou aumentar a vigilância. Seu plano é ridículo e desesperado.

– Não. Eu posso. Eu consigo pegá-los, rastreá-los, segui-los e enganá-los. Se for necessário, mato os policiais também. Isso não é importante. O fato é que ela ama tanto você que não vai arriscar perdê-lo.

– Ama? – perguntou Santiago, rindo por causa da febre.

– Muito.

– Ama nada. Além do mais, eles vão rastrear esse aparelho e pegarão você antes de anoitecer, estúpido.

– Realmente, você me toma como um idiota, não é? Já preparei tudo. Ligarei para minha casa na França. Lá, o aparelho me conectará a uma central que refaz a ligação para o segundo número que eu discar. Resumindo, vai parecer que estamos ligando de outro país.

Santiago não disse mais nada. Sabia que acabaria como o professor, sem língua, em uma fonte. O mais interessante de tudo é que, tanto ele quanto seu mestre, buscavam pela Página, e seriam mortos pelo mesmo homem que não tinha relação nenhuma com o documento.

"Daria um bom enredo policial", pensou, ardendo em seu estado febril.

Segundos depois, o assassino ligou para sua casa na França e uma voz eletrônica solicitou:

– Digite agora o número de destino.

O Cabo das Tormentas digitou o número do telefone de Selene e colocou o aparelho em viva-voz, para acompanhar o diálogo.

– Alô...

– Oi, Selene, aqui é o Santiago.

– Onde você está? O que aconteceu com você?

– Preste atenção, Selene. Você precisa ser valente, muito valente para ouvir o que eu vou lhe dizer. Grave bem tudo o que vou lhe falar...

A moça emudeceu por uns instantes, e depois continuou:

– Fale, Santiago, o que aconteceu?

– O Psicopata das Línguas, Selene, o Cabo das Tormentas. Ele me pegou.

– Meu Deus!

– É isso mesmo. Por isso, você precisa ser valente e gravar bem o que vou dizer: "se eu morresse amanhã, viria ao menos fechar meus olhos minha triste irmã; minha mãe, de saudades morreria, se eu morresse amanhã! Quanta glória pressinto em meu futuro! Que aurora de porvir e que manhã! Eu perdera chorando essas coroas, se eu morresse amanhã! Que sol! Que céu azul! *Que dove n'alva.* Acorda a natureza mais loucã! Não me batera tanto amor no peito, se eu morresse amanhã! Mas essa dor da vida que devora, a ânsia de glória, o dolorido afã... A dor no peito emudecera ao menos, se eu morresse amanhã".

– Santiago, o que está falando? Que história é essa?

Adamastor gritou:

– Fale o que combinamos, maldito!

– Nunca! – gritou Santiago, cabeceando o telefone para longe.

O psicopata chutou o estômago do rapaz e, em seguida, falou ele mesmo no aparelho:

– É o seguinte, policial. Não adianta rastrear a ligação. Você tem até amanhã, ao meio-dia, para enviar para meu endereço eletrônico a localização de cada um dos sobreviventes presentes naquela foto de colégio. Quero o contato de um por um e, se eu descobrir que você mentiu ou armou contra mim, enviarei a língua do seu namorado pelo correio e, então, vocês darão longos beijos.

Adamastor falou para Selene seu endereço eletrônico e reforçou a mensagem:

– Até amanhã, ao meio-dia, senão, já sabe.

Assim que desligou, o Cabo das Tormentas disse a Santiago:

– Mantive você vivo apenas para isso, e você não cumpriu o que combinamos. Só não o mato já porque talvez a policial queira falar com você novamente antes de enviar o documento. Mas, depois disso, você já era.

Santiago riu novamente:

– Antes disso você estará preso ou morto, maldito!

Selene desligou o telefone e chorou baixo. Não queria alertar a mãe de Santiago. Ela precisava pensar, mas nada vinha à sua mente, exceto a imagem dele estirado em uma fonte, sem língua. O rapaz morreria sem que ambos tivessem feito as pazes.

56

DOBRANDO O CABO DA BOA ESPERANÇA

 LU

Aquele que se encontra na condição de viajante é um estrangeiro e deve evitar a arrogância.

*Por que, pálida inocência,
Os olhos teus em dormência
A medo lanças em mim?
No aperto de minha mão
Que sonho do coração
Tremeu-te os seios assim?*

ÁLVARES DE AZEVEDO

Antes de dormir, o Cabo das Tormentas checou as cordas e a mordaça que continham Santiago.

– Boa noite, durma bem. Esta é a sua última noite – sentenciou.

Santiago tentava, a todo custo, dormir, mas seu estado de enfermidade trazia-lhe alucinações. O pouco de sanidade que lhe restava servia para ele se questionar.

"Por que, em nome de Deus, continuo pensando na Página Perdida e na investigação? Acabou tudo, já era, desista."

Em seu devaneio, Santiago viu-se livre das cordas. Ao seu lado, vestido de branco, o professor José Roberto o amparava:

– Não se preocupe, tudo ocorre sempre como deve ocorrer. Não há injustiçados no universo.

– Mas, professor, ele lhe tirou a vida.

— Pelo menos eu vivi, Santiago. Amei, sonhei, ri. Agora, ele, pobre coitado, transformou sua fraqueza em vingança. Olhe bem para ele. É uma vítima também. Todos somos vítimas e algozes de nós mesmos.

Santiago olhou para Adamastor, que dormia ao seu lado, e o homem lhe pareceu frágil, infantil, desprotegido.

— Em breve, muito breve, ele vai parar de sofrer. Você também. Eu já não sofro mais, e, finalmente, vejo o texto da existência por inteiro, não mais parágrafos por parágrafos.

— E é um bom livro, professor?

— O quê?

— A vida. A vida é um bom livro?

— A vida é um livro maravilhoso. Somos todos protagonistas, antagonistas, figurantes, apoios cômicos. Às vezes, queremos pular capítulos, adiantar algumas páginas, mas, acredite, no fim da história, você passa a adorar o autor e implora pela oportunidade de reler e participar de uma continuação.

— Sei que isso é só um sonho, mas precisava lhe dizer: muito obrigado.

— Eu é que lhe agradeço, e já vou lhe avisando: ainda assistiremos a muitas aulas juntos. Não se esqueça do que eu lhe dizia...

Santiago riu e repetiu junto com seu amigo e mestre:

— Capriche, e tudo o que for fazer, faça com amor. Principalmente se for fazer amor.

Repentinamente, uma música começou a tocar.

— O que é isso, professor? Que música é essa?

— Não sei. O delírio é seu — respondeu, enquanto Santiago despertava.

Ao abrir os olhos, percebeu que alguém cantava algo na rua, bem em frente ao cativeiro:

— Vou apertar, mas não vou acender agora...

Era um homem embriagado interpretando "Malandragem dá um tempo", de Bezerra da Silva. Assim que parou de cantar, o homem chamou no portão:

— Ô de casa! Atende aí!

Adamastor acordou contrariado e olhou por uma fresta da janela. O homem continuou chamando por muito tempo, até que desistiu.

O psicopata, sem sono a partir de então, passou a andar de um lado para o outro.

De repente, uma pedra voou e atingiu a janela do casebre.

– O que é isso? – perguntou Adamastor, abrindo a janela.

Desconfiado, pegou um pedaço grande de madeira e saiu para o quintal, para verificar o que podia estar acontecendo. Na verdade, sabia que ninguém nem ao menos imaginava onde ele estava. Ainda assim, por estar em um local abandonado, corria o risco de receber visitas de outros invasores.

No quintal, Adamastor procurou pela pedra atirada e, após encontrá-la, decidiu sair na rua para acertar as contas com o indivíduo embriagado. Ao pisar na calçada, porém, foi iluminado por dois holofotes e ouviu uma voz forte no megafone:

– Mãos para cima. Solte a pedra e a madeira, você está cercado!

Rapidamente, voltou para dentro da casa. Tinha sido descoberto. A pedrada e o homem serviram apenas para checar se alguém estava ali e fazê-lo sair para a rua. Era o momento de usar Santiago como escudo humano.

Para surpresa do assassino, quando voltou ao casebre, Santiago tinha desaparecido. Adamastor verificou na cozinha e no banheiro, mas não o encontrou. Decidiu apelar para o improvável e empurrou, com toda força, a porta emperrada do quarto infiltrado e sem teto.

Lá estava Santiago, sendo desamarrado pela policial Selene. Assim que o viu, a policial pegou a arma, mas Adamastor foi mais rápido e acertou a mão da garota com a ripa de madeira que segurava. A arma voou para outro canto do quarto, e Adamastor jogou-se sobre o casal.

Como Santiago, desgastado e febril, representava pouco perigo, o assassino partiu para o corpo-a-corpo com Selene. Para sua surpresa, a garota lutava tão bem quanto Hélio, com a diferença de que era bem mais flexível.

Apesar de acertar diversos golpes em Adamastor, Selene não o derrubou, devido ao seu tamanho e à sua massa. O contrário, porém, foi verdadeiro. Bastou um bofetão com a mão aberta no rosto da policial para ela rodopiar e cair na lateral do fétido cômodo.

Antes que Adamastor se virasse, Santiago pulou em cima dele e bateu com as duas mãos abertas nos ouvidos do agressor, que urrou de dor e atirou o rapaz por cima de sua cabeça contra uma parede.

Em seguida, o psicopata pegou novamente a ripa de madeira e a levantou, no intuito de esmagar a cabeça de Santiago com um só golpe. Nesse momento, ouviu uma voz masculina dizer, do lado de fora da porta do quarto:

— Adamastor, fique quieto, miserável.

O gigante se virou para olhar:

— Pro-pro-professor?

Foi a deixa para que Santiago chutasse, com toda sua força, a canela no criminoso. Mal o gigante sentiu a dor do golpe, e Selene, já recuperada e com a arma em punho, disparou dois tiros contra ele, derrubando-o.

Segundos depois, policiais invadiram o local. Adamastor já estava em pé quando foi preso. As balas alojadas em sua coxa não o incomodaram em nada.

— Como você descobriu onde eu estava? — perguntou o criminoso a Selene, enquanto era conduzido à viatura.

— Você não adorava poesias? Então, foi exatamente uma poesia que salvou Santiago. Ele recitou o poema "Se eu morresse amanhã", de Álvares de Azevedo, ao telefone. Claro que eu jamais saberia o autor, mas como ele pediu que eu fosse "valente", considerei isso uma dica para perguntar ao nosso amigo português, que logo me disse a autoria da poesia, que é, exatamente, o nome dessa pequena rua — afirmou a policial.

— Foi sorte essa rua não ter nome de político. Você vacilou em me trazer a esse cativeiro acordado. Deitado no banco, li cada nome de rua e imaginei como fazer para dar dicas a alguém, caso tivesse oportunidade — disse Santiago ao criminoso, que, logo em seguida, foi trancado na parte de trás de uma viatura.

— Vocês me darão razão! Eu sou um herói! — gritou Adamastor, enquanto o carro partia.

Uma ambulância chegou ao local trazendo paramédicos.

— Será que vão me dar um cobertor cinza?

— É o clichê, não é?

Enquanto os médicos limpavam e costuravam a ferida infeccionada feita pelo Cavaleiro LunaSole em seu ombro, Santiago aproveitou para perguntar:

— Quem chamou Adamastor no momento em que ia me bater com a madeira, um pouco antes de você atirar?

– Como assim? Ninguém chamou. Eu até ia lhe perguntar por que ele olhou para trás e não bateu em você.

– É que ouvimos uma voz. Era uma voz masculina.

– Uma voz? Os policiais só invadiram após eu disparar. Não havia ninguém lá.

Nesse instante, Santiago pensou: "Obrigado, professor".

PAPÉIS DE SANTIAGO: CARTA A RAQUEL

Colégio São Francisco Xavier
São Paulo, 16 de maio de 1991

Raquel, sei que você ficou com vergonha de eu ter recitado Camões na aula da professora Sueli e, em seguida, ter lhe dado aquela rosa.

Você é a garota mais linda do colégio, e eu, sem dúvida, sou o mais atrapalhado. É difícil competir com o Fábio, o Juliano, o Valdir ou o Fernando, que são esportistas, sendo que eu sou apenas mais um atleta das letras.

Ainda assim, sei que no peito de toda garota pulsa a semente do coração de uma mulher, e que uma mulher, diferente de uma garota, entende e valoriza quando um homem tem a alma tocada pela verdadeira beleza.

Por isso, vou entender se você não falar comigo. Vou aceitar se nunca mais me olhar e vou compreender se não quiser mais se sentar ao meu lado ou fazer algum trabalho escolar comigo.

Só não vou aceitar, nunca, jamais, que você não sorria mais. Porque Raquel sem sorriso é como um escritor sem a letra R (de Raquel). Não consegue escrever beijaR, passeaR, RiR ou sonhaR.

Espero você amanhã, atrás do ginásio, para conversarmos.

Santiago

~

Colégio São Francisco Xavier
São Paulo, 16 de maio de 1991

Santiago, claro que adorei tudo aquilo. Todas as meninas do mundo, mesmo que não assumissem, adorariam receber uma rosa e uma declaração. É que fiquei com vergonha, me desculpe.

As meninas do colégio estão morrendo de inveja, e alguns meninos vieram falar mal de você, mas não se preocupe, costumo tirar minhas próprias conclusões.

Amanhã não poderei ir ao ginásio, pois farei teste para participar de um comercial de TV. Torça por mim.

Beijos,
Raquel

P.S. Sonhei que você entrava na sala de aula e arrebentava uma carteira escolar com um martelo. Engraçado, né?

57

REDENÇÃO

 SUN
Para alcançar o sucesso, é necessário um líder sábio que dirija os esforços de seus auxiliares ao objetivo comum.

*Destes tiros assi desordenados,
Que estes moços mal destros vão tirando,
Nascem amores mil desconcertados
Entre o povo ferido miserando;*

Os Lusíadas,
Canto IX, Estância 34

Adamastor, quando jovem, era um rapaz inteligente e introspectivo.

Tirava as melhores notas, mas não se relacionava com ninguém. Sem amigos ou namoradas, dedicava-se aos esportes individuais e a exercícios de musculação. A partir dos onze anos, foi diagnosticado com gigantismo pituitário, uma enfermidade hormonal que o fez crescer muito além do normal.

Indivíduos com esta característica, geralmente, são magros, mas Adamastor – sempre dedicado aos exercícios – tornou-se uma pessoa extremamente forte. Com o passar dos anos, a doença apresentou outras características desagradáveis além do crescimento anormal, como fortes dores de cabeça e alto índice de irritabilidade.

No início do ensino médio, o professor de Literatura de sua escola, um certo José Roberto, propôs aos alunos da sala que encenassem Os Lusíadas, de Luís de Camões. Na distribuição de papéis, alguém notou que havia um personagem chamado Gigante Adamastor e, para coroar tamanha coincidência, colocaram esse apelido no rapaz.

A timidez, ampliada pelas dores de cabeça, provocações e agressões verbais e físicas, levaram Adamastor a desenvolver graves patologias psíquicas, que culminaram em uma personalidade psicopata.

Eram comuns os xingamentos, as ofensas e as provocações quando todos mostravam a língua a Adamastor e colocavam animais mortos em sua lancheira de *Guerra nas estrelas*.

Se a escola era um inferno, em sua casa o clima não era melhor.

Sua mãe desenvolvera um avançado grau de loucura e abusava do rapaz. Com uma criança que tinha o tamanho de um homem ao seu dispor, a mulher o colocava deitado em uma banheira, com os braços abertos, e tocava-o intimamente enquanto ouvia um *hit* de Caetano Veloso da época.

Nosso amor não deu certo, gargalhadas e lágrimas...

Certa vez, no melhor estilo *Carrie – A estranha*, a turma da escola pregou-lhe uma peça, coroando-o como Gigante Adamastor, enquanto ele tentava apresentar um seminário durante a aula. O jovem professor José Roberto, alheio ao sofrimento do aluno, nunca esboçara nenhuma reação para coibir as atitudes daquela turma específica de provocadores.

Quando sua mãe morreu, o jovem foi morar com os tios ricos na França. Donos de uma grande empresa de papel, os generosos parentes de Adamastor deixaram-lhe como herança tudo o que possuíam. Sua inabilidade em gerir negócios fez a companhia reduzir em quatorze vezes seu tamanho e acumular dívidas homéricas. Em uma tentativa de escapar dos credores, Adamastor alterou o nome da fábrica.

Anos mais tarde, durante o período de férias, ouviu alguém chamá-lo:

– Hey, Gigante Adamastor, o que faz aqui? – era um dos valentões responsáveis pelo *bullying* da escola que visitava a França no inverno.

A visão daquele colega do passado, somada à provocação, levou Adamastor a fazer sua primeira vítima. Para que o rapaz não o ofendesse e também não lhe mostrasse mais a língua, Adamastor arrancou-lhe o músculo. A sensação que a vingança trouxe foi tão prazerosa e poderosa, que o fez querer mais. Para ampliar o bem-estar, o psicopata cantarolou a música que sua mãe – única mulher que o amou – cantava em seus momentos íntimos de prazer doentio. E criou, assim, seu ritual.

A partir desse momento, orquestraria uma vingança que recairia sobre todos aqueles que o castigaram e fizeram da sua infância e adolescência um inferno. Seguiu, então, pelo caminho dos psicopatas que matam sempre da mesma maneira, coletam suvenires, avisam as vítimas e aparecem na mídia.

A questão social do *bullying* ajudou ainda mais Adamastor a se sentir um justiceiro, em vez de um criminoso frio com uma desculpa para matar. Então, o rapaz comprou o terreno de sua antiga escola e planejou minuciosamente sua vingança. Para ele, a sociedade brasileira o ovacionaria ao descobrir tudo o que havia feito por ela. Ele seria o defensor dos castigados contra os valentões. O humilhado *versus* os diversos Capitães Hélios.

Seriam onze vítimas ao todo. Os onze piores. Primeiro, o rapaz morto na França, e, em seguida, mais dez. Seriam, um a um, exterminados ao som da música que sua mãe colocava para ele ouvir. Começaria pelo professor que nada fez para impedi-los; em seguida, os gozadores, perfeitos e engraçados, teriam suas línguas arrancadas para nunca mais caluniarem ninguém ou usá-las para ferir os sentimentos de pessoas inocentes.

Nesse caminho de sangue, capitão Hélio foi incluído por falar mal de Adamastor e sua missão na mídia. Já Santiago Porto entrou para a lista porque havia atrapalhado a sequência de mortes. Por sorte, o policial e o jovem pesquisador não morreram.

Essa era a verdadeira motivação do Cabo das Tormentas. Meses após sua prisão, todo o país ficou sabendo de sua história por meio de reportagens mais sérias e de um filme romanceado com atores brasileiros famosos. Isso fez a questão do *bullying* ser rediscutida e, mesmo na prisão onde permaneceria por trinta anos, impedido de executar seu plano sangrento, Adamastor, o gigante, auxiliou milhares de jovens em todo o Brasil.

Hipócritas diriam, inicialmente, que, no passado, o termo *bullying* não existia e que a provocação escolar ajudava a formar o caráter e a autodefesa, porém, mais tarde, todos entenderiam que os males feitos à psique infantil criavam cicatrizes profundas, quase sempre responsáveis pela grande maioria das desgraças sociais.

Na prisão, às vezes, Adamastor relia um trecho específico do Canto V de *Os Lusíadas*:

Luciano Milici

Não acabava, quando uma figura
Se nos mostra no ar, robusta e válida,
De disforme e grandíssima estatura,
O rosto carregado, a barba esquálida,
Os olhos encovados, e a postura
Medonha e má, e a cor terrena e pálida,
Cheios de terra e crespos os cabelos,
A boca negra, os dentes amarelos.
C'um tom de voz nos fala horrendo e grosso,
Que pareceu sair do mar profundo.
Arrepiam-se as carnes e o cabelo
A mim e a todos, só de ouvi-lo e vê-lo.
Aqui espero tomar, se não me engano,
De quem me descobriu suma vingança;
E não se acabará só nisto o dano
Naufrágios, perdições de toda a sorte,
Que o menor mal de todos seja a morte.
Eu sou aquele oculto e grande cabo
A quem chamais vós outros Tormentório

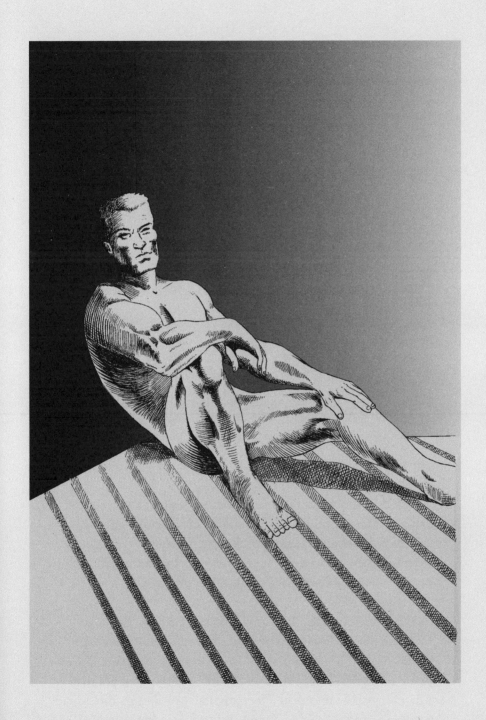

58

A SORTE FAVORECE OS CORAJOSOS

 TUI

Quando, pela amabilidade, se conquista o amor de outras pessoas, estas se tornam auxiliares devotados. A alegria compartilhada é contagiante.

Nós somos os campeões, meus amigos
E nós continuaremos lutando
Até o fim
Somos os campeões
Somos os campeões

"We are the champions",
Queen (Freddie Mercury)

Santiago despertou em seu apartamento, em sua cama.

Da sala, ouviu Valente dizendo:

— Estou adorando tudo isso que está acontecendo entre nós, apesar de tantos problemas que você e eu passamos juntos.

Foi possível escutar uma mulher suspirando.

— Sei que é cedo para dizer que estou apaixonado, mas sinto isso, e sei que você sente — continuou o português.

— Sim — concordou a mulher.

— Só ficarei tranquilo e aliviado após contar a Santiago.

O foco no diálogo não permitiu que eles vissem Santiago sair do quarto com a pesada marreta cromada que sua mãe o presenteara e entrar na sala rápido e decidido. Quando o notaram, já era tarde demais. Ele levantou a ferramenta com alguma dificuldade devido ao ombro ferido e bateu muito forte repetidas vezes.

Desta vez, não era um sonho. Era real. Sua mãe, que estava na cozinha, correu para a sala e gritou horrorizada:

– Não, Santiago! Pare, pelo amor de Deus!

Qualquer um daria razão ao febril Santiago. Valente e Selene, no final, aceitaram aquele ato violento que teve seu início horas antes, quando a policial o trouxe para casa, onde Valente e sua mãe o esperavam, preocupados.

Estava com febre e extremamente cansado. O curativo no ombro doía, mas a satisfação de estar vivo era maior que qualquer dor.

Na cama, passou horas entre a vigília e o sono, revirando-se com a alta temperatura. Haviam se esquecido de desligar o rádio-relógio, e a estação de rock clássico executava toda a discografia do lendário Johnny Cash.

Santiago amava o famoso cantor e compositor que só se vestia de preto, mas, naquele estado de saúde debilitado, um alfinete no chão seria como uma furadeira entrando pelo olho.

O rapaz lembrou-se, então, do pobre segurança morto na madeireira. Em seu delírio, o homem aparecia com o olho furado e dizia:

– João Carpinteiro era ateu. Não merecia esse nome porque era péssimo em fazer móveis. Fez questão de manter o IHS como um recado para a posteridade, mas sua empresa chamava-se originalmente Madeireira Virgílio. Não está óbvio, Santiago?

O homem imaginário foi até a janela e a abriu:

– Deixe o vento soprar, Santiago...

No devaneio enfermo do rapaz, um vento frio e constante invadiu o quarto e gelou seu corpo. No rádio, Johnny Cash cantava que, graças à sua garota, ele passou a andar na linha.

Santiago não tinha mais garota e, por isso, não andaria na linha nunca mais.

O vento gelado, na sua imaginação, soprava:

– Johnny Cash e Jesus Cristo são J. C.

Então, o rapaz se levantou, e o vento insistiu:

– João Carpinteiro era péssimo no que fazia.

Santiago pegou a pesada marreta de sua mãe.

– A sorte favorece os corajosos.

Caminhou até a sala do apartamento, onde estavam Valente, Selene, Adso, Lábia, Valdirene e Mundinho, seu filho. A mãe de Santiago estava na cozinha.

— *Audaces fortuna iuvat*. Frase de *Eneida*, escrita por Virgílio — falou para si mesmo.

Começou a verter lágrimas enquanto erguia a marreta. Ninguém acreditou no que ele faria.

— J.C. Johnny Cash, Jesus Cristo e...

Quando bateu com a pesada ferramenta, o estrondo foi enorme.

— João Carpinteiro!

A horrível escrivaninha fez-se em pedaços enquanto ele batia, batia e batia.

Valente, abraçado a Valdirene, correu para segurar o amigo. Selene, Lábia e Adso, que conversavam no outro canto da sala, também foram socorrê-lo. A mãe de Santiago, ao vir da cozinha exclamou:

— Não, Santiago! Pare, pelo amor de Deus! Eu sei que você detesta essa escrivaninha velha, filho, mas isso não justifica...

— Está aqui. Esteve aqui o tempo todo — disse Santiago, ajoelhando-se entre os pedaços do móvel e pegando um tubo de camurça.

— O que é isso, Santiago? — perguntou Valente.

— Encontrei! Está aqui! — gritou, enquanto abria o tubo e retirava cuidadosamente de seu interior um delicado pergaminho envelhecido. — Eu encontrei a Página Perdida de Camões!!

A luz do sol entrou pela janela e iluminou o documento. Todos se sentiram emocionados quando Santiago ergueu o papel como troféu.

59
A MAIS BELA PÁGINA

 *HUAN*

Somente uma pessoa leal, sem interesses pessoais, será capaz de empreender um projeto benéfico.

Você foi minha vida, e eu fui apenas um capítulo da sua

P.S. Eu te amo
(EUA, 2007)

A Página Perdida de Camões havia sido dada por Sebastião a João Carpinteiro, que, ciente do valor do documento, o colocou dentro de uma peça feita por ele mesmo. A ideia era que, no futuro, alguém chegasse até ela; por isso, os ponteiros, a estátua e, principalmente a escrivaninha deixariam pistas ao verdadeiro merecedor.

João Carpinteiro era ateu. Gravara um J.C. em sua peça apenas para assiná-la, além de incluir um trecho de *Eneida*, na certeza de que, ao seguir o rastro do documento, alguém descobriria toda a história.

— É muita coincidência. Não consigo acreditar — disse Adso, estranhamente de camiseta branca.

— Você não acreditaria no poder do acaso e da coincidência. Edna Enim me disse certa vez. Por falar nela, como farei para entregar-lhe a Página?

Ninguém respondeu nada. Estavam com aquele sentimento de final de Copa do Mundo. Uma grande vitória seguida da pergunta: "E agora? O que eu ganho?".

— Santiago, deixa eu lhe explicar sobre aquela noite no JapaNu — pediu Selene.

— Não precisa... — disse o rapaz.

— Mas eu insisto. Valente me chamou para jantar, ele queria dicas sobre como deveria fazer para se aproximar de Valdirene, a ex-mulher do falecido Raimundo. Ele me pediu segredo. Pelo jeito, minhas dicas ajudaram; afinal, ele e Valdirene estão namorando.

— Portuga! — gritou Santiago. Valente apenas riu. Isso explicava a presença da mulher e seu filho no apartamento.

— Graças a esse segredinho de vocês, quase morri nas mãos do Cavaleiro LunaSole e de Adamastor — disse Santiago, abrindo a caixa de Adso e procurando por algo. — Inclusive, pensei ter pego a caneta incendiária, mas peguei essa outra, comum.

— Veja, tu me destes a caneta incendiária, não te lembras? Está comigo todo o tempo, desde então — disse Valente.

— Não se empolguem. A chama dessa caneta é fraca. Não pensem que matariam alguém com ela. No máximo chamuscariam a pele da pessoa — alertou Adso.

— Santiago, venha ver — chamou Lábia.

A Página Perdida, que havia passado pelas mãos de todos naquele apartamento, inclusive da mãe de Santiago, estava sobre uma mesa, sendo analisada por Lábia. O papel envelhecido resistira ao naufrágio e à ação do tempo.

— Não devemos tirar uma cópia? — perguntou Adso.

— Sim, mas uma fotocópia comum pode danificar o documento. Teremos de usar um método especial — disse Valente.

Lábia estava surpresa:

— A caligrafia de Camões. Dá para acreditar?

— Eu sei. Mas, no verso do documento, a letra é outra, veja — sugeriu Santiago.

O amarelado e grosso papel tinha, de um lado, instruções para a localização da Máquina do Mundo. Era um poema diferente e inédito de Camões. Estranho até. Trazia números e referências a lugares. Era um enigma à parte para ser decifrado mais tarde, com calma.

Do outro lado, havia uma caligrafia diferente e feminina. Estava assinada por Dinamene.

— Como é possível? Ela não morreu no tal naufrágio? — perguntou Selene, já entendendo um pouco de história da literatura.

A carta de Dinamene era uma das mais belas já lida por Santiago. Dizia algo que, trazido para o português contemporâneo, seria:

> Meu amado,
>
> Escrevo-te para contar sobre minha vida após o trágico acidente que separou nossos caminhos. Quando a Nau de Prata tombou, agarrei-me a ti para salvar-me ou morrer junto. Notei, porém, que tu tentavas me resgatar e deixava tua obra ser levada pela maré.
>
> Então, propositalmente, entreguei minha vida ao rio. Como a ninfa aquática cujo nome me destes, permiti que as águas fossem o meu reino.
>
> Quis, porém, o nosso Senhor, que eu fosse levada à margem, desfalecida, para despertar horas depois, solitária. Comigo no leito, encontrei uma única parte de tua obra. Esta página onde escrevo. A mais importante página, aquela que traz tua missão sagrada e que lançaste no rio em nossa última noite juntos.
>
> Guardei comigo como recordação, sem saber se estavas vivo.
>
> Anos depois, encontrei-te na multidão, recitando, em voz alta, tua lírica na Taberna Malcosinhado. Escondida, ouvi tua voz cantando a falta que eu fazia. Ao meu lado, populares diziam: "Bendita a musa que inspirou o poeta com sua morte". Nesse dia, escolhi não revelar-me a ti.
>
> Anos depois, enferma, decidi encontrar-te, mas o cura que me visitou no leito recitou outra lírica tua, também feita a uma certa amada perdida no rio. Nesse dia, aceitei meu destino de nunca mais me juntar a ti, pois minha ausência lhe servira de inspiração e havia sido mais valiosa para as artes e para o mundo do que minha presença.
>
> Tirei nosso amor da história, mas dei ao mundo o maior de todos os poetas.
>
> Escrevo neste momento, após voltar do teu leito de morte. Acabaste de partir para o Reino do Senhor, meu amor. Estive contigo em teu último suspiro, e tu acreditaste que eu estava te recebendo no paraíso.
>
> Enquanto partias, porém, percebeste que não morri e sentiste-te mais leve e inocentado de minha morte. Conseguiste o teu próprio perdão e foste em paz.
>
> Sem ti, sem acompanhar — mesmo distante — tuas poesias, não viverei muito mais também. Entregarei a Antonino, filho de António, teu empregado javanês, esta carta que não ouso destruir. Quis o bom Deus que tua obra fosse salva sem ela e que eu fosse a guardiã durante anos. Agora, entrego ao destino a guarda deste precioso mapa para a Árvore da Vida e rogo que, um dia, sejas inocentado aos olhos do mundo pela minha morte.

Na noite de nosso acidente, ouvi tudo o que me disseste, enquanto fingia meu sono. Ouvi dizeres as palavras de outro poeta. Palavras que permaneceram em meu pensamento todos os dias da minha vida, e que aqui transcrevo:

Vivamos, minha cara, e amemos
E aos murmúrios dos velhos ranzinzas,
Estimemos todos como a um único tostão
Os sóis podem se pôr e renascer
Mas, por nós, uma noite eterna será dormida
Quando a breve luz da vida se esmaecer
Dá-me mil beijos, em seguida, cem
Então outros mil, depois quinhentos
E mais mil e depois duzentos
Então, quando tivermos dado muitos beijos
Misturaremos as contas!
Para que não saiba ou não possa
Nenhum malvado invejar
Quando souber da existência de tantos beijos

Da sempre tua Dinamene

– Que lindo – suspirou Selene.
– É Catulo, poeta romano – disse Santiago, com o rosto lavado pelas lágrimas.

A página passou novamente de mão em mão, todos admiraram aquele documento histórico e literário valioso, belo e controverso. A página emanava tristeza por um amor não cumprido e uma felicidade interrompida pelo destino. Horas mais tarde, a mãe de Santiago, Adso, Lábia, Valdirene e o pequeno Mundinho foram embora. Valente se demorou minutos a mais no apartamento para admirar o documento e, logo em seguida, foi embora também.

Assim que o português saiu, Selene e Santiago acreditaram que teriam uma noite de descanso e amor; porém, minutos depois, Valente bateu novamente à porta.

– Abram, por favor, é Valente.
– O que foi, *Portuga*? Esqueceu algo? – perguntou Santiago, abrindo a porta.

Valente, com o rosto pálido, entrou no apartamento com os braços para trás, seguido pelo Cavaleiro LunaSole da fétida jaqueta. O vilão trazia um revólver apontado para a cabeça do português.

– Boa noite. Vim para buscar a Página Perdida e matá-los.

60

A PERDA DA PÁGINA

 *CHIEH*

O sucesso vem para aquele que estabelece limites. A prudência e o equilíbrio trazem a fortuna.

Os verdadeiros paraísos são os paraísos que se perderam.

Marcel Proust

Todos os momentos convergiram para aquele. Valente, Selene e Santiago, um assassino e um revólver.

– Boa noite. Vim para buscar a Página Perdida e matá-los.

– Calma. Primeiro, solte Valente.

– Não há negociação, não há conversa. Eu quero a Página.

O Cavaleiro LunaSole que enfrentou Santiago na casa do professor estava ali, em pé, no apartamento, usando Valente como escudo. Assim que fechou a porta, o homem jogou Valente no sofá.

– Você, loirinha, sente-se do lado dele, enquanto seu namoradinho busca o documento para mim.

– Calma, vou entregar a Página. Não tem por que ser agressivo e...

Antes que Santiago terminasse a sentença, Selene atacou o homem, empurrando-o contra a parede. Infelizmente para o trio, mesmo derrubado, o cavaleiro não soltou o revólver. A policial aproveitou e correu porta afora.

– Venham rápido, vamos! – gritou, enquanto fugia.

Valente e Santiago tentaram correr, mas o homem gritou:

— Parados!

Na confusão, apenas Selene conseguiu fugir. A porta continuou aberta, mas Santiago e Valente, sob a mira da arma, tiveram de retornar.

— É melhor você desistir. Em cinco minutos toda a força policial da cidade estará aqui — alertou Santiago.

— Só preciso de dois minutos. Um para pegar a Página e outro para matá-los. Pegue a Página agora!

— Está bem, espere — disse Santiago, abrindo uma gaveta e pegando o documento.

— Agora me dê, lentamente.

Santiago olhou para Valente. A Página Perdida era importante demais, e o cavaleiro estava muito nervoso.

— Tome, pegue — disse o rapaz, entregando o papel ao homem. Antes que ele pegasse, porém, Santiago soltou o documento no chão. A tensão do invasor diante de um dos tesouros mais procurados por sua ordem o levou a um segundo de hesitação. Tempo suficiente para Valente esmurrá-lo e Santiago correr.

— Vem, Valente! — disse Santiago, já na porta. Nesse momento, um tiro foi disparado. O português sentiu a bala perfurando seu abdômen.

— Valente!! — Santiago, na porta, gritou pelo amigo.

— Vou matá-lo — disse o cavaleiro. — Se você fugir, eu mato o português. Volte agora e me dê a página verdadeira.

Santiago largara ao chão um papel qualquer. A verdadeira Página Perdida estava consigo. Nesse instante, enquanto se esvaía em sangue, Valente lembrou-se da profecia da vidente inglesa:

Seu destino já estava traçado antes mesmo de entornar o azeite e o sal. Seu destino é morrer por Santiago.

O português, então, implorou ao amigo:

— Vá embora, Santiago. Leve a Página e me deixe.

— Calma, espere, não faça nada. A Página está aqui — disse Santiago, pegando o valioso documento que estava em seu bolso.

— Abra para eu ver se é verdadeiro — ordenou o homem.

— Sim, é, veja — disse Santiago, mostrando-a, a distância, ao homem.

— Vá embora! — gritou o português, com o rosto retorcido pela dor.

Santiago hesitava. Se corresse, o homem jamais o alcançaria, mas, provavelmente, mataria seu amigo. Se ficasse, perderia a Página e, certamente, a vida.

Lembrou-se, então, do que a menina vidente dissera. Que a felicidade de Selene dependeria de Valente, e não dele. Pela lógica, se ele fugisse com o documento, o amigo morreria e, segundo a previsão, Selene seria infeliz.

Com olhar atento, o cavaleiro certificou-se de que aquela era a página recém-descoberta, e, então, a tomou de Santiago.

– Agora, volte para dentro lentamente.

Santiago obedeceu. O homem segurou a Página com uma mão e, com a outra, apontou a arma para a cabeça de Santiago, que fechou os olhos.

– Vou adorar matá-lo, Hostil Primário.

– Não o chame de Hostil Primário – disse Valente, contorcendo-se de dor. O português, então, esticou a mão e clicou o botão da caneta incendiária, que estava com ele desde o dia em que a caixa de Adso tinha sido aberta. Conforme o empreendedor dissera, a chama era pequena e breve, mas suficiente para vaporizar o desfasado papiro da página e queimar levemente a mão do criminoso.

Assustado, o bandido disparou, mas Santiago já tinha se abaixado. No mesmo segundo, Selene voltou pela porta e acertou quatro tiros no Cavaleiro LunaSole, que caiu morto no meio da sala.

Santiago, preocupado com o estado de saúde de Valente, engatinhou até o amigo, enquanto as cinzas da página escrita pelo poeta português Luís Vaz de Camões, para que o povo de seu país encontrasse a Máquina do Mundo e Portugal guiasse a humanidade a uma era de progresso, se desfazia no chão.

A única prova de que Dinamene sobrevivera ao naufrágio e que Camões tentara, a todo custo, salvá-la, estava destruída para sempre.

61

HEMERA

CHUNG FU
Somente uma aliança muito forte permanece sólida e invencível, superando qualquer adversidade.

A maioria das pessoas preferiria morrer a pensar. De fato, muitas o fazem.

Bertrand Russell

Dias depois, Valente recebeu alta. Santiago, Selene, Adso e Lábia foram buscá-lo no hospital.

— Eu conheço você — disse uma das enfermeiras para Santiago.

— Sim, ele é o autor de *As incríveis aventuras do Capitão Astrolábio* — disse Valente, com expressão de dor.

Antes que a enfermeira indicasse o cartaz da Secretaria da Saúde, os amigos saíram do prédio. No carro, conversaram sobre diversos assuntos, riram e combinaram novas noitadas no Bartenon. Em certo trecho do caminho, Valente perguntou:

— Por que estamos indo à universidade?

— É que tenho de fazer uma coisa lá, *Portuga*.

— O quê? Alguém me diz, por favor — insistiu o português.

— Ele não quis contar a ninguém, Valente — respondeu Lábia.

Juntos, todos acompanharam Santiago até os Archivos Antigos, que estavam vazios. Encostado a uma mesa, folheando um livro, o bonachão e sorridente diretor Carlos Traditore espantou-se ao vê-lo:

— Grande Santiago! Como vai?

Santiago aproximou-se e lhe deu um soco certeiro no nariz. O homem girou e caiu por trás da mesa.

– O que é isso, rapaz? Está louco? – perguntou, surgindo do outro lado do móvel, ferido.

– Traditore, em latim, significa traidor. Como não vi isso antes?

– O que está dizendo, jovem?

– Eu sei quem é você, Traditore, ou devo dizer, ancião Rotas? Eu devia ter deduzido, naquela reunião LunaSole, quando você saiu correndo do altar ao me reconhecer. Você envenenou o livro, forjou o arrombamento dos Archivos Antigos, plantou escutas, ordenou minha morte e a dos meus amigos. No dia em que pedi demissão e lhe disse que encontraria a Página, você enviou um homem para me matar!

O obeso indivíduo levantou-se com dificuldade e colocou um lenço no nariz ensanguentado. Santiago continuou:

– Desde o início você notou meu interesse por Camões, e fez de tudo para que eu deixasse os Archivos. Trouxe sua corja para esse departamento e acompanhou meus passos e minhas descobertas. Pois eu lhe digo que tenho pena de quem tentar fazer algo a mim ou aos meus amigos novamente. Como você sempre disse, sou muito inteligente, mas minha maior força está parada ali. São aquelas pessoas. E aquela mulher, a mais bonita do mundo, é minha namorada. Ela é policial, Traditore.

Lábia, Adso, Valente e Selene disfarçaram o espanto enquanto ouviam Santiago ameaçar o homem.

– Vocês dizem que morrerão amanhã. Eu digo que voltarei amanhã, e não quero mais encontrá-lo aqui. Nem você nem seus homens. Leve todos, e deixe, na minha mesa, uma recomendação oficial à universidade para que Valente ocupe o cargo que foi do professor José Roberto no Departamento de Pesquisas.

– Eu? – espantou-se o português.

Sem falar mais nada e pisando forte, Santiago saiu, acompanhado dos amigos. Assim que se recuperou, Traditore pegou seu aparelho celular e fez uma ligação:

– Cavaleiro, aqui é o ancião Rotas falando. Estou revogando o *status* de Hostil Primário de Santiago Porto. Isso mesmo, ele não é mais um alvo. Quero vê-lo envolvido no Projeto Apocalipse a partir de hoje. Sei que ele é um profano, mas não conheço ninguém mais capacitado.

Chame uma agente *free-lancer* para realizar o recrutamento e operar com ele. De preferência, coloque Hemera neste caso.

– Hemera? – espantou-se a voz do outro lado da linha. Carlos Traditore, o ancião Rotas da Milenar Ordem dos Cavaleiros LunaSole desligou. Horas depois, em outro continente, uma mulher linda, com um longo vestido vermelho, rosto suave e corpo atlético recebia uma ligação:

– Alô.
– Hemera?
– Sim, Hemera falando.
– Começou.
– Estou voltando ao Brasil imediatamente, então – disse ao desligar. Antes de sair do enorme e reluzente salão onde cumprira sua mais recente missão, Hemera olhou uma última vez para os 22 homens que acabara de matar.

62

DESPEDIDA DE EDNA

 *HSIAO KUO*
A pessoa sábia age sempre com sabedoria e modéstia

Médium: subst. masc. (latim mediu) Espir. Pessoa capaz de estabelecer relações entre o mundo visível e o mundo invisível; pessoa que, segundo os espíritas, pode servir de intermediário entre os vivos e os espíritos dos mortos.

MICHAELIS – MODERNO
DICIONÁRIO DA LÍNGUA PORTUGUESA

Quando o capitão Hélio despertou do coma e ficou sabendo da prisão de Adamastor, rasgou elogios a Santiago e Valente:

– Pois é... parece que julguei mal esses *nerds*.

Santiago acompanhou Selene em uma visita ao policial e fez questão de deixar clara a relação entre os dois.

– Capitão, não se esqueça de que eu sou o namorado de Selene, está bem?

– E se eu esquecer? O que você fará?

– Faço tudo o que você faz, com a diferença de que não sou policial nem tenho compromisso com a lei.

Hélio riu, acompanhado por Selene e Santiago. Horas depois, a policial levou o namorado até uma editora, para discutir a publicação de um livro que o rapaz escreveria, chamado *Anna e os cupcakes*.

– Espero que dê tudo certo, querido.

– Mais? Tudo está perfeito – respondeu Santiago.

Quando o carro de Selene se afastou, alguém chamou Santiago. Era Edna Enim. Assim que a viu, o rapaz se espantou:

– Edna? Eu... eu... não sei por onde começar. Encontrei a Página e...

– Eu sei, Santiago. Não se preocupe, você fez o que era certo, seu amigo também. O importante é que você descobriu a verdade. Havia dois lados na Página Perdida. Um deles era muito perigoso. Eu a queria para mim, mas foi melhor tê-la destruído. Será uma chance a menos de aquele perigoso objeto ser encontrado.

– Como você sabe sobre eu ter descoberto a Página? Quem lhe contou que...

– Não importa. Vim apenas para me despedir e desejar boa sorte. Não nos veremos mais.

– Você sabia onde a Página estava desde o início?

– Não. Ainda assim, confiava no poder do acaso. Destino, acaso, coincidências, determinismo e livre-arbítrio, enfim, não é a isso que a Máquina do Mundo se refere?

– Entendi. Obrigado, Edna.

– Eu é que agradeço, Santiago. Sei também que o professor José Roberto está muito grato a você, onde quer que ele esteja.

Santiago conteve o choro por alguns instantes, até que a bela garota oriental se afastasse. Em seguida, deixou as lágrimas correr. Lembrou-se do que o professor havia escrito: *"Já faz alguns dias que não vejo a mulher, mas está claro para mim quem ela é"*. Para Santiago, também estava claro. Apanhou um pedaço de tijolo e riscou no chão:

EDNA ENIM
DINAMENE

Olhou o relógio e correu à editora para negociar seu próximo livro.

63

GAROTA CONFUSA

 CHI CHI

Após a conclusão, um novo ciclo se inicia. As pessoas tendem a relaxar, mas o sábio fica atento para que o mal não se enraíze.

É tão curto o amor e tão longo o esquecimento.

Pablo Neruda

No sábado, Santiago foi ao parque correr.

Após muitas voltas, não havia fôlego nem para caminhar. Sentou-se à sombra de uma árvore e admirou a paisagem verde, a luz do sol e as crianças brincando. Tudo estava tranquilo, até que foi interrompido.

– Com licença... posso falar com você?

Era Edna Enim, ou melhor, não era. O rosto, a voz e o corpo eram os mesmos, mas a personalidade certamente não. Estava vestida com camiseta e bermuda simples. No pescoço, o cordão dourado com a inscrição "SHE".

– Claro, pode falar, sim.

– Desculpe, devo estar louca porque você vive me perseguindo, me chamando por outro nome e, mesmo assim, vim aqui falar contigo.

– Não se preocupe, não sou nenhum maníaco.

— É que ultimamente ando tendo uns brancos. Vez ou outra, apago e acordo em um lugar que não conheço. Comecei até a tomar um remédio por causa disso e...

— Já acabou.

— Como assim?

— Os brancos... eles não ocorrerão mais. Acredite.

A moça ficou quieta por um segundo, e então falou:

— Não leve a mal o que vou dizer, mas também estou tendo uns sonhos com você, com um navio afundando e um pirata de tapa-olho.

— Pode ficar tranquila que isso também acabou. Nunca mais sonhará comigo, com esse pirata e com o barco.

— Como sabe que acabou? Que ligação isso tem com você?

— Comigo? Nada, não. Quem me dera. Na verdade, sou só o mensageiro...

A garota pareceu chateada, como se quisesse vivenciar aquilo novamente, ou, ao menos, entender em detalhes o que havia ocorrido.

— Sheila, vamos embora — chamou outra garota.

— Até mais — disse.

— Adeus — respondeu Santiago.

64

UM NOVO CICLO

WEI CHI
É difícil criar a ordem a partir do caos.

*Não vencerá somente os Malabares,
Destruindo Panane com Coulete,
Cometendo as bombardas, que, nos ares,
Se vingam só do peito que as comete;*

Os Lusíadas,
Canto X, Estância 55

Com o passar do tempo, a vida pareceu tomar um rumo mais comum. Santiago estava escrevendo um livro, encomendado por uma grande editora, e seguia seu namoro com a capitã Selene. Condecorada, a bela policial voltou a cursar Direito com a intenção de se tornar delegada.

Lábia continuou trabalhando na universidade e a namorar Adso. O empresário, por sua vez, comprou mais duas empresas e continuou a personalizar suas camisetas como *hobby*.

Valente começou a namorar Valdirene. O rapaz jamais passou Santiago no *ranking* do Bartenon, mas chegou perto. Os dois continuaram amigos e rivais. Sentiam que tinham se sacrificado um pelo outro. Adso explicou que as previsões feitas pelas videntes diziam aquilo que era necessário ser ouvido no momento certo. Valente precisava achar que estava predestinado a morrer por Santiago. Só assim colocaria sua vida em segundo plano pela Página Perdida. Santiago precisava crer que a felicidade de Selene dependia de Valente, e, na realidade, em algum momento, dependeu mesmo. Dessa maneira Santiago sacrificou a Página pelo amigo português.

— No fundo, tudo ocorre sempre como deve ocorrer — disse Adso a Valente e Santiago.

O empresário explicou que o I Ching, o Tarô, os búzios e outros métodos divinatórios eram, na verdade, pontos de contato com o acaso, e serviam única e exclusivamente para provocar algum tipo de reflexão. Não deviam ser usados como regras ou ordem, mas como inspiração para decisões de completa responsabilidade dos indivíduos.

— A grande maioria das pessoas vive achando que nunca passou por nenhum evento fantástico, nada especial ou único. O que elas não percebem é que tudo é fantástico e milagroso. Não é necessário buscar nada fora de si mesmo, cada segundo é uma nova oportunidade para realizar o inesperado. Basta alterar um único detalhe e... BAM! Tudo muda... Não há nada maior que os detalhes.

Adso, quando aconselhou seus amigos naquele dia, usava uma camiseta com os dizeres "Não há nada maior que os detalhes".

EPÍLOGO

Uma noite, Valente recebeu uma ligação de Valdirene:
— Venha rápido, é o Mundinho, meu filho...

O português correu para a casa da namorada. O garoto estava bem, mas tinha escrito em um papel algo que sua memória anormal guardara fielmente. Algo que o rapaz tinha visto há algum tempo, na casa de Santiago.

Assim que viu as anotações do garoto, Valente assustou-se. Então, pegou o telefone:

— Santiago, preciso falar contigo com urgência. É sobre a localização da Máquina do Mundo.

E, assim, como todo bom protagonista, Santiago soube, novamente, que aquele era o momento certo e definitivo para agir. Sua inteligência já o havia colocado em apuros recentemente, mas, desta vez, seria diferente.

E muito pior.

Créditos das músicas e do booktrailer contidos no site
www.apaginaperdidadecamoes.com.br

Músicas
1. Página Perdida
2. Dinamene
3. LunaSole
4. O Cabo das Tormentas
5. Enigmas
6. Máquina do Mundo
7. Selene

Todas as músicas têm letras de Luciano Milici e arranjos de Rogério Pelizzari e da Banda Polifônicos (Anelyse Brañas, Eduardo Bentivoglio, Gabriel Bentivoglio e Cristiano Pelizzari).

Booktrailer

Produção, direção e edição:
Renato Siqueira

Direção de fotografia:
Marcelo Scano

Assistente de câmera:
Beto Perocini

Produção de áudio:
UiStudio by Fabio Fabris.

Elenco:
Renato Siqueira (Santiago adulto)
Ruben Espinoza (Valente Rocha)
Cibelle Martin (Lábia Minora)
Adriano Arbol (Adso Demelk)
Carolina Nagayoshi (Edna Enim)
Marcela Pignatari (Selene Caruso)
José Mattos (Hélio Enrico)
Vynni Takahashi (Santiago adolescente)
Bruno Milici (Santiago criança)
Luciano Milici (jornalista)

CONTATO COM O AUTOR

Visite:
www.apaginaperdidadecamoes.com.br
(conteúdo inédito)
www.lucianomilici.com
Twitter.com/LucianoMilici